亜鉛の少年たち

亜鉛の少年たち

アフガン帰還兵の証言

［増補版］

スヴェトラーナ・アレクシエーヴィチ

奈倉有里＝訳

ЦИНКОВЫЕ МАЛЬЧИКИ

Светлана Алексиевич

Юри Нагура

岩波書店

一八〇一年一月二十日、ワシーリー・オルロフを頭領とするドンコサック軍はインド遠征を命じられた。オレンブルグまで一ヶ月を要し、そこから三ヶ月をかけて「ブハラとヒヴァを越え、インダス川」へ向かう。じきに三万のコサック兵がヴォルガ川を渡り、カザフの草原の奥深くへ入っていく……。

『権力を求めた戦い——十七世紀〔十八世紀〕ロシア政治史の一頁』
モスクワ、思想出版、一九八八年、四七五頁

一九七九年十二月、ソ連政府はアフガニスタンへの軍事派遣を決めた。戦争は一九七九年から八九年まで、九年一ヶ月と十二日続いた。アフガニスタンには五十万人以上のソ連軍人が限定派遣の名のもとに送り込まれた。ソ連軍の戦死者は一万五〇五一名。行方不明および捕虜となった者は四一七名。二〇〇〇年の時点で捕虜から戻らなかった者や消息不明の者は二八七名……。

Polit. ru 二〇〇三年十一月十九日

目次

プロローグ

――母

ひとりで生きていきます……。これからは、ずっとひとりで……。

息子が人を殺したんです……いつも私が肉を料理するときに使っていた鉈《なた》で……。戦争からは帰ってきたのに、ここで人を殺してしまった……翌朝、あの子は帰ってきて、もともとしまってあった戸棚に鉈を戻しました。ちょうどその日、その鉈でカツを作ってあげたはずです……。しばらくして、テレビや新聞の夕刊に、市内の湖で釣り人が死体を発見したというニュースが報道されました……。バラバラになった死体が発見されたって……。友達が電話をかけてきて私に、

「ねえ、新聞読んだ？ プロの殺しかたですって……アフガンの手口よ……」

と言ったとき、息子はソファに寝そべって本を読んでいました。その時点ではまだなにも知らなかったし、心当たりがあったわけでもないのに、ふとあの子に目がいったんです。母親の勘かしら……。

あ、犬が吠えてるでしょう。聞こえない？ この話を始めると、犬の鳴き声がするの。走ってくる足音も……。いまあの子がいる刑務所に黒い大型のシェパードがいて……職員もみんな黒服で、黒ずくめ……。ミンスクに戻ってきて、パンや牛乳を抱えてパンの売店や保育園のある道を歩いていても、まだ

犬の鳴き声が聞こえる。耳を塞ぎたくなるような声が。そのせいで目の前がかすんで、車に轢かれそうになったこともありました……。

息子のお墓に通う覚悟ならできていたんです……隣のお墓に入る覚悟も……。でもわからない……わからないわ、こんなものを背負ってどうやって生きていけばいいの。たまに、台所へ行くだけで怖くなることがある、あの錠がしまってあった戸棚を見るのが嫌で……。ほら、聞こえるでしょう？ なにも聞こえないって……ほんとうに？

いまあの子がどうしているのか、私にはわかりません。十五年後、どんな子になって帰ってくるのかも。判決は、重警備刑務所に十五年……。どんなふうに息子を育てたか、お話ししましょうか。あの子が好きだったのは社交ダンスで……。二人でレニングラードのエルミタージュ美術館に行ったわ。一緒に本も読んだ……（泣く）。アフガニスタンにあの子を奪われてしまった……。

……タシケントから電報が来ました――「ムカエコウ、トウジョウキ○－××ビン……」。私はベランダに飛びだして、思いきり大声で「生きてる！ あの子が生きてアフガニスタンから帰ってくる！ もうあの恐ろしい戦争のことなんか考えなくていいんだ！」と叫ぼうとして、気を失いました。だから空港へは遅れてしまって、着いたときには息子の乗った便はとっくに到着していて、あの子は辻公園に寝転んで草を握りしめて、草の青さに目を丸くしていました。帰ってきたのが信じられないみたいで……。だけど、まったく嬉しそうじゃなかった……。

その夜、うちに近所のご家族が来ました。鮮やかな青いリボンを結んだ女の子を連れて。息子はその子を膝にのせて抱きしめて、泣きだしてしまった。涙がとめどなく流れて……。息子も、戦地では人を殺してきたんだもの……。そうと気づいたのは、あとになってからだけど。

入国の際にあの子は税関で外国製の水泳パンツを無理やり脱がされて没収されたそうです。アメリカ製品は持ち込み禁止だからって……。だからあの子は下着もはかずに帰ってきた。四十歳のお祝いに私にくれるはずだったガウンも、おばあちゃんにあげるはずのスカーフも取りあげられて。グラジオラスの花束だけは持ってきました。だけど、まったく嬉しそうじゃなかった。

朝起きたときはまだ普通にしてるの――「おはよう、母さん」って。でも夜になるにつれて表情に翳りがさし、目つきもどんよりとして……うまく言葉にできないけど……。はじめは、お酒は一滴も飲まなかった……。ただソファに座ってじっと壁を見つめていたかと思うと、不意に立ちあがって上着を摑んで……。

私はドアの前に立ちはだかって、

「ワーリュシカ、どこへ行くの？」

って訊いたわ。でもあの子はまるでからっぽの空間を見るような目で私を見て、出ていってしまった。職場から帰るのは遅い時間だった。勤め先の工場が遠いうえに、遅番だから。だけどベルを鳴らしても、あの子はドアを開けてくれないんです。声を聞いても誰だかわかってくれなくて。そんなのっておかしいでしょう、友達の声ならまだしも母親の声を忘れるなんて。しかも「ワーリュシカ」って呼ぶのは私だけなのに。あの子はまるで絶えず誰かが来るのを予期して、怯えているみたいでした。新しいシャツを買ってきて、サイズを合わせてみようとしたとき――腕が傷だらけなのに気づきました。

「どうしたの、これ」

「なんでもないよ」

あとになってから知ったんです。裁判のあと……。訓練所《ウチェプカ》で何度も手首を切ったって……。模範演習のときあの子は通信兵で、携帯無線機を木の上にいる兵士に渡すのが間に合わず、決められた時間内にできなかったそうです。それで下士官がトイレの汚水をバケツに五十杯汲ませて、隊列の前を通って運ぶよう命じました。あの子は運んでいる途中で気を失ってしまって、病院で軽い精神性ショックと診断されたその夜、手首を切ったそうです。二度目はアフガニスタンで……奇襲の直前の点検で携帯無線機の故障が見つかったとき——予備のない部品がなくなり、隊の誰かが盗んだということになって……。犯人探しが始まると、隊長があの子を臆病者呼ばわりして、さもあの子が皆と一緒に行きたくなくて部品を隠したとでもいうように非難したそうです。でも現地では隊内での盗みが横行していて、自動車はパーツごとに分解されて現地の店《ドゥカン》で売りさばかれていたんです。そのお金で麻薬を……麻薬や煙草や、食べものを買うために。彼らは四六時中飢えていたんです。

テレビでエディット・ピアフの番組をやっていて、あの子と一緒に見ていたとき、

「母さん、麻薬ってどんなものだと思う？」と訊かれました。

「知らないわ」と答えましたが、それは嘘でした。そのときはもう、あの子が麻薬を吸っていないかどうか気にかけていたんです。

その気配はなかったけど、現地であの子たちが麻薬をやっていたのは確かです。

「アフガニスタンではどうだったの？」と訊いてみたことがあります。

「うるせえ！」

あの子がいない隙に、アフガニスタンから届いた手紙を読み返しました。あの子の身になにがあったのか、その真相を知りたい、理解したいと思って。でもなにも特別なことは書いてありません。草の緑が恋しいとか、雪景色のなかに立っているおばあちゃんの写真を撮って送ってほしいとか。でもあの子

がどこかおかしいのは見ていてわかったし、感覚的にも伝わってきて……。帰ってきたのは別人でした……。あれは、うちの子じゃなかった。でも私は自らあの子を戦地に送り込んだんです。先延ばしにすることもできたのに。逞しくなってほしかった。軍隊に入ればもっと立派になる、強くなるんだって、自分にもあの子にも言い聞かせてた。アフガニスタンに行くあの子にギターを持たせて、お菓子を並べて壮行会をしました。あの子は友達を呼んで、女の子たちも来て……。私はケーキを十個も買いました。

一度だけ、アフガニスタンの話をしてくれたことがありました。夕食の前に……私がうさぎを料理していたら、台所に来たんです。ボウルの中は血だらけでした。あの子はボウルの血に指を浸して、その指を見つめました。まじまじと。そして独りごとのように言いました。

「腹をやられた奴が運ばれてきて……そいつに、撃ってくれって頼まれた……だから撃ってやった……」

指が血まみれでした……死んだばかりのうさぎの鮮やかな血で……。あの子はその指で煙草をつまみ、ベランダへ出ました。その晩は、それきりひとことも口をききませんでした。

私は病院に行って医者に頼みました。息子をもとに戻してください、助けてくださいって。洗いざらい話して……あの子を検査して診てもらいましたが、神経根炎と診断されただけでした。

あるとき家に帰ると、見慣れない若者が四人テーブルを囲んでいました。

「こいつら、アフガンから帰ってきたばっかりなんだ。駅で会ったんだけど、泊まるところがないんだって」

「じゃあおいしいパイを作るわ。すぐにできますからね」。私は不思議と嬉しくなってしまって。

その子たちはうちに一週間いました。数えたわけじゃないけど、ウォッカを三箱は飲んでいきました。

毎晩帰ってくると知らない若者が五人いて、その五人目はうちの息子で……。あの子たちの会話は、怖くて聞きたくなかった。でも、うちにいるんだもの……うっかり聞いてしまって……。そのとき話していたのは、二週間続けて待ち伏せする任務につくとき、攻撃的になれるように興奮剤が配られたこと。だけどすべて口外してはならないということ。それから、どんな武器で殺すのがいいか……どのくらいの距離がいいか……。あとになって思い出しました、あれが起きてしまったあとに……。それでよく考えてみて、ぞっとしたんです。それまではただ怖くて、「ああ、あの子たちみんな気が違ってしまったみたい。どうかしているわ」と思っていただけでした。

夜……あの子が人を殺すその前の晩に……夢をみました。私はあの子を待っているのに、いくら待っても帰ってきません。そこへ、あの子が運ばれてきて……。運んできたのは例の、四人のアフガン帰りの若者でした。そして汚れたコンクリートの床に放り出すんです。つまり、うちの床が剝き出しのコンクリートになってたんです……うちの台所が――まるで刑務所みたいに。

そのころにはもう、息子は通信工科大の予備科に通い始めていました。いい小論文も書いて。すべてがうまく運び、幸せそうでした。私も、もうあの子は大丈夫だと思うようになっていました。あとは大学に入って、いずれは結婚もして――と。でも夜になると……私は夜が怖かった……あの子は安楽椅子に座り、じっと壁を睨むんです。そしてそのまま寝入ってしまう……。私は駆け寄ってあの子を抱きしめてあげたかった、どこにも行かせたくなかった。最近、夢をみるの――あの子はまだ子供で、なにか食べたいってねだるんです……決まってお腹を空かせていて、両手を差しだして……。夢のなかのあの子はいつだって、いたいけな子供。でも現実の世界では、二ヶ月に一度の面会があるきりです。ガラス越しに四時間、話ができるだけ……。

年に二回の面会のときは、少しは手料理を食べさせてあげられます。あの犬の鳴き声が響くなかでだけど……。夢のなかでもあの犬が吠えて、あちこちから私を追いかけてくるんです。

私にアプローチをしてくれた人がいました……花束を持って……。その人が花束をくれようとしたとき、私は「近寄らないでください、私は人殺しの母親なんです！」と怒鳴っていました。はじめのうちは知り合いに会うのも怖くて、お風呂場に閉じこもっては、このまま壁が崩れて生き埋めになってしまえばいいのにと考えていました。外に出れば誰もが私を知っていて、みんながこっちを指差しては、「ほら、例のひどい事件の……あの人の息子がやったんでしょう。バラバラにしたらしいですよ。アフガンの手口で……」と噂しているんじゃないかという気がして。だから外へ出るのは夜中だけにしたんです。夜行性の鳥にすっかり詳しくなって、鳴き声でわかるようになりました。

取り調べがあって……数ヶ月続きましたが……あの子は黙っていました。私はモスクワのブルデンコ軍病院を訪ねました。そこで、あの子と同じく特殊部隊《スペツナズ》にいた子たちを探し出して、事情を説明しました……。

「どうしてうちの子が殺人を犯すことができたんでしょう」

「つまり、それだけのことがあったんでしょうね」

なかなか腑に落ちなかったんです、息子がそんな……人を殺せるものだろうかって……。ひたすら訊いて回って、ようやくわかりました。殺せたんだ、って。死ぬことについても訊いてみました……いえ、死ぬことというより、殺すことについて。でも殺人の話をしてもまったく抵抗感がないんです、血を見たことのない正常な人間なら殺人と聞いて必ず感じるはずのあの感覚を失くしてしまってる。あの人たちは戦争を、人を殺す仕事と捉えていました。それから、やはりアフガニスタンを経験し、アルメニア地震のとき〔一九八八年十二月〕には救助隊とともに現地に行ったという若者たちにも会いました。アルメニアで恐怖を感じたかどうか、それが気になったんです。私はそこにこだわるようになっていました。彼らは死を目の当たりにしてなにを感じるのか。でもやっぱりなにも恐れないし、かわいそうだとも感じにくくなっているようでした。手足のない人……潰された人……頭、骨……。まるごと地中に埋まってしまった小学校……教室……。授業中、席に着いたまま土の下に消えていった子供たち……。それなのに彼らが思い出すのは、まったく別のことばかり。上等な酒の貯蔵庫を掘り起こしたとか、どんなコニャックやワインを飲んだとか。「またどこかで地震でも起きないかな、起きるなら暖かい土地で、ブドウの木が育つ、いいワインがとれるところがいい」なんていう冗談さえ飛ばして……。あの子たちはまともなんでしょうか、精神に異常はないんでしょうか。

「俺は死んだあいつを恨む」って、最近あの子が手紙に書いてよこしたんです。五年も経つのに……。当時なにがあったのかと訊いても、答えてくれません。わかっているのはただ、殺した相手は――ユーラという青年でしたが――アフガニスタンで金券《チェーキ》〔国外で働くソ連市民の給与支払いに用いられていた券〕をたんまり稼いだと吹聴していたということだけです。でも、じつは彼はエチオピアに准尉として勤務していたんです〔一九七七〜八八年のオガデン戦争〕。アフガニスタンの話は嘘でした……。

裁判では弁護士のかただけが、「被告は精神を病んでいます」と言ってくれました。「被告席にいるのは罪人ではなく病人です。このかたには治療が必要です」と。でも七年前のそのころはまだ、アフガニスタンの真相は知られていませんでした。みんな英雄扱いで、「国際友好戦士」と呼ばれていました。でもうちの息子は殺人犯……。現地でやっていたことを、ここでやってしまったからです。向こうでやれば記章や勲章がもらえたことを……。なぜあの子だけが裁かれたのでしょう。あの子をあそこに送り込んだ人間は裁かれないのに。人殺しを教え込んだんですよ！　私はそんなこと、教えていません……（声を荒げて叫ぶ）。

あの子は料理用の鉈で人を殺して……翌朝、その鉈を持ち帰って戸棚に戻しました。普通のスプーンやフォークのように……。

両足を失くして帰ってきたお子さんの母親を、羨ましく思ってしまうんです……。たとえその子が飲んだくれて母親を罵ったとしても……世界を恨んでいたとしても。獣のように暴れて母親に殴りかかってきても。ある母親は息子の気が狂わないように女性を買っているそうです……。一度なんて、自ら息子の相手になったこともありました、その子がベランダの手すりによじ登って十階から飛び降りようとしたからです。私はそういうふうになったっていいんです……。ほかの母親がみんな羨ましいんです、息子を亡くしてしまった母親さえも。私はきっと、お墓のかたわらに座って、幸せに思うでしょう。お花をお供えするでしょう。

犬が吠えているのが聞こえますか？　追いかけてくるのが。私には聞こえるんです……。

手帳から（戦地にて）

一九八六年六月

もう戦争の話は書きたくない……。またしても「生の哲学」の代わりに「消失の哲学」のなかで生きるなんて。際限ない虚無の体験を集めるなんて。『戦争は女の顔をしていない』を書きあげたあと、私はしばらく日常生活で子供が鼻血を出す姿もまともに見れなかったし、保養地にいても、漁師が威勢よく砂浜に放った深海魚を見ては逃げだしていた。硬直した魚の目が飛びだしているのを見ると吐き気がした。人は誰しも痛みから身を守るための力を備えているけれど、肉体的にも精神的にも、私の力は尽き果ててしまっていた。車に轢かれた猫が呻くのを聞けば気が狂いそうになり、潰れたミミズからも顔を背けていた。道端の干からびた蛙からも……。動物も鳥も魚も、自らの苦悩の歴史を語る権利があるのではないかと、幾度も考えた。そうした動物たちの歴史も、いつかきっと書かれるだろう。

けれども突然！――それを「突然」と呼べるのならだけれど。戦争は七年目に突入していた……。それなのに私たちに知らされるのは、戦争を英雄視するテレビ番組の情報だけだ。ときおり、狭苦しいフルシチョフカ〔フルシチョフ時代に量産されたアパート〕には収まらない亜鉛の棺が遠くから運ばれてきて、私たちはハッとさせられる。弔砲が鳴りやむと、ふたたび静寂が訪れる。この国の神話的精神は揺るがない――我々は公平で偉大で、常に正義である。世界革命の理想の最後の残照が燃えたち、燃え尽きようとしている……。その火はすでに家に引火しているのに誰も気づこうとしない。自分たちの家が燃えだしているというのに。ゴルバチョフのペレストロイカが始まった。皆が新しい人生へと先を急ぐ。なにが私たちを待ち受けているのか。これほど長い年月のあいだ無理やり嗜眠状態にされていたあとで、なにができるだろう。この国の少年たちはどこか遠くで、なんのためかもわからず死んでいく……。

周囲の人たちはなにを話し、なにを書いているのだろう。国際友好の義務や地政学について、ソ連の国益や南部の国境について。そして人々はそれを信じている。信じているのだ。母親たち――ついこの前、息子が小窓もない金属の箱に入れられ運ばれてきて、絶望に暮れてその箱にすがりついていたはずの母親たちが、学校や軍事博物館の壇上にあがって、少年たちに「国のために義務を果たそう」と呼びかけている。検閲は、戦争の記事に味方の兵士の死が描かれていないかどうか入念にチェックを続けている。そしてソ連の「限定派遣」は、友好民族のために橋や道路や学校を建設し、現地の集落《キシラク》に肥料や小麦粉類を配り、ソ連の医師はアフガニスタンの女性たちのお産を介助している――と信じ込ませようとしている。帰還した兵士たちはギターを持って方々の学校をまわり、声を大にして言うべきことを、歌にして聴かせている。

ある青年と、じっくり話したことがある……。撃つべきか、撃たざるべきか、その苦渋の選択について聞きたかった。でも彼にしてみれば、別に大したことでもないようだった。なにが良いことなのか。悪いことなのか。「社会主義の名のもとに」人を殺すのは良いことなのか。あの子たちの道徳の基準は軍の命令で決まる。ただ、死を語るときは私たちよりも慎重だ。そういうとき、途端に私と彼らのあいだに距離があるのがはっきりする。

歴史を体感しながら、同時にそれを書くにはどうしたらいいのだろう。あの日々のいかなる瞬間を切りとってもいいわけではない。ありとあらゆる「汚れ」を根こそぎつかんで、本に、歴史に、引っぱり込めばいいというものではない。「時代を射抜き」、その「精神を捉え」なくては。

「どの悲しみの実体にも無数の影がある」（W・シェイクスピア『リチャード三世〔二世〕』）

……閑散とした長距離バスの待合室に、旅行鞄を携えた士官が座っていた。隣では、兵士らしい丸刈り頭の痩せた少年が、イチジクの枯れ木が植わった鉢をフォークでつついている。田舎の女たちが他愛なく横に腰かけ、行き先や目的や職務を訊ねる。その士官は気が狂ってしまった兵士を家へ送り届けるところだった。「カブールからずっとこうして掘っているんですよ、とにかく手にしたものならなんでも使って。シャベルでもフォークでも、棒切れでも万年筆でも」。少年は顔をあげる。「隠れなきゃ……いま塹壕を掘るから……早く掘るのは得意なんだ。集団墓地って呼んでたんだよ。みんなが入れるように、大きいのを掘ってあげる……」

限界まで開ききった瞳孔を初めて見た……。

私は市内の墓地にいる……。周りには数百人が集まっている。中央には赤い更紗の掛けられた九つの棺があり……軍人たちがお悔やみを言っている。将軍が弔辞を述べる……。喪服の女たちが泣いている。人々は黙っている。ただひとり三つ編みをした幼い少女だけが、棺にすがって泣きじゃくる。「パパ、パパー！ ねえ、どこにいるの？ おみやげにお人形をくれるって約束したでしょ。かわいいお人形をくれるって！ あのね、あたしね、パパのためにおうちとお花をたくさん描いて、らくがき帳がいっぱいになったんだよ……ずーっと待ってたんだよ……」。若い士官が少女を抱きかかえ、黒いヴォルガ車のほうへ連れていく。でも私たちの耳にはその子の声がいつまでも響いている——「パパー！　パパ……。大好きなパパ……」

将軍が弔辞を述べている……。喪服の女たちが泣いている。私たちは黙っている。なぜ黙っているのだろう？

私は黙ってなどいたくない……。でももう、戦争のことは書けない。

一九八八年九月

九月五日

タシケント。空港は蒸し暑くメロンの匂いが充満していて、空港というよりメロン畑のようだ。深夜二時。恐れもせずタクシーの下に潜り込む太った猫たちは、なかば山猫じみている。アフガンの猫らしい。休暇を謳歌する日に焼けた人々や果物を詰め込んだ籠や箱のあいだを、まだあどけない少年たちが松葉杖で跳ねるようにすり抜けていく。みんなその光景に慣れてしまって、気に留める者もない。少年たちは空港の床に古新聞や古雑誌を敷いてそこで食事をとり寝起きをしていて、何週間もサラトフやカザンやノヴォシビルスクやキエフへ行く便のチケットを買えずにいる。どこで足を失ったのだろう、いったいなにを守っていたのだろう。そんなことに興味を示す人もない。例外は——目を見ひらいて彼らを見つめ続ける小さな男の子と、酔った浮浪者の女だ。女は一人の少年に歩み寄る――

「こっちへいらっしゃい……いたわってあげるから……」

少年は松葉杖を振って拒む。女は気を悪くするでもなく、またなにか哀しく女らしい言葉をもらす。

私の横には将校が何人か座っていた。この国の義足はあまりに質が悪いという話をしている。ほかに、腸チフスやコレラやマラリアや肝炎の話を。それから、戦争が始まったばかりのころは井戸も炊事場も風呂もなく、食器を洗うすべもなかったこと。そして、誰がなにを――ビデオデッキや、「シャープ」や「ソニー」のラジカセを持って帰ったかという話。胸元の開いたワンピースを着た休暇帰りの美しい女たちを見たときの、将校たちの貪るような目つきが印象に残っている……。

カブール行きの軍用機を待ち続けて、もうかなりの時間が経つ。先に軍需品を積み、それから人間を乗せる段取りらしい。搭乗を待つのは百人ほど。全員、軍人だ。意外にも女性が多い。

会話の断片が聞こえてきた――

「耳が聞こえづらくなったよ。最初に聞こえなくなったのは、甲高い鳥のさえずりだった。脳挫傷の後遺症で……。たとえばホオジロなんかはぜんぜん聞こえない。ラジカセに録音してボリュームを最大にしてみても……」

「まず撃って、それから誰を撃ったのか確かめるんだ――女か、子供か。誰もが悪夢のような体験をしてる……」

「ロバは射撃のときには身を伏せていて、終わるのを見計らって飛び起きる……」

「ソ連で私たちはどう思われてると思う？　娼婦？　そんなのわかってるわよ。せめて協同組合〔一九八八年の新法で自主的な経済活動が認められた〕で働くくらいのお金は稼がなきゃ。じゃあ男はどうなの。男なんか、みんな飲んだくれるだけじゃないの」

「国際友好の義務とか南部国境を守るんだとか言ってた将軍がいた。すっかり現地の人に思い入れして、「あの子たちに飴をあげてきなさい。子供ってのは、お菓子がいちばん嬉しいもんだよ」って」

「若い将校さんだったんだけど、片足を切断されたと知って泣きだしちゃったのよ。顔も女の子みたいだった、色白で頰が赤くて。私、はじめのうちは死んだ人が怖かった。とくに足や腕がなかったりすると。でもそのうちに慣れて……」

「捕虜にとられるとさ、手足を切断されて、出血多量で死なないように止血帯で縛られるんだ。そのまま置き去りにされて、胴体だけになってる状態の奴を味方が見つけて助ける。そしたら、いくら死なせろと言われたって無理にでも治療するだろ。でもそいつらは退院しても帰国したがらない」

「鞄の中身が空だったせいで税関で目をつけられて、「持ち込み品は」って訊かれてさ。「ありません」って答えても「ないわけはないだろう」って信じてもらえなくて、下着一枚にされたよ。トランクの二つや三つは持ってたほうが普通なんだ」


機内では鎖で固定された装甲輸送車の近くの席になった。さいわい隣に座った少佐はしらふだが、周りの人はみんな酔っていた。少し離れたところでは誰かがマルクスの胸像にもたれて眠っている(社会主義の指導者たちの肖像画や胸像は梱包もされずに転がっていた)。武器のほかにソ連の儀式に欠かせないあらゆるものが運搬されていた。赤い旗や勲章リボンもある……。

サイレンが鳴る……。

「起きろ、寝過ごして天国まで行くつもりか」

カブールに着いたのだ。

着陸する。

……火砲の音が響いている。防弾チョッキを纏い自動小銃を携えた巡視隊に通行証を求められた。

もう戦争の話は書きたくなかった。だけどいま私はこうして紛れもない戦場にいる。いたるところに戦時の人間がいて、戦時の物がある。戦争の時間がある。

九月十二日

人が果敢に危険をおかすのを見つめていると、どこか後ろめたい気持ちになる。昨日、朝食をとりに食堂へ向かう途中で哨兵の少年と挨拶を交わした。その三十分後、彼は運悪く駐屯地内に飛んできた迫撃砲弾の破片にあたって死んだ。それから一日じゅう、その少年の顔を思い出そうとしていた……。

ジャーナリストはここでは「おとぎ話の作り手《スカーザチニク》」と呼ばれている。作家もしかり。執筆陣は男ばかりだ。彼らは可能な限り遠くの哨所に行き、戦闘のただなかに行きたがる。その一人に、

「どうして行きたいんですか」と訊いてみた。

「好奇心ですかね。サラン峠に行ってきたって言えるし、銃も撃てるし」

戦争は男性の本能の産物で、総じて私には理解しがたい——という思いを拭いきれない。けれども戦争の日常は壮絶だ。アポリネールの詩には「ああ、戦《いくさ》はなんと美しいのか」とある。

戦場ではなにもかもが違っている——人も、自然も、人の思考も。ここへ来て私は、人の思考がいかに残酷になりうるかを知った。

行く先々で人に問いかけ、話を聞いている。兵舎でも食堂でもサッカー場でも、あるいはダンスを踊る催しのような、戦場で不意に平和な日常を垣間見るようなところでも——

「至近距離から撃ったとき、人の頭蓋骨が飛び散るのが見えたんだ。「先手を打てた」と思った。戦闘のあとには負傷者と死者が累々と横たわる。みんな無言で……。ここに来てから路面電車の夢をみるんだ。路面電車に乗って家に帰る夢を……。懐かしい思い出だよ——母さんがパイを焼いていて、パイ生地の甘い匂いがうちじゅうに漂って……」

「いい友達ができるだろ……。なのにそのあと、そいつの腸が岩にへばりついてるのを目撃する。復讐って、そうやって始まるんだな」

「隊商を待ち伏せしたんだ。二、三日のあいだずっと熱い砂の上に伏せて、用便も垂れ流しだった。三日目の終わりにはひどく気が立ってた。だからまずは、とにかく怒りをぶちまけるみたいに撃ちまくった。一斉射撃が済んですべて終わってみると、隊商が運んでたのはバナナとジャムだった。一生ぶんの甘いものを食い尽くしたよ……」

「ドゥーフ《ゲリラ》を捕えたが……「武器庫はどこだ」と問い詰めても口を割らない。ヘリで二人を上空に連れていって「どこだ、教えろ」と脅してもまだ黙ってる。一人を岩場に突き落とした……」

「戦場でするセックスと帰ってからするセックスは別物なんだ……。戦場ではなにもかも初めてみたいで……」

「多連装ロケット砲《グラード》が放たれ……迫撃砲弾が飛び交うさなかでは……「生きろ、生きろ、生きろ！」——それがすべてに勝る。でも相手の苦しみなんか一切わからないし、わかりたくもない。生きろ——

それだけだ。生きろ！」

自分自身についてすべての真実を書き尽くす（語り尽くす）ことなど、物理的に不可能だ、とプーシキンはいう。

戦場で人は、意識を逸らしたり緊張を解いたりすることで救われる。しかし、周りは無意味な偶然の死で溢れている。そこに意義などない。

……戦車に赤いペンキで「マルキンの仇をとろう」と書かれている。

道の真ん中で、アフガン人の若い女性が殺された子供の前に膝をついて泣き叫んでいた。傷ついた獣にしか出せないような声で。

壊滅した集落を通り過ぎたが、まるで掘り返された畑のようだった。最近まで人の暮らしていたはずの住居跡にある乾いた土壁は、いつ銃弾が飛んでくるかわからない暗闇よりも怖ろしい。

軍病院で、アフガンの少年のベッドにくまのぬいぐるみを置いた。その子はぬいぐるみを口で咥えて喜び、そのまま遊んでいた。両腕がなかったのだ。「あんたたちロシア人がやったんだ」と、通訳を介して母親が言った。「あんたには子供がいるの？　男の子？　女の子？」。私には最後までわからなかった――その言葉に込められていたのが恐怖なのか、それとも赦しなのか。

ムジャヒディンたちが捕虜のソ連兵にいかに残忍な仕打ちをするかが噂されている。さながら中世だ。実際、ここでは別の時間が流れている。カレンダーには十四世紀とある〔アフガン暦〕。

レールモントフの『現代の英雄』に登場するマクシームィチは、ベラの父親を斬り殺したカフカースの山の民について、「もちろん、彼らの立場からすればまったく正しかった」と語る——ロシア人の立場からすれば残忍な行為なのにもかかわらずだ。レールモントフはロシア人の特徴を捉えている——異なる民族の側に立ち、「彼らの見方で」ものごとを見つめる力を。

それなのに、いまは……。

九月十七日

来る日も来る日も、人が奈落へと転落していくのを目にする。上昇するのはまれだ。ドストエフスキーの作中でイワン・カラマーゾフは言っていた——「獣は決して人間ほど残酷にはなれない、これほど巧みに、これほど芸術的に残酷には」と。

人は、こんなことは聞きたくないし知りたくもないと思うかもしれない。しかしそれがどんな戦争で、いかなる名目で、誰が指揮していようと——ユリウス・カエサルだろうとヨシフ・スターリンだろうと——人が互いに殺し合うのだ。紛れもない殺人なのだ。それなのにこの国ではそれを深く考えるべきではないという風潮があり、あろうことか小中学校でも単なる愛国主義ではなく軍事愛国主義を教えている。驚くほどではないのかもしれない。わかりきったことなのかもしれない——軍事社会主義、軍事国家、軍事思想。

こんな試練を人間に課してはいけない。人間がこんな試練に耐えられるわけがない。これは医学でいうところの「生体実験」じゃないか。生身の人間を用いた実験じゃないか。

夕方、宿の向かいの兵舎からラジカセの音楽が流れてきた。私もその、いわゆる「アフガンもの」の歌に耳を傾ける。あどけなさの残る不安定な声が、ヴィソツキー風に声をしゃがれさせて歌っている――「集落に沈む太陽は、巨大な爆弾のよう」「栄光なんていらないさ、生きてるだけで充分名誉」「どうして僕らは殺すんだろう、どうして殺されるんだろう」「もう顔も忘れかけた」「アフガニスタンよ、君は僕らの義務以上のもの、君は僕らの全宇宙」「まるで大きな鳥みたいに、片足の人間たちが海辺を跳ねていく」「死者はもう誰のものでもない、その顔に憎しみの色はない」。

夜、夢をみた――兵士たちがソ連へ帰ることになり、私は人々とともにそれを見送っている。ある青年に近づくが、彼は舌がなく言葉を話せない。捕虜にとられていたのだ。詰襟の下から病院のパジャマがはみ出している。私がなにを尋ねても、彼はひたすら自分の名前を書いている――「ワーネチカ……ワーネチカ」。はっきりと読み取れた――ワーネチカ……。その顔は、昼間話をした青年に――「母さんが家で待ってるんだ」としきりに言っていた青年に似ていた。

カブールの静まりかえった道を通過したとき、中心街に見慣れたポスターがあった。「明るい未来――共産主義」「カブールは平和の街」「国民と党は一心同体」。ソ連の印刷所で作られた、ソ連のポスター。レーニンはここでも片手を上げて立っている……。

モスクワから来た映画の撮影スタッフたちと知り合った。

彼らは遺体を運ぶ軍輸送機「黒いチューリップ」の荷積みを撮影していた。そして視線を落としたまま語った――死者は一九四〇年代の古い軍服《ガリフェ》を着せられること、ときにはその軍服もなく、なにも着せられずに積み込まれることもあること。板はぼろぼろで、釘は錆びていること……。「冷蔵室に新たに遺体が運び込まれたんだが、腐りかけた猪肉みたいな臭いがしたよ」。

こんなことを書いても、誰が信じてくれるのだろう。

九月二十日

実戦を見た……。

兵士が三人、殺された……。夕食はみんなでとったが、戦闘や死んだ者の話題には誰も触れなかった。彼らの遺体はすぐ近くのどこかに寝かされていたはずなのに。

人を殺さない権利。殺人を教わらない権利。そういった権利は、どの憲法にも記されていない。

戦争は──ひとつの世界であって、出来事ではない……。ここではすべてが違う──景色も、人も、言葉も。芝居がかった場面ばかりが記憶されていく──向きを変える戦車、響きわたる号令……闇を貫く曳光弾……。

死を思う──未来を思い描くように。死を目の当たりにしながら死を思うとき、時間の感覚になにかが起こる。死の恐怖がすぐそばにあると──死に魅入られる……。

なにも考えつく必要はない。そこかしこに偉大な書物の断片が転がっている。一人一人のなかに。

話を聞いていると、少年たちがむやみに好戦的で驚かされる(それも頻繁に)。つい最近までソ連の高校生だったのだ。でも私はあの子たちと同じ人間として、本音の対話がしたい。

とはいえやはり。私たちはどんな言葉で自分自身と話し、どんな言葉で他者と話しているのだろう。

私は人が話をしているときの言葉が好きだ。気負うところのない自由な言葉。構文も抑揚も訛りも――気の赴くままに、奔放に。だからこそ感情が正確に再現される。私が追うのは、出来事ではなく感情だから。ものごとの動きではなく心の動きだから。私がやっていることは、歴史家の仕事に近いのかもしれない、だがその対象は形のないものの歴史だ。重大な出来事が起こると、その出来事は歴史に名を残すが、けれども些細なことは、それが小さな人間にとってはいかに重大なことであっても、跡形もなく消えていく。今日、ある(痩せて病弱そうな外見からはとても兵士に見えない)少年が話してくれた――殺人がいかに非日常的で、なおかつ中毒性があるかを。それから、撃つのは怖いということも。

そんな話が歴史に残るだろうか。絶望に苛まれながらも、私は一冊、また一冊と、同じ仕事を繰り返す――歴史を、人の等身大にまで縮める仕事を。

戦地で戦争を描くことの難しさについて考えていた。憐れみや憎しみや体の痛みや友情が邪魔をする……。それに、家から届いた手紙を読んだあとは、日常が恋しくてたまらなくなる……。こんな話も聞いた――殺すときは相手の目を見ないようにする、たとえ相手がラクダでも。ここに無神論者はいない。誰もが迷信深い。

よく将校に(ときには兵士にも)嫌味を言われる――自ら銃を持つことも、敵の標的になることもないくせに戦争を描くのかと。銃を撃った経験など、ないほうがいいかもしれないのに。

戦争など考えるだけで苦痛だという人はどこにいるのだろう。そういう人が見当たらない。でも昨日、司令部の近くに見たことのない鳥の死骸が転がっていた。そうしたら妙なことに……軍人がその周りに集まり、なんという鳥だろうと話していた。鳥を哀れんでいた。

死者は、なにかに感動したような顔をしている……。どうしても慣れることができないのは、戦地ではありふれたものを切望しなければならないことだ――水、煙草、パン……。とくに駐屯地を離れて山に登るときだ。そこで人は、自然や偶然と一対一で対峙する。飛んできた弾丸が外れるか否か。どちらが先に撃つか――自分か、相手か。山では、人間は社会の一員ではなく、自然界の一部に見えてくる。だがソ連のテレビには、友好の並木路に木を植える様子が映し出されている。ここでは誰一人見たことも植えたこともない木々を……。

ドストエフスキーの『悪霊』にこんな一節がある――「主義と人間――この二つはおそらく、多くの点において異なる……。すべての人に罪があるんだ……皆がそれに気づいてくれたらなあ!」同じくドストエフスキーに、人類は自らについて、これまで文学や科学において証明されてきたすべてのものよりもずっと多くのことを知っているという言葉がある。そしてこれは自分の考えではなく、ウラジーミル・ソロヴィヨフの言葉だとも書いている。

もしドストエフスキーを読んでいなかったら、私はより深く絶望していただろう……。

九月二十一日

どこか遠くで多連装ロケット砲が稼働している。離れていてもぞっとする。

膨大な死者を出した二十世紀の二つの大戦を経て、アフガンのような現代の「小さな」戦争について書くためには、倫理的にも形而上学的にも別の観点が必要になってくる。小さな、個人的な、個々のケースが必要になるはずだ。一人の人。誰かにとってかけがえのない人。国家から見てその人がどういう人なのかではなく、母親や妻にとって、子供にとってどういう人なのか。どうしたら正常な視野を取り戻せるのだろう。

私は人体にも関心がある。自然と歴史をつなぐ存在としての人体、動物と言語をつなぐ存在としての人体。どんなに些細でも、人の体に起こるすべてのことが重要だ——日光を浴びたときの血液の変化も、死ぬ前の変化も……。人生はありのままで充分に想像を絶するほど芸術的だし、いかに残酷に響こうとも、苦しみは特に芸術的だ。芸術の暗部。たとえば昨日私は、対戦車地雷にやられて四散した肉体を兵士たちが集めているのを見た。見にいかないという選択肢もあったけれど、書くために行った。そしていま、こうして書いている……。

とはいえやはり、行くべきだったのだろうか。背後で将校たちが「お嬢さんが怖がってるぞ」と笑っているのが聞こえた。そこへ行ったのが勇気ある行動だったとは思わない、だって私は気を失って倒れてしまったのだから。暑さにやられたのか、ショックのせいかはわからない。正直でいたい。

九月二十三日

ヘリに乗った……。上空から見ると、用意された数百もの亜鉛の棺がずらりと並んで陽に照らされ、美しくも不気味に輝いている……。
ああいう類のものを見るとすぐに考えてしまう――文学はある限界に達すると息絶えてしまうと……。写実的に事実を並べれば目に見えるものだけは表せるが、詳細な事実の羅列など、誰も読みたがらない。なにか別のものが必要だ……。人生から切りとった、心を捉えるような瞬間が……。

九月二十五日

私はここから、自由な人間となって帰るはずだ……。ここで私たちがしていることを見るまでは、私は自由な人間ではなかった。怖くて、孤独だった。帰ったらもう決してどこの軍事博物館にも行かなくなるだろう……。

＊＊＊

この本の本文には、実名は出さない。「告白した内容は秘密にしてほしい」と頼む人もいたし、自分でも忘れてしまいたいという人もいた。トルストイのいう「変わりゆく人」を忘れたいと。そこにすべてがある。

でも日記には苗字を残してある。いつか登場人物たちが、名乗り出たいと望むかもしれない――

セルゲイ・アミルハニャン（大尉）、ウラジーミル・アガポフ（中尉、分隊長）、タチヤナ・ベロゼルスキフ（補助員）、ヴィクトリヤ・ウラジーミロヴナ・バルタシェヴィチ（戦没兵士ユーリー・バルタシェヴィチの母）、ドミートリー・バプキン（兵卒、戦闘車砲手）、サイヤ・エメリヤノヴナ・バブーク（戦没看護師スヴェトラーナ・バブークの母）、マリヤ・テレンチエヴナ・ボプコワ（戦没兵士レオニード・ボプコフの母）、オリンピアダ・ロマノヴナ・バウコワ（戦没兵士アレクサンドル・バウコフの母）、タイシヤ・ニコラエヴナ・ボグシ（戦没兵士ヴィクトル・ボグシの母）、ヴィクトリヤ・セミョノヴナ・ワロヴィチ〔ヴォロヴィチ〕（戦没中尉ワレーリー・ワロヴィチ〔ヴォロヴィチ〕の母）、タチヤナ・ガイセンコ（看護師）、ワジム・グルシコフ（中尉、通訳兵）、ゲンナジー・グバノフ（大尉、飛行機操縦士）、インナ・セルゲーヴナ・ガロヴニョワ（戦没中尉ユーリー・ガロヴニョフの母）、アナトリー・デヴェチヤロフ（少佐、砲兵連隊教宣員）、デニス・L（兵卒、擲弾兵）、タマーラ・ドヴナル（戦没中尉ピョートル・ドヴナルの妻）、エカテリーナ・ニキーチチナ・プラチツィナ（戦没少佐アレクサンドル・プラチツィンの母）、ウラジーミル・エロホヴェッツ（兵卒、擲弾兵）、ソフィヤ・グリゴリエヴナ・ジュラヴリョワ（戦没兵士アレクサンドル・ジュラヴリョフの母）、ナタリヤ・ジェストフスカヤ（看護師）、マリヤ・オヌフリエヴナ・ジリフィガロワ〔ジルフィガロワ〕（戦没兵士オレグ・ジリフィガロフ〔ジルフィガロフ〕の母）、ワジム・イワノフ（中尉、工兵小隊長）、ガリーナ・フョドロヴナ・イリチェンコ（戦没兵士アレクサンドル・イリチェンコの母）、エヴゲーニー・クラスニク（兵卒、自動車化狙撃兵）、コンスタンチン・M（軍事顧問）、エヴゲーニー・コテリニコフ（曹長、偵察中隊衛生指導員）、アレクサンドル・コスタコフ（兵卒、通信兵）、アレクサンドル・クフシンニコフ（中尉、迫撃砲小隊長）、ナジェージダ・セルゲーヴナ・コズロワ（戦没兵士アンドレイ・コズロフの母）、マリーナ・キセリョワ（補助員）、タラス・ケツムル（兵卒）、ピョートル・クルバノフ（少佐、山岳狙撃中隊長）、ワシーリー・クービク（准尉）、オレグ・レリュシェンコ〔リャシエンコ〕（兵卒、擲弾兵）、アレクサンドル・レレトコ（兵卒）、セルゲイ・ロスクトフ（軍外科医）、ワレーリー・リシチェノク(軍曹、通信兵)、アレクサンドル・ラヴロフ(兵卒)、ヴェーラ・ルィセンコ(補助員)、アルトゥール・メトリツキー(兵卒、偵察兵)、エヴゲーニー・ステパノヴィチ・ムホルトフ(少佐、大隊長)、その息子アンドレイ・ムホルトフ(少尉補)、リディヤ・エフィモヴナ・マンケヴィチ(戦没軍曹ドミートリー・マンケヴィチの母)、ガリーナ・ムリャヴァヤ(戦没大尉ステパン・ムリャヴォイの妻)、ウラジーミル・ミホラプ(兵卒、迫撃砲兵)、マクシム・メドヴェジェフ(兵卒、航空管制官)、アレクサンドル・ニコラエンコ(大尉、ヘリ編隊長)、オレグ・L(ヘリ操縦士)、ナタリヤ・オルロワ(補助員)、ガリーナ・パヴロワ(看護師)、ウラジーミル・パンクラトフ(兵卒、偵察兵)、ヴィタリー・ルジェンツェフ(兵卒、運転手)、セルゲイ・ルサク(兵卒、戦車兵)、ミハイル・シロチン(中尉、飛行機操縦士)、アレクサンドル・スホルコフ(中尉、山岳狙撃小隊長)、チモフェイ・スミルノフ(軍曹、砲兵)、ワレンチナ・キリロヴナ・サニコ(戦没兵士ワレンチン・サニコの母)、ニーナ・イワノヴナ・シデリニコワ(母)、ウラジーミル・シマニン(中佐)、トーマス・M(軍曹、歩兵小隊長)、レオニード・イワノヴィチ・タタルチェンコ(戦没兵士イーゴリ・タタルチェンコの父)、ワジム・トルビン(軍曹、特殊部隊戦闘員)、ウラジーミル・ウラノフ(大尉)、タマーラ・ファジェエワ(細菌学医)、リュドミーラ・ハリトンチク(戦没中尉ユーリー・ハリトンチクの妻)、アンナ・ハカス(補助員)、ワレーリー・フジャコフ(少佐)、ワレンチナ・ヤコヴレワ(准尉、諜報部長)……。

一日目

「多くの者が私の名を名乗って現れ……」

——著者

朝、自動小銃の連射のように長く、電話が鳴り響いた。

「いいか」と、相手は名乗りもせずに話し始めた。「あんたの書いた中傷記事を読んだ。もしこれ以上少しでも書きやがったら……」

「どなたですか」

「てめえが書いてるうちの一人だ。いずれ俺たちはまた召集され、武器をもらって秩序を正しにいく。そしたらあんたは自分のしたことのツケを払うはめになる。ただし偽名なんかでごまかさずに本名を出せ。平和主義者なんかクソくらえだ！　てめえは重装備で山を登ったことがあるのか？　気温五十度のなかで装甲車に乗ったことが、毎晩ラクダ草の悪臭を嗅いだことがあるか？　ないだろう……。ないなら……ほっといてくれ！　これは俺たちのもんだ。首を突っ込むんじゃねえ。女なら女らしく子供でも産んでろ！」

「あなたも名乗ったらどうですか」

「うるせえ！　俺はなあ、兄弟同然だった親友をポリ袋に入れて、奇襲の現場から運んで帰ったんだ……。バラバラになった頭を、腕や足を……猪みたいに皮膚を剝かれて……肉の塊になった胴体を……。あいつはバイオリンも弾けたし、詩だって書けた。あいつが書くんならいい、てめえじゃなく……。あいつの母親は、葬式の二日後には精神病院に入れられた。墓地で、あいつの墓で寝てたんだ。冬だってのに、雪の上で……。それをてめえは、てめえは……手を出すんじゃねえ！　俺たちは兵士だった、戦場に派遣され、命令を遂行した。誓いもたてた。跪いて旗に口づけたんだ」

「人に惑わされないように気をつけなさい。多くの者が私の名を名乗って現れるであろう――新約聖書の、マタイによる福音書よ」

「ふざけんな！　十年経ったいまになって、どいつもこいつも利口ぶりやがる。綺麗事ばかり並べやがって。ふん、つまり俺たちは汚れているってわけだ……。弾の飛びかたも知らないくせに。銃を握ったこともないくせに……。聖書なんてクソくらえだ！　俺は真実をポリ袋に入れて運んだんだ……。バラバラになった頭や腕を……。それ以外の真実なんてありゃしねえんだよ……」――そして、切られた電話の受話器の向こうから、ツー、ツー、と、遠い爆発音にも似た不通音が響いた。

けれども私は、この人との対話がこれで終わらないようにと願う。もしかしたら彼は、私の本の主人公かもしれないのだから……。

――兵卒、擲弾兵

声だけが耳に届いていた……。いくら意識を凝らしても、声の主はわからない。いくつもの声が遠ざかってはまた戻ってくる。確か、「死ぬんだ」と思った気がする。そして目を開けた……。

気がつくとそこはタシケントで、爆破から十六日が経っていた。意識の戻り際はひどくつらくて、これなら死んだほうがましだと思うほどだった……。もう戻らないほうが……いっそ楽になれるのにって。朦朧として吐き気がした。いや、吐き気なんてもんじゃない、溺れて肺に水が溜まってるような感じだ。

その状態を脱するのにずいぶんかかった。朦朧として吐き気がして……声を出そうとしただけで頭が痛むし、かすれた声しか出ない。そこに来るまでに俺はカブールの病院にもいたらしい。カブールでは頭蓋骨を開く手術をした——中はめちゃくちゃになっていた。細かい骨の破片を取り除いて、左腕をネジで固定してくれたが、関節は曲がらなくなっちまった。最初に感じたのは悔しい思いだ——もうなにもかも元通りにはならない、友達にも会えない。もはや鉄棒もできない体になってしまったのが、なにより悔しかった。

それから二年近くものあいだ病院を転々とした。手術を十八回して、そのうち四回は全身麻酔だった。医学部の学生たちが俺を題材にしてレポートを書いていったよ——体のどの部位があって、どこがない、って。自分じゃ髭も剃れないから、仲間に頼んで剃ってもらってた。それで初めてオーデコロンをかけてもらったとき、俺は「別のをくれ！」って頼んだ。匂いがしなかったんだ。まったく。戸棚にあったものを全部出してみた——サラミ、きゅうり、蜂蜜、チョコレート菓子。全滅だ。色はある、味もするのに、匂いがしない。気が狂いそうになった。春になっても、木に花が咲いているのがはっきり見えるのに、匂いがしない。どうやら脳を一・五センチ四方切りとられたとき、そこに嗅覚にかかわる組織があったらしい。五年が経ったいまでも、花の匂いも煙草の煙の匂いも女の香水の匂いも、なにもわからない。特別どぎつい香水なら匂いがわかることもあるが、香水の瓶を鼻先にくっつけてようやく匂う程度だ。きっと脳の残された部分が、失われた機能の代わりをやってくれてるんじゃないかな。たぶん、そうなんだと思う。

入院中に友人から手紙をもらった。それを読んで、俺の乗ってた装甲車がイタリア製の対戦車地雷で爆破されたことを知った。エンジンと一緒に人間が宙を舞うのを見たという……。それが俺だった……。

退院して、見舞金をもらった――三百ルーブルだ。軽傷なら百五十ルーブル、重傷なら三百ルーブル。あとは勝手にしろってさ。年金なんか雀の涙だし。親に養ってもらえってのか。だけどうちの親父は戦場なんかなくても戦場にいるようなもんだ。頭は白髪になったし、高血圧にもなった。

現地にいたころ、俺はなにもわかっていなかった。わかるようになったのはあとになってからだ。それから、すべてを逆再生するみたいに考え直していった……。

俺が召集されたのは一九八一年だった。戦争が始まってもう二年が経っていたが、世間一般じゃほとんど知られていなかったし、騒がれてもいなかった。うちの家族は、政府が派兵したならその必要があってのことだろうというくらいの認識だったし、親父も近所の人たちもそう考えてた。そうじゃない人なんていなかった。女だって泣きもしなかったよ。戦争はどこか遠い、恐るるに足らないものだった。戦争だけど戦争じゃない、もし戦争だとしても、死者も捕虜もいない不思議な戦争。亜鉛の棺なんてまだ誰も目にしちゃいなかった。あとになって知ったんだ――当時すでに棺は街に運ばれてきていたのに、夜のうちにひっそりと埋葬して、墓碑にも戦死とは書かれず、普通に死んだかのように書かれていた。なのに誰も疑問に思わなかった――どうしてこの国の軍隊では突然、十九歳の青年たちが死んでいくようになったのか。ウォッカの飲みすぎか、風邪をこじらせたのか。じゃなきゃオレンジでも食べすぎたってのか。ごく親しい人たちだけが泣いて、ほかの人はそれまで通りの暮らしを続け、関わろうとはしなかった。新聞には、我が国の兵士たちは橋を建設し友好の並木路に木を植えている、医師団はアフガンの女や子供の治療をしているって書かれていた。

ヴィテプスクの訓練所《ウチエプカ》では、俺たちはアフガニスタンに送られるんだって、みんなわかってた。大半はどんな手を使っても離脱しようとした。「行ったらみんな撃ち殺される、怖い」って白状した奴もいた。俺はそいつを軽蔑したよ。出発の直前になって、別の奴が行きたくないって言いだした――はじめは「コムソモールの団員証を失くした」って嘘をついて、見つかったら今度は「彼女が出産を控えてる」って口実をひねりだした。頭がおかしいんじゃないかと思った。俺たちは革命を起こしにいくんだ！　そう聞かされていたし、信じてた。この先、浪漫に満ちたなにかが待ち受けているような気がしていた。

銃弾が人の体に撃ち込まれるときの音は、一度聞いたら忘れられないし、聞き違えようがない――叩きつけるような湿った音だ。すぐ横にいた仲間が、むせかえる灰のような砂にうつ伏せに倒れる。仰向けにしてやると、さっき俺があげたばかりの煙草を嚙みしめている。まだ煙が出ていた……。俺は平和な日々から、日常から……抜け出してきたばかりで、人を撃つ心の準備ができていなかった。初めて実戦に出たときはまるで夢のなかにいるみたいで――走っても引きずり歩いても撃っても、なにも覚えちゃいないし、戦闘が終わればなにが起きたのか語ることすらできない。なにもかもガラスの向こうの……土砂降りの雨の向こうの出来事のようで……。悪夢をみたときみたいに、はっとして目が覚めたはいいけど、なにも思い出せない。つまり恐怖を感じるには、まず記憶しなきゃいけない、慣れなきゃいけないってことなんだろうな。二、三週間もすれば、それまでの自分なんて跡形もなく消えて、残ってるのは名前だけになる。自分はもう自分じゃなく、別の人間だ。そうだと思う……。たぶんそうなんだ。それで、その別の自分は……そいつはもう死体を見ても驚かないし、平然と、あるいはいまいましい思いで、どうやってその死体を岩場から引きずり降ろすかとか、暑いなか何キロもの道のりを担いでいくかとか考える。想像なんかしなくても……もう知ってるんだ――飛び出した内臓が暑さにさらされて放つ異臭も、人の糞や血の臭いが、洗っても落ちないってことも。想像力？　想像力なんかなくなっちまう。溶けた金属の泥だまりの中で、焼け焦げた頭蓋骨が歯を剝き出しにしているのを見るとするよ——まるで数時間前、息絶える瞬間にそいつは叫んでいたんじゃなく、笑っていたみたいに見える。なのにそれが突然、なんでもない……普通のことみたいに思えて……。殺された奴を見ても、胸を突くような、張り詰めた興奮を覚えるようになる——ただ「俺じゃない！」って思う。すぐにそうなるんだ……。まるきり変わってしまう……。あっという間に。みんなそうなる。

戦場にいる人間にとって、死の神秘なんかない。殺すってのは、ただ引き金を引くだけの行為だ。先に撃ったほうが生き残ると教えられた。それが戦場の掟だ。「ここで諸君がすべきことは二つ——素早く行動し、確実に撃つこと。判断は私が下す」、指揮官はそう言ってた。俺たちは命令の通りに撃った。俺は命令通りに撃つように教え込まれていた。ためらいはなかった。子供だって撃てた。男も女も年寄りも子供も、みんな敵だった。ある集落《キシラク》を隊列で走行してたとき、先頭車両のエンジンが止まった。運転していた兵士が降りてボンネットを開けると……十歳くらいの子供がナイフをそいつの背中に——まっすぐ心臓をめがけて突きたてた。兵士はエンジンに突っ伏して倒れて……。その子は蜂の巣にされた。もし命令が下っていたら、集落ごとぶっ潰してた。徹底的に。誰もが生き残るのに必死だった。考える暇なんかなかった。俺たちはたかだか十八や二十歳だった。他人が死ぬのには慣れたけど、自分が死ぬのは怖かった。さっきまでいた人間が跡形もなく、まるで元からいなかったみたいに消されていくのを目の当たりにした。そういうときは空っぽの棺桶に正装の軍服を入れて故郷に送るんだ。それらしい重さになるように、異郷の土をいくらか入れて……。生き延びたかった。あそこにいたときほど生きたいと願ったことはない。実戦から戻ると、みんなで笑った。あんなに大笑いしたことも、それまでなかった。手垢にまみれた小咄さえ一流のジョークに思えた。たとえばこんなやつだ——

前線に、闇屋がやってきた。手始めに捕虜のドゥーフが金券《チェーキ》でいくらになるかを調べた。一人八枚の値がつくという。二日後、駐屯地のそばに砂埃があがっていた——闇屋が二百人の捕虜を連れていく。そこへ仲間が来て話しかけた——「一人くれ。七枚出すから」。「いやいや、そうはいかないよ。こっちだって九枚で仕入れてきたんだ」。

同じ話を百回されたって、何度でも笑う。どんなにくだらない話でも腹が痛くなるほど笑った。

ドゥーフ(俺たちは敵の反政府ゲリラ《ドゥシマン・ムジャヒディン》のことをそう呼んでいた)が手引書を片手に伏せている。狙撃手だ。小さな三つ星マークが見える——中尉だ……。手引書をめくると、三つ星は——五万アフガニー。バン！　大きな星一つなら、少佐だ——二十万アフガニー。バン！　小さな星二つ、准尉。バン！　夜になるとボスが精算してくれる。中尉のぶんのアフガニー、少佐のぶんのアフガニー。次は……なに、准尉だと？　養い手を殺っちまったのか。あいつが練乳や缶詰や毛布を横流ししてくれていたのに。おまえは縛り首だ！

人が死ぬ話より、金の話が多かった。俺はなにも持たずに帰ってきた。あるのは、体から摘出された破片——それだけだ。土産を持って帰る奴もいた……陶磁器、宝石、装飾品、絨毯……集落を襲ったときの戦利品だ。買ったり、物々交換でせしめたものもある……恋人に贈るために、弾倉と引き換えにマスカラやフェイスパウダーやアイシャドウなんかの化粧品セットを手に入れた奴もいた。ただし弾薬を売るなら煮てからだ……。弾丸は煮ると飛ばなくなる、銃身からぽとりと落ちるだけで殺傷力はない。バケツや金だらいを火にかけて、弾丸を入れて二時間煮込んだら一丁あがり。夜になったら売りに出かける。指揮官も兵士も勇気のある奴も臆病な奴も、誰だってやってた。食堂からはナイフや食器やスプーンやフォークが持ち去られ、兵舎ではカップも椅子もハンマーも数が合わなくなっていた。銃剣も、車のミラーもスペアパーツも売りさばかれた……。勲章すら……。現地の店《ドゥカン》ではなんでも買い取ってくれる――駐屯地の街から運ばれてくるがらくただって――空き缶も古新聞も錆びた釘もベニヤ板の切れ端もポリ袋も……。そういうがらくたは、車何台ぶんっていう単位で取引された。ドルと水はいつだって、どこだって重宝される。俺たちには夢があった……三つ……。兵士の三つの夢は、母親にあげるスカーフと、彼女にあげる化粧品のセットと、自分用の水泳パンツを買うこと。当時、ソ連には水泳パンツがなかったんだ。あの戦争なんて、そんなものだった。

　俺たちは「アフガン帰り」と呼ばれてる。そらぞらしい呼びかただ。レッテル貼りだよ。烙印みたいなもんだ。俺たちが人とは違う、別の人間だっていう。どう違うんだ？　自分がどういう人間なのか、俺にはわからない。英雄なのか、後ろ指を指されるような馬鹿なのか。あるいは犯罪者なのか。すでに、あれは政治的過失だったと言われている。いまは控えめに囁かれているだけだが、いずれ大々的に言われるようになる。俺は現地で血を流してきた……自分の血も、他人の血も……。勲章はもらったけど、俺たちはつけない……そのうち返すことになるだろう……。勲章自体は誠実に手にしたとはいえ、戦争そのものが不誠実だったんだから……。小中学校から講演を頼まれることがある。でもなにを話せばいいんだ。戦闘のことか……初めて見た死体のことか……。いまだに暗闇が怖くて、なにかが落ちた音がしただけでぎくりとすることか……。捕虜をとっても部隊まで連れて帰るとは限らなかったことか……そんなこともあった……（黙る）。戦地には一年半いたが、生きたドゥシマンには一度も遭遇しなかった、見たのは死体だけだ。干した人間の耳のコレクションのことか。あれは戦利品とされていて……それを見せびらかしていた。砲撃を受けた集落が、もはや人の住処というより掘り返した畑みたいになっていたことか。こういう話を小中学校ですればいいのか？　そうじゃない、英雄譚が聞きたいんだろ。でも俺は覚えてる――俺たちは破壊行為をし人を殺し、それでいて建設もしたし物資を配りもした。なにもかも一緒くたにおこなわれていて、だからいまだに切り離して考えることができない。その記憶が怖くて……思い出さないようにしてる。振り払おうとしてる……。戦争から戻った奴らは、みんな酒や煙草に溺れる。弱い煙草じゃ効かないから、現地で吸ってた「狩人煙草《オホートニチー》」がいい……。医者は煙草を吸うなっていうけど……。頭の半分は鉄だから。酒も飲めないんだ……。

　アフガンの友情なんて話だけは書かないでくれ。そんなものは存在しない。俺は信じない。確かに戦場では俺たちは団結していた――誰もが同じように騙され、同じように生き延びたくて、同じように家に帰りたがってたからだ。ここで俺たちをつないでいるのは、誰もなにも持っていないということだ――この国では富はコネと特権のある連中が山分けしてる。でも俺たちは血を流したぶんを補われなきゃならないはずだ。みんなが同じ問題を抱えてる――年金問題、住居問題、まともな医薬品、義足、家具……。それさえ解決したら、俺たちの団結なんて途端に崩れ去る。俺はなんとしても自分のアパートと家具を――冷蔵庫も洗濯機も日本製のビデオデッキも手に入れてやる。それですぐはっきりするさ――あいつらとつるんでたって、やることはないって。若い連中は俺たちとはつきあいたがらない。わかってくれないんだ。大祖国戦争〔独ソ戦〕の兵士と同一視されることもあるが、彼らが祖国を守ったのに対して、俺たちはどうだ。ある青年に、俺たちはドイツ側の役回りだったんだって言われたことがある。たぶん、そうなんだと思う……そう……若い奴らからはそう見られてるんだ……。腹が立つよ。俺たちが戦場で冷たい粥を食ったり地雷に吹き飛ばされたりしていたとき、あいつらはここで音楽を聴いたり女の子と踊ったり本を読んだりしてたんだ。現地で俺と同じものを見て、耐え、体験した以外の人間には、どうせわかりゃしないよ。

あと十年もして、俺たちに肝炎や脳挫傷やマラリアの後遺症が出てきたら、人から避けられるようになる。職場でも、家でも……。役職にも就けない。誰からも疎まれるようになる……。あんた、なんのために本なんか書いてるんだ。誰のためだ。あの戦場から戻った奴らは、どっちにしろ嫌がるだけだ。ありのままを話すなんて、できると思うか？　死んだラクダと死んだ人間がひとつの血溜まりに横たわって、ラクダと人間の血が混ざっていく。誰がそんな話を聞きたがるんだ。俺たちは故郷に戻っても、みんなから余所者あつかいされる。俺に残されたのはただ、家と、妻と、もうすぐ生まれる子供と、共に現地から帰ってきたわずかな友人だけだ。ほかの奴は誰一人信用してない。

この先も信用しない。

――兵卒、自動車化狙撃兵

十年間、誰にも言わなかったんだ……。一切、なにも。

新聞には「連隊は行軍訓練をおこない……」「射撃訓練をおこない……」なんて書かれてた。そういうのを読むたびに悔しい思いをした。僕のいた小隊は車両の警護にあたっていた。車体はネジ回しでも穴をあけられるような代物で、格好の標的にされた。毎日銃撃を受け、死者が出た。すぐそばにいた仲間が殺されて――初めて人が殺されるのを見た……。目の前で。まださほど仲良くなっていたわけじゃないけど……。迫撃砲で撃たれたんだ。体内にたくさんの破片が入り込んで、ひどく長く苦しんで死んでいった……。僕らの姿は見えているはずなのに、知らない名前ばかりを呼びながら……。

カブールに発つ前日、仲間の一人と摑み合いの喧嘩になりそうになったとき、そいつの友達が僕たちを引き離して止めてくれた。

「なにやってんだ、こいつは明日アフガンに行くんだぞ！」

現地には人数分の飯盒やスプーンなんかなくて、ひとつの鍋を八人くらいでつつく。だけどアフガンは推理小説や冒険物語じゃない。殺された農民が横たわってる——痩せこけた体に、大きな手……。砲撃を受けたときは祈るんだ（誰に祈るのかはわからないけど、神に祈ってるのかもしれない）——大地が割れて僕を隠してくれますように、岩が割れますように、って……。犬たちが鼻を鳴らす。地雷探知犬が、なにかを訴えるみたいに。犬も殺されたり傷を負ったりする。シェパードも人間も同じように、殺されもするし包帯を巻かれもする。人は足を失い、犬は脚を失う。雪に散った血が、人の血なのか犬の血なのかもわからない。戦利品の武器が積みあげられている——中国製、アメリカ製、パキスタン製、ソ連製、イギリス製。武器は不思議と美しい、でもすべては僕たちを殺すための道具だ。恐くなる。あの恐怖を恥だとは思わない。恐怖は、勇気よりも人間味がある。そうわかったんだ。怖いと感じるからこそ大切に思うんだ、少なくとも自分自身を……。あたりを見回せば、命で溢れている……周囲のすべては生き続けるのに、自分は消えてしまう。故郷を遠く離れた場所でみじめに野垂れ死にするなんて、考えたくもない。人類は宇宙にすら行けるようになったのに、あいかわらず数千年前と同じように殺し合い続けている。弾や、ナイフや、石で……。集落ではソ連兵が木の熊手《フォーク》で刺し殺された……。

帰ってきたのは一九八一年だった……。すっかり「万歳《ウラー》」気分だった。国際友好の義務を果たしてきたんだ！　崇高な義務を！　英雄だ！　朝早くに列車はモスクワに着いた。到着したはいいが、バスは夕方までない。とてもじゃないけど待ちきれなくて、なんでもいいから乗り継いで家に向かった。モジャイスクまでは電車で、ガガーリンまでは路線バスで、そこからスモレンスクまでは何度も乗り換えて。スモレンスクからヴィテプスクまではトラックに乗せてもらった。全部で六百キロ。アフガンからの帰りだと聞くと誰もお金をとろうとしなかったのが印象に残ってる。最後の二キロは徒歩だ。僕は走った。そうしてやっと家に辿り着いた。

故郷はポプラの匂いがして、路面電車がガタゴトと音をたてて走り、女の子がアイスを食べていた。ああポプラだ、ポプラの匂いだ！　戦地では、緑といえば緑地帯《ゼリョンカ》のことで、そこから弾が飛んでくる。故郷の白樺やシジュウカラが恋しくてたまらなかった。でも帰ってくると、曲がり角を見て恐怖を感じた。建物の角を曲がるのが怖い……。行く手にある曲がり角を見ただけで、内臓がすくみあがる──角を曲がった先にいるのは誰だ？　帰ってから一年間は、外に出るだけで怖かった。防弾チョッキもヘルメットも銃もないなんて──裸同然だ。夜は夢をみる──誰かに額を狙われている。頭が半分吹き飛ぶくらいの口径だ……壁に体当たりをして……電話が振動して音をたて、額に汗が滲み──撃たれる！　どこからだ？　あたりを見回すと、本棚が目に入って……。そうだ！　うちにいるんだった……。

新聞記事はあいかわらずだ──「ヘリ操縦士某氏が飛行訓練をし……」「赤星勲章を授与され……」「カブールでは五月一日《メーデー》を祝うコンサートが催され、ソ連兵も参加……」。アフガンのおかげでわかった。おかげで、この国はすべて正しいとか、新聞やテレビでは真実が伝えられているとかいった幻想から覚めたんだ。僕は「どうすればいいんだ、なにをすべきだろう」と考えた。なにか行動を起こしたかった。どこかへ行こうと思った。でもどこへ行ったらいいんだろう。母には止められるし、友達も誰もわかってくれなかった──「みんな黙ってるだろ、それでいいんだ」って。

だけど、こうしてあなたに話せた……。考えていることを話そうとしたのは、これが初めてだ。不思議な感じがする。

――――――――――――――――――――看護師

この話をするのは怖いの。またあの影が襲いかかってくるから……。

毎日……。現地で私は毎日、思いあぐねていた――「ばかだ、私はばかだ。どうしてこんなところに来たんだろう」って。仕事のない夜になると特にそういう思いにとらわれる。昼間はほかのことで頭がいっぱいだった――どうやってみんなを助けよう。なんてひどい傷……。どうしてこんな銃弾があるのかと驚きました。誰が考え出したんだろう。ほんとうに人間の仕業だろうか。弾の孔は小さいのに、体内に入ると腸も肝臓も脾臓も――ずたずたにしてしまう。殺したり傷つけたりするだけじゃ足りなくて、もっとひどく苦しめるのが目的だなんて……。兵士たちは傷が痛むと決まって「母さん！」って叫ぶのね。必ずと言っていいほど……。

私はレニングラードを出たいと思っていた。一年でも二年でもいいから、とにかくあの街を離れたかった。赤ちゃんを亡くし、そのあと夫も亡くしてしまって。この街に私をつなぎとめるものは一切なかったし、むしろなにを見ても過去を思い出して、追い詰められてた。あっちにはあの人とデートした場所があって……こっちには初めてキスをした場所があって……この産院であの子を産んだんだ、って……。

あるとき医長に呼び出されて――

「アフガニスタンに行く気はあるか？」

「はい」

と答えました。自分よりつらい思いをしている人を見なければいけないと思った。そして、見てしまった。

これは正義の戦争で、ソ連はアフガンの民衆が封建主義を終わらせ、明るい社会主義の社会を建設するための手助けをしているって、そう聞かされていた。ソ連の若者が戦死しているなんてあまり語られていなかったから、私たちは、きっと現地では伝染病が流行っているんだろうと考えていたの——マラリアや腸チフスや肝炎が流行っているんだろうって。一九八〇年の……はじめのころ。カブールに着いて……。かつてイギリスが建てた古い馬小屋が野戦病院として使われていた。なにもなくて……。一本の注射器を全員で使い回して……。将校たちがアルコールをことごとく飲んでしまうから、ガソリンで傷口の処置をする。傷はなかなか治らない……。日光が頼りだった。強い日差しが細菌を殺してくれるから。最初に目にした負傷者は下着とブーツしか身につけていなかった。パジャマもなくて。パジャマが支給されたのはだいぶあとになってから。スリッパもそうだし、毛布も……。ある少年なんて……あの子のことはよく覚えてる——骨がないみたいに体のあちこちが折れて、両足も垂れ下がっていて。体内からは二十もの破片が摘出された。

三月の終わりまで、野戦病院のそばにはずっと切断された腕や足が山になってた。遺体は……別のテントに安置されてたけど……。ほとんど裸の状態で、目をくり抜かれていたり、あるときは——腹部を星形に切り裂かれた遺体もあって……。以前、革命後の内戦を描いた映画でそういうのを見た覚えがあった。亜鉛の棺はまだなかった、まだ用意できていなかった。

じきに少しずつ疑問に思い始めたの――私たちは何者なのか。でもそういう疑念は、上部からは嫌がられた。スリッパやパジャマはあいかわらずないのに、ソ連のスローガンやアピールやポスターは方々に掲げられている。スローガンを背にした、痩せた悲しそうなソ連兵の少年たち。あの姿はそのまま記憶に焼きついてる……。一週間に二回、政治教育の時間があって、「崇高な義務」「国境の守りは固く」としきりに教えられる。軍隊でいちばん嫌なものは密告よ、密告を強要されること。どんな些細なことでも、負傷兵や病人のことも、一人一人について言わなきゃいけない。士気を把握するためだって言われてた。軍には活気がなければいけないって……。誰のことも例外なく言いつけなくてはいけないことになってた。情けは無用。でも私たちは庇ったわ、あそこではみんな庇い合うことだけを支えに生きていたから……。

私たちが現地に行ったのは……人を救い、助け、愛するためだった。そのために行ったの……。それなのに、ときが経つにつれて私は憎しみを抱いていることに気づいた。火のように灼けつく、あの柔らかく軽い砂が憎い。山が憎い。いつ弾が飛んでくるかわからない平屋ばかりの集落が憎い。メロンを入れた籠を運んでいる通りすがりのアフガン人も、自分の家の前に立っているだけのアフガン人も憎い。その人が昨日の夜どこでなにをしていたのか、わかったものじゃないんだから。病院で治療したばかりの顔なじみの将校が殺され、テント二つぶんの兵士たちが虐殺された。ある場所では飲み水に毒が入れられて……。綺麗なライターを拾った途端、手の中で爆発したという人もいた……。そうして味方の兵士が死んでいった。ソ連の少年たちが。それをわかっておかなきゃいけない……。あなたは焼け焦げた人を見たことがありますか。ないでしょう。顔もわからない、目も、体もない……黄色っぽい硬い皮に覆われた、ぐちゃぐちゃのなにかで……その皮の下から、悲鳴ともなんともつかない、獣の唸りのような声が聞こえて……。

現地では憎しみを糧に生き、憎しみのおかげで生きながらえていた。罪悪感？罪悪感を感じたのはこちらに戻ってきて、距離を置いて見られるようになってからね。現地では公正だと思っていたのに、ここで思い出すとぞっとする――手も足も失って砂地に横たわっていた幼い女の子は……まるで壊れた人形みたいだった。ソ連軍の爆撃のせいで……。それなのに私たちはまだ、なぜアフガンの人たちに嫌われるのだろうと首をひねっていた。彼らもソ連の野戦病院で治療をした……。薬を渡してもこちらを見ようともしない、にこりともしない女の人がいて、そんなことに私は腹を立てた。現地では腹を立てたけど、いまは――そんなことない。ここではもうまともな人間でいられるし、さまざまな感情も戻ってきたから。

看護師っていうのは、いい職業だわ――人を救うという仕事のおかげで、私自身も救われた。看護師は現地に必要だったと考えれば、私は正しかったと思うことができる。だけどいちばん恐ろしいのは――救えるはずの人も救えなかったということ。必要な薬さえあれば救えた命もあった。早く運べば間に合ったはずなのに、運ばれてきたときには手遅れだった例もある(医療中隊にいたのは、ろくに訓練も受けていない、せいぜい包帯の巻き方を覚えただけの兵士たちだった)。酔いつぶれて寝た外科医を起こせなかったせいで救えなかった人もいる。救えたはずの命がいくつもある……。死亡報告書にも、ほんとうのことなんて書けなかった。地雷にやられると……体が吹き飛んでバケツ半分ほどの肉片しか残らないこともよくあった。でも私たちは、自動車事故で亡くなったとか、崖から転落したとか、食中毒とかいった診断を書いた。数千人規模の死者が出るようになってようやく、遺族宛にはほんとうの死因を書いてもいいことになった。死体には慣れてしまったけど、その死体があんなにも若く、愛しく、あどけない存在だと思うと――どうしても堪えられなかった。

負傷者が運ばれてくる。ちょうど私が当直のときだった。その人は目を開けて私を見ると――

「よかった……」と言って、息を引きとったの。

山の中で三日間の捜索ののちに発見されて運び込まれた人で、「医者を頼む、医者を……」とうわごとを言っていたって。白衣を見て、助かったと思ったのね。けれども傷は深く、助かる見込みはなくて……。私はあの戦場で初めて、頭蓋骨陥没がどんなものなのかを知った……。私の記憶のなかには墓地があり、肖像写真の展示室がある。黒い額縁の。

死に至ってさえ、平等ではなかった。どういうわけか戦闘で命を落とした人のほうが惜しまれる。病院で死んだ人はそれほどじゃない。叫びながら死んでいく人もいた……すさまじい声をあげて。救命処置を受けている途中に亡くなった少佐がいた。軍事顧問だった。その人が駆けつけた奥さんの目の前で亡くなったとき、奥さんがひどい悲鳴をあげたの……野獣のように……。ほかの患者に聞かせたくなくて、ドアというドアを閉めて回りたかった……。だってすぐそばで兵士たちが死に瀕しているのに。まだ年端もいかない子たちが……。あの子たちが死んでも、泣いてくれる人はいない。少年たちは孤独に死んでいく。あの奥さんは場違いだった……。

「母さん、母さん！」と呼ばれたら、

「ここよ」と、嘘をつく。

私たちは少年たちの母となり姉となった。いつだって、その信頼に応えてあげたかった。

負傷兵が運ばれてくる。運んできた兵士たちは用が済んでもなかなか出ていこうとしないの。

「なにもいらないからさ。少しだけここにいてもいい？」

でもここへ、故郷へ帰ってしまえば……あの子たちにはほんとうの母親や姉妹がいるでしょう、奥さんも。ここでは私たちは必要とされない。戦場では彼らは、決して誰にも話せないような、自分だけの秘密にしていたことも打ち明けてくれた。たとえば、仲間のお菓子を盗み食いしたとか。平時では取るに足らないことでも、現地では――ひどく自責の念に苛まれてた。ああいう状況では人間性が浮き彫りになる。臆病な人はじきに誰からも臆病だと思われるようになるし、密告をすればすぐにそれが知れわたる。女好きなら誰が見ても女好き。ここでそんなことを言いだす人はまずいないけれど、現地では、人を殺すのもなかなかいいとか、殺人は楽しいといった話をする人はたくさんいた。それは――強烈な感情だから。私もつきあいのあった准尉が、帰郷を前にして悪びれもせず言ってた――「帰ったらどうやって生きていけばいいんだ。人を殺したくなるに決まってるのに」って。おそらく彼らにとっては、一種のこだわりなのね――ああして平気で語れるなんて。少年たちなんて、夢中で話してた――集落を焼き払ったことも、なにもかも破壊したことも。気が狂ってしまったわけでもないはずなのに。多くの少年たちが、そのまま故郷へ帰っていった……。殺人を、なんとも思わなくなって……。あるとき、カンダハール近郊から将校が訪ねてきた。日も暮れて帰る時刻になったとき、その人は誰もいない部屋に入ると鍵をかけて、銃で自殺してしまった。酒に酔っていたと聞いたけど、わからない。つらいのよ。一日一日を生き抜くのが。歩哨で自殺した少年もいた。炎天下に三時間立ちっぱなしだったって。内向きな子だったから、耐えられなかったのね。気が触れてしまった人もたくさんいた。はじめは大部屋に寝かされていたけど、あとから別室に移された。でも鉄格子を怖がって逃げ出そうとするの。ほかのみんなと一緒にいたほうがまだ楽そうだった。ある少年のことが、特に印象に残ってる――「そこに座って。除隊の歌をうたってあげる」。そうして、ひとしきりうたってから寝つく。

目を覚ますと、

「帰る、帰らせて！　母さんのところに……ここは暑いよ……」

ずっと家に帰りたがっていたっけ。

麻薬を吸う人もたくさんいたわ。アナシャや、マリファナ……。手に入るものならなんでも……。力が湧いて、すべてから解き放たれるって言われた。なにより自分の体から解放される。まるでつま先立ちで歩きながら、細胞のひとつひとつが軽やかになり、筋肉の一本一本がわかるような感覚になるって。空を飛びたくなる、ほんとうに飛んでいるような気さえする。喜びが込みあげる。なにもかも好きになって、どんなにくだらない話でも笑える。耳もよく聞こえ、目もよく見える。匂いも音もはっきりとわかるようになる。人を殺すのも簡単になる――痛みも感じず、かわいそうにも思わない。死ぬのも楽になる――恐怖も消えている。防弾チョッキを着て、装甲で守られているような感覚になる。私はその話に耳を傾けた……。二回……私も……私も二回、吸ってみた……。二回とも、心も体も限界に達していたときだった。感染症病室で働いていたころ。病床は三十人ぶんしかないのに、三百人もの人が収容されていて、腸チフスとマラリアが蔓延してた。シーツや毛布が支給されても、彼らは地面に直接自分の上着を敷いてそこに寝てた。下着一枚で。頭は丸刈りなのに、それでもシラミがぼろぼろと落ちて……コロモジラミもアタマジラミも……想像を絶するほどたくさんのシラミが……。近くの集落ではアフガン人が病院のパジャマを着て、頭にはターバンのかわりに病院のシーツを巻いていた。少年たちがなにもかも売ってしまっていたの。でもあの子たちが悪いわけじゃない……そう……大抵は。あの子たちは月三ルーブルのために死んでいった――ソ連兵がもらえるのはひと月に八枚の金券。三ルーブル……〔当時のソ連の平均賃金は約百～二百ルーブル〕。配給されるのは、ウジのわいた肉や、傷んだ魚で……。みんな壊血病にかかり、私も前歯がすべて抜け落ちた。あの子たちは毛布を売ったお金で、アナシャを買う。もしくはなにか甘いものを。あるいはアクセサリーを……。現地には華やかな出店が並び、素敵な小物がたくさん売られていた。ここでは……ソ連では決して売っていない、少年たちが見たこともないものばかり。だからあの子たちは武器や弾薬さえ売ってしまう。その武器や弾薬で自分たちが殺されてしまうかもしれないのに。そのお金でチョコレートや……惣菜パンを買っていたわ……。

そういった現地での体験を経て、それまでとは違う目で自分の国を見るようになったの。瞳が変わり、大きくなった……。

帰ってくるのが怖かった。なんだか落ち着かないの。体じゅうの皮膚がなくなってしまったみたいで。ずっと泣いていたわ。現地に行ったことのある人としか会いたくない。あの人たちとなら昼も夜も一緒にいられる。でもほかの人の話は煩わしくて、ばかみたいに思えた。半年くらいはそんな感じだった。いまはもう、肉屋の行列に並んだ人たちと言い合いだってする。戦争へ行く前と同じ、普通の生活に戻ろうとしてる。でも、難しいのね。自分や、自分の人生が、どうでもよく思えてしまう。人生はもう終わっていて、この先にはなにもない気がする。男の人はもっと苦しそう。女は子供に望みをかけることができるけれど、男はそうはいかないみたい。帰ってきて恋愛をして子供ができても、それでもアフガニスタンを超えるものを見つけられずにいる。どうしてそうなるのか、私も知りたい。すべてはなんのためだったのか。なぜそれを思うと、こうも胸が痛むのか。現地で心の奥にしまったものが、ここへ来て出口を求めているのがわかる。

彼らの苦しみに寄り添わなければいけないのよ、現地にいたすべての人の。私は大人で、あのときすでに三十歳だったのに、それでも相当な痛手を負った。ましてあの子たちはまだ子供で、なにもわかっていなかった。家から連れ出され、武器を渡され、「諸君は崇高な任務をこなすのだ、祖国は諸君を忘れないだろう」と言われて。いまは、彼らから目を背け、あの戦争を忘れようとしている。誰も彼も。しかも私たちを現地に送り込んだ人間に限って、むしろそういう態度をとっている。私たちでさえ、会っても戦争の話をあまりしなくなった。誰もが厭うようになった戦争。けれども私はいまでも、アフガンの国歌を聴くと涙が出るの。アフガンの音楽はどれも好きになった。まるで麻薬みたい。最近、バスの中である兵士に会ったの。私たちが治療した、右腕を失った兵士だった。同じレニングラードの出身だったから、よく覚えてた。

「セリョージャ、なにか手伝えることはある？」

でも嫌そうに、

「どっか行けよ！」って言われてしまって。

彼はいつか私を探しだして謝ってくれるって、信じてる。でもじゃあ、いったい誰が彼に謝るの？現地に行ったすべての人に。散々痛めつけられた人たちに。目に見える障碍を負った人だけじゃない。どれほど国民を疎んじていたら、あんなことのために人を送り込めるのかわからない。いまではもう、戦争はもちろん、子供の喧嘩さえ嫌になってしまった。あの戦争はもう終わったなんて言わないでほしい。夏になり、熱い砂埃が巻きあがり、淀んだ池の水面に波紋が光り、乾いた花の鼻をつく匂いがするだけで……こめかみに一撃を受けたように感じる……。

これはきっと生涯、私たちを悩ませ続けるのね……。

――――――――兵卒、運転手

しばらく戦争から離れてみて、いくらか落ち着いた……。どうしたら、すべてをありのままに伝えられるだろう。

全身がわななくようなこの震えを、この怒りを……どうしたら……。俺は軍隊に入る前に自動車輸送の専門学校を卒業してたから、大隊長付きの運転手になった。その職務に不満はなかった。でも国内でアフガニスタンへの限定派遣のことが頻繁に話題にあがるようになると、政治教育の時間に毎回必ずその話をされて――ソ連軍は祖国の国境をしっかりと守っている、友好国の人々を支援していると繰り返された。不穏な空気を感じた――戦場に派遣されるかもしれない。いまならわかるけど、俺たちは騙されたんだ……。

部隊長に呼び出されて、

「諸君、新しい車に乗って仕事がしたいか？」

と訊かれる。もちろんみんな口を揃えて、

「はい、したいです」

って答えるだろ。そうしたら次は、

「しかしまずは開拓地へ行って、麦の収穫を手伝ってきてもらいたい」

とくる。みんな行くって言ったよ。

飛行機の中で偶然耳にした操縦士たちの会話から、どうやらタシケントに向かっているらしいことがわかった。俺は当然、おかしいと思った――開拓地へ向かっているはずじゃなかったのかって。着いた先はほんとうにタシケントだった。隊列を組まされ、飛行場のそばの有刺鉄線で囲まれた場所に連れていかれる。座って待機していると、指揮官たちは妙にせわしなく行き来して、なにやら囁き合ってる。昼飯時になると次々にウォッカの詰まった箱が引きずられてきた。

「二列縦隊にぃー、整っ列！」

整列するとすぐに、俺たちは言い渡された――数時間後に迎えの飛行機が来る、それに乗ってアフガニスタンへ赴き、軍務を果たすこと。宣誓を守ること。

大騒ぎになった。恐怖とパニックでみんな動物みたいになって――妙におとなしくなったり、猛り狂ったりしてる。悔し涙を流す奴、硬直する奴、信じがたく卑怯な手で騙されて錯乱する奴。だからウォッカなんか持ってきやがったんだ。俺たちをなるべく簡単に、楽に丸め込むために。ウォッカを飲んで頭に酔いが回ると、逃げ出そうとする奴らや、将校に喧嘩をふっかける奴らも出てきた。でも陣営は自動小銃を持った兵士たちに包囲されていて、そいつらがみんなを飛行機のほうにじりじりと追いつめていく。そうしてまるで荷箱を放り込むみたいに、俺たちは空っぽの鉄機体の腹に詰め込まれた。

そんなふうにして俺たちはアフガニスタンに行ったんだ……。じきに負傷者や死者を目の当たりにし、「偵察」「戦闘」「作戦」といった言葉を耳にした。おそらく……いま思えば、俺はショック状態にあった……。ようやく我に返って状況をはっきり認識できるようになったのは、数ヶ月後のことだ。

妻が「どうして夫がアフガニスタンに行くことになったんですか」と訊きにいったら、「本人が志願したんです」と言われたらしい。ほかのみんなの母親や妻も同じことを言われていた。もし俺の人生が、俺の血が重要な事業のために必要なら、確かに「志願させてください」と言っただろう。でも俺は二重に騙されていた――戦地に派遣されたうえに、それがどういう戦争かも説明されなかった。真実を知ったのは八年後だ。すでに墓の中にいる友人たちは、あの卑劣な戦争でいかに騙されたかを知らない。ときどき、あいつらが羨ましくなるよ——この先ずっと、知らされることなどないんだから。そしてもう、騙されることもないんだから。

——母

故郷を遠く離れて、私は郷愁に駆られていました……。

夫は長年ドイツに赴任していて、そのあとモンゴルに派遣されて……。私は懐かしくてたまらない故郷を、二十年も離れて生きてきた。それで参謀本部に請願書を書いたんです——これまでずっと外国で暮らしてきました、もう耐えられません。故郷に帰れるように取り計らってください、って……。

帰国の列車に乗り込んでもまだ信じられなくて、ひっきりなしに夫に問いかけたわ——

「ほんとにソ連に向かってるの？　嘘じゃないよね？」

最初の停車駅で故郷の土を手にとり、じっと見つめると、笑みがこぼれた——ふるさとの土だ！　私は土を口に入れました、ほんとうに。頬ずりもした。

愛しい……私の……うちの……ユーラは長男だった。母親としてこんなことを言うのは良くないってわかっているけど、私はあの子を世界中の誰よりも愛してた。夫よりも、下の子よりも。どちらも愛していたけど、あの子は特別。幼いころは、あの子の足を握ったまま眠ってた。映画館に行くにしても、誰かに預けて行くなんて考えられなかった。生後三ヶ月のあの子とミルクを何本か抱えて、映画を観にいった。生涯、ずっと一緒にいたといってもいい。とにかく本をお手本に育てたわ、理想的な主人公に倣って——パーヴェル・コルチャーギン、オレグ・コシェヴォイ、ゾーヤ・コスモデミヤンスカヤ〔自伝的小説『鋼鉄はいかに鍛えられたか』の主人公、独ソ戦時に反ファシズム抵抗運動で命を落とし小説『若き親衛隊』のモデルとなった少年、ドイツ軍への破壊工作をし殺害されたとして英雄視された女性パルチザン〕。小学校にあがるころには、あの子は童話や童謡じゃなく、ニコライ・オストロフスキーの『鋼鉄はいかに鍛えられたか』をまるごと暗記してた。

先生はとっても喜んで、あの子に訊いたんですって——

「ユーラ、お母さんはどんなお仕事をしてるの？　たくさん本を読んでいて偉いわね」

「お母さんは図書館で働いてるよ」

あの子は理想は知っていても現実を知らなかった。私自身、長らく故郷を離れて生活していたせいで、現実は理想で成り立っていると思い込んでいたから。こんなこともあった……もうソ連に戻って、チェルノフツィに住んでいたころ。ユーラは士官学校に通うようになっていて。あるとき、深夜二時に玄関のベルが鳴った。出ていくと、玄関口にあの子が立っていた。

「ユーラ？　どうしたのこんな時間に。おまけに雨のなか……ずぶ濡れじゃないの……」

「母さんと話をしにきたんだよ——周りに馴染めないんだ。母さんに教わったようなことなんか……一切ないじゃないか。なにを根拠に言ってたんだ？　しかもまだこの先がある……。これからどうやって生きていけっていうんだよ」

私たちは一晩中キッチンで話をした。でも私はなにもできず、同じ言葉を繰り返すだけ——人生は素晴らしいの、いい人はたくさんいるわ、すべてほんとうのことよ。あの子は黙って聞いていて、朝になると士官学校へ戻っていった。

説得しようとしたことも何度もあった——

「士官学校をやめて、普通の学校に入りなおしなさい。あなたにはそのほうが合ってるでしょう。どう見てもつらそうじゃないの」

あの子は自分の進路に満足していなかった。なりゆきで選んでしまったから。優れた歴史研究者にも……学者にもなれたはずなのに。本ばかり読んでいる子だったわ……「古代ギリシャってすごい国だなあ」なんて言っては、ギリシャのことを書いた本を片っぱしから読むのよ。そのあとはイタリア。「ねえ母さん、レオナルド・ダ・ヴィンチは宇宙飛行のことを考えてたんだって。モナリザの微笑みの謎もいつか解き明かされるだろうなあ……」。十年生の冬休みにモスクワ旅行に行ったの。モスクワには元陸軍大佐の兄がいて。あの子は兄に「大学は哲学科に入りたい」と打ち明けたのに、兄は反対して——「ユーラ、君は正直な青年だ。いまの世のなか、哲学者として生きるのはたいへんなことだ。自分も他人も欺かなきゃいけない。真実を口にすれば牢屋か精神病院に入れられる」

そうしてその春、あの子は決めたの——

「母さん、なにも訊かないで。僕は軍人になるよ」

軍事都市で、亜鉛の棺を見たことがあったわ。でもそのときは——上の子は七年生で、下の子はもっと小さかった。だから(この子たちが大きくなるまでには戦争は終わる)って、楽観視してた。まさかあんなに長く戦争が続くなんて、思いもしなかった。「しかし戦争の期間は義務教育と同じだったことになりますね、十年ですから」——ユーラの葬儀のとき、誰かにそう言われた。

士官学校の卒業式。息子は将校になった。それでも私は、あの子がどこか遠くへ行くなんて考えられなかった。あの子のいない人生なんて、片時も考えられなかった。

「どこに派遣されそうなの」

「アフガニスタンに志願するつもりだよ」

「ユーラ！」

「母さんが僕をこういう人間に育てたんだ、いまさら教育しなおそうったってもう遅い。母さんの教えは正しかった。僕がこれまで目にしてきたクズどもは、僕にしてみれば国民じゃないし、こんなのは祖国じゃない。僕はアフガニスタンに行ってあいつらに証明してやるんだ、人生には崇高なものがあるって。冷蔵庫に肉がたくさんあることや、ジグリ〔イタリアのフィアットをモデルにしたソ連の車〕に乗ることで手に入る幸せだけがすべてじゃない。それ以外のなにかがあるって……。母さんがそう教えてくれただろ……」

あの子だけじゃなく、たくさんの少年が志願書を書いてアフガニスタンを希望してた。みんな、いい家庭で育った子たちばかり――父親がコルホーズの議長だったり、村の教師だったり……母親が看護師だったり……。

あの子になにを言えばよかったの。そんなことは祖国にとって必要じゃないとでも？ いずれにせよあの子がなにかを証明したかった相手は、アフガニスタンへ行く目的なんて服や金券を手に入れるためか、勲章や昇進のために決まっていると思っていたし、今後もきっと、それは変わらない。その人たちにとってゾーヤ・コスモデミヤンスカヤは理想像なんかじゃなく狂信者なのよ、まともな人間はあんなことはできないって。

私はこらえきれなくて、どうかしてしまって――あの子に泣きついて訴えたわ。打ち明けたの、自分では認めるのを恐れていたけど……そのころにはもう世間では言われていたことを……内輪だけで囁かれていたことを。私は息子に頼んだ――

「ユーラチカ、現実はあなたに教えたのとはまったく違うの。もしあなたがアフガニスタンに行ったら、広場に出ていって……処刑布告台《ロープノエ・メスト》にあがって……ガソリンをかぶって火をつけるわ。アフガニスタンへ行けばあなたは殺される。祖国のためなんかじゃない、なんのためかもわからずに殺されるの……。理由もなく。たいした理念もないのに優秀な若者を死にに行かせるなんて、そんなの国のするべきことじゃないでしょう」

そうしたらあの子は、モンゴルに行くなんて嘘をついた。でも、わかってた——自分の子だもの。アフガニスタンに行くだろうって。

同時期に、下の子のゲーナも軍隊に入った。でもあの子のことはそれほど心配じゃなかった、まったく性格が違ったから。ユーラとはいつも言い争いをしてた。

ユーラが、

「ゲーナ、おまえは本を読まなすぎだよ。本を持ってるのを見たことがないぞ、いつもギターばっかりじゃないか」

と言うと、ゲーナは、

「兄ちゃんみたいになりたくないからね。俺はみんなと同じがいいんだ」

って返す。

二人とも家を出ていったから、私は子供部屋に移った。あの子たちの本や、持ち物や、手紙のほかは、なにも興味をもてなくなった。ユーラはモンゴルのことを書いてたけど、地理が間違いだらけで、もはやあの子がどこにいるのかは明らかだった。私は朝から晩まで自分の人生を振り返っていた……。自分を切り刻むみたいに。あの痛みは、言葉ではとても表せないけど……。

私が自らあの子を戦争に行かせた。自分がしたことなの。

……知らない人たちが訪ねてきたとき、その顔を見てすぐに悟ったわ――訃報だって。部屋へ通した。

ただひとつ残っていたのは、恐ろしい希望――

「ゲーナですか？」

彼らは目を逸らす。それでも私は、一人の息子のためにもう一人の息子を差し出そうとして――

「ゲーナなんでしょう？」

ある人が、消え入りそうな声で、

「いえ、ユーラです」

と……。もう、話せないわ……。これが限界……。この二年で、私は死につつある。病名はないけれど、先は長くない。私は広場に出て焼身自殺をしたりはしなかったし、夫もあの連中のところへ行って党員証を投げつけたりはしなかった。私たちはおそらく、もう死んでいるのね。ただ、誰もそうとは知らないだけで……。

私たち自身にも、わからないだけで……。

――軍事顧問

直後に自分に言い聞かせたんだ――「なにもかも忘れよう。忘れよう……」と。

うちではこの話はしないことになっている。妻は現地で四十歳にして白髪になり、髪を伸ばしていた娘もいまでは短くしている。カブールにいたころ、夜中に砲撃が始まっても娘がなかなか起きないときは、三つ編みを引っぱって起こしていたから……。

でも四年が過ぎて、不意にいてもたってもいられなくなって……。話したくて仕方ない……。昨日も、たまたま訪ねてきた人たちに話し始めたら止まらなくなってしまった。アルバムを引っぱりだしてきて……スライドを映写機で見せる——集落の上でホバリングするヘリ、担架で運ばれる負傷兵、その近くに運動靴を履いたまま転がっている足。純真な目でレンズを見つめる捕虜たちは銃殺を宣告されていて、十分後にはもうこの世にない……。アッラーフ・アクバル！ ふと見回すと——男はベランダで煙草を吸い、女は台所に行ってしまっていた。残っているのは思春期の子供たちだけ。子供は好奇心が旺盛だからね。どういう心境の変化なのか自分でもわからないけど、話したくてたまらない。どうして突然そう思ったか？ すべてを忘れてしまわないように、かな……。

当時あったこと、感じたことは——もはや伝えようがない。だから、いま感じていることを話すことにするよ。四年経ったいま感じていることを……。十年が経てばまた、なにもかも違って聞こえるだろうし、もしかしたらなにもかも壊れてなくなってしまうかもしれない。

恨めしさのような、悔しさのようなものを感じていた。どうして俺が行くはめになったのか。なぜ俺が押しつけられたのか。でも重圧を感じながらも、それに押し潰されてはいないと思うと——自尊心が刺激される。いちばんどうでもいい用意から始めて——ナイフはどれを持っていこうかとか、髭剃りはどれにしようとか……。荷物の準備ができると、すぐに待ちきれなくなった。気分が昂って興奮が冷めないうちに、早く得体の知れないものを知ってしまいたい。よくあるパターンだ……。ほかの人に訊いてもみんな同じようなことを言うよ。俺なんて、悪寒がしたり、汗が噴き出たりもして……。現地に着いたときは――飛行機が着陸した瞬間、安心するのと同時に胸がざわざわして――さあ始まるぞ、現地をこの目で見て、触れて、実際に生活するんだ、と思った。

アフガン人が三人、立ち話をして笑っていた。商店の並び沿いを汚れた身なりの少年が走り抜けたかと思うと、分厚い布が幾重にも垂れ下がる小店の中へ駆け込んでいく。オウムが緑色の目でまばたきもせずこちらを見ている。俺はそれを見つめながら、なにが起きているのかわからずにいた……。アフガン人は喋り続けている。こちらに背中を向けていた一人が振り返ると……その瞬間、もう銃口が目に入った。ピストルが向けられ……向けられて……穴だ……穴が見える。同時に鋭い発砲音が響き――俺はもういない……俺はあちら側にいると同時にこちら側にもいて……でもまだ倒れてはない、立っている。彼らと話がしたいのに、できない――ああ……。

現像されていく写真のように、ゆっくりと世界が現れる……。窓……高い窓……。なにか白くて大きな……どっしりとして、白い服を着た……誰かが……眼鏡が邪魔で、顔がわからない……その顔から汗が垂れ……落ちてきた汗が自分の顔にあたって、痛い……。重いまぶたをこじ開けると、安堵のため息が聞こえた――

「ああよかった、中佐殿。「出張」からお戻りですね」

けれども頭を持ちあげるどころか、少しでも向きを変えようものなら、脳みそが落っこちてしまいそうで。意識も途切れがちで……またあの少年が分厚い布の向こうへ消えていき……オウムが緑の目でまばたきもせずこちらを見て……アフガン人が三人……背を向けていた一人が振り返り……俺はピストルの銃口を見つめ……穴が……見える……だけどもうあの銃声を待ちはしない……俺は叫んでいる――

「殺してやる、殺してやる……！」

叫び声はどんな色をしていて、どういう味がするのだろう。血の色はどうだろう。病院で見る血は赤いが、乾いた砂に落ちた血なら灰色で、岩についた血は夕方には生気のない鮮やかな青に見える。重い傷を負った人はみるみるうちに血を失っていく、割れた瓶から流れ出るみたいに……。そしてその人はどんどん……弱っていって……目だけが最後まで輝いて、俺のいるほうを見つめ続ける。焦点の合わない目でじっとこちらを……。

あらゆることの報いを受けているんだ。すべて。ひとつ残らず！（神経質に部屋を歩き回り始める）山を下から見上げると——どこまでも続く手の届かない世界が広がっているが、飛行機で上空にあがれば——下には逆さまのスフィンクス。なんの話かといえば——時間の話だよ。出来事と出来事の間隔の話だ。あのころは当事者である俺たちにも、あれがいかなる戦争なのかがわからなかった。いまの俺と過去の俺を——一九七九年に現地にいた俺を、混同しないでほしい。そう、俺は信じていたんだ。八三年にモスクワに戻った。モスクワでは、あたかも俺たちが現地にいた事実などなかったかのような生活が続いていた。戦争なんてものも一切なかったような生活が。地下鉄ではそれまでと同じように人々が笑い、キスをしている。本を読んでいる。俺はアルバート通りで通行人に訊いて回った——

「アフガニスタンの戦争が何年続いているか、ご存知ですか？」

「さあ……」

「戦争が何年続いているか……」

「知らん、なんでそんなこと訊くんだ」

「戦争が何年……」

「えーと、二年かな……」

「戦争が何年……」

「えっ、戦争なんかしてんの？　まじで？」

いまでは、俺たちを笑いものにする風潮さえある——愚かでなにもわかっていなかった、従順な羊の群れみたいな奴らだ、って。いまになって、ゴルバチョフがそれを許してしまった……好きにしろと……。笑えばいいさ。だけど中国の古い格言にはこうある——「死んだ獅子を自慢する猟師は万人の軽蔑に値し、倒した獅子を自慢する猟師は万人の賞賛に値す」と。過ちだと指摘する人がいてもいい。正直なところ、そんなことを言える立場の人がいるのかどうかは知らないが。でも俺は——違う。人には「なぜ当時は黙っていたんだ、子供だったわけでもあるまいし。それどころか五十にもなっていたのに」と訊かれる。俺はわからなきゃいけない……。

まず、俺は現地で人を撃っておきながら、あの土地の人々を尊敬してもいる、というところから始めよう。愛しているといっても過言じゃない。あの人たちの歌が好きだし、お祈りも好きだ——穏やかで延々と続いて、現地の山並みによく似ている。でも俺は——俺個人に限っていえばだが——頭から信じきっていたんだ——天幕《ユルト》は五階建ての住居には劣る、便器がないのは文化がないのと同じことだと。だから俺たちは便器をたくさん設置して、石造りの家を建てて回ろう、トラクターの運転も教えてやろうと考えていた。そうして実際、デスクや水差しや公的会談用の赤いテーブルクロスを与え、マルクスやエンゲルスやレーニンの肖像画を何千枚も配った。そういった肖像画はすべての執務室に届き、随所で上官の頭上に掲げられた。上官たちのために黒いヴォルガ車も手配した。ソ連のトラクターや種牛も。けれども農民《デフカン》たちは、与えられた土地を受けとろうとしない。土地はアッラーのもので、人が与えたり受けとったりできるものではないというんだ。破壊されたモスクの頭蓋骨のような丸屋根が、まるで宇宙から見下ろすみたいに俺たちを見つめていた……。

俺たちは、蟻の視点から世界を見ることは決して できない。エンゲルスを読んでみてくれ。東洋学者のスペンセロフは、「アフガニスタンは買いとれない、転売に頼るしかない」と言っていた。ある朝、煙草を吸っていると、灰皿に黄金虫ほどの小さなヤモリがいるのを見つけた。数日後その場所に戻ると、ヤモリはまだそこに同じ姿勢でじっとしていて、頭の向きさえ動かしていない。それを見て思った——東洋も同じだと。俺が十ぺん消えて蘇っても、倒れてはまた起きあがっても、小さな頭ひとつ動かさない。彼らの暦では、まだ一三六一年なんだ……。

いま俺は自宅にいて、テレビの前でソファに座っている。この俺に人が殺せるだろうか。蝿さえ殺せない。現地に行って数週間、いや数ヶ月は、桑の木の枝が銃弾にあたって落ちるだけで——非現実的な感じがした……。戦闘時の心理は違う……走って、狙いを定める……前方か……視野の端か……。何人殺したかは数えてない……。ただ走った。狙いを定めて……ここでも……あっちでも……生きた、動く標的を……。俺自身も標的だった。狙われていた……。英雄になって戦場から戻る人なんかいない。英雄になることなど不可能なんだ……。

あらゆることの報いを受けているんだ。すべて。ひとつ残らず！

一九四五年の兵士のことなら——あなたも想像できるでしょうし、愛せるでしょう。ヨーロッパじゅうから愛された、純粋で素朴な、幅広のベルトをした兵士。その兵士はなにも望まなかった。勝てば——家に帰れる！ それだけでよかった。けれどもいま身近に、あなたの住む街に帰ってきた兵士は違う。彼らはジーンズやラジカセを欲しがっていた。それまで知らなかった生活を目にし、覚えてきた。多くのものを求めるようになった……。古代から言われるように——眠っている犬を起こしてはいけない。人間に、非人間的な試練を与えてはいけない。人はそんなことには耐えられない。

好きだったドストエフスキーも、現地では読めなかった。暗澹として。ブラッドベリや、SF小説を持ち歩いていた。永遠の命が欲しい人なんているだろうか。いないさ。

でもこんなこともあった……確かな記憶だ……。収容所に入れられていた、当時俺たちが悪党の親分と呼んでいたアフガン人に、会わせてもらったことがある。その人は鉄の寝台に寝そべって本を読んでいた……。見覚えのある装丁だと思ったら……レーニンの『国家と革命』とある。そして「ああ、最後まで読む時間が残されていないのが残念だ、子供たちが読んでくれるだろうか……」と言っていた。

小学校が全焼し、壁だけが残されていた。子供たちは毎朝その焼け跡に登校し、燃えかすの炭で壁に文字を書く。授業が終わると石灰で壁を白くする。そして壁は再び白い紙のようになる……。

手足を失くした少尉が緑地帯から運ばれてきた。男性器がなかった。ショックを受けたその人がまず言ったのは「兵士たちは無事か……？」という言葉だった。

あらゆることの報いを受けているんだ。そして俺たちは誰よりも多くの犠牲を払った。あなたたちよりも……。

なにもいらない。俺たちはすべてを経験した。ただ俺たちの話に耳を傾け、理解してほしい。でも人々は物による補償に——薬や年金やアパートの支給に慣れてしまっている。支給して、忘れる。その支給は高い代償をともなってきた——血を犠牲にしたものなのに。でも俺たちは懺悔がしたかった。これは懺悔なんだ。

懺悔の秘密は守ってくれ……。

――兵卒、砲兵

いや、やっぱりこういう形で終わってよかったんだ。負けてよかった。おかげで、目を覚まされるだろうから……。

すべてを話すのは無理だよ……。実際の出来事のうち、俺が見て覚えたことだけが残っている。それはすでに全体のうちの一部で、そこからさらに話せることが浮かびあがる。言葉になるのは十分の一だ……がんばって思い出して話そうとして、ようやくそのくらいになる。でもなんのために話すんだ。アリョーシカのためか――腹に八つの破片をくらって、俺の腕の中で死んでいったあいつのためか。山から担ぎ下ろすのに十八時間かかった。十七時間は生きていたが、十八時間めで――死んだ。アリョーシカのために思い出すのか。でもそれは、あっちの世界に――空の上にいる人間にとってそれが必要だっていう宗教的な考えかたにのっとった場合のことだろう。俺はそれより、あいつらがもう痛みを感じないってことのほうを信じたいね、怖くもないし恥ずかしくもないいってことのほうを。じゃあなんのために蒸し返すんだ。俺たちからなにか聞きだしたいのか……。ああ……。そりゃあ俺たちはレッテルを貼られているけど……。なにを知りたいんだ。俺たちをなにかと勘違いしてるんじゃないのか。無理があるんだ――よその国でなんのためかもわからずに戦いながら、理想やなんかを抱くなんて。意義を見つけるなんて。現地では俺たちは同じ境遇にいたけど、考えまで同じだったわけじゃない。ここでもそうだ……。平和な世界にいたって……。現地に行った奴と行かなかった奴の差なんて単なる偶然の産物にすぎない。俺たちはみんな違うのに、いつも同じ境遇に置かれるんだ――現地でも、ここでも。

六年生か七年生のころ、ロシア文学の先生に、黒板の前に呼ばれたことがあった――

「さあ、好きな登場人物を発表してみましょう。チャパーエフ？ パーヴェル・コルチャーギン？」

「ハックルベリー・フィンです」

「どうしてハックルベリー・フィンなの？」

「ハックは、脱走した黒人のジムを裏切るか、彼のために地獄で火あぶりにされるかって考えたとき、「ちくしょう、地獄で焼かれるのか」って思って、それでもジムを裏切らなかったから」

そしたら放課後、親友のアリョーシャに訊かれたよ――

「でもさ、もしジムが白軍で、おまえが赤軍だったらどうすんだ？」

って。俺たちはずっとそうやって生きてきた――白か赤か、味方じゃない奴は敵だって。

バグラム近郊で……集落に寄って、なにか食べさせてほしいと頼んだ。現地では、もしお腹を空かせた人が家に来たら、温かいナンをごちそうしなきゃいけないっていう風習がある。女たちは食卓に案内し、食べものを出してくれた。でも俺たちが家を去ると、その女たちは子供もろとも村人たちに石や棒を投げつけられ、殺されてしまった。殺されるのをわかっていたのに、俺たちを追い払わなかったんだ。それなのに俺たちは自分たちの習慣を押し通して……帽子もとらずにモスクに入ったりしてた……。

どうして思い出させようとするんだ？ どれもごく個人的な体験なのに――初めて殺した相手も、軽い砂に落ちた俺自身の血も、煙突みたいにのびたラクダの首が、意識を失うその瞬間まで目の前で揺れていたことも。でもそれと同時に、現地ではみんなとまったく同じでもあった。これまで生きてきて、みんなと同じでいるのを拒んだのはただ一度だけだ……。保育園で、散歩をするときは手をつないで二人一組になって歩きましょうって言われてたけど、俺はひとりで歩きたかった。若い先生たちはしばらく俺のわがままを許してくれていたけど、じきにある先生が結婚してやめて、代わりにクラーヴァおばさんっていう先生が来た。クラーヴァおばさんは男の子をひとり連れてきて、「セリョージャと手をつなぎなさい」って言った。

「やだ」

「どうして？」

「ひとりで歩きたいんだもん」

「みんなと同じように、いい子にして手をつなぎましょうね」

「つながない」

そしたら散歩のあと、クラーヴァおばさんに服を脱がされて——シャツやパンツまで脱がされて、誰もいない暗い部屋に閉じ込められて、三時間も放っておかれた。子供にとって、ひとりぼっちにされるほど怖いことはない。しかも暗いところに……。みんな俺のことなんか忘れちゃったんだ、もうこれっきり見つけてもらえないんだ、と思った。次の日には俺はセリョージャと手をつなぎ、みんなと同じになった。高校まではクラスが決めたことに従い、大学では学部の、工場では職場の決定に従った。どこにいても誰かが代わりに決めてくれる。人はひとりではなにもできないと教え込まれた。なんかの本で、「勇気を殺す」っていう表現を見たことがある。でも現地に行ったころには、俺にはもう殺すべき勇気なんか残っていなかった——「志願する者は二歩、前へ」。みんなが二歩前へ出たから、俺も——二歩前へ出た。

シンダンドで……気が狂ったソ連兵が二人いた——始終ずっとドゥーフたちと「話し合い」をしているつもりでいる。社会主義とはなにかを、高校の歴史の教科書に書いてあった通りに説明してるんだ……レーニンとは誰か……。「実は偶像はからっぽだったのです。中に異教の司祭が入り、信徒たちにお告げをしていたのです」（偶像自体に意味はなく、その威を借りて説教をする人が賢ければ賢く、愚かなら愚かに見えるようになるという教訓の寓話）。クルィロフじいさんの言うとおりさ……。さすが古典だ……。十一歳くらいのとき、小学校に「狙撃手おばさん」が来た。七十八人の「フリッツおじさん」（ドイツ兵）を殺した人だ。家に帰るとうまく喋れなくなっていて、夜には熱が出た。親はインフルエンザだと思ったらしい。一週間学校を休んで、好きな本を――『あぶ』（一八三〇～四〇年代イタリアの革命運動を主題とするエセル・ヴォイニッチの小説）を読んで過ごした。

　なんで思い出させるんだ。帰ってきたら……戦争に行く前に自分が着てたジーンズやシャツを着れなくなってた。俺の知らない誰か、他人の服だと思った。母さんも言うように、まだ俺の匂いがしていたけど。あの人間はもう、どこにもいない。いまでは俺になったその人は、ただ同じ名前なだけだ。軍に入る以前つきあってた彼女がいたし、その子を好きだった。でも帰ってきてからは電話もしていない。彼女は偶然、俺がもうこの街に帰ってきているのを知って、会いにきた。探すだけ無駄だったのに……。会うべきじゃなかったのに……。俺は彼女に言った――「おまえが好きだったあいつは、おまえのことを好きだったあいつは、もういない。俺はあいつじゃない。別人なんだ！」。泣いていたよ。何度も会いにきた。電話もしてきた。なんのためにだ。俺はあいつじゃない。別人なんだ（少し黙り、落ち着く）。俺はやっぱり、以前の奴が、あいつのほうが好きだった……あいつに会いたくて……思い出すんだ……。「あぶはモンタネッリに訊いた――「神父さま……いま、あなたの神はご満足ですか？」」

　この言葉を誰かに投げつけてやりたいよ。手榴弾みたいに……。

どうして私がここへきたか？　簡単よ。新聞に書いてあることを、そのまま信じていたの……。

　こんなふうに考えてた――「昔の人たちは偉業を成し遂げてきたし、自己犠牲の精神があった。なのに現代の若者はなんの役にもたたない。私だってそうだ。戦争が起きているっていうのに、私は自分の服を縫ったり、髪型を変えてみたりしてるだけなんて」って。母は、「死んだって認めないわよ。あなたを産んだのは、バラバラになった体をお墓に埋めるためじゃないんだから」って泣いてたわ。

　最初に印象に残っているのは、カブールへ移送されたときのこと。有刺鉄線が張られ、自動小銃を持った兵士たちがいて……犬が吠えていて……。女ばかりが並べられていた。数百人も。将校たちが来て、綺麗な人や若い人を選んでいく。あからさまだった。私は少佐に声をかけられた。

「よければ大隊まで乗っていくか、あの車が嫌じゃなければ」

「車って？」

「ああ、「二〇〇番」用でね……」

　そのときはもう知ってた――二〇〇番というのは死んだ人のこと、棺のことだって……。

「棺を積んでいるんですか」

「いまから降ろすところだよ」

　それはごく普通の防水幌布つきのカマーズトラックだった。棺はまるで弾薬箱のように放り出されていく。ぞっとしたわ。それを見て兵士たちは「新入りだな」とわかったみたい。部隊に到着したときは、六十度もの暑さだった。トイレは蝿だらけで、その羽を全部合わせたら人が飛べるんじゃないかと思う

――――補助員

ほどたくさんいる。シャワーもない。水は希少だった。女は私ひとりだった。

二週間後、大隊長に呼び出された——

「私と一緒に暮らしなさい」

二ヶ月のあいだ抵抗し続けた。手榴弾を投げつけそうになったこともあるし、ナイフを握りしめたこともある。さんざんに言われた——「ふん、もっと位の高い奴を狙う気か……」「バター入りのお茶が欲しくなったら——自分から来るだろうけどな……」。私はそれまで、汚い言葉なんて使ったことがなかったのに、そのときは、

「うぜえんだよ！」

と叫んでしまっていた。罵倒語がいくらでも口をついて出るのよ、すさんでしまって。それから宿の宿直としてカブールに異動になった。最初のうちは誰彼かまわず食ってかかって、そのせいで周囲からは気がおかしくなっているんじゃないかと思われた。

「なんでそんなに暴れるんだ？　俺たちは噛みついたりしないぞ」

でも私は自分の身を守る癖がついていて、態度を変えようがなくて。誰かに、

「お茶でも飲んでいかないか」

と誘われても、

「ふん、どうせ下心でもあるんでしょ」

と返してた。あの人が現れるまでは……。恋愛？　ううん、ここではそうは言わない。あの人は友達に私を会わせると、

「妻だ」

って紹介するから、私は、

「アフガン妻ってこと？」

と耳打ちするの。

一緒に装甲車に乗っていたときに……とっさに覆いかぶさって、あの人を庇ったことがあった。さいわい、弾はハッチに当たっただけだったけど。背を向けていたあの人からは見えていなかった。戦闘から戻ると、あの人は奥さんへの手紙に私のことを書いたわ。そのせいでもう二ヶ月も奥さんから手紙が来てないのよ。

銃を撃ちにいくのは好き。弾倉が空になるまで一気に撃つと、気分がすっとするから。

ドゥーフを、この手で殺したこともある。新鮮な空気を吸って景色を眺めたいと思って、山に登ったときだった。岩陰でガサッと音がして――私は体に電流が走ったように後ろへ下がって、連射した。先手を打てた。見にいくと――端正な顔立ちの頑丈そうな青年が倒れていて……。

「君となら偵察にだって行けそうだな」って、兵士たちに言われた。

誇らしかった。死者の持ち物を漁らず、ピストルだけを奪ったところも気に入ってもらえた。そのあとは道中ずっとみんなが気にかけてくれた――気分が悪くなったり、吐いたりしてしまうんじゃないかって。でも大丈夫。むしろ急に体が軽くなって……。戻ってきてすぐに冷蔵庫をあけて、とにかくたくさん食べた、普段なら一週間ぶんくらいの量を。精神がやられていたの。誰かがウォッカを持ってきてくれて、飲んだのに酔えなかった。ふと怖くなった――もし撃ち損じていたら、うちの母が「二〇〇番」を受けとることになったんだと思うと。

私は戦争に行きたかった、でもこの戦争じゃなく、大祖国戦争に。

なぜ相手を憎めたのか？　簡単なことよ。同じ釜の飯を食べた、身近にいた仲間が殺される。恋人や母親の話をしてくれていた仲間。その人が、全身黒焦げになって倒れている。それで即座に、ああこういうことか、と思うの……。狂ったように撃ちまくるようになる。私たちは大元の問題については考えないようにしてた――誰が仕掛けた戦争なのか、誰が悪いのか。そんな小咄もあって……。アルメニアのラジオの質問コーナーで、司会者がリスナーの質問に答えた――「さて、政治とはなにかというご質問にお答えしましょう。あなたは蚊がおしっこする音を聞いたことがありますか？　政治とはそれよりさらに繊細なものです」って。そうして政治を政府に任せているあいだに、ここの人々は血を見ては凶暴になっていく。無感覚になっていく……。焼け爛れた皮膚が丸く縮んでいくのを一度でも目にすれば……ナイロンのストッキングが破れたときみたいに……それでおしまい……。動物が殺されるのは恐ろしかった……武器を運んでいた隊商を襲ったとき、人は人、ロバはロバで別々に殺されていった。どちらも同じように黙って死を待っていた。傷ついたロバはまるで鉄と鉄が擦れるような金切声をあげて……。

ここにいると顔も変わるし、声も変わる。どんなふうになるかは、私たち女同士のこんな会話を聞いただけでも想像がつくでしょう――

「馬鹿な奴だよ！　軍曹と喧嘩してドゥーフに寝返るなんてさ。上官なんか撃っちまえばいいのにねえ。それで解決する。戦死ってことにされるんだから」

実際、そうなのよ……。将校の多くは、ここにいたってソ連と同じだと思ってた――兵士を殴ったり、馬鹿にしたりしてもいいって。でもそういう人は死体で発見されることになる……戦闘中に背後から撃たれて……。誰がやったかなんてわからないし、証拠も見つけようがない。

山の中の哨所にいる兵士たちは、何年も誰にも会わずに過ごす。一週間に三回、ヘリが来るだけ。私がそこへ行くと少尉が寄ってきて、

「頭巾をとってくれますか。髪を下ろしてほしいんです。もう二年も、兵士の坊主頭しか見ていなくて」

と頼まれた。そのころ私は髪を伸ばしていたから。

そうしたら兵士たちもみんな塹壕から出てきて……。

戦闘中に、身を挺して私を庇ってくれた兵士もいた。あの兵士のことはこれから一生ずっと忘れないし、教会ではいつでも彼のために献灯するつもり。私を知っていたわけでもないのに、ただ私が女だからというだけで庇ってくれた。そういうことは記憶に残るのね。普段の生活で、この人は命をかけて自分を守ってくれるだろうかと思ったとしても、確かめるすべはないでしょう。戦場では良い人はいっそう良くなるし、悪い人はよけいに悪くなる。砲撃戦があって……さっきとはまた別のときの話だけど……ある兵士が私に下品な冗談を言ったの。下卑た、汚らしいことを。(バチがあたればいいのに)って思った。でもそのあとその人が殺されたの、頭も胴体も半分失って。目の前で……。熱病にかかったみたいに震えがきた。それまでにも見たことはあった——大きなポリ袋に入れられた死体も……ホイルで包まれた死体も……。でもそれはまるで……なにに喩えたらいいのかはわからない……書こうとしても書けないと思う、いくら言葉を選んでも。いろんな言葉をあてはめて、合うかどうか考えて。あえていうなら……まるで大きなおもちゃのようで……。とにかく、あんなに震えが走ったことはなかった。でもあのときは、震えがおさまらなくて。

女は勲章をつけないの、たとえもらったとしても。ある女性が「戦功賞」を称える勲章をつけて、笑

われてた――「性功績」の間違いだろうって。勲章をもらえるのは大隊長と一夜を共にした証だって、みんな知っていたから……。なんのためにここへ女を呼ぶのかといえば、女なしではやっていけないから……。わかってもらえるかしら。将校のなかには、女がいないとおかしくなってしまう人たちがいる。じゃあどうして女が戦場へ来たがるのかといえば、お金……お金がたくさん稼げるから。ラジカセやなにかを買いつけて、国に帰ってから売ればいいお金になる。ソ連じゃそんなに稼げないし、貯めようとしたって貯まらない……。真実はひとつじゃない、たくさんある、それは確かにそうよ。正直にいうなら……。服欲しさに商人と取引する女たちもいた。商店に入るとバチャータが……子供たちが……騒ぎたてるの――「奥《ハヌーム》さん、セックス《ジックジック》」と言って店の奥を指す。将校たちは金券《チェーキ》で支払うので、それをもじって「秘密警察《チェキストカ》の女のところに行く」と言っていたわ。こんな小咄もあった――カブールの移送地点に、三つ首の竜ズメイ・ゴルィヌチと、不死のコシチェイと、妖婆バーバ・ヤガーがやってきました。それぞれ革命のために戦地へ赴きます。二年が経ち、三人は故郷への帰り道で再会しました。三つ首竜は頭をひとつだけ残してあとの頭は失い、不死のコシチェイは死にかけながらも不死なのでどうにか命だけは助かりました。ところが妖婆バーバ・ヤガーだけは、アメリカ製のモンタナ・ジーンズとストーンウォッシュ加工の服で全身ばっちり決めて上機嫌です。

「あたしは来年も志願するよ」

「おい嘘だろ、婆さんのくせに！」

「ふん、あたしはソ連じゃ婆さんだけどね、ここでは麗しのワシリーサになれるんだよ」

兵士たち……少年たちは……ここを去るときにはぼろぼろになってる、たかだか十八や十九の子供だもの。ここであまりにたくさんのものを見て。あまりに……。女がたった一箱の……一箱どころか二缶の肉の缶詰のために身売りをする。それを目の当たりにすると、そういう目で見るようになるのよ、自分の妻のことも。すべての女を……。ここで見る目を失ってしまう。ソ連へ戻ってからの言動がどこかおかしいのも、無理もない。すでに投獄された知り合いもいる……。それだけ特殊な経験をしてきたのよ。すべてを銃で、力で解決することを覚えてしまう……。スイカ売りの商人がいて、スイカをひとつ百アフガニーで売ってた。ソ連兵が値切ろうとしたけど、断られた。すると「ふん、そうくるなら！」と、兵士はいきなり銃ですべてのスイカを撃ってしまった。山になっていたスイカを全部。そういう人が、トロリーバスに乗っていて足を踏まれたり、行列に横入りしたのを咎められでもしたらどうなるか。わかるでしょう。

家に帰る日を夢みてた――折り畳みベッドを庭に持ち出して、りんごの木の下で昼寝をしよう。たわわに実るりんごの下で……。でもいまは怖いの。みんなそう言ってる、とくにいま、軍が撤退するっていうときになって――「ソ連に帰るのが怖い」って。なぜって、簡単なことよ。帰ったら、向こうではなにもかも変わっている――この二年のあいだに、流行も、音楽も、街の様子も。そしてこの戦争に対する見方も……。私たちは白いカラスみたいに浮いた存在になってしまう。

一年後に、また会いにきて。今度は故郷に。住所を教えておくわ……。

――曹長、偵察中隊衛生指導員

俺は心の底から信じていたから、いまだにその思いを捨てきれずにいるんだ……。

いまでも……誰になにを言われても、なにを読んでも、いつも心の内に小さな抜け穴を作っている。自己防衛の本能が働いて、身を守ろうとする。俺は体育大学を出て軍に入った。最後の、卒業前の実習はアルテーク〔クリミアの保養教育施設〕でおこなわれて、そのときはリーダーを務めた。何度も繰り返し理想の言葉を語ったよ――ピオネールの言葉、ピオネールの仕事……いまじゃアホらしく聞こえるけど……あのときは目に涙を浮かべてさ……。

俺は軍事委員部に「アフガニスタンへ行かせてください」って名乗り出た。そこで国際情勢を教えていた政治将校は、「ソ連はアメリカのグリーンベレーよりたった一時間という僅差で先に着いた。そのときアメリカはすでに上空にいたのだ」とほらをふいた。自分の騙されやすさに呆れるよ。さんざん叩き込まれて、ついには信じてしまった――これは「国際友好の義務」だって。どうしても完全には否定できない……最終的な結論を出せずにいるんだ……いくら「薔薇色の色眼鏡をはずせ」って、自分に言い聞かせても。俺が派遣されたのは一九八〇年でも八一年でもなく、八六年だった。それでもまだみんな黙ってた。八七年にはホスト州〔アフガニスタン東部〕にいた。ある山を攻略して……仲間を七人失った……。モスクワから記者団が来た。それで「緑軍」、つまりアフガンの政府軍が取材のために連れてこられた、まるで奴らがあの山を奪還したとでもいうように。アフガン人がカメラの前でポーズをとってるあいだ、味方の兵士たちは死体置き場に寝かされていた……。

アフガニスタンに派遣されたのは、訓練所の優等生だった。トゥーラやプスコフやキロヴァバードは汚いし蒸し暑いからって嫌われてたけど、アフガニスタンにはみんな我先にと志願する。それなのにスドービン少佐が、俺と親友のサーシャ・クリフツォフに、志願を取り消せって説得しようとした――「君たちが死ぬくらいならシニーツィンを行かせたほうがましだ。君たちの教育のために国がどれだけ金をかけたと思ってるんだ」

シニーツィンってのは平凡な農家の息子で、トラクターの運転手だ。俺はもう大学を卒業してたし、サーシャはケメロヴォ大学のゲルマン・ロマンス諸語学部に通ってた。サーシャは歌が特にうまくて、ピアノもバイオリンもフルートもギターも弾けて、作曲もできた。絵もうまかった。俺とあいつは兄弟みたいに仲がよかった。サーシャと一緒に受けた政治教育の授業では、現地でなされた功績や偉業について聞かされてきた。アフガニスタンはスペイン内戦と同じだって。それなのにいきなり――「君たちを死なせるくらいならシニーツィンのほうが」なんて言われたって。

　戦争に行くのは、心理的な点で興味があった。なにより、自分を知れる。そう思うと好奇心がうずいた。現地に行ったことがある奴らにいろいろ訊いて回った。そのうちの一人が俺たちに話したのは、いま思えば嘘八百だ。そいつの胸には火傷みたいなP《エル》字形の痣《あざ》があって、わざとシャツの胸をはだけて見せびらかしてた。夜中にヘリから山に降下した話なんかをでっちあげて、「空挺隊員は、パラシュートが開くまでの最初の三秒は天使で、そのあと飛んでいる三分は鷲で、そのあとは荷馬だ」とかぬかしやがった。でも俺たちはその通りに思いこんでしまった。あの大嘘つきにいま会えたらいいのに。じきに、ああいう嘘は即座に見破れるようになった――「脳みそが欠けてるか、でなけりゃ頭の打ちどころが悪かったんだな」って。そいつとは逆に、止めようとしてくれた奴もいた――

「あんなところに行くな。汚い仕事だ、夢なんかない」

　でも俺は、

「おまえが行ったんだから、俺だって行ってみたい」

って反発した。そうしたら、どうすれば生き残れるかを教えてくれたよ――

「銃を撃ったらすぐにその場から二メートル離れろ。銃身は粘土塀《ドゥバル》か岩陰に隠すんだ、発射炎を見られて居場所がばれないように。行軍中は飲むな、ついて行けなくなる。哨所では寝るな、顔をひっかいてでも腕に噛みついてでもいいから起きてろ。パラシュートで降下したら、まず全速力でその場から離れて、そのあとは状況に応じて走れ」

うちの父親は学者で、母親は技師だった。子供のころから個性を大事に育てられた。俺は個性のある人間になりたかった……そのせいで……(笑う)。十月組《オクチャブリャータ》〔ピオネール付属幼年団〕から外されて、ピオネールにもずっと入れてもらえなかった。俺は名誉をかけて闘った。ようやくピオネールのネッカチーフをもらえたときは、肌身離さず身につけて、寝るときも巻いて寝た。文学の授業のとき、先生に注意されたことがある——

「自分の言葉で喋るんじゃなく、本に書いてある通りに話しなさい」

「間違ってるんですか？」

「本の通りじゃないでしょう」

昔話みたいだ——王様は、灰色だけが好きでほかの色は全部嫌いでした。だからその王様のおさめる王国は、なにもかもねずみ色でした、っていう話だ。

俺はいま小学校の教師をしているから、生徒たちにはこう教えている——

「みんなは、考えることができる人になってほしい。きみたちまでバカになっちゃいけない。錫《すず》の兵隊にされちゃいけない」

ってね。軍に入るまではドストエフスキーやトルストイが人生を説いてくれたけど、軍に入ったら軍曹に教えられるようになった。小隊ごとに三人の軍曹がいて、奴らは際限ない権力を持っていた。

「いいか！　空挺隊員が持つべきものはなにか、答えろ！」

「空挺隊員は厚顔なツラと鉄の拳を持つべし、良心は一切不要なり！」

「良心は空挺隊員には贅沢である。復唱！」

「諸君は医療衛生大隊だ。医療衛生大隊は空挺部隊《ヴェーデーヴェー》のエリートである。復唱！」

母親宛の手紙にこんなことを書いた兵士もいた——「母さん、羊を飼って「軍曹」って名前をつけておいて。帰ったら俺が潰すから」。

その体制そのものが、反抗など無謀なんだと意識に叩き込まれるようにできていた。自分はどうされても文句が言えない存在だと……。

朝六時、起床。たて続けに三回号令がかかり、起きあがってはまた横にならなきゃいけない。起きて寝るを繰り返す。

三秒以内に「滑走路」に整列する。「滑走路」っていうのは白いリノリウムの床のことで、白いのは、こまめに洗わせ、磨かせるためだ。百六十人全員が三秒のあいだにベッドから降りて整列する。それから四十五秒以内に制服を三番形式に着替える——きちんと着なきゃいけないけど、ベルトと帽子はまだだ。一人でも足布《ポルチャンキ》を巻くのが遅れると、

「解散、やり直し！」

となる。でもまた遅れて、

「解散、やり直し！」だ。

それからトレーニング——空手とボクシングとサンボを組み合わせた格闘術で、ナイフや棒や軍用ス

コップやピストルや自動小銃に対抗する。相手は銃を持ってるのにこっちは素手だとか、こっちがスコップを持っているのに相手は素手だとかいう状況でやりあわなきゃいけない。うさぎ飛びの百メートル走もやる……しかも片足で……。拳で煉瓦を十個割るっていうのもあった。建築現場に連れてかれて、「できるようになるまで帰れないものと思え」って言われた。恐れに打ち克って、思い切り叩くこと――それがいちばん難しい。

五分で顔を洗う。百六十人いるのに蛇口は十二個しかない。

「整列！　解散！」――すぐにまた「整列！　解散！」

朝の点検。ベルトのバックルが猫のキンタマ並にピカピカかどうか、襟は白いか、帽子には糸のついた針が二本差してあるかを検査する。

「前へー進め！　定位にー戻れ！」

自由時間は一日に三十分しかない。昼食後に、手紙を書く時間だ。

「クリフツォフ、なぜなにも書かずにぼんやりしているんだ？」

「考えているのであります、軍曹殿」

「声が小さい」

「考えているのであります、軍曹殿」

「もっと大きな声で！　教えた通りにできないのか？「穴」で訓練してこい」

「穴」で訓練っていうのは――号令の声を鍛えるために便器に向かって叫ぶ訓練のことだ。軍曹が背後に立って、ちゃんと便器に響いているかチェックする。

俺たちはなんでも仲間内の隠語で呼んでた――

消灯——「人生よ、好きだ」。朝の点検——「みんな、俺を信じてくれ」。夜の点検——「顔を見ればわかる」。営倉——「祖国を遠く離れて」。除隊——「遠い星の光」（いずれもソ連の映画や歌の題名）。戦術訓練場——「バカ野原」。食器洗い所——「ディスコ」（皿がレコードみたいに回るから）。政治将校——「シンデレラ」（空軍の「乗客」）。

「医療衛生大隊は空挺部隊のエリートである。復唱！」

いつも腹が減って死にそうだった。軍の売店は憧れの場所だ——マフィンやヌガーやチョコレートが売ってる。射撃訓練で「秀」をとれば売店へ行く許可が下りる。金が足りないときは煉瓦を売る。まずなるべく体格のいい奴が二人組になって煉瓦をひとつ持って、金を持ってる新入りのところへ行く——

「煉瓦を売ってやるよ」

「え、なんのために？」

そうしたら二人で取り囲む。

「いいから買えよ……」

「いくらですか」

「三ルーブルだ」

そうすれば新入りは俺たちに三ルーブル払うしかなくなる。煉瓦は陰でこっそり捨ててるだろうけど。三ルーブルあれば充分食える。煉瓦ひとつがマフィン十個に化けるって寸法だ。

「良心は空挺隊員には贅沢である。医療衛生大隊は空挺部隊のエリートである」

俺はなかなかいい俳優になれるんじゃないかな、割とすぐに、あてがわれた役をこなせるようになったから。なにより屈辱なのは「チャドス」と呼ばれることだった。子供って意味の「チャド」からとった言葉で、弱くて男らしくない奴をそう呼ぶんだ。三ヶ月後に除隊になったときには、なにもかも忘れていたよ。つい最近までは女の子とキスをしたりカフェに行ったり踊ったりしてたのに。三ヶ月じゃなく、三年経ってようやく文明社会に戻ってきたみたいな気がした。

夜には――

「おい猿ども、集まれ！　空挺隊員にとっていちばん肝心なのはなんだか知ってるか？　肝心なのは――地上を通り越してしまわぬことだ」〔空挺部隊で流行した一言小咄〕

帰る少し前に、新年のお祝いがあった。俺がマロースじいさん役で、サーシカが雪娘をやった。小学校を思い出したよ。

十二昼夜も行軍が続いたことがあった……山よりつらい場所はない……ゲリラから逃げて……気つけ薬に頼ってどうにか歩いた……。

「衛生指導員、「オズヴェリン」をくれ」――オズヴェリンってのは、シドノカルブのことだ。もらったそばから残らず飲んじまう。

これをネタにした冗談もあった――

「さて、どうなさいましたか？」と、まず誰かが医者の真似をして、猫のレオポルドに訊ねる〔以下、一九七五年のソ連アニメ『猫のレオポルドの復讐』からの引用〕。

「ネズミに困っているんです……」

「どれどれ、じゃあ深呼吸して……。なになに、ネズミにひどいめに遭わされたのに、捕まえられないと……。なるほどねえ。あなたはとてもやさしいお方だ。凶暴にならにゃいかん。ほうら、「オズヴェリン」錠じゃ。一日三回、食後に一錠ずつ服用しなさい」

「飲むとどうなるんですか？」

「野獣化《オズヴェレーチ》するんじゃよ」

五日目に、ある兵士が突然自殺した――みんなを先に行かせて、銃を自分の喉に押しあてて、撃った。そのせいで俺たちは死体とそいつのリュックと防弾チョッキとヘルメットを担いでいくはめになった。かわいそうだなんて思えなかった。あいつは、俺たちが死体を置き去りにはできないことを知ってたはずなのに、って。

俺たちは除隊になって家に帰るときになってようやく、そいつのことを思い出して、かわいそうだったな、と思った。

「一日三回、食後に一錠ずつ服用しなさい」

「飲むとどうなるんですか？」

「野獣化するんじゃよ」

爆破でやられた負傷が、いちばんたちが悪い……。膝から下を失った足は……骨が突き出していて……もう片方の足はかかとがない……。陰茎を失ったり……目が飛び出したり……耳を失くしたり……。初めて見たときは寒気がして、喉が苦しくなって……。自分に言い聞かせた――「ここでやらなきゃ、決して衛生指導員にはなれない」って。這って近づいてみると、そいつは両足を失っていた。止血帯をきつく締めて血を止めて、痛み止めを施して、眠らせる……。腹部に拡張弾を撃ち込まれて……腸が破裂してる……止血帯を巻いて血を止めて、痛み止めを施して、眠らせる……。四時間は持ったけど……死んだよ……。

医薬品が不足していた。市販の消毒薬さえもない。支給が遅れたり、支給されても使い切ってしまっていたりといったことが続く――これぞソ連の計画経済ってやつだよ。敵を倒したときに手に入る薬が頼みだった、輸入品のさ。俺は日本製の使い捨て注射器を二十本は鞄に常備するようにしてた。ポリエチレンのやわらかい個包装に入ってて、袋を開けたらそのまま使えるんだ。ソ連のレコード注射器〔二十世紀初頭に開発されたガラス製注射器〕は、薄紙の包みが破けて滅菌の効果がなくなってた。おまけに半数は弁がだめになっていて、液体を吸いあげられない――不良品だ。ソ連製の代用血漿は半リットルずつ瓶に入ってるんだが、重傷者を治療するには二リットル、つまり四瓶要る。戦闘の最中にずっと手を伸ばしてゴム管を支えてろってのか？　現実的に考えて不可能だ。一人で持ち歩ける瓶の量だって限度がある。これがイタリア製なら――ポリエチレンのパックに一リットルずつ入ってる。袋は丈夫で、ブーツで思いきり踏んだって破れない。ほかにも――たとえば包帯だ、ソ連製の一般的な消毒済み包帯は、包装紙が分厚すぎて中の包帯より重い。外国のやつは……タイ製のもオーストリア製のも、もっと薄くて、どういうわけか色も白くて……。弾性包帯なんかそもそもないから、それも戦利品を使ってた……フランス製とか、ドイツ製とか……。そうそう、ソ連製の副木なんてひどいもんだよ。医療用具っていうより、ただのスキー板みたいなもんだ。あんなの、そういくつも担げるもんじゃない。俺はイギリス製のを持ってた――前腕骨用、脛骨用、大腿骨用とそれぞれあって空気で膨らませて使う、ジッパー式のやつだ。腕を入れて、ジッパーで留める。骨も固定されるし、運ぶときの衝撃からも守ってくれる。

　九年ものあいだに、ソ連の製品はまったく進歩しなかった。包帯も然り、副木も然りだ。ソ連の兵士ってのは、いちばん安上がりなんだよ。なんにしても我慢を強いられ、文句も言えない。備品も与えられず、守られもしない。まさに消耗品さ。一九四一年もそうだったし……五十年が経っても変わらない。どうしてなんだ？

撃たれるのは恐怖だが、自分が撃つのは怖くない。生き延びるためにはそれだけを考えてなきゃいけない。俺は考えてた……。先頭と最後尾の車両にだけはぜったいに乗らなかった。ハッチの内側には決して足を下ろさなかった。爆破されたときに足を失くさないためには、車体の外に出しておいたほうがいい。恐怖を軽減させる効果のあるドイツ製の薬をきらさないようにしていた。だけどもはや、誰も薬には頼らなくなってた。防弾チョッキもあったが……これがまた例に漏れず、ソ連製のやつは持ち上げるのにも一苦労で、着て動けるようなものじゃない。アメリカ製のほうは鉄のパーツなんかまったく使わず、防弾性の素材でできてた。スポーツウェアみたいに動ける。しかもマカロフ拳銃の弾丸くらいなら至近距離でも通さないし、自動小銃でも百メートルまで近づいてようやくダメージを受ける程度だ。ソ連のヘルメットなんて、一九三〇年代の古臭い兜みたいなもんだよ。昔の戦争で使ってたような……（考え込む）。そういう……恥さらしな代物だらけだった……。どうして俺たちはこんななんだ？　アメリカの寝袋は一九四九年製でも白鳥の羽毛入りで軽い。日本製の寝袋は素晴らしい製品だが、丈が短いのが難点だ。ソ連製の綿入寝袋は少なくとも七キロはあった。俺たちは殺された傭兵の死体から、上着や鍔の長い帽子や股の擦り切れていない中国製のズボンを脱がせて、ことごとく自分たちのものにした。下着が足りないから下着もとったし、靴下や靴もとった。俺は小型の懐中電灯とサバイバルナイフを手に入れた。それに、常に腹が減ってたな……空腹でたまらなかった。野生の羊を狙って撃ち殺した。群れから五メートル離れた時点で、「野生」ってことにして。あるいは物々交換で、二キロの茶葉で羊一匹をもらってくる。茶葉も戦利品だ。お金も、戦闘のときにアフガニーをせしめてくるけど、上官にふんだくられる。あいつらはそれを俺たちの目の前で山分けしてた。薬莢に紙幣を詰め込んで火薬をまぶせば、ほんの何枚かはごまかせたけど。

酒を飲みたがる奴もいれば、ひたすら生き残りにかける奴もいるし、褒賞を夢みる奴もいる。俺も褒賞が欲しかった。ソ連に帰ったら、人に「どうだった？ なんだ、手ぶらか。倉庫番してたんじゃないのか？」とでも言われる気がしてたんだ。

自分の騙されやすさに腹がたつよ。政治将校たちは、自分たちだって信じちゃいないことを、俺たちに信じ込ませたんだから。

帰る前には政治将校たちに、帰還後に話してもいいこととといけないことを教え込まれた。戦死した者について語ってはいけない、我々は強大な軍隊なのだから。新兵いじめについても広めてはいけない、我々は強大で模範的な軍隊なのだから。写真は破り捨てること。フィルムも破棄すること。ここで我々は銃撃戦もしていなければ、砲撃も毒殺も爆破もしていない。我々は強大で世界最良の軍隊である……。

税関では、家族や恋人にあげようと思っていた贈り物を残らず取りあげられた――香水も、スカーフも、時計も。

「持ち込みは禁止です」

記録は一切とってなかった。あれは奴らの商売なんだ。だけど、春らしい新芽の香りがそこらじゅうに漂っていて……女の子たちが軽やかなワンピースを着て歩いていて……。ふと脳裏にスヴェートカ・アフォーシカって呼ばれてた女の子の姿が浮かんで消えた。苗字は覚えてない、アフォーシカって呼ばれてたことしか。アフォーシカってのはアフガニーのことだけどさ、カブールに来たその日に百アフォーシカで兵士の一人と寝たんだ、まだ状況がつかめてなくて。でも二週間後には三千アフォーシカに値上げして、兵士にはとても手の届かない女になってた。それから、パーシカ・コルチャーギンはどうしただろう。そいつのほんとうの名前はアンドレイっていうんだけど、パーヴェル・コルチャーギンと同じ苗字だからパーシカって呼ばれてたんだ。

「おい見ろよパーシカ、あの子たちかわいいなあ……」

パーシカことアンドレイには恋人がいたんだけど、その子があるとき結婚してしまって、結婚式の写真を送ってきた。俺たちはあいつの身を案じて、毎晩交替で見守ったよ。ある朝、あいつは岩にその写真を貼りつけて、機関銃でめちゃくちゃに撃った。

「ほらパーシカ、かわいいだろ……」

列車の中で夢をみた――戦闘に出ていく準備をしているとき、サーシカ・クリフツォフが、

「どうして四百持つはずの弾薬を三百五十しか持っていかないんだ？」

と訊いた。

「医薬品を持ってるぶん重いからな」

と俺は答えた。サーシカは少し黙ってから、訊いた。

「おまえ、あのアフガン女を撃てたか？」

「どの？」

「俺たちを待ち伏せの場所に誘って連れてった女だよ。仲間が四人死んだ」

「さあ……撃てないんじゃないかな。幼稚園でも小中学校でも「女ったらし」って呼ばれてたくらい、女の味方をしてきたからな。おまえは？」

「恥ずかしいけど……」

サーシカがどうして恥ずかしいのか聞けないうちに、目が覚めた。

家に帰ると、サーシカの母親からの電報が届いていた――「オイデコウ、サーシャシス」。

俺はサーシカの墓に出向いて、話しかけた——

「サーシカ、俺が恥ずかしいと思うのは、卒業試験のとき、ブルジョア的民主主義を批判して、科学的共産主義の科目で秀をとったことだ。比較分析までしてさ。おまえならわかってくれるだろ……俺たちはなんにもわからずにアフガンに行ったんだ……。いまになってみんな、あの戦争は恥ずべきものだったって言ってるけど、俺たちは最近になって新しい「国際友好戦士」の称号を授与されたんだ。なのに俺はなにも言えなかった……いや、「ありがとうございます」とさえ言ったよ。サーシカ、おまえはもう遠くにいるのに、俺はいま、ここにいるんだな」

俺は、どうしてもサーシカと話がしたかったんだ……。

——母

うちの子は背が低くて。生まれたころから女の子みたいに小さかったんです、出生時の体重は二千グラム、身長は三十センチでした。抱っこするときも、おそるおそる抱いていました……。

そっと抱き寄せて、

「いい子ね、おひさまみたい……」

なんてあやしたものです。蜘蛛だけは嫌いだったけど、ほかはまったく怖いもの知らずでした。外から帰ってきて……あの子は買ってあげたばかりのコートを着ていました。四歳のころのことです。家に帰ってきてそのコートを洋服掛けにかけたあと、台所にいるとなにやらペチャペチャと音が聞こえてきました。急いで飛んでいくと、玄関がカエルだらけになっていました。カエルはあの子のコートのポケットから次々に飛び出してきます。あの子はそのカエルを集めながら、

「おかあさん、だいじょうぶだよ。カエルはいいやつなんだ」って言って、拾ってはまたポケットに突っ込むんです。

「よしよし、いい子ね」

兵隊ごっこが好きでした。戦車や銃のおもちゃをあげたら、身につけて家じゅうを行進して回るんです。

「ぼく、兵隊さんだよ！」

「あらまあ、いい子だからもっと平和な遊びにしてちょうだい」

「ぼく――兵隊さんだもん……」

小学校に入学するとき、スーツを買ってあげようと思ったのに、合うサイズが見つかりません。どれを試着してみてもぶかぶかで。

「よしよし、いい子ね……」

そして軍隊に入るときがきました。私は、殺されるかもしれないなんて考えもせず、ただ（いじめられませんように）と祈っていました。あの子は小柄だから、強い子に意地悪をされるんじゃないかと不安でした。歯ブラシでトイレ掃除をさせられるとか、他人の下着を洗わされるといった話も聞きました。そういうことを心配していたんです。でもあの子は「みんなの写真を送ってくれるかな、母さんと父さんと妹の。遠くに行くから……」と書いてよこしました。

どこへ行くのかは書いていませんでした。二ヶ月後、アフガニスタンから手紙が届きました――「母

さん、大丈夫だよ、ソ連の装甲車は丈夫だから」って。

「いい子ね……。ソ連の装甲車は丈夫ですって……」

もうすぐ帰ってくる。あと一ヶ月で除隊になるというときでした。シャツとマフラーと靴を買っておきました。いまでもクローゼットに入っています。せめて遺体に着せてあげたかった。この手で着せてあげたかったのに、棺を開ける許可が下りなかったんです。ひとめ姿を見ることも、触れることも叶わなかった……。ちゃんとサイズの合う制服を着せてもらえたかしら。なにを着てお墓に入っているのかしら。

知らせにきたのは、軍事委員部の大尉でした。

「いいですか、どうか気をしっかりお持ちになってください」

「あの子はどこにいるんですか?」

「ここ、ミンスクです。じきに運ばれてきます」

私は床に座り込みました。

「うちの子は!!!」立ちあがって、大尉に拳で殴りかかりました。

「どうしてあんたが生きてて、うちの子が死んだのよ! あんたはこんなに体格もよくて強そうじゃないの、うちの子は小さくて……。あんたは大の大人でしょう、あの子はまだ子供なのよ、なのになんであんたが生きてるの?!」

私は運ばれてきた棺を叩いて呼びかけました。

「ねえ、いい子だから返事しなさい! いい子だから!」

いまは、あの子のお墓に通い詰めています。突っ伏して墓石を抱きしめるんです——

「いい子ね、おひさまみたい……」

――――――――兵卒、通信兵

ポケットに故郷の土をひと握り入れた――列車に乗っていたら、そんなことをしてみたくなったんだ……。

ようし、戦争だ。戦ってやろうじゃないか！　もちろん、なかには腰抜けもいた。視力検査に受からずに不適格って言われて、検査室から出てくるなり「ラッキー！」なんて喜んでた奴もいた。その直後に検査を受けて同じく落ちた奴は半泣きになって、「面目が丸潰れだよ。せっかく二週間もかけて壮行会をしてもらったんだぜ。せめて胃潰瘍が見つかったとかならわかるけど、虫歯のせいで落ちるなんて」って言ったかと思うと、そのまま下着姿で将官のところに直訴に行って「虫歯のせいだっていうなら、そんな歯の二本ぐらい、いっそ抜いてください」って訴えてた。

小中学校のころ、地理の成績はいつも「五」をとれた。目を閉じて、想像するんだ――山並みがそびえ、野生の猿がいて、そんなところで自分たちが日光浴をしたり、バナナを食べたりするところを。でも実際にはこうだった――まず俺たちは軍外套を着込んで、戦車に乗せられる。重機関銃はひとつは右向き、ひとつは左向きって別々の方向に向けて、最後の車両の重機関銃は後方に向ける。銃眼はすべて開いて、自動小銃が突き出てる。まるで鉄のハリネズミだ。味方の装甲車二台とすれ違ったとき――装甲の上に座って軍の横縞《テリニャーシカ》シャツを着てサファリ帽を被った仲間たちが、俺たちを見て笑い転げてた。傭兵の死体を見たときは衝撃を受けたよ。重量挙げの選手みたいに鍛えられた体をしてた。なのに俺ときたら、山岳地にいるのに岩場の歩きかたすらわからなくて、左足から出さなきゃいけないことも知らなかった。高さ十メートルの断崖絶壁を歩かなきゃいけないときに、電話を持っていった……。爆破のときは口を閉じてしまっていたけど、ほんとうは開けてなきゃいけない——鼓膜が破れないように。ガスマスクを支給されたけど、俺たちはすぐに捨ててしまった。ドゥーフは化学兵器なんか使わないんだから。ヘルメットも現地の店で売っぱらった。あんなの被ったら頭が重たいし、熱したフライパンみたいに熱くなるし。ひとつだけひっきりなしに考えてたのは、追加の弾倉をどこで見つけてくるかってことだ。配給分は四つあって、五つめは最初の報酬をもらったときに仲間から買って、六つめは譲ってもらった。戦闘中に弾倉が尽きそうになったら、最後の弾薬は口に咥えておく。いつでも死ねるように。

俺たちは社会主義を建設しにきたのに、行く手はどういうわけか張り巡らされた鉄条網で遮られていた。「諸君、ここから先へ行ってはいかん。社会主義の宣伝などしなくてよい。そのための人員はほかに確保してある」。信用されてないと思うと、当然、悔しかった。俺は店の主人に話してみた——

「そんな生きかたは間違ってる。俺たちはそれを教えにきたんだ。一緒に社会主義を作っていこう」

でも店主は微笑んで、こう返す——

「私は革命〔一九七八年四月〕前からずっとこうして店を営んできた。故郷に帰りなさい。ここは私たちの山だ。私たちには私たちのやりかたがあるんだよ……」

カブールの街を通れば、現地の女たちが俺たちの戦車に木の枝や石を投げつけてくる。子供たちは流暢なロシア語で罵倒してきて、「ロシア人は帰れーっ」って叫ぶ。

どうして俺たちはここにいるんだろう。

……擲弾筒の攻撃を受けていたとき、あわやというところで重機関銃の向きを変えたおかげで、俺はなんとか命拾いした。胸をめがけて飛んできた弾が外れ、片腕を貫通して、破片がもう片腕に刺さった。なんだかこう柔らかい、心地いい感触がして……痛くも痒くもなかった……。頭上から「撃て、撃つんだ！」という声が響いた。引き金を引いたが、弾は発射されない。ふと見ると――腕は、黒焦げになって力なく垂れ下がっている。指で引き金を引いた感覚は確かにあったはずなのに、その指はもうなかった……。

気を失いはしなかった。みんなと一緒に戦車から這い出て、止血帯をしてもらった。歩かなきゃ、と思って足を踏み出したが、ほんの数歩で倒れてしまった。一リットル半ほど出血してたらしい。ふと、

「包囲されてるな……」

という声が聞こえた。誰かが、

「こいつを見捨てていかないと、全滅するぞ」

と言った。俺は、

「撃ってくれ……」

と頼んだ。仲間の一人はすぐその場から離れ、もう一人が自動小銃を撃とうとしたが、動きがもたついた。ゆっくり操作すると弾詰まりの原因になる。案の定弾が詰まると、そいつは銃を捨てた――

「撃てねえよ！　自分でやってくれ……」

俺は銃を引き寄せたが、片手じゃなにもできない。

そこには運良く小さな窪地があって、俺はそこの岩陰に横になった。滑らかな大岩が目隠しになってくれた。ドゥシマンたちはすぐ近くを通ってもこちらには気づかない。だけど見つかったら即座にどう

にかして自殺しなきゃいけないと、そればかりを考えてた。石をひとつ手探りで引き寄せて、前もって確かめておいた……。

朝になると味方が迎えにきた。昨晩俺を置いていった二人が、広げた軍外套に乗せて運んでくれた。俺がほんとうのことを暴露しないかと案じているんだな、と察したよ。でもそんなことはどうでもよかった。野戦病院に着くとすぐに手術台に乗せられた。外科医が来て「切断が必要だな」と言った。目が覚めたとき、片腕が失くなっているのがわかった……。周りに寝かされている奴らも、片腕がなかったり両腕がなかったり両足がなかったりする。みんな声を押し殺して泣いて、それから酒を飲むようになる。俺は左手で鉛筆を持つ訓練を始めた。

故郷に帰ってくると、祖父母の家へ行った。ほかに家族もない。かわいい孫が腕を失くしたって言って泣きだしたばあちゃんに、じいちゃんは「党の政治もわからんくせに」と怒鳴った。知り合いは俺に会うと、

「ムートンのコートは手に入れてきたか？　日本製のラジカセは？　なんだ、なにも持ってこなかったのか……。おまえ、ほんとにアフガニスタンに行ってきたのか？」

と騒いだ。いっそ銃を持ってこれたらよかったのに、と思ったよ。

俺は現地の仲間を探しだした。俺もあいつらも、同じ場所にいたんだ——話が合う。共通の言葉で分かり合える。そうしたら大学の学長に呼び出された——「ぎりぎりの成績で入学を許可して奨学金まで与えたというのに、それをなんだ。彼らとつるむのはもうやめなさい……墓地にたむろしたりして、いったいなにを考えているんだね」。帰ってきたばかりのころは、みんなで会うことすら許されなかった。なんでも、俺たちが悪い噂をたてるとかなんとかで恐れられてたらしい。あたかも俺があいつらと団結

して、自分たちの権利のために戦うみたいに。俺たちには住居をあてがってもらえるように、死んだ仲間の母親も国からの援助を受けられるように。記念碑を建てて、墓石の周りはちゃんと柵で囲ってもらえるように。でもそんなことは誰もしようとしない。俺たちは、現地であったことや見たことはむやみに人に広めないように忠告されてる。国家機密だとよ！ 十万もの兵士が異郷の地に送られてるのが──秘密だと。カブールがどんなに暑かったかさえ、口を閉ざさなきゃならない……。

人間は戦争によってより良くなることはない。ただ悪くなるだけだ。例外なくそうだ。戦争に出かけたあの日には、もう二度と戻れない。行く前の自分には戻れない。あんなものを目の当たりにして、人がより良くなるわけがない──医療班に金券を払って黄疸患者の尿をコップに二杯買う奴らがいた。それを飲めば、病気になれる。それで除隊になれる。自分の指を銃で撃つ奴も見たし、機関銃の遊底で手を潰す奴も見た。それに……それに……ひとつの飛行機に、亜鉛の棺と、鞄に入ったムートンのコートやジーンズや女物の下着や中国茶が一緒くたに詰め込まれ、ソ連に運ばれていくのも見た……。

かつては「祖国」という言葉を口にすると唇が震えた。でもいまの俺は違う。たとえ闘っても……いや、なんのために闘うんだ？ 戦争に行ったんだから、そりゃあ戦ったさ。まあ、よくある話だ。なにか意味があって戦ってたんだろうか。この国じゃ、世代ごとに戦争が起きる。新聞にはすべては正しいって書かれるだろうし、それで正しかったことになる。でも他方では、俺たちを人殺しだと言うような人も出始めている。いったい誰を信じればいいのか、俺にはわからない。もはやなにも信じてなんかない。新聞？ そんなものは読まない。とってさえいない。今日書かれていたことが、明日にはもう違っていたりする。そういう時代なんだろう……ペレストロイカってのは。真実がたくさんあるような……。じゃあ、たったひとつの、俺だけの真実はどこにあるんだ？ 友人はいる。一人二人、三人くらいなら……信じられる奴がいる。心から信頼してる。でもほかには誰も信じちゃいない。もう帰ってきて六年になるんだ、そのくらいわかるさ……。

障碍者手帳を支給された――これで優待されるってわけだ。だけど退役軍人の窓口へ行こうとすると、

「そこの君、ここじゃないでしょう」

と止められる。俺が歯を噛みしめて黙ってると、後ろから、

「わしは祖国を防衛したというのに、おまえさんは……」

とくる。

あるいは知らない人に、

「君、腕はどうしたんだ？」

と訊かれることもある。

「酔っぱらって電車に轢かれたんです。それで切断しました」

とでも返せば、わかったつもりになって同情してもらえる。

最近、ワレンチン・ピークリの長編『ロシア参謀本部将校の告白』を読んだら、こんな一節があった――「現在(というのは一九〇五年の日露戦争の屈辱的敗北のあとだ)多くの将校が軍を去っている。なぜならどこへ行っても彼らは侮蔑と嘲笑の的になるからだ。将校ともあろう者が軍服を恥じ、人前に出るときは平服を好むなどという事態にもなっている。傷痍軍人さえ憐れまれもせず、足を失って物乞いをする者にしても、それは奉天や遼陽で負った怪我ではなくネフスキー大通りやリチェイヌィ大通りで路面電車に轢かれたと言ったほうが、よほど多くの施しをもらえる」。俺たちもじきに、こんなふうに書かれるんだろうな……。

なんだか、いまから別の国を祖国にしたいくらいだ。どこか遠くへ行ってしまいたい。

――――――――兵卒、迫撃砲兵

俺は自分から志願して戦争に行った……この戦争に行きたいと思って……興味があって……。現地の様子を想像してみた。たとえばりんごがひとつしかなくて、自分もお腹が空いているけど仲間の二人もお腹を空かせているから、そのりんごをあげる――そんなときはどんな気分がするんだろう、とか。現地ではみんな仲が良くて、兄弟みたいなものなんだと思っていた。そういう体験をするために行ったんだ。

飛行機を降りて山をじっと見つめていると、除隊になった奴(そいつはもうソ連に帰るところだった)に、脇腹をつつかれた――

「おい、そのベルトくれよ」

「はぁ?」そのベルトは闇市で手に入れた自前のやつだった。

「ばかだな、どうせすぐ取りあげられるのに」

ベルトは初日にすぐ取りあげられた。なのに俺は、「アフガニスタンではみんな友達」だなんて思ってたんだ。間抜けもいいとこだよ。新兵なんてモノ扱いされるだけなのに。夜中に起こされて椅子や棒で叩かれ、殴る蹴るの暴行を受ける。昼間も便所でリンチされ、荷物なんかあればあるだけ取りあげられる――リュックも持ち物も肉の缶詰もビスケットも。テレビもラジオも新聞もない。弱い者いじめだけが娯楽だ。「おい新入り、靴下洗っとけよ」なんてのは序の口で、ときには「おい新入り、靴下を舐めやがれ。いいか、みんなからよく見えるように念入りに舐めろよ」とくる。六十度近い暑さで、歩いてるだけでふらふらする……。あちこちを歩かされて……。戦闘中は古参の奴が先へ行って、俺たちを守ってくれた。助けてくれた。それはほんとうだ。でも兵舎に戻れば「靴下を舐めろ」って言いだすんだ……。

そういうことが、初めての実戦よりも恐ろしかった。初めて実戦に参加したときは興奮したよ。まるで映画の世界にいるような気分だった。だけど、戦争映画の攻撃を仕掛けるシーンなら数えられないほど見てきたのに、あんなのはでたらめだった。歩く余裕なんかない、走るんだ。それも格好良く屈んで早足に進むとかそういうんじゃない、なりふり構わず走る。走る力だけは異常に湧いてきて、気が狂ったうさぎみたいに右に左に曲がりながら走る。昔は赤の広場のパレードで軍用車両を見るのが好きだった。いまになってみればわかる、誇ってはいけないものだって。あんな戦車や装甲兵員輸送車や自動小銃なんか、まとめて仕舞い込んじまえばいい。一刻も早くそうするべきなんだ。どれもこれも人を殺すための道具じゃないか……。人間を灰にし、土くれにしてしまうものだ。俺たちと同じ、人間を……いや、アフガン帰りの義足の奴らみんなで、赤の広場を練り歩けばいい……俺なら参加するね……。見てくれ、俺は膝上から両足を失った。もしこれが膝下だったら……どんなに良かっただろう。幸せを嚙みしめただろうな。切断が膝下で済んだ奴らが羨ましい。包帯を換えたあとは一時間半くらい痙攣が収まるのを待つんだが、義足なしだと急に背が小さくなる。水泳パンツと空挺隊の横縞シャツ姿で横になってるけど、シャツの長さがちょうど自分の背丈と同じなんだ。帰ってきたばかりのころは誰にも会わなかった。知らせもしなかった。せめて片方の足だけでも残っていればよかったけど、両方失くしてしまうなんて……。かつて足があったという未練を断ち切るのがいちばん難しい……。部屋にこもりきりだから、せめて窓辺のベッドがいい……。

母さんには「泣かないって約束できないなら、来なくていいからな」って強く言った。現地にいたときから、なにより恐れていたのは、俺が殺されて死体が家に運ばれていったら母さんが泣くっていうことだった。戦闘で負傷した奴は憐れだが、死んだ奴のことはどうとも思わない。ただ、そいつの母親が憐れだと思うだけだ。野戦病院で世話になった看護助手に礼を言おうと思ったのに、言えなかった。言葉まで忘れちまったみたいに。

――アフガニスタンにはまた行きたいと思いますか。

ああ。

――どうして？

あそこでは友は友、敵は敵だ。でもここにいると常に考えていなきゃいけない――なんのために仲間たちは殺されたのか。あの恥知らずな詐欺師どものためか。官僚のためか。あるいはなにもかもどうでもよくて朝っぱらからビール飲んでりゃ満足する若い連中のためか。ここにいると、なにもかもがおかしい。俺は余所者になったような、周りから浮いているような気がするんだ。

歩く練習をしてたら、後ろから足払いをかけられて、転んだ。俺は自分に言い聞かせる――「落ち着け。命令一、体の向きを変えて両腕をつけ、命令二、起きあがって、歩け」。帰ってきてから数ヶ月のうちはどちらかといえば「歩け」じゃなく「這え」だった。俺は這った。現地で見たなかでいちばん印象に残っているのは、浅黒いがロシア人の顔をした少年だ……。そういう子はたくさんいた。だって俺たちは一九七九年からあそこにいるんだから……。七年だ。ああ、俺はまた行きたいと思うね。ぜひとも行きたい。もし両足を膝上まで失っていなかったら……せめて膝下だったら。
おそらく行ってたと思う……。

――軍医

自分に問いかけてみた――どうして私は現地に行ったのか。
答えはたくさんある……でも肝心なのは――そうだ、こんな詩があっただろ、誰の詩だかは忘れたけど……ひょっとして、仲間の誰かが作ったんだったかな。

世界中、二つのものはどこでも同じ――
ひとつは女で、もうひとつは酒
でも女より甘く、酒よりもうまいものが
男にはある――戦争だ

アフガニスタンに行ったことのある同僚が羨ましかった。膨大な経験を積めるんだ。平和な世の中じゃ決して経験できないことを。私は――外科医をしていて……すでに十年、大都市の病院で働いていたが、最初に負傷兵が運ばれてきたときは気が狂いそうになった。腕もない足もない塊がごろんと転がされて、息をしている。ホラー映画にだってあんなのは出てこない。現地ではソ連にいたら絶対に経験できないような手術をたくさんした。若い看護師は耐えられない。うまく喋れなくなるほど泣いたり、そうかと思えば笑いだしたりする。ぼうっと突っ立ってずっと微笑み続ける女もいた。そういう看護師はみんな帰国させられていった。

人の死は、映画とはまったく違う。人間はスタニスラフスキー・システムの演技みたいな死にかたはしない。頭に銃弾が当たったとき、腕を振りかざして倒れるような死にかたは。実際には、頭に銃弾が当たると、脳みそが飛び散る——でも負傷者はその飛び散った脳みそを追いかけようとして、五百メートルだって走る。限界を超えて。肉体の死が訪れるまでは走れる。死にゆく負傷兵が呻いたり、楽になるために死なせてほしいと横たわって頼んだりしているのを見ているよりは、ひと思いに撃ってやれたらどんなにいいだろう。もしその人が、まだ苦しまなきゃいけないなら。横たわっている別の負傷兵は恐怖に襲われて……動悸が激しくなり……奇声をあげたり、誰かを呼んだりする……。診察をし、落ち着かせてやる……。でも脳は人体が落ち着いた状態になるのを待ちうけていて……私がベッドから離れるか離れないかのうちに——少年はもう亡い。さっきまでいた少年が……。

こういうことは、そう簡単には忘れられないものだ……。あの少年たちはこれから成長して、そうしたらまたすべてを追想し、もう一度苦しむことになる。考えかたも変わり、記憶の一部は薄れても、唐突になにかを思い出すことがある。うちの父親は第二次世界大戦で飛行機の操縦士をしてたが、なにも語ろうとはしなかった……ずっと黙っていた……。当時の私は不可解に思っていたが、いまなら理解できる。黙っていた父は立派だったと思うよ。思い出すという行為は……火中に手を突っ込むみたいなものだ。少しの言葉や連想で容易く記憶が蘇る……。たとえば昨日、新聞に書いてあった——「最後の弾薬が尽きる直前まで守り抜き、最後の弾薬で自害した」。自らを撃つというのは、どういうことか。戦闘の現場では問題は明白だ――自分が死ぬか、相手が死ぬか。当然、自分が生き残らなきゃいけない。けれども仲間がみんな先へ行ってしまい、自分だけ掩護に回るようなとき――命じられたにせよ自分で決めたにせよ、死が目の前に迫っているのは明らかだ。確かに、そういうときの心理状態なら自殺という選択はそう難しくはなくなる。そういう状況なら自殺は自然な行為に思え、多くの者が死を選ぶだろう。死後は英雄扱いもされる。ここでの……平時における自殺が異常な行為に見えるというだけだ。戦場では――現地では逆だ……。判断基準が違う……。そんなふうに、新聞記事をたった数行読んだだけなのに、その夜は一睡もできなくなる、次から次へと思い出すんだ。なにもかも。

あの場所へ行った人間は、もう二度と戦争へ行きたいとは思わない。肉のなる木があるなんていう話にはもう騙されない。私たちがどんな人間であったにせよ――愚かだろうと残虐だろうと妻子を愛していようといまいと――いずれにせよ私たちは人を殺していた。私は国外部隊における自分の立場を理解したが、後悔はなにひとつしていない。いまになってみんな罪悪感に苛まれているというが、私は罪の意識は感じていない。悪いのは私たちを現地に送り込んだ人間だ。アフガン時代の制服も好きだし、着ると勇気が湧く。女性にも好評だよ。あれを着てレストランに行ったこともある。支配人に目をつけられたが、私は待ってましたとばかりに言ってやった。

「なんですか、相応しくない服装だとでも言いたげですね。いいから通しなさい、傷ついた人間を……」

誰かに、私の軍服は気に入らないと言ってほしい、相応しくないと言ってほしい。どういうわけか、そう言ってくれる人を探しているんです……。

初めて産んだ子は、女の子でした……。

妊娠中に、夫はこんなことを言っていました――「男でも女でもいいけど、できれば女の子がいいなあ。そのあと弟ができたら、靴紐を結んであげたりするだろう」って。その通りになりました……。

二人目が生まれたとき、電話をかけてきた夫に、病院の人は最初、

「女の子ですよ」と言ったんです。

「ああ、それもいい、二人姉妹になりますね」

それからほんとうのことを告げられて――

「あらやだ、男の子だったわ……男の子ですよ！」

「ええっ、ありがとうございます！　どうもありがとうございます！」

って、息子だってことにお礼なんて言って。

一日が過ぎ、二日が過ぎ……周りの人のところには看護助手さんが赤ちゃんを連れてきてるのに、私の子はまだ来ない。誰もなにも教えてくれないんです。私は泣いて、熱まで出ました。そこへ女医さんが来て、「あらまあ、なにをめそめそしてるの。びっくりするくらい立派な、元気な赤ちゃんですよ。ただ、まだ寝てるのよ、お腹が空かないんでしょうね。心配しないで」って。連れてこられた子のおくるみを開くと、赤ちゃんはすやすや眠っていて、それを見てようやく安心しました。

なんていう名前にしようかしら。迷っていた名前は三つ――サーシャか、アリョーシャか、ミーシャ。どれもいい名前でしょう。夫と娘が病室に来て、娘のターニャが――「あのね、きゅじをね、したの」

って言うの。なにかと思ったら、お父さんと一緒に紙に名前を書いて帽子の中に入れて、くじ引きをしたら、二回引いて、二回とも「サーシャ」だったんですって。だからサーシャっていう名前は、お姉ちゃんのターニャが決めたんです。体重は四千五百グラムもあって、身長は六十センチもある大きな子でした。十ヶ月で歩き始め、一歳半で上手におしゃべりするようになって。でも三歳のころまで、さ行と巻舌のら行がうまく発音できなかったのよ。「ぼくがやる！」って言いたいのに「ぼくがやゆ！」としか言えなくて。セルゲイくんってお友達のことも、ずっと「てぐえーくん」って呼んでいたし、保育園のキーラ・ニコラエヴナ先生も、「きーや・かーえうな」先生になってしまうし。それから、初めて海を見たときは大声で「ぼく、うまれたんじゃなくって、海の波にはこばれて、流れてきたんだ！」って叫んでたっけ。

五歳のとき、初めてのアルバムをプレゼントしました。あの子のアルバムは全部で四冊――保育園までのと、小中学校のころのと、士官学校時代のものと、アフガンの――現地から送ってきた写真です。娘には娘用のアルバムっていうふうに、それぞれ別々のアルバムをあげました。私は家庭が、子供たちが好きでした。子供たちのために詩も作りました――

春の雪を押しあげて
ユキノシタが顔を出し
あたりがいっせいに春めく季節に
うちに男の子が生まれたよ……

私は教師として、子供たちに好かれるほうでした。明るい性格だったので……。サーシャはずっとコサックの盗賊ごっこが好きでした——「僕は強いぞ」って。サーシャが五歳でターニャが九歳のとき、一緒にヴォルガ川へ出かけました。船を降りて、船着場からおばあちゃんの家までは五百メートルほどだったのですが、サーシャはその場に立ち止まって——

「あるけない、だっこして」

「あなたこんなに重いんだから、抱っこなんて無理よ」

「じゃあ行かないもん」

そう言って、ほんとうにそのまま、てこでも動かなくなってしまって。あとになって、いつもこの話を思い出しては聞かせていました。

保育園ではダンスの時間が好きでした。赤い綺麗なコサック風のズボンがあって、それを着て写真を撮りました。あの写真はいまでも残っています。八年生までずっと切手を集めていて——その切手コレクションもとってあります。そのあとはピンバッジ集めに凝って——ピンバッジの入った箱もあります。音楽も好きでした。あの子が好きだった歌のカセットテープも残っています……。

子供のころはずっと音楽で生きていくのが夢でした。でもおそらく成長の過程で、父親が軍人だという意識が存在感を増していったのでしょう。私たちは常に軍事都市に住んでいたので、あの子も兵士たちとともに食事をしたり、一緒に車を洗ったりもしていました。あの子が士官学校宛に入学願書を送ったとき、誰も止める人はおらず、むしろ逆に「よし、おまえも祖国を守るんだぞ」と言われるだけでした。勉強もよくできる子で、小中学校でもいつも積極的に活動していました。士官学校も優秀な成績で卒業しました。うちには司令部から感謝状が届きました。

一九八五年に……サーシャはアフガニスタンに行きました……。私たちは、あの子が戦争に行ったのは立派な、誇らしいことだと思っていました。自分の教え子たちにも息子やその仲間の話を聞かせました。休暇に帰ってくる日を待ち望んでいました。なぜだか悪いことが起こるとは思えなくて……。

ミンスクに来る以前はずっと軍事都市に暮らしていたので、家にいるときは鍵をかける習慣がないんです。あの子は呼び鈴も押さずに家に入ってきて、「テレビ修理を依頼されたのはお宅ですか?」って。あの子はカブールから仲間と一緒にタシケントまで飛んで、そこからとりあえずドネツクまでの航空券をとって(それより近いところがなかったらしく)、ドネツクからミンスクへの便がないからヴィリニュスへ飛んで、ヴィリニュスからの列車は三時間待たないと来ないとわかると、家まであと二百キロしかないのにそんなに待っていられないからって、一緒にタクシーに乗って帰ってきたということでした。日焼けして、すっかり痩せて、歯だけが白く光っています。涙が溢れました。

「サーシャ、あなた、そんなに痩せて……」

あの子は私を持ち上げて、部屋の中をぐるぐる回って、言うんです。

「母さん、俺は生きてる! 生きて帰ってきたんだ! ねえ母さん、ほら、生きてる!」

二日後にはもう——年が明けます。あの子はもみの木の下にプレゼントをしのばせました。私には大きなスカーフを。黒いスカーフです。

「あら、どうして黒いのにしたの?」

「いろんな色があったんだけどさ。俺の番になったときには黒いのしか残ってなかったんだ。でもほら、母さんによく似合うよ」

その黒いスカーフを巻いて、あの子のお葬式に出ました。そのまま二年間、肌身離さず身につけていました。

あの子は昔から物をくれるのが好きでした。決まって「ちょっとしたサプライズ」だって言って。子供たちがまだ小さかったころ、夫と一緒に家に帰ってくると、二人の姿が見あたりません。外を探し、ご近所さんにも尋ねて回ったのにどこにもいないし、誰も見てないっていうんです。私は泣きながら必死で大声を出して呼び続けました。そうしたら不意にテレビが入っていた空き箱(ちょうどテレビを買って、まだ箱を捨てていなかったんです)が開いて、「ママどうしたの? なんで泣いてるの?」って言いながら子供たちが出てきたんです。なんでも、二人でテーブルを片付けてお茶を入れてお母さんとお父さんを待っていたのに、なかなか帰ってこないから、それでサーシャが「サプライズ」を思いついて、二人で空き箱に隠れていたら、そのまま眠ってしまったんですって。

とても優しい子でした、あんなに優しい男の子は珍しいんじゃないかっていうくらい。いつも私にキスをして、「母さん、母さん」って抱きついてくるんです。アフガニスタンに行ってからは、いっそう優しくなりました。我が家のものはなんでも愛しそうで。だけどときには、座ったままじっと黙りこくって、誰も目に入っていないような瞬間がありました。夜中に飛び起きて、部屋を歩き回ったり、あるときは、「危ない、火花だ! 母さん、撃たれる!」って叫んで目を覚ましたりもしました。夜中に誰かが泣くのが聞こえてきたときは、いったい誰が泣いているのかと不思議に思いました。うちには小さな子供はいません。サーシャの部屋の戸を開けると、あの子が両手で頭を抱えて、泣いていました……。

「サーシャ、どうしたの?」

「怖いんだ……」

そう言ったきり、もうなにも言いませんでした。私にも、夫にも。

出発の日はいつも通りでした。鞄がいっぱいになるほどのクルミ菓子を焼いて持たせました。あの子が大好きなお菓子です。みんなにもあげられるように、たくさん焼きました。現地ではみんな、家庭の味、故郷の味に飢えているでしょうから。

二度目の休暇もやはり年末年始でした。夏にも帰ってくるかと思って待っていたのですが、「母さん、いまのうちに果物のシロップやジャムをたくさん作っておいて。帰ったときに全部食べ尽くすからね」と手紙に書いてよこしました。八月の休暇が九月に延び、帰ったら森にきのこ狩りに行きたいと言っていました。でも九月も来なくて、十一月の祝日にも帰ってきません。手紙には、いっそのことまた年末年始に帰郷したほうがいいんじゃないか、そうすればまた新年のお祝いができるし、お父さんの誕生日は十二月で、お母さんは一月だし、と書いていました。

十二月三十日になり……私は一日ずっとどこにも行かず、家にいました。その少し前に届いた手紙では「母さん、茹で菓子《ヴァレニキ》を作っておいてね。ブルーベリー入りのと、さくらんぼ入りのと、チーズ入りのを」と書いていました。夫が帰ってきたので、私は留守番を任せてギターを買いに出かけました。予約していたギターがお店に届いたという葉書を、ちょうどその日の朝に受け取ったんです。サーシャに、高いのは買わなくていいから普通の弾き語り用のギターを買ってくれと頼まれていて。

ギターを買って帰ってくると、サーシャが家にいました。

「あら、ちょうど私がいないときに!」

サーシャはギターを見て、

「わあ、いいギターだなあ」と言って、踊るように部屋の中を歩き回りました。「ただいま。やっぱりうちはいいね。玄関先まで来ただけで、なんだか独特な匂いがしてさ」

サーシャは、ここがいちばん綺麗な街で、通りも家も、庭先のアカシアも世界一綺麗だと話しました。あの子はこの家が好きでした。いまとなっては、私たちはここにいるのがつらいんです——なにを見てもあの子を思い出してしまう。けれどもあの子がいかにここを好いていたかを思うと、引っ越すのも気がひけます。

そのとき帰ってきたあの子は、様子が変でした。家族だけでなく、友達も気づくくらい。あの子は友達に向かって、

「君たちはみんな幸せなんだよ。どれだけ幸せなのか、自分じゃまったくわかってないだろうけど。毎日がお祭りみたいなものなのに！」

なんて言うんです。

私が美容院へ行って髪型を変えて帰ってくると、あの子はその髪型を気に入って、

「母さん、いつもそうしてなよ。すごく綺麗だよ」

って言うから、

「でも毎日こんなふうにセットしたら、お金がかかってたいへんよ」

って答えたら、

「お金なら稼いできた。全部あげるよ。僕はお金はいらないから」

って。

サーシャの友達に、赤ちゃんが生まれました。あの子が「抱っこしてもいいかな」と頼んだときの顔つきが忘れられません。抱き上げて——息を呑んでいました。休暇の終わりごろに、虫歯がひどくなったんですが、あの子は子供のころから歯医者が大嫌いでね。無理やりひっぱって連れていったんです。

待合室で呼ばれるのを待っているとき、ふと見たらあの子、顔に冷や汗をかいていました。

テレビでアフガニスタン関連の番組が流れると、サーシャはいつも部屋を出ていきました。現地に戻る日が一週間後に迫ったころにはもう、目にやるせなさが宿り、それが溢れ出ているようでした。もしかしたら、いまから思えばそんな気がするだけかもしれません。そのときの私は幸せでした——息子が三十歳で少佐になり、赤星勲章をもらって帰ってくるなんて。空港であの子を見送るときも、信じられない気持ちでいました——ほんとうにこの若い美男子の少佐が私の息子なのかしら、って。誇らしく思いました。

一ヶ月後、手紙が届きました。サーシャは夫に宛ててソ連軍の日〔二月二十三日〕のお祝いを書き、私にはきのこのパイをありがとうと書いていました。だけどその手紙を受けとったあと、私はどうかしてしまって……眠れないんです……横になっても……そのまま……朝五時まで目を開けたまま、一睡もできなくて。

三月四日に夢をみました——広い野原があって、その野原全体に、ひっきりなしに白い光が走ります。なにかが爆発して……白くて長い包帯がはためき……サーシャはひたすら走っていて……逃げ惑っても……どこにも隠れる場所がなくて……あちらこちらで砲火が光っていて……。私はあの子を追いかけて走りました。追いつこうとして。私のほうが前へ出て、あの子より先を走ろうと思ったんです……。昔、幼いあの子と一緒に、田舎で雷にあったときみたいに。あのときは私があの子に覆いかぶさって守ると、あの子は私の腕の中で「ママ、たすけて！」って言って、子ネズミみたいに震えてしがみついてきました。でも、追いつけなかった……。あの子は背がとても高くて、一歩一歩が大きくて。私は全力で追いかけます……心臓がいまにも破裂しそうなほど。それでも追いつけなくて……。

……玄関の戸が開いて閉まる音が聞こえました。夫でした。私と娘はソファに座っていました。夫はブーツを履いたまま、帽子もコートも脱がずに部屋を突っ切ってこちらへ向かってきます。そんなことは、これまで一度もありませんでした。ずっと軍隊にいたので、いつも礼儀正しく、なにをするにもきまりを守る人です。夫はそのまま私たちのところまで来ると、目の前で膝をつきました。

「悲しい知らせだ……」

ふと見ると、玄関にはほかにも人がいます。看護師や軍事委員、私が教えている学校の同僚、夫の知り合い……。

「サーシャ……！」

もう三年になります……。でもいまだにあの鞄を開けることができません。あの子の持ち物が入っている鞄です……。棺と一緒に運ばれてきたんです……。きっと、開けたらあの子の匂いがする気がして。サーシャの体には一度に十五もの破片が突き刺さっていました。あの子は「痛い、母さん……」とだけ言って死んだって……。

どうして。なんであの子なの。あんなに優しい、いい子なのに。もういないなんて、どういうことなの。その思いが、ゆっくりと私を殺していくんです。自分が死に向かっているのがわかるんです――生きる意味を失ってしまったから。なるべく社会に出て人と会うように、無理してでも会うようにしています。サーシャとともに生きるように、みんなにサーシャの話をしています……。工科大学で講演したとき、ある女子学生が私のところへ来て、「そんな愛国心さえ植えつけなければ、お子さんはいまでも生きていたんじゃないですか」って言ったんです。そう言われたら急に具合が悪くなって、その場に倒れてしまいました。

サーシャのためにと思って話をしにいったんです。あの子を偲ぶために。私はあの子を誇りに思っていました……。でもいまでは、あれは致命的な間違いだった、私たちのためにも、アフガンの人々のためにも、誰のためにもならないことだったと言われています。以前はあの子を殺した人を恨んでいました。でもいまは、あの子を現地に送り込んだ国が憎い。あの子の名前は出さないでください……。あの子はもう、私たちだけのものです。誰にも渡しません。あの子の思い出も……。

（この数年後、彼女は私に電話をくれた――）

あの、続きを話したいんです……。結末がなかったでしょう。あのとき、話しきれなかったことがあるんです……。当時はまだ、心の準備ができてなくて……でも……私はもちろんもう若くはないけど……でも私たち、半年前に孤児院から男の子を養子にもらってきたんです。サーシャっていう名前で、うちのサーシャの小さなころによく似ているんです。「ぼくがやる」って言えなくて「ぼくがやゆ」って言うところも、さ行と、巻舌のら行がうまく発音できないところも。私たち、息子を取り戻したんです……。わかっていただけるでしょうか。でも私は誓いました、夫にも誓わせました、この子は決して軍人にはさせないって……。

決して！

――兵卒、狙撃兵

俺は撃った……。みんなと同じように撃った。どうしてそうなったのかもわからないし、この世界がどうやって成り立っているのかもわからないが……撃った……。

俺たちの部隊はカブールに駐屯していた……(唐突に笑いだす)。読書小屋ってのがあってさ――でかい便所なんだが、やべえんだよ、縦五メートル横二十メートル深さ六メートルくらいの穴があって、その上に四十個の便所穴があいてて、板の仕切りがついてる。それぞれの仕切りには〈プラウダ〉や〈コムソモーリスカヤ・プラウダ〉や〈イズヴェスチヤ〉といった新聞紙が釘に吊り下げてある。煙草を咥えてズボンを下ろして、一服して、新聞を読む。アフガン関連の記事を見つけると……「政府軍はどこそこに進軍した」とか、「どこそこを奪還した」とか書いてあるが、俺たちのことなんかなんも書いてねえんだ、クソが……。実際には昨日だって仲間が四十人も一度にやられたのに。そのうちの一人とはつい一昨日ここで一緒にかがんで新聞を読んで、ゲラゲラ笑ってたばかりだった。ちっくしょう。銃口を咥えて――脳みそを吹き飛ばしちまいたくなる。ひどい鬱状態だ。どいつもこいつも嘘ばかりつきやがって……。兵舎も悲惨なもんだよ……食いもんだって思わず吐き出したくなるような味で、楽しみといえば実戦に出ていくことだけだ。奇襲をしかけたり、指令をこなしたり。殺そうと殺されようと、俺たちは戦闘に出たかった。別に祖国がどうとか義務がどうとか……そんなことのためじゃない、ただ実感が欲しかった。何ヶ月も鉄条網の中に閉じ込められてたんだ。四ヶ月ものあいだ蕎麦粥しか食えなかった。朝も昼も晩も粥だけだ。でも実戦に出れば配給の食料がもらえる。肉の缶詰がもらえたり、ときにはチョコレートの「アリョンカ」が入ってたりもする。戦闘のあとでドゥーフの死体から持ち物を漁ると、あるある、たんまりと――瓶詰めのジャムも、ちゃんとした缶詰も、フィルター付きの煙草も。すげえよ、マルボロまである。こっちは「狩人煙草」を吸ってんのに。どこかでもう聞いたかもしれないけど、沼地で杖をついてる男が描かれたパッケージの煙草で、それを俺たちは「沼地に死す」って名づけてた。

あと「パミール」って銘柄のやつは「山岳に死す」だったな。俺はアフガンに行って初めてカニを食べてみたし、アメリカ製の肉の缶詰も食べた……高級な葉巻も吸ってみた……。道中そのへんの店に立ち寄ってかっぱらうこともあった。別に略奪行為がしたかったわけじゃない、ただ人間ってのはいつだって、少しでもマシなものが食べたいし、少しでも多く眠りたいだろ。でも俺たちは母親たちから引き離され、上官に「行け、神聖な義務を果たすんだ、君たちの使命だ、もう十八なんだ」なんて言われて送り込まれたんだ。ふざけんな!

まずタシケントに連れていかれた……すげえ土手っ腹の政治将校が出てきて……で、アフガンに行く者は志願書を書けって言う。みんなは言われた通りに「志願させていただきたく……」って書いたけど、俺は書かなかった。なのに翌日には俺たちは食料と金を配られて車に乗せられて移送地点に行かされた。夕方にはそこに古株の奴らが来て、「さて諸君、君たちの持ってるお金を回収しよう、ソ連のお金は必要ない、諸君が行く先ではアフガニーだからね」とくる。クソみてえな話だろ。羊の群れみたいに運ばれて……。自分から行きたがってた奴は嬉しそうだったが、行きたくないって泣きだしてヒステリーを起こす奴もいたし、香水をがぶ飲みする奴もいた……。ちくしょう……。俺はもう虚しくて、どうでもよくなっちまった。(どういうことだよ)って思った。(特殊訓練も受けてないのに連れていく気か? ふざけんじゃねえよ。ほんものの戦場に行くってのに)。俺たちは銃もまともに撃てるようになっていなかった。演習で銃を撃ったことが何度あった? 単射訓練が三回、連射訓練が六回だ……。やべえよ! カブールに着いたときの印象は……砂だ、口いっぱいに溜まる砂……。配属されたその日に哨所で除隊前の奴らからリンチにあった……。しかも朝っぱらから——「早く来い! 食器は洗ったか? 早くしろ! 待て! おまえ、苗字は?」殴るにしても将校たちに気づかれないように顔は避けて、胸をやられた。制服のボタンをめがけて殴ると、ボタンは容易く深々と肌にめり込んでくる。歩哨に立たされるときは嬉しかった――古参の奴らも除隊前の奴らもいない。二時間は誰にも手を出されない。俺たちが到着する四日前に、「若い衆」の一人が除隊前の奴らのテントに手榴弾を投げ込んだらしく、七人がその一瞬であっけなく死んだ。そいつは直後に銃口を咥えて、脳みそを吹き飛ばして死んだ。それでもみんな戦死の扱いになった。母なる戦争はすべてをチャラにしてくれる、ってなもんだ……。ふざけんな。夕食後には古参どもに呼ばれて――「さて、モスクワ野郎(俺はモスクワ郊外の出だ)、ジャガイモのソテーを用意しろ。制限時間は四十分だ。持ってこい！」ってケツを蹴られて。「でもどこで手に入れたらいいんですか？」って訊いたら、「おまえ、死にたいのか？」だと。ジャガイモはちゃんと玉ねぎを添えて胡椒を振ってサラダ油でソテーしてある「平時風」って呼ばれてたやつじゃなきゃいけない。ローリエの葉までのせたやつだ。二十分遅れで持っていったら張り倒された……。やべえだろ。俺は空挺隊んとこまで行って見つけたんだ、「若い衆」が将校たちのためにジャガイモの皮剝きをしてたから、単刀直入に頼んだ――「なあジャガイモ分けてくれよ、じゃないと殺されちまう」って。そしたらバケツに半分くらい分けてもらえて、おまけに「油はウズベク人の料理番のとこで頼むといいぜ、多民族友愛の歌が好きだから歌ってやりな」って教えてもらった。ウズベク人は油と玉ねぎを上官の食料からくすねてきてくれた。窪地の焚火でジャガイモを焼いて、フライパンが冷めないように走って持っていったのに……。いまになって、アフガンの友愛だとかなんだとかいうのを読むと、笑いが込み上げてくるね。どうせいずれ映画にでもなってみんなそれを信じるんだろ。俺がもし観にいくとしたら、アフガンの景色を見るためだけに行くだろうな。顔をあげればそこには雄大な山々がある。藤色の山脈がある。広い空がある。でも自分は、牢屋ん中にいたみたいなもんだ。ドゥーフに殺されなくとも、味方のリンチにあう。帰ってきてからソ連の刑務所出の奴にその話をしたんだが、味方同士でそんないじめがあるなんて、「そんなバカなことあるかよ」って信じてくれねえの。そいつは十年も刑務所にいて、なんでも見てきたはずなのに。ちくしょう……。気が狂いそうだった。どうかなっちまわないために、俺たちは酒を飲むか、煙草を吸うか、麻薬をやった……。酒は自分たちで造る……ありあわせのもんで――干し葡萄と砂糖と桑の実とイーストとパンの切れっ端をぶっ込んで。煙草が切れたときは新聞紙で茶葉を包んで代用する。味はクソまずいが、煙は出る。忘れもしねえのはチャラスだ。チャラスってのは大麻の樹脂で……。吸うと笑いだして、うろうろ歩きながら一人で笑い続けてた奴もいたし、机の下に潜り込んで翌朝までそこから出てこない奴もいた。そういうのなしじゃ……麻薬や酒がなかったら、気が狂っちまう……。弾倉を二つ渡されて歩哨に立たされたって、たった六十の弾薬なんてまともに戦ったら三十秒ももたない。ドゥーフのなかには熟練の狙撃手もいて、そいつらは煙草の煙やマッチの火を見つけただけで撃ってくる。

俺はわかった……。あ、ここからは戦争の話っていうより、人間の話になるけど。ソ連の本にはほとんど描かれない人間の話だよ。恐れられ、隠蔽されてることだ。生物としての人間。理念抜きでの人間……。「英雄的」とか「精神性」とか聞くと胸糞が悪い。吐きそうになる(黙る)。

さて……続きを話そう……。俺はなにより味方に苦しめられてた。ドゥーフたちは俺を男らしくしてくれたが、味方は俺をだめにした。軍隊に入って初めて、どんな人間だって壊される可能性はあるって知ったよ。違いはただ、その方法と費やされた時間だけだ。ある古参が寝そべっていた。半年間軍部に勤めた奴で、腹を上に向けてブーツを履いたまま寝転がってたが、俺を呼びつけて「ブーツを舐めろ、ちゃんと綺麗にしろよ。制限時間は五分だ」と言う。俺は立ちすくんだ……。そしたら「赤毛を呼んでこい」と。「赤毛」ってのは俺と同時期に来た奴で、仲も良かった。そんで古参の手下みてえな奴らが二人して赤毛を全力でぶちのめしだした。目の前で背骨が折れそうなくらいズタボロにされながら、赤毛は俺を見てる……。赤毛を死なせないために、不具にさせられないために、俺は古参のブーツを舐めた。軍隊に入るまでは、人は腎臓をひどく殴打されれば息ができなくなるなんてことも知らなかった。一人きりで、誰も味方してくれないときなんかだと、どうしようもねえ。

　親友がいたんだ……熊ってあだ名の。背が二メートル近くあってさ。でもアフガンから帰ってきて一年後に首を縊って死んだ。わからねえ……。あいつは誰にも打ち明けなかったから、どうして死んだのか誰も知らないんだ——戦争のせいか、あるいは人間がいかにクソ畜生かわかっちまったせいか。戦地にいたときはそんなことは考えなかったが、帰ってきてから考えるようになった。それで気が狂って……。もう一人の戦友は酒に溺れた……。手紙をくれたんだ、二通もらった……。なんでも、現地には真の人生があったけど、こっちではなにもかもクソみてえだ、あそこでは戦って生き抜いていたけど、こっちじゃなんもわかんねえって。俺は一度そいつに電話したんだが、へべれけに酔ってやがって……もう一度かけたときもやっぱり酔ってた……（煙草を吸う）。俺も熊と一緒にモスクワのカザン方面駅に帰ってきたときは、タシケントからの道中四日間ずっと朝から晩まで飲んでた。迎えにきてくれって電報すら打ち忘れるほどだった。朝五時に駅のホームに到着したら……鮮やかな色が目に飛び込んできた。みんな色とりどりの服を着てる——赤い服、黄色い服、青い服、若くて綺麗な女たち……。すげえ……まったくの別世界だ。呆然とした。帰ってきたのは十一月八日だった……。一ヶ月後には大学に復学して、二年次に入れてもらえた。運が良かったんだ……。とにかく知識を詰め込んだ。深く考え込む暇なんかなかった、一から勉強し直して試験に受かんなきゃいけなかったから。二年のあいだになにもかも忘れちまって、覚えてるのは「新兵の心得」――ジャガイモの剝きかたと十八キロ走だけだった。膝下は傷だらけだ。でもあいつはどうだ。熊は、帰ってきたはいいがなにもなかった。手に職もなければ仕事もない。周りはなんも考えちゃいない――ハムが二ルーブル二十コペイカで、ウォッカが三ルーブル六十二コペイカならそれでいい。帰還兵が帰ってきたからといって、どうだっていいんだ――気が触れていようと、二十歳だっていうのに足が十〜十二センチしか残ってなくてケツで跳ねて移動していようと。うちの子じゃないから、まあいいか。そういう社会構造だから仕方ない――軍隊でも、日常生活でも不具にされる。その構造に飲み込まれた以上、歯車にかかった途端に挽き潰される。どんなにいい奴でも、心にどんな夢を抱いていたとしても(黙る)。語る必要のある言葉は少ししかないんだ……ほんの少しで……考えていることをちゃんと言葉にしたい――肝心なのは、その構造に飲み込まれないことだ。でも、どうやって逃れたらいいんだ？　祖国のために兵役は義務だ。ポケットにコムソモールの団員証がある限り、守らなきゃならない。規則にはこうある――兵士は忍耐強く勇敢にあらゆる兵務の重圧に耐えねばならない。忍耐強く勇敢にだと。端的に言ってやべえだろ(黙る。煙草の箱に手を伸ばすが、すでに空だった)。ちっくしょう。もう一日一箱でも足りなくなってやがる……。

まず、人間は動物だってとこから始めなきゃいけない。動物的な存在が、薄っぺらい偽善的な文化の膜で覆われてる。たとえリルケやらプーシキンやらを読んでいたとしたって、人間は一瞬のうちに動物的な本性を露わにする……瞬く間に……。当人が自分の身を、命を案じたとき。あるいは権力を握ったとき。ささいな、ほんのわずかな権力でもそうなる。軍隊の序列は――宣誓をたてるまでが「幽霊」、宣誓後は「新入り」、半年経つと「半人前」、その期間を終えてから一年半までが「古参」、二年以上が「除隊前」だ。だから最初は肉体もない幽霊から始めなきゃいけないし、毎日がクソみてえな日の連続だ。

だけど俺は撃った……。みんなと同じように撃った。どうしたってそれが肝心なことなんだが……それを考えたくはない。うまく考えられない。

ヘロインは文字通り足元に転がってた……。夜中に小さな子供たちが山から下りてきてばらまくんだ。そしてあっという間にいなくなる。でも俺たちは大麻で満足してたし、ヘロインに手を出す奴はあんまりいなかった。なんたって純粋なヘロインだからな――一、二度やってみただけで終わりだ。危ない橋だ。俺はやめておいた。もうひとつの生き残る秘訣は――なにも考えないことだ。食べて寝て任務をこなす。見たものはすぐに忘れて頭の隅に追いやる。後回しにする……。俺は人の瞳孔が目の大きさいっぱいにまで開くのを見た。人が死ぬときだ……瞳孔が開いて……くすんでいって……。でもそれを見てもすぐに忘れた。いま話してて思い出したけど……。

撃った。もちろん俺は撃った。スコープの向こうに人を捉えて……引き金を引いた……。いまになって思うけど、そう多くは殺していないと信じたいよ。だってあの人たちは……あの人たちは祖国を守っていたのに……。でも……はっきりと記憶にあるんだ……自分が撃ったのも、相手が倒れたのも。両手を上にあげて倒れた……。その人のことは、特に印象に残ってる……。俺は白兵戦になるのが怖かった。話に聞いていたんだ、銃剣で突き刺した相手の目を見なきゃならないって……ゾッとするよ……。熊のやつが、四日間かけてタシケントからモスクワに向かう途中で打ち明けてくれた――「人間って喉元から血が噴き出すとすげえ音をたてんだ、想像もつかないような。殺すにも技術がいるんだな……」。誰も殺したことのない人間、狩りにさえ行ったことのない人間は、人を殺す技術を身につけておかないといけない。熊は話した――重傷のドゥーフが転がっていた。腹をやられているが、まだ息があった。隊長は空挺隊員のナイフを手にとって、熊に渡して「これでとどめを刺せ。やるときは相手の目を見てやれ」って言った。どうしてそうしなきゃいけなかったか、わかるか？　いずれ仲間を守らなきゃならない状況になったときに、なにも考えずに敵を殺せるようになるためらしい。だから最初にすべてを経験しておかなきゃいけない……一線を踏み越えなきゃいけないって……。熊は……あいつはナイフを受けとって相手の喉元に突きたてようとした……怪我人の胸元に……でもできなかった……だって、生きた人間の胸にいきなりナイフをぶっ刺すなんて、そんなことどうやったらできるんだ？　動いてる心臓に……。ドゥーフはナイフを目で追ってた……。しばらくはどうやっても殺せなくて……殺すまでに時間がかかった。熊のやつ、酒が回ると泣きだして……自分は地獄に堕ちるに決まってるって言ってた……。

除隊になったあと、俺は大学に戻って寮で暮らした。寮では学生たちがよく酒を飲んでは騒いでる。誰かしらがギターを弾いている。ドアをノックされるたびに、俺はアホみたいに飛びあがってドアの内側で身構えてしまう。雷が鳴ったり雨が出窓を叩く音が響いたりすると、心臓が飛び出しそうになる。酒を飲めば少しは落ち着くが、じきに一本じゃ足りなくなった。肝臓を傷めてしまって、危うく肝臓をだめにするところだった。入院するはめになって、医者に「君、せめて四十歳まで生きたいと思うなら、酒をやめなさい」って言われちまったよ。俺は考えた――自分はまだ女と寝たこともない。周りには綺麗な女の子がたくさんいるってのに、このまま死ぬなんて。それで酒をやめた。恋人もできた……。

愛ってのは……なんだか浮世離れした領域だよ……。俺は、愛してるなんて言えない。いまでは結婚もして幼い娘もいるけど、これが愛なのかそれとも別のなにかなのかなんてわからない。妻や娘のためなら喉を掻っ切ったって、アスファルトに埋められたってかまわない。命も惜しくない。でも、愛ってなんだ？　人は「愛してる」って告白をする、それが愛だと思ってるけど、でも愛ってのは――野生的で血なまぐさい、日々絶え間なく続く営みだ。俺は愛してただろうか。正直なところ、わからなかった。

なにかしらの感情は抱いていたし、精神も高揚していたし、くだらない俗世の生活から切り離された、なにか純粋に自分の内面と向き合うような作業をこなしてもいたが、それが愛だったかどうかはわからない。戦地では「祖国を愛せ」と教えられた。祖国は両腕を広げて俺たちを抱きとめ、その度に倒れるまで拳でぶん殴ってくる。それよりも「幸せだったか」と訊かれたほうがいい。そしたら俺は「幸せだった」と答えるよ。アフガンから戻ってきて、故郷の街で家に向かって歩いていたとき、俺は幸せだった……。十一月だった……二年間目にすることのできなかった土の匂いが鼻を、脳天を突いてつま先まで広がっていって、喉元になにかが込みあげてきて、歩けなくなった。泣きたくなって。それ以降、俺は幸せに生きてきたって言えるようになった。でも愛していただろうか。死を目の当たりにした人間にとっての愛っていうのは、いったいなんだ。死はいつだって汚らわしいものだ……。じゃあ、愛ってなんだ。俺は妻の出産に立ち会った。ああいう瞬間っていうのは、親しい人間がそばにいて、手を握ってあげていなけりゃならない。すべてのろくでなし男どもにそうさせてやりたい——女が出産するとき、両足を広げて血や大便にまみれているときに、枕元に立たなきゃいけない。どんなふうに人間がこの世に生まれてくるのかをしかと見届けるんだ。それなのに、ああも簡単に人を殺している。殺すのは簡単だ。いとも容易い。俺は、自分も失神するんじゃないかと思った。戦地から帰ってきたっていうのに、出産を目の当たりにしたら倒れそうになったんだ。女ってのは、出たり入ったりできる扉のようなものじゃない。二つの世界が俺の人生を一変させた——戦争と、女が。俺というクソにまみれた肉の塊がなんのためにこの世界にやってきたのかを、考えさせられるようになったんだ。

人間は戦地で変わるんじゃない、戦争から帰ってきてから変わる。現地で起きたことを見つめていたのと同じ目でここの物事を見つめたときに変わるんだ。はじめの数ヶ月は視点が二重になる——現地にいる自分と、ここにいる自分。急速に変わり始めるのは帰ってからだ。いまなら、俺は現地で自分ににが起きていたのかを考えることができる……。銀行の警備員、富豪の実業家のボディーガード、殺し屋——そういった職業につくのはみんな戦地帰りの奴らだ……。俺はそういう奴らと会って話してみて、わかった——ああ、こいつらは戦争から帰ってきたくないんだ、って。ここに戻ってきたくなんかなかった、戦地のほうが良かったと思ってる。現地で……あの生活を経験すると……伝えようのない感覚が残る。ひとつは、死に対する軽視だ、死よりも重要ななにかがあって……。ドゥーフたちは死を恐れない。たとえば、明日銃殺されるとわかっていても、なにごともないかのように笑い合って話をしていた。むしろ喜んでるみたいに。陽気で落ち着いていた。死とは偉大な通過点で、婚約者を待つみたいに受け入れなきゃいけない。あの人たちのコーランにはそう書いてあるんだ……。

小咄でも話したほうがいいか……。じゃないと、作家さんを怖がらせちゃったみたいだからね(笑う)。さて、じゃあひとつ……。ある男が死んで地獄に堕ちた。あたりを見回すと、人々は大鍋で煮られ、台の上で切り裂かれている……。男は先へ進んだ。するとそこにはテーブルがあり、男たちが席についてビールを飲みトランプやドミノで遊んでいる。男は彼らに歩み寄り、尋ねた。

「それはなんだ、ビールか?」

「ビールだよ」

「俺にもくれよ」と言って、男はそれを飲んだ。ほんとうにビールだった。冷えている。「そっちは煙草か?」

「煙草だ。いるか?」

男は煙草も吸った。

「それでここはいったいどこなんだ、ほんとに地獄なのか?」

「もちろん地獄だ。堪能するといい」と言ってそいつらは笑った。「大鍋で人を煮たり切り裂いたりしてた場所は、地獄とはそういうものだと思っている奴らのための地獄さ」

なにもかも人の信心のままに再現される。信ずるままに……そして心に流れる祈りのままに……。もし婚約者を待つように死を待っていれば、死はそのように訪れる。

いつだったか俺は、横たわる死体のなかに知り合いがいないか探してた……。安置所で死体を受け入れた兵士たちは遺体を獲物扱いしてた……。ポケットを漁って。胸に穴があいたり内臓がみんな飛び出したりしてる遺体が寝かされているってのに、あいつらはそのポケットを探り、残らず回収する——ライター、綺麗なボールペン、爪切りバサミ。帰ったら恋人にあげようってのか。やべえだろ。

破壊された集落は山ほど目にしてきたが、こっちで新聞に書かれてるような保育園だとか学校だとかが建てられてるのも、木が植えられてるのも見たことねえ(黙る)。

故郷から手紙が届くのをいつもずっと待ってた……。当時の恋人が、腰まである花畑で花に埋もれて立っている写真を送ってきた。どうせなら水着姿のがよかったな。ビキニの。それかせめて足が見えるように全身を写してくれればいいのに……ミニスカートでもはいてさ……。政治装置……ってのはつまり政治将校のことだが、あいつらは祖国がどうだとか兵士の義務がどうとか垂れてやがった。政治教育のときに……。でも夜になって俺たちが寝ながら話すことといえば、まずは女の話だ。どんな女と寝たかとか、どういう体験をしたかとか……さんざん聞かされたよ。みんな手が伸びる場所は同じだ……。やべえよ。現地の……アフガン人には……男同士で寝る風習がある、そういうものなんだ。一人で現地の店に入ると「そこの君、ちょっと……こっちに来なさい……。君のケツでやらせてくれたら、代わりに好きな商品をあげよう。お母さんにあげるスカーフなんかどうだね……」なんて言われる。映画はほとんど入ってこなくて、唯一〈フルンゼニェツ〉っていう駐屯地用の新聞だけが定期的に大量に届いた。届くとすぐに俺たちは読書小屋に持っていった……つまり例の……あの場所だ。たまに音楽番組の電波をキャッチできることもあった。リュドミーラ・ズィキナの「ヴォルガ川は長く遠くから流れて……」って歌声が聞こえたときは、みんな泣いた。その場で泣いていた。

帰ってきたら、うまく話ができなくなっていた。すぐに「ちくしょう」とか罵倒語が口をついて……。はじめのころ、母さんに「あんた、どうしてなにも話してくれないの」って訊かれた。なにかを思い出して話そうとしたが……母さんが俺の言葉を遮って「お隣さんは息子さんを兵役に行かせないために代替役の病院勤務に行かせたんですって。私だったら、もし自分の息子がおばあさんの尿瓶の世話をしてるなんてことになったら、恥ずかしくてやってられないわよ。男のやることじゃないわ」って言った。俺は「母さん、もし俺に子供ができたら、子供たちが軍に入らなくてもいいようにあらゆる手を尽くすよ」と答えた。父さんと母さんはまるで病人を見るみたいに俺を見て、それ以降、俺に戦争の話をしなくなった。特に人前では。じきに俺は逃れるように家を出た……。それで大学に入って……。恋人は俺を待っていてくれた。俺は「よし、初日に押し倒してやるぞ……再会したその日にセックスしてやる」って考えてた。でも彼女は肩に回された俺の手を押しのけて、「あなたの手、血まみれじゃないの」って。その言葉のせいで俺はすっかり性欲を失くしちまって、三年ものあいだ女に近づくのが怖かった。ふざけんじゃねえ。俺たちはずっと、祖国を守れ、恋人を大事にしろって教えられてきた……男たるもの……。俺は北欧神話が、ヴァイキングの話が好きだった。そこでは男が寝床で死ぬのは恥だとされてきた。死ぬのは戦場じゃなきゃいけない。男の子は五歳のときから武器の扱いを教えられる。死を覚悟する。戦場では「自分は人間か、それとも震える獣か」なんていう疑問は生じない。兵士の任務は殺すことで、自分は殺しの道具だ。銃や弾と同じ役目を担ってる。もっともこれは、いまんなってそんなふうに観念的に捉え直そうとしてるわけだけど……自分を理解したくて……。

一度、アフガン帰りの集まるクラブに行ってみた……。もう行かない。一度きりだ……。ベトナム戦争に参加したアメリカ人との交流会だった。カフェで開かれてて、それぞれのテーブルごとにアメリカ人一人とロシア人三人の組み合わせだった。俺たちのテーブルについてたアメリカ人に対して、一人が「俺はアメリカ人てのは嫌いなんだ。アメリカの地雷にやられたからな。おかげで片足を失った」って因縁をつけた。そしたらそのアメリカ人は「僕はサイゴンでソ連の砲弾の破片にやられたけどね」と返した。すげえだろ。やべえって。乾杯して、抱擁を交わした――共に負傷した仲間ってな感じで。それでさらに……ロシア式の酒盛りをやった――互いの肘を交差させて飲むブルデルシャフトをやって、別れ際にまた飲んで……。あの場で、俺はある単純なことがわかった――世界のどこでも兵士は兵士、みんな同じだ。肉がどこでも肉なのと同じ。肉売り場と同じだ。違うのは、あいつらは朝食で二種類のアイスを食えるけど、俺たちは朝も昼も晩も蕎麦粥だってことくらいさ。果物なんてまったくお目にかかれないし、卵や新鮮な魚があったらどんなにいいだろうって夢みてた。玉ねぎすらりんごみたいにかじった。帰ってきたときには歯がなくなってた。あの会があったのは十二月で、氷点下三十度だった。そのアメリカ人はカリフォルニアの出身で……。俺たちはホテルまで送っていった。そいつはダウンのコートを着て防寒手袋をして、しっかり厚着をしてモスクワの街を歩いてたが、ふと向こうから、毛皮のコートの前をはだけて、横縞シャツをまくってへそを出して、帽子も手袋もしていないロシア人のワーニャが歩いてくる。「よう！」「おお、ワーニャ！」「あれ、こっちは誰だ？」「アメリカ人だよ」「へえ、アメリカ人か！」そう言ってワーニャはアメリカ人と握手をして肩を叩いて、そのまま先を歩いていった。ホテルに着いて俺たちは部屋まであがっていったが、そいつは黙りこくってる。「なあ、どうしたんだ？」って訊いたら、「僕がダウンを着込んで手袋をしているのに対してあの人は裸同然の格好をしていた、それなのに手が温かかった。この国と戦争なんてできないな」ってさ。俺は「そりゃそうだよ。死体の山ができるぞ」って返した。どんなもんだ。俺たちは燃えるものならなんでも飲むし、動くものとならなんだってセックスするし、動かなけりゃ揺すって動かしてでもセックスするんだ。

　だいぶアフガンの話から遠ざかってきたな……。こんな話は面白くもねえ……。でももし俺に選ぶ権利があったとして――「君は戦争に行ったらこれこれこういう体験をすることになる、でも別の選択肢もある、現地へ行かず少年のままでいることもできる。どうする？」と訊かれたとしても、俺はやっぱりすべてをもう一度経験して、いまの自分になるほうを選ぶと思う。アフガンのおかげで友達もできた……。妻とも出会えて、いまじゃかわいい幼い娘もいる。現地で俺は、自分のなかにいかにクソな自分がいて、そいつがいかに奥底に巣食っているかも知った。帰ってきてからは聖書まで読んだよ、鉛筆で線を引きながら。いまでもいつも読み返してる。ほら、ガーリチが歌でうまいこと言ってるだろ――「どうすべきかを知っていると言う奴を恐れろ」って。俺はどうすべきかを知らない。自分で探すんだ。俺は藤色の山脈を夢にみる。肌を刺す砂嵐を……。

　俺はここで生まれた……。祖国は愛する女と違って選べるものじゃない、自然に与えられるものだ。ここに生まれたからにはここで人生を終えられなきゃいけない。野垂れ死んだり戦死したりしてもいい、でも死ぬことができなきゃいけない。俺はこの国で生きていきたい。貧しくとも不幸でも、ここには蚤に蹄鉄をうつことのできる「左利き」〔レスコフの同名の小説の主人公〕がいて、男たちはビールの売店の周りで世界規模の問題を談義している。祖国は俺たちを騙したが……それでも俺は好きだ。

俺は見た……いまの俺にはわかる、生まれてくる子供たちがいかに神聖な存在かが。子供ってのは

——天使なんだ。

——大尉、ヘリ操縦士

光った……光が溢れて……それで終わりだった……。

そのあとは夜……闇だ……。片目を開けて、壁をなぞった——ここはどこだ？　野戦病院か……。それから確かめた……腕はあるか。ある。下は……手探りで自分の体を触ってみた……おい、足はどこだ？　俺の足は!!

（背を向けて壁のほうを向き、しばらく話そうとしない）

俺はそれ以前のことはすべて忘れてしまった。ひどい脳挫傷で……。これまでの人生のすべてを忘れてしまった……。身分証を開いて、自分の苗字を読んでみた。どこで生まれたんだ。ヴォロネジか。三十歳……既婚で……子供が……男の子が二人いる……。

一人として顔を思い出せない……。

（またかなりのあいだ黙る。天井を見つめている）

まず母親が来て……「私があなたのお母さんなのよ」って言うんだ。いくら眺めても思い出せないけど、それでいてどことなく他人じゃないような気もする。なんとなく懐かしいとは思った……。その人

は俺が子供のころの話を聞かせてくれた……小中学校のことを……。八年生のときにお気に入りのコートを着てたこととか、それを俺が柵に引っ掛けて破いてしまったとか、そんな些細なことまで。成績は……五段階評価の四が多くて……五もあったけど、素行は三だった。やんちゃだったって。豆のスープが大好物で……。その話を聞いて、まるで自分を傍目から見ているような感じがした。

食堂のおばさんに呼ばれて、

「さあ、車椅子に座んなさい。奥さんが来たわよ」

って言われた。病室のそばに綺麗な女の人がいた……。俺はちらっと見たけど、まあそこにいるだけだろうと思った。それで妻はどこにいるんだろう、と考えたけど、その人がそうだった……。知っている顔のような気はするが、誰だかわからない……。

彼女は俺たちのなれそめを語った……どうやって知り合って……初めてのキスをしたか……。結婚式の写真も持ってきてた。子供たちが……二人の男の子が生まれたときのことも話した。俺はそれを聞いて、思い出せはしないが記憶に刻んだ……。緊張しすぎて……ひどく頭が痛んで……。そうだ、指輪は……結婚指輪はどこだ？　俺は指輪の存在を思い出して……左手を見たが——指がなかった……。

息子たちのことは写真を見て思い出したけど……見舞いに来た二人はまるきり変わっていた。自分の子たちのようでいて、そうじゃないようでもある。明るかった髪の色が暗くなり、小さかった子が大きくなっている。自分の姿を鏡で見てみると——よく似ていたよ。

医者の話では、記憶は戻る可能性もあるらしい……もし戻ったら、俺には人生が二つあることになるな。人に聞いた人生と、もとからあった人生。そうなったときにはまた来てくれれば、戦争の話をするよ……。

兵卒、偵察兵

砲火があちこちであがり……ずいぶんと山の斜面を彷徨っていた……。

夕方、いきなり正面から羊の群れがこちらに向かってきた。やった！　アッラーのおめぐみだ。アッラーフ・アクバル！　俺たちは二日間の行軍で疲れ果て、携帯食はとっくに食べ尽くして腹を空かせていた。残っているのは乾パンだけだった。そこにいきなり迷子の羊の群れが現れたんだ。飼い主はいない。買ったり茶葉や石鹸と交換してもらったりもしなくていいし（羊一頭をもらうには茶葉一キロか石鹸十個が必要だった）、略奪もしなくていい。俺たちはまず大きな雄羊を一頭捕まえて木に繋いだ。そうするとほかの羊たちはもうどこへも行かなくなる。ここに来て学んだ習性だ。忘れないでおこうと思った……。爆弾が破裂すると羊たちは逃げていくが、じきにまた集まってくる。群れを率いる奴のもとに。それから……それから俺たちはいちばん肥えた羊を選んで……潰した……。

羊があまりにもおとなしく死を受け入れる様子は、幾度も目にしてきた。これが豚や子牛なら……話が違う……あいつらは死を拒む。もがいて喚く。ところが羊ってやつは、逃げるどころか鳴きもせず暴れもせず、ただ黙ってついてくる。目をしっかり見開いて、ナイフを持った人間についてくる。

羊を潰しても、それは決して殺人には似ていなくて、常に儀式を思わせる。生贄の儀式を。

二日目

「ある者は心を苦しめて死に……」

その人は再び電話をかけてきた。幸い、私が家にいるときに……。

「電話するつもりなんかなかったんだが……でも今日バスに乗ったら、女二人が話してんのが耳に入ってきたんだ――「英雄なわけないじゃない。だって現地で女子供を殺してきたんでしょう……正気の沙汰とも思えないわよ。なのに学校へ呼んでうちの子たちに話を聞かせるなんて。おまけに手当まで支給されて」。俺は次のバス停で降りた……。俺たちは兵士であり命令に従った。戦場で命令に従わなければ――銃殺される。即刻軍法会議だ。そりゃあ将校は女子供を撃ちはしねえが、あいつらが命令するんだ。それをいまんなって俺たちが全部悪いだと。兵士が悪いんだとよ。いまんなって、俺たちは説教される――犯罪的な命令を遂行したなら、それは犯罪だって。でも俺は命令する奴らを信じてた。信じてたんだ！ 記憶にある限り常に俺は信じろって教えられてきた。信じろってそれだけを。信じるべきか疑うべきか、撃つべきか撃たざるべきか、考えろなんて誰も教えてくれなかった。ただひたすら「深く信じろ」と言い聞かされてきた。そう言われるがまま現地へ行ったが、帰ってきたときには俺たちは変わっていた」

「よろしければお会いしませんか……お話を伺いますから……」

「俺は、俺と同じような境遇の奴としか話さねえ。現地帰りの……。わかるか？ そうさ、俺は殺した、この体は血にまみれている……。でもあいつは横たわっていて……親友だよ、兄弟みたいなもんだった。バラバラになってた頭と、腕……皮膚……。俺はすぐにでも奇襲に参加させてくれって頼んだ……。あ

――著者

る集落《キシラク》で葬式をやってた。たくさん人が集まっていて、遺体にはなにやら白い布がかけられていて……

俺はそれを双眼鏡で見てた……そして命令した――「撃て！」と」

「そういった思いを抱えて、どうやって生きているのかが知りたいの。怖いでしょう？」

「そうさ、俺は殺した……生き残りたかったからだ……家に帰りたかったからだ。でもいまとなっては死んだ奴が羨ましい。死んだ奴はつらくない……」

会話は再び途切れた……。

――歩兵小隊長

夢をみているようだった……どこかで見たことがあるような……なにかの映画で……。いまとなってみると、俺は誰も殺してなんかない気がする……。

自ら志願した。頼み込んで……。理念のためか、それとも自分が何者かを理解するためかと訊かれたら、もちろん後者だ。自分になにができるのかを試してみたかった。俺は自我が強いたちだ。大学に通っていたが、大学じゃ自己主張もできなければ自分が何者なのかもわからない。英雄になりたかったし、そういう機会を探していた。大学は二年で中退した。人の噂で……聞いたんだ……当地では年端もいかない少年たちが戦っているって……つい最近まで高校生だった子たちが……。戦争っていうのはいつもそうだ。大祖国戦争のときもそうだった。俺たちにとっては戦争はゲームのようなもんだ。自己愛が、プライドが決定的にものをいう。やれるか、やれないか。あいつはできた。じゃあ、自分は？　俺が考えていたのはそういうことであって、政治的なことじゃない。子供のころから自分を試すのが好きだった。好きな作家はジャック・ロンドン。真の男ならば強くあらねば。つきあってた彼女にはひきとめられた――「ブーニンやマンデリシタームがそんなことを言う姿、想像もできないでしょう?」って。友達は誰もわかってくれなかった。結婚した奴もいたし、東洋哲学やヨガに夢中になってる奴もいた。俺だけが――戦争を選んだ。

見上げれば太陽に灼かれた山々がある……眼下では女の子が山羊たちに掛け声をかけ、女が洗濯物を干している……これじゃあソ連のカフカース地方と変わらないじゃないか……なんだかがっかりしたよ……。夜になると――俺たちが燃やしていた焚き火に銃弾が飛んできた。やかんを持ち上げると、その下に弾があった。戦争だ! 行軍中は喉が渇いてたまらない、つらく、屈辱的なほどに。口がからからに乾いて唾も飲み込めるほどの量が出てこない。口じゅうに砂が詰まってるような気がする。草木の露も舐めたし、自分の汗も舐めた……。生きなくちゃいけなかった。生きていたかった。亀を捕まえて尖った石で首を刺し、生き血をすすった。ほかの奴はできなかった。みんなできなかった。自分の小便を飲んでた……。

俺は人を殺せるってわかった。銃も持ってる……。最初の戦闘で、人がショック状態になるのを見た。意識を失うところを。人を殺したところを思い出すだけで吐く奴もいた。戦闘のあとは木に人の耳がぶらさがっていたり……人の顔を目玉が滴り落ちていったりする……。でも俺は耐えた。仲間のなかには猟師だった奴もいて、軍に入る前はうさぎを狩ったり猪を仕留めたりしてたんだって自慢してた。ところがそいつなんだ、いつも吐いてやがったのは。動物を殺すのと人を殺すのじゃ、別物だ。戦場では感情を殺す。冷静な頭脳。計算。銃こそが――生命線だ。銃は体と一体化する。もう一本の腕みたいに……。

パルチザン戦がほとんどで……大規模な戦闘になることは少なかった。常に——一対一だ。山猫の子みたいに神経が研ぎ澄まされる。連射して——相手が伏せる。待つ。次は誰だ？　銃声が耳に届くか届かないかのうちに、銃弾が近くをかすめていったのを感じる。岩陰から岩陰へ這って……身を潜める……猟師みたいに相手を追っていく。全身が張り詰めている。息もせず、瞬間を窺う……。もし白兵戦になったら、銃床で殴り殺してやる。殺せたときは——今回は生き残れたという痺れるような感覚になる。俺はまた生き残った！　人を殺す喜びなどない。殺されないために殺す。戦争には、死だけじゃない、ほかのなにかがある。戦争特有の匂いさえある。独特の音も。

死体は——さまざまだ……。同じ死体はひとつとしてない。水に浸かった死体は……水に浸かると、死体の顔になにかが起こる。みんなどことなく笑っているような顔をしてるんだ。雨上がりの死体は綺麗な姿になる。水のない砂地だと、死はもっとどぎつい。体は新しい制服を着てるのに、頭があったはずの場所には乾いた赤い紙みたいのがぺらりとあるだけだ……車に轢かれたトカゲみたいに潰されちまった。でも俺は生きてるじゃないか！　ある死体は民家の……塀の前で座った状態になっていた。周りには割れたクルミの殻が散らばっている。目を見開いたまま……座っていて……目を閉じてやる者もなかったんだ……。死後十分か十五分くらいまでなら、目を閉じてやれる。そのあとはだめだ。瞼が閉じなくなる……。でも俺は生きてるじゃないか！　別の奴は背中を曲げて……ズボンのチャックが開いていて……しかも……小便まで垂れて……。死んだ瞬間にしてたことが、そのまま残ってしまっていた……。まだこの世ではその格好でも、そいつはもうあっちに……空の上にいる……。でも俺は生きてるじゃないか！　俺は自分の体を触って、それを確かめたかった。鳥は死を恐れない。木にとまって、じっと見ている。子供も死を恐れない。やはり座って、おとなしく、面白そうに見ている。まるで鳥みたいだ。鷲が戦闘を眺めているのを見たことがある……。とまっているその姿は、まるでどっしりと座る小さなスフィンクスのようだった……。食堂でスープを食べているときも、不意に横にいる奴が死んだ姿を想像してしまう。家族の写真をまともに見れなくなったこともあった。任務を終えて帰ってくると、女や子供の姿を目にするのが耐えがたくて、目を背けてた。でもじきに平気になる。朝はトレーニングに出て、バーベルをたくさんやった。帰るときにどんな姿になっているかを考えてた。ただ、睡眠不足ではあった。特に冬はシラミが出て。マットレスにDDTをかけて退治した。

死の恐怖を感じたのは帰ってきてからだ。帰ってきて、息子が生まれた。もし俺が死んだらこの子は俺なしで育たなきゃいけないと思うと、怖くなった。記憶に残っている弾が七つある……。いわゆる「空の上の奴ら」のところへ俺を送り込みかねなかった弾が……。でもすべて外れた……。なんだか、やり通せなかったような、戦い尽くせなかったような、そんな気さえしてくる。

俺に罪はないし、悪夢に怯えもしていない。常に対等な一対一の戦いを選んできた——相手か、自分か。捕虜が痛めつけられているのを見つけたとき……縄で縛った捕虜を二人がかりで暴行していたんだ……捕虜は雑巾みたいに横たわっていた……。俺はそいつらを追い払って暴行をやめさせた。そういう連中のことは軽蔑していた。おもむろに銃をとって鷲を撃つ奴もいた……俺はそいつのツラをぶんなぐってやった……なんのために鳥なんか撃つんだ？

家族に、

「現地はどんなだった？」

って訊かれたら、

「ああ。ごめん。そのうち話すよ」

と答えた。俺は大学を卒業し、技師として働くようになった。俺はただの技師でいたい、アフガン戦争の退役軍人なんかじゃなく。思い出すのは好きじゃない。もっとも、あれを経験した俺たちの世代がこれからどうなるのかは、俺にはわからない。俺たちが生き抜いた戦争は、誰にも必要とされていなかった。誰にも……！　誰にも……誰にも……。ようやく話せたよ……。列車の中で知り合った人に打ち明けるみたいに……。知らない人同士が偶然乗り合わせて、話をして、別々の駅で降りていくってやつさ。手が震えてるな……。なぜだか動揺してる……。俺は軽々とあのゲームから脱出してきたつもりだった。この話は書いてもいいが、俺の名前は出さないでくれ……。

俺には怖いものなんかない。でももう二度と、この話を追体験したくはないんだ……。

——補助員

十二月には結婚式を挙げる予定でした……。結婚式の一ヶ月前の……十一月に、私はアフガニスタンに行くことにしたんです。婚約者にそう打ち明けると、彼は「祖国の南端を守りにいくっていうの？」って笑いました。でも冗談を言っているわけじゃないとわかると、「なんだよ、手近な男じゃ物足りなくなったのか？」って。

ここへ来る途中は、こんなことを考えていました——「バイカル・アムール鉄道や処女地開拓には間に合わなかったけど、よかった、アフガニスタンがあって」って。私はみんなが持ち帰ってきた歌を信じていたんです。一日中その歌詞が頭に流れていました——

　アフガンの地には
　過ぎし年月にロシアが
　その岩場に多くの
　息子たちを送ってきた……

　私はモスクワ育ちの文学少女でした。ほんとうの人生とは、どこか遠くにあるもののような気がしていました。そして現地の男はみんな強くて女はみんな美しく、冒険に満ちていると。慣れ親しんだ日常から飛び出して行きたかったんです……。

　三晩かけてカブールへ向かうあいだ、私は眠れませんでした。税関では麻薬中毒者だと思われました。涙目になって訴えたのを覚えています——

「麻薬なんかやってません、ただ眠れなかったんです」

　って。重い鞄を引きずっていても(お母さんが作ってくれたジャムやクッキーが入っていました)、男たちは誰も助けてくれません。ましてや単に男っていうだけじゃなく、若くて格好のいい強そうな将校たちばかりなのに。私はそれまでいつも男の子にアプローチされたりちやほやされたりするのに慣れていたので、心底驚きました。

「どなたか手伝ってくれませんか?!」

　そしたら変な目で見られて……。

移送地でさらに三晩を過ごしました。初日にすぐ准尉が声をかけてきました。

「カブールに残りたいなら……夜になったら来いよ……」

小太りで血色が良く、「気球」というあだ名で呼ばれている男でした。

私はタイピストとして受け入れられました。軍の備品の古ぼけたタイプライターで仕事をこなします。

働き始めたその週に、指からは血が滲みました。包帯を巻いてタイプを打ち続けましたが、爪が剝がれてきました。

二週間ほど経ったころ、ある兵士がドアをノックしました。

「指揮官が呼んでるぞ」

「行きません」

「なに意地はってんだよ。自分がどこに来たのかわかってねえのか?」

朝、指揮官は私をカンダハールへ送ると脅してきました。ほかにもそういうことがいろいろあって……。

カンダハールってどんなところ?

蠅《ムーヒ》とゲリラ《ドゥーヒ》の群がる悪夢さ……

しばらくは怖かった——車両に轢かれたり……背後から撃たれたりするんじゃないか……リンチにあうんじゃないかと思って……。

宿舎では二人の女の子と相部屋でした。一人は電気系統の担当だったからエレクトリーチカっていう呼び名がついて、もう一人は浄水作業を担当していたので塩素《フロル》からとってフロールカって呼ばれていました。なにがあっても、二人とも、

「そんなもんよ……」

ですませるんです。

ちょうどそのころ、〈プラウダ〉紙に「アフガンのマドンナたち」という記事が掲載されました。ソ連の女友達は「良い記事だったってみんなが言っています。あれを読んでアフガンに行きたいって軍事委員部に志願しにいった子たちもいるほどです」と書いてよこしました。小中学校では授業で読んだそうです。でも私たちは兵士たちのそばを通るのが怖くなりました。「タンク女ども、てめえらがヒロインだってな。国際友好の義務をベッドで果たしますってか?」とはやしたてられるからです。タンク女ってなにかって? タンク型の車両があって、少佐以上の偉い軍人さんが寝泊まりしていました。その人たちと関係を持つ女の人がタンク女と呼ばれていたんです。ここにいる少年たちは歯に衣着せず「女がアフガンに行ったことがあるってわかった時点で眼中になくなるよな」なんて話しています。私たちだって、みんな同じ病に苦しみました――肝炎やマラリアに……。砲撃も受けました……。けれどもソ連へ帰って再会しても、同じ場所にいた仲間の少年に抱きつくこともできない。あの子たちにとって私たちはみんな売女か気違いなんです。私たちみたいな女と寝たら、汚れてしまうみたいに……「誰と寝るかって? 銃と寝るさ……」。そんな扱いを受けたら、誰かに微笑む気すら失せてしまう……。

母は知り合いに「うちの子はアフガニスタンに行ったの」って自慢してるらしいの。ばかなお母さん。手紙に「いいから黙っててよ、じゃないとひどい話を聞かせるわよ」って書いてしまいたくなる。もしかしたら、帰ってから落ち着いて考えてみれば、少し距離もとれて優しくなれるかもしれない。でもい

まは胸の中がめちゃくちゃで、混乱しているんです。ここで私が覚えたことなんて。こんなところで善行や慈悲を、ましてや喜びを、覚えられるわけがないんです。

現地の子供たち《バチャータ》が車両のあとを追ってきて——

「奥さん《ハヌーム》、見せて……」

って、お金を押しつけられることもあります。そうするからには、子供の相手をする女もいるってことなんでしょうね。

生きては帰れないのではないかとどこかで思っていました。いまはその状態から抜け出したけど。二つの夢を繰り返し交互にみます。

そのうちのひとつは——

豪華なお店《ドゥカン》に入っていくと……壁には絨毯や装飾品が陳列されています。そこで、ソ連兵が私を売るんです。彼らはお金の入った袋を受けとって……アフガニーを数えている……。私は二人のドゥーフに髪をくるくると弄ばれて……目覚ましが鳴って……驚いて叫んで、目を覚ますんです。その恐ろしい光景の顛末を最後までみたことはありません。

もうひとつは——

軍用機ＩＬ－65に乗って、タシケントからカブールへ向かっています。機窓から山々が見え始め、明るい光が消える。すると私たちはどこかへと深く深く落ちていき、アフガンの重たい土の層が上からのしかかってきます。私はモグラみたいにその土を掘るけれど、いくら掘っても光に辿り着けない。息が苦しくて、ひたすら掘り続けます……。

意識して話をきりあげないと、つい話し続けてしまいますね。ここでは毎日なにかしらショックなことや心がかき乱されることが起こる。昨日、知り合いの青年のところにソ連の恋人から手紙が届いて――「あなたとはおつきあいしたくありません、手を汚してしまったあなたとは……」と書かれていました。その人は慌てて私のところへ来て――私なら理解できると。

みんな故郷のことを考えているけれど、口にはあまり出しません。縁起が悪いから。どうしても帰りたい。でもどこへ帰るのでしょう。それについても誰も触れません。ただ小咄で茶化すだけ――

「みなさんのお父さんはなにをしていますか？」

と訊かれて、子供たちはみんな手を挙げて答えました。

「うちのお父さんはお医者さんです」

「うちのお父さんは水回りの修理をしています」

「うちのお父さんは……サーカスで働いています」

幼いボーヴァは黙っています。

「ボーヴァくん、お父さんのお仕事を知らないの？」

「前はパイロットだったけど、いまはアフガニスタンでファシストをしています」

故郷にいたときは戦争ものの小説が好きだったけど、いまはデュマを持ち歩いています。戦場では戦争の話をする気になれません。読む気にもなれません。ほかの女の子たちは死体を見にいっていましたけれど……靴下だけ履いた姿で倒れていたって言ってて……私は行きたくありません……。街の店に買い出しに行くのも嫌です……。街には足が一本しかない人がたくさんいて……子供たちが手製の松葉杖をついていて……そういうのに慣れることができないんです……。昔はジャーナリストになりたいって思ってたけど、いまはもうわかりません、なにかを信じたり、愛したりするのが難しく思えて。

帰ったらもう二度と南方へは行かないでしょう。山々をまともに見ることができないんです。山を見るだけで、いまにも砲撃が始まるんじゃないかと思ってしまう。いつだったか砲撃を受けたとき、一緒にいた女の子の一人が膝をついて泣きながらお祈りをしていました……。十字を切って……。でもいったい、あの子は天にどんなお願いをしていたんでしょう。ここでは私たちはみんなどこか心を閉ざしていて、心の底を明かし合うことがありません。それぞれがなにかしらの失望を抱えていて……。

私はしょっちゅう泣いています。かつてモスクワの文学少女だった自分を思って泣くんです……。

——兵卒、擲弾兵

俺が現地に行ってわかったのは、善は決して勝たないいってことだ。世界の悪は少なくならない。人間は恐ろしい。でも自然は美しい……。そして砂埃。常に口じゅうが砂でいっぱいだ。喋るのもままならない……。

集落を探索して……仲間と二人で歩いてた。そいつが足で蹴って粘土塀《ドゥバル》の戸を開けたとき——至近距離から機関銃で撃たれた。九発の弾……。憎悪が意識を曇らせる……。俺たちは皆殺しにした、家畜まで残らず。実際、動物を撃つほうが怖いんだ。かわいそうになる。俺はロバを撃つのをやめさせた……。なんの罪もないじゃないか。ロバは子供が持たされるのと同じお守りを首から下げてた……。名前つきの……。小麦畑に火をつけたときは気が気じゃなかった。農村の出身だからさ。現地ではそれまでの人生のいい思い出ばかりが浮かんできた。とくに子供のころのことだ。風鈴草やカモミールの花が咲く草原に寝転んでいたときのこととか……焚き火で麦の穂をあぶって食べたことなんかを……。

現地の生活は理解できないことだらけだった。慣れない生活。殺しにも、あまり抵抗を覚えないんだ……（黙る）。知ってる場所でやるよりも。故郷に似た場所でやるよりも……。もし正確に……自分の感情を表すなら……嫌悪感とプライドだ――「俺は殺したんだ！」っていう。店の屋根の鉄がひび割れるほどの暑さが続いていた。畑の炎は爆発的に広がって瞬く間に焼け尽くされた。パンの匂いがした……。火は高く燃えあがり、子供のころ嗅いだパンの匂いが立ち込めた……。

現地の夜は訪れるというより、いきなり落ちてくる感じだ。さっきまで昼間だったのに、もう夜になってる。朝焼けが綺麗だった……。さっきまで少年だった自分が、もう大人になった。戦争がそうさせるんだ。現地では、雨が降っているのは見えるのに、雨は地面まで届かない。衛星放送の番組でソ連が映し出されているのを見て、そうだ、ここことは違うああいう生活もあったんだと思い出すが、もはや心にまでは届かない……。そういったことはいくらでも話せるし……活字にしたっていいが……でもなんていうか、残念だな……本質的なところが伝えられない……。

戦場の生活がどんなだか、思い返してみるとする。戦場では決して一人にはなれない。常に自分ともう一人がいる――戦争と二人きりだ……。俺たちに用意された道は多くない――忘れて沈黙を守るか、親気が触れて叫びだすか。そのうえ……それが誰にも必要ないんだ……権力側にとってだけじゃなく、親しい人たちにとっても。身内にとっても。あんたは話を聞きにきたが……どうして来たんだ？　人としてどうかと思うよ……（苛立たしそうに煙草を吸う）。

ときには自分でも、見てきたことをすべて書いてしまいたくなることがある……なにもかも……。俺は文学部を出てるんだ。野戦病院に……両腕を失った奴がいて、そいつのベッドに両足を失った奴が座って母親に手紙を書いてた。アフガン人の小さな女の子がいて……その子はソ連兵にチョコをもらっていった。翌朝にはその子は両腕を切断されていた……。あったことをそのまま、考察なんか抜きで書く。雨が降っていたら……ただそれだけを書くんだ――「雨が降っていた」って……。それがいいことか悪いことかなんていう考察はなしで、ただ雨だったって。雨……現地ではあらゆる水が、ただの水じゃない。水筒に入れた水はほとんどお湯になる。お湯の味がする。日差しを避けられる場所はどこにもない……。

あとはなにを書くかな。

血……最初に見たときは寒気がした、すごく寒く感じた。凍えるほど。四十度もの暑さのなか……日向にいたのに……。

捕虜が二人連れられてきた……。ヘリには二人も乗せられないから一人は殺さなきゃならなくて、一人は情報収集のために連れて帰る必要があった。俺はどっちを殺すかを決める立場だったが、できなかった。

野戦病院では……生者と死者がごちゃまぜになる……。俺はもはやそんな区別を忘れて……あるときなんか、半時間も死人を相手に話していたこともあった……。

もうたくさんだ！（拳でテーブルを叩くが、じきに落ち着きを取り戻す）

俺は……家に帰って最初の日にどんなふうに眠りにつくのかをずっと夢みて、思い巡らしていた。すべてが終わって……俺たちは、故郷では両腕を広げて迎え入れてもらえると思っていた。ところが実際は、俺たちがどんな境遇に耐えてきたかなんて、誰も聞きたがらなかった。近所で知ってる奴らに会っても「ああ、帰ってきたんだ。よかったね」で終わりだ。学校の同窓会にも行ってみたが、先生たちも

なにも尋ねようとしない。校長とも話した──

俺が、

「国際友好の義務を果たして死んでいった仲間の記念を残すべきじゃないんですか」

って言ったのに、校長は、

「成績の悪い不良ばかりでしたからね。そんな生徒の記念プレートを学校に飾るわけにはいきません」

なんて言う。なんでも、「記念するような立派なことなどしたんですか。戦争に負けたことですか。あの戦争が誰にとって必要だったというんです、ブレジネフですか、将軍たちですか。それとも世界革命の狂信者でしょうかね」とか……。つまり俺の戦友たちは無駄死にしていったってわけだ……。だけど母さんは窓から俺の姿が見えた途端、遠くから走ってきて、喜んで大声で叫んでたよ。俺は思った──(いいや、地球がひっくり返ったって、これだけは変わらない。死んだ友人たちは英雄だ、英雄なんだ！)。

大学では年配の先生に言われたよ──

「君たちは政治的過失の犠牲になった……犯罪に加担させられたんです……」

「俺は当時十八歳でした。先生はいくつだったんですか。現地で俺たちの肌が暑さでぼろぼろになっているあいだ、先生は黙っていたんですよね。俺たちが「黒いチューリップ」で運ばれるときも、先生は黙っていたんですよね。墓地から響いてくる弔砲を、軍楽隊が鳴らす音楽を、聞いていたんですよね……。俺たちが現地で人を殺しているときも、先生は黙っていたんですよね。それなのにいまになって急に口を開いたかと思えば、無意味な犠牲だなんて……間違いだなんて……」

俺は政治的過失の犠牲でなんかいたくない。そのために闘ってやる。たとえ地球がひっくり返ったたって、これだけは変わらない。死んだ友人たちは英雄だ。英雄なんだ！　俺もいつか自分でそのことを書くよ……（腰を下ろし、落ち着いたあとにまた繰り返す）。人間は恐ろしい……でも自然は美しい……。変だな、美しさが記憶に残ってるなんて。死と、美しさが。

――大尉、砲兵

運が良かったんだ……。

俺は腕も足も目も無事で、火傷もせず気も狂わずに家に帰ってこれた。俺たちは現地にいたときにすでにわかった――これは俺たちが来るつもりだった戦争とは別物だと。それで決めたんだ――とりあえず戦って生き残って故郷に戻ったら、そのときに考えようって……。

俺たちはアフガニスタンに派遣された最初の交代要員だった。理念などなく、ただ命令に従った。命令っていうのは考えるものじゃない、考えたら――軍隊は成り立たない。マルクス・レーニン主義の古典にだって書いてある――「兵士は常に発射される覚悟のある弾丸のようでなければならない」って。よく覚えてるよ。戦争ってのは人を殺すために行くものだ。俺の仕事は――殺すことだ。俺はそう教わった。個人的な恐怖？　他人は殺されるかもしれないが、俺は違う。あいつは殺されたけど、俺は殺されない。人間の意識は自分が消滅する可能性を想像できないようにできてるんだ。それに俺は現地へ向かうとき三十歳になっていて、もう子供じゃなかった。

俺は現地で、人生とはなんなのかを実感した。あれは俺にとっていちばんいい時期だったって――そう言えるよ。ここでの俺たちの生活は単調でちっぽけだ——職場から家、家から職場の往復だ。でも現地ではなんでも実際に体験して知っていった。男同士の真の友情を培った。エキゾチックな光景も目にした——狭い渓谷から立ちのぼる朝靄はまるで煙のカーテンのようだ。ブルバハイカっていうカラフルに装飾された車高の高いアフガンのトラックや、人と羊や牛が一緒に乗ってる赤いバスや、黄色いタクシーが走ってく。月面みたいに幻想的で宇宙っぽい場所もある。山々はあまりにも雄大で、この世には人間なんかいなくて岩だけが存在してるんじゃないかって思えてくる。その岩がこちらを目がけて撃ってくる。自然にとってさえ自分は余所者で、恨まれているんだと感じる。俺たちは生と死の狭間に漂っているし、俺たちもまた誰かの生と死を手の内に握っている。あれよりも強い感覚など存在するだろうか。現地で味わったような楽しみは、もう二度とないだろう。あのとき俺たちを愛してくれた女たちほど、愛してくれる人はいないだろう。身近にある死の存在がすべてを鋭敏にさせ、俺たちは常に死の周りを巡っていた。いろいろ危ない目にあって、危険の匂いを嗅ぎ分けられるようになった気がする、第三の目が自分の後頭部を捉えたときにする匂いっていうのがあるんだ……新たな目が開いて……。俺は現地であらゆることをやって、九死に一生を得た。あそこには男の人生があった。ノスタルジーに駆られるんだ……アフガン・シンドロームってやつさ……。

正しいか間違ってるかなんて、当時は誰も考えなかった。俺たちは命令を遂行しただけだ。そういう教育を受けてきたし、そういうもんだと思ってた。いまはもう、もちろんすべてが見直されているし、時と記憶と情報と明らかにされた真実によって落ち着くべきところに落ち着いた。でもほぼ十年が経ってやっとだ。でもあのころは、本や学校やバスマチ蜂起の映画で学んだ敵のイメージがあった。俺は『砂漠の白い太陽』って映画を五回も観てた。そしてついに目の前にいるんだ、敵が！　それで充分だった、その気になるには……。俺たちは……みんな……戦争や革命を手本に精神を養ってきた……それ以外のことは教えられた覚えがない……。

俺たちは最初にいた奴らと交代して、兵舎や食堂や軍のクラブを建てるための杭打ちに喜んで取りかかった。ＴＴ－44型ピストルが支給された。大戦時に政治将校が携帯してたやつだ。自殺するか店に売っ払うくらいしか使い道がない。俺たちはパルチザンみたいな格好をしていた――それぞれありあわせの服を着て。大半はジャージにスニーカーだった。俺は勇敢な兵士シュヴェイク〔ハシェクの小説の主人公〕に似てたな。五十度の暑さだってのに、上官はネクタイをしめて正装しろって言うんだ……。カムチャッカからカブールまで、どこでも軍規に定められた通りの格好をしなきゃならん、って……。

遺体安置所で、袋に人の肉片が入れられてるのを見たときは……ショックだった。その半年後には……映画を観ている最中に……スクリーンに曳光弾が飛んできても……映画を観続けてたし……バレーボールをしてるときに砲撃が始まっても……ちらっと見て、砲弾が飛んでいく方向を確かめて……またゲームを再開してた……。送られてくる映画は戦争ものとか、レーニンのとか、妻が浮気をするやつとかだった……男がどこか遠くへ行って留守のあいだに女は別の男と、っていう……。でもみんなが観たがってたのはコメディーだったのに……コメディーものはぜんぜん送られてこなかった……。銃を構えてスクリーンにぶっ放してやりたかったよ。スクリーンってのはシーツを三、四枚縫い合わせた代物で、屋外に張って観客は直に砂に座る。一週間に一度、風呂と酒の日ってのがあるんだ。ウォッカ一瓶は金券《チェーキ》三十枚に相当する。貴重品だ。ソ連から持ち込めたのは――税関の規則で一人あたりウォッカは二瓶まで、ワイン四本までって決まってるが、ビールは無制限だった。ビールを空にして、中にウォッカを入れる。ミネラルウォーター「ボルジョミ」のラベルが貼ってある瓶も、飲んでみれば四十度の酒だ。

妻がインク鉛筆で「ブルーベリー」「いちご」と書いてくれたジャムの密閉瓶もやっぱり中身は四十度。犬だってベルモットって酒の名で呼んでた。赤い目は黄色くならないってわけだ〔酒を飲んでいれば黄疸にかからないという俗信〕。兵士たちは、

飛行機の業務用アルコールの「剣《シパーガ》」も飲んだし、エンジンを冷却するための不凍液も飲んだ。

「なにを飲んでもいいが、不凍液は飲むなよ」

と警告されてた。新入りが到着した翌日か翌々日には医者が呼ばれる。

「どうしました」

「新入りが不凍液で中毒症状を起こしまして……」

麻薬も吸ったな……いろんな副作用がでた……。恐怖に駆られて混乱したまま外を歩けば、そこらを飛んでる弾丸がみんな自分めがけて飛んでくるような気がしてきたり。夜中に吸ったときは……幻が見えて……一晩中家族の姿が見えて、妻を抱きしめたつもりになったり……。色つきの幻が見えるっていう奴もいたよ。映画を観てるみたいに……。初めのころは店で買ってたけど、そのうちタダでくれるようになった。

「どうぞどうぞ、ロシア人さん！ あげるよ」って、子供たちが走り回っては兵士のポケットに突っ込んでくる。

少しは楽しい話もしたいな……(笑顔を作るが、目は悲しげである)。怖いことばかりじゃない、可笑しかったことも記憶にある。好きだった小咄があって……

「すみません 中佐《ポドポルコーヴニク》、中佐の階級はどのように綴ればよろしいでしょうか、一級に書くのでしょうか、それとも二語に分けて書くのでしょうか」

「もちろん離して書くんだ。「机の下《ポド・ストロム》」だって机と下を分けて書くだろう」〔中佐は実際には一綴〕
「すみません大佐、どこを掘ればよろしいでしょうか」
「塀のところから昼食までだ」〔場所から始まっているのに時間で終わるという、よくあるナンセンスなネタ〕
死にたくなかった……。よくわからないし、死にたくない……。嫌な考えにとりつかれていた……。どうして建築学校じゃなく士官学校に入ってしまったんだろう。毎日誰かが死んでいく……。かかとに地雷のワイヤーをひっかけて起爆装置が作動した音を聞く。そういうときにありがちなのは、倒れるでもなく地面に伏せるでもなく、その音に驚いてそちらを見てしまい、数十もの破片を体に浴びてしまうことだ……。もしくは戦車が爆破された際、底部が缶詰のフタみたいに開き、ローラーもキャタピラーも外れているのに、操縦してた機械技師はハッチからの脱出を試みた。腕だけが外に出たが、それ以上は無理だった。戦車もろとも焼け焦げてしまった。兵舎では、殺された奴のベッドは誰も使いたがらない。新入りが入ってくると、そいつが「代役」になる。
「とりあえずはここで寝とけ……このベッドで……。おまえはあいつを知らないからいいだろう……」
子供を残して死んだ奴のことは、とりわけよく話題にあがった。そいつの子は片親で育つことになる。父のいない家庭で。そこへいくと子供のいない奴はどうだ。つきあっていた彼女は新しい婚約者を見つけるだろうし、母親は別の子を育てられるだろ。いくらでもどうにでもなる。
戦争の代償として支払われた金は驚くほど少なかった。わずかな給金が二倍になっただけで、そのうち半分は金券二百七十枚に両替され、そこからさらに積立金、新聞の購読代、税金そのほかが天引きされる。当時サランで働いていた労働者の給料は金券千五百枚だ。将校の給料と比べてみても、軍事顧問は俺たちの五倍から十倍はもらってた。いかに不平等だったかは税関で明らかになった……輸入品の持ち込みに際して……ラジカセとジーンズ二本を持ち込む奴や、ビデオデッキと「占領者の夢」って呼ばれてたマットレスくらいでかいスーツケースを五個も七個も持ち帰る奴らもいて、兵士たちはよたよたと歩いていた。荷物の車輪は重みに耐えきれずに壊れた。

タシケントでは、

「アフガン帰りかい。女の子はどうだ、桃みたいにかわいい女の子がいるよ、どうだね」と、個人経営の売春宿の客引きにあった。

「いや、いらないよ。早く帰りたいんだ。妻のところにね。チケットを買いたい」

と答えたら、

「チケットが欲しいならチップ《バクシーシ》が要るね。イタリア製のサングラスはあるかい？」

「あるよ」

スヴェルドロフスクに着くまでに、百ルーブルとイタリア製サングラスと金色の刺繍のついた日本製ハンカチとフランス製の化粧品セットを巻き上げられた。行列に並んでいたら、

「なに並んでんだ？　金券四十枚を軍パスポートに挟んで出せば、明後日には家につけるぞ」

と諭された。窓口でやってみると、

「すみません、スヴェルドロフスクまで行きたいんですが……」

と訊いたときには、

「チケットはありません。ちゃんと眼鏡をかけて表示板をよく見てください」

って言われたのに、金券四十枚を軍パスポートに挟んで出すと……

「すみません、スヴェルドロフスクまで行きたいんですが……」

「いま見てみますね。あらよかった、いま一席キャンセルが出ましたよ」

だとよ。

休暇で帰った故郷は、まったくの別世界だった——家庭だ。初めの数日は人の声なんか耳に入ってこなくて、ただ眺めてた。触れてみた。筆舌に尽くしがたいよ、我が子の頭を手で撫でるってのはどういうことなのか……。朝になるとブリヌイとコーヒーの匂いが漂ってきて、妻が「朝ごはんよ」って呼ぶ声がする……。

一ヶ月後にはまた出発だ。どこへ、なにをしに行くのかはよくわからない。そんなことは考えないし、考えちゃいけないんだ。わかっているのはひとつだけ——行かなきゃいけないから、行く。それが仕事だ。夜中には、アフガンの砂を噛みしめてる気がする——フェイスパウダーか小麦粉みたいに柔らかい。ついさっきまで赤い砂埃の上に……あるいは乾いた粘土質の土の上に……寝ていて、近くでBMP装甲車が唸っていたはずだが……ハッとして目を覚ますと、いや、まだ俺は家にいる……出発は明日だ……。父さんから子豚を潰してくれって頼まれたな……。昔は父さんが子豚を潰すときも、俺は近づこうとしなかったし、子豚の鳴き叫ぶ声を聞きたくなくて耳を塞いでいた。家から飛び出してさ。

いまじゃ父さんに、

「おい、手伝ってくれ」ってナイフを手渡されたら、

「離れてていいよ、俺がやるから……。心臓に刺さなきゃ、ほらここだよ」

と答えて、おもむろに刺す。

誰もが自分を救うことに必死だった。自分で自分を。

覚えてるよ……。

兵士たちが座ってた。眼下では老人とロバが歩いていく。兵士たちが擲弾筒でドォーン！　と一発撃てば、もはや老人もロバも跡形もない。

「おまえら、なにしてんだよ。じいさんとロバだぞ、害があるわけでもないだろ？」

「昨日も老人とロバが歩いてたんだ。そこへ味方の兵士が通りかかった。老人とロバが立ち去ったとき、兵士は倒れてた……」

「でも、そのじいさんとロバはいまの奴らじゃないかもしれないじゃないか」

最初の犠牲が生まれたら終わりだ。いつまでも昨日のじいさんだとか昨日のロバを撃ち続けることになる。

俺たちは最後まで戦った。生き残って、帰ってきた。いまなら考えることができる……。

――母

昔はお祈りなんてしたことがなかったけど、いまでは祈るようになりました……。教会にも礼拝に通っています……。

私は棺のそばに座り込み、話しかけました――「ねえ、そこにいるのはあなたなの？」って、そればかりを繰り返しました――「ねえ、答えなさい。うちの子は大きな子に育ったはずなのに、お棺はこんなに小さいじゃないの……」

それからしばらく経ちました。私は、あの子がどうして死んだのかを知りたかった。それで、軍事委員部に訊きにいったんです――

「うちの子はどうして死んだのか教えてくれませんか。どこで死んだのか。殺されたなんて信じられません。私は金属の棺のお葬式をしただけで、息子はどこかで生きている気がするんです」

軍事委員は怒って、怒鳴りだすほどでした。

「口外は禁止されています。それをなんですか、方々で息子さんが戦死したと触れ回るとは。いいですか、命令が下っているんですよ、口外禁止と！」

……お産のときは陣痛が一昼夜も続きました。でも「男の子だ！」ってわかったら、痛みなんか忘れてしまって――この苦痛は無駄じゃなかったんだって思いました。生まれたばかりのころ、私にはほかに誰もいなかったので、息子の心配ばかりしていました。ぼろ家に住んでいて――部屋は私のベッドとベビーカーと、椅子がふたつあるだけ。私の仕事は鉄道の転轍手で、給料は六十ルーブル。退院してすぐ夜勤につきました。ベビーカーを押して仕事に出かけます。電気コンロを持っていってあの子にミルクをあげ、あの子が眠っているあいだに私は列車を迎えては送り出しました。少し大きくなると、一人で家に置いていけるようになりました。足首に紐を括りつけてベッドに結わいて出かけるんです。あの子はとてもいい子に育ちました。

そしてペトロザヴォーツクの建築学校に入学しました。訪ねていくと、あの子は私にキスをしてすぐにどこかへ行ってしまいました。がっかりしましたね。でもあの子は部屋に戻ってきて、笑って言いました――

「いま女の子たちが来るからね」

「え、女の子って？」

実はあの子は、お母さんが来た、って急いで女の子たちに自慢して、みんなに見にこいって声をかけにいってたんですって。

私にプレゼントをくれる人なんて、誰もいませんでした。あの子が三月八日〔国際女性デー〕に帰ってくるというので、駅まで迎えにいきました。

「貸しなさい、手伝うわ」

「鞄は重いからいいよ、それより図面入れの筒を頼む。あ、気をつけてね、設計図が入ってるから」

私が言われた通り図面入れを運ぶと、あの子は私がちゃんと運んでいるかどうか確かめていました。そんなに大切な設計図なのかしらって思ったわ。家に着いて、あの子は上着を脱いで、私は急いで台所に向かいました――ピロシキはうまくできたかしら。顔を上げるとあの子が立っていて、手には赤いチューリップを三本持っています。あんなに北の地方でどうやって手に入れたのかしら。カレリア地方で。あの子はチューリップが霜にあたらないように布で包んで図面入れに入れて持ってきたんです。私はそれまでお花をもらったことなんて一度もありませんでした。

夏には建築実習に出かけていきました。帰ってきたのはちょうど私の誕生日の直前でした――

「お祝いを言いそびれててごめん。でもほら、これをあげようと思って……」そう言って、振り込み明細を見せました。

読むと――

「一二ルーブル五〇コペイカ」

とあります。ところがあの子は、

「母さん、大きい数字の読みかたを忘れちゃったの？　一二五〇ルーブルって書いてあるだろ」

って。

「こんなとんでもない額のお金、生まれてこのかた見たことないもの、読みかたなんかわかんないわよ」

って言ったら、あの子はとっても満足そうに、

「これからはもう、母さんはゆっくりしてていいんだ。僕が働くから。たくさん稼ぐから。小さいころに約束しただろ、覚えてる？　大きくなったら僕がお母さんを抱っこしてあげるんだって」

確かに、そんなことを言っていた覚えがありました。そしてほんとうにあの子は身長が一九六センチにもなって。まるで小さな女の子にするみたいに私を抱きあげて歩けるようになったんです。きっとほかに誰もいなかったからこそ、私たちはこんなに仲良くやってきたんでしょうね。もしあの子が結婚したらどうなっていたかしら。耐えられなかったかもしれない。

召集令状が送られてきました。あの子は空挺隊員になりたがって——

「ねえ母さん、空挺隊員を募集してるんだ。でも僕は入れてもらえない、こんな図体じゃパラシュートのロープがみんな切れちゃうからって。あーあ、空挺隊員のベレー帽、かっこいいんだけどなあ……」

でも結局あの子はヴィテプスクの空挺師団に入隊しました。私はあの子の入隊の誓いを見にいきました。背が高いのを恥ずかしがるのをやめて背筋をしゃんと伸ばしていて、見違えたわ。

「母さんはどうしてそんなに小さいの？」

「あんたがいなくて寂しいせいで背が伸びないのよ」なんて、まだ冗談を言ってみる余裕があったのね。

「みんなはアフガニスタンに行くのに、僕はまた置いてかれるんだよ。母さんには僕しかいないからって。母さんがもう一人、妹でも産んでくれたらよかったのに」

宣誓の式にはたくさんの保護者が来ていました。

「ジュラヴリョフのお母さんはいらっしゃいますか。お母さん、こっちへ来て息子さんをお祝いしてあげてください」

私はあの子に近づいてキスをしようと思ったけど、背が一九六センチもあるんだもの、どうしても届かなくて。

指揮官に、

「ジュラヴリョフ、お母さんがキスできるように屈んであげなさい」

って命令されて、あの子は屈んで私にキスをしたんです。そのとき誰かが写真を撮っていて、それが唯一残された軍隊での写真になりました。

宣誓のあと数時間の休憩をもらって、私たちは公園へ行きました。草の上に座り、あの子がブーツを脱ぐと、足は擦り切れて血だらけでした。五十キロもランニングさせられたのに、軍には四十六サイズのブーツがなくて四十四サイズが支給されたっていうんです。なのに文句も言わずに、

「重りの砂を詰めたリュック背負って走ったんだけどさ、何位だったと思う？」と訊いてきました。

「きっとそのブーツのせいで最下位だったんでしょう」

「はずれ、一位だったよ。ブーツを脱いで走ったんだ。それにほかの奴らと違って砂もこぼさなかった」

ですって。私はあの子のためになにか特別なことをしてあげたくて、

「レストランにでも行く？　いままで一緒に行ったことないでしょう」

と誘いました。

「それより飴を一キロ買ってよ。それがいちばん嬉しいや」

休憩時間が終わり、私たちは別れました。あの子は飴の入った包みを振って別れを告げました。

私たち保護者の寝る場所は体育館にマットを敷いて用意してありました。でもみんな朝方まで眠らずに、子供たちが眠っている軍宿舎の周りをうろうろしていました。ラッパが鳴り響いたとき、ハッとして——朝のトレーニングに連れ出されるんだ、もう一度、遠くからでもあの子の姿を見れるかもしれないと思いました。みんなが走っていくのは見えたけど、全員同じ縞模様のシャツを着ていて——見逃してしまって、あの子を見ることは叶いませんでした。あの子たちはトイレに行くときもトレーニングに行くときも食堂に行くときも隊列を組まされて、一人には決してさせてもらえません。アフガニスタンへ連れていかれるとわかってから、トイレで首を吊った子が一人、手首を切った子が二人いたそうです。だから見張られていたんです。

バスに乗せられたとき、保護者のなかで私一人が泣いていました。最後にあの子の姿を見たとき、予感のようなものを感じたんです。じきにあの子は手紙に書いてよこしました——「母さんが乗ったバスを見つけたとき、僕は走って追いかけたんだよ。もう一度母さんの姿が見えるかもしれないと思って」と。一緒に公園にいたとき、ラジオからは歌が流れていました——「母さんが僕を見送ってくれたとき……」。いまでもあの曲を聴くと……（やっとのことで涙をこらえている）。

二通目の手紙の書き出しは「カブールから手紙を書いています」となっていました。最後まで読んだ私は思わず悲鳴をあげて、その声に隣の人が駆けつけてきたほどでした。私はテーブルに頭を打ちつけて「私たちは法に守られてるはずじゃないの？　うちにはあの子しかいないのよ。帝政時代でさえ一家に一人しか働き手がいなければ軍にはとられなかったじゃないの。なのに戦争に行かされるなんて」と嘆きました。サーシャが生まれて以来初めて私は結婚しなかったことを悔やみ、守ってくれる人がいないことを悔やみました。サーシャにはよくからかわれたっけ――

「母さんはどうして結婚しないの？」

「私が結婚したら、あんたがやきもちを焼くでしょう」

って。そう言うとあの子は笑って、それ以上なにも言いません。ずっとずっと一緒に生きていくつもりでした。

それから何通か手紙が届いたあと、ぷつりと途絶えました。あまりにも手紙が来ないので、私はあの子がいる部隊の指揮官に手紙を書いたんです。そうしたらすぐにサーシャから返事が来て、「母さん、指揮官に手紙を出すのは今後一切やめてくれ。ひどい目にあった。僕はスズメバチに手を刺されて手紙が書けなかっただけなんだ。もし誰かに書いてもらったら僕のじゃない筆跡を見て母さんが驚くと思ったから、代筆も頼まなかった」って。あの子は私を気遣ってそんな言い訳ばかり考えてくるのよ、まるで私が毎日テレビも見ていなくて、あの子が負傷したことすら気づけないと思ってるみたい。私はそれ以来、一日でも手紙が来ないと動く気もしないほど弱ってしまった。あの子は「毎日手紙を出すなんて無理に決まってるよ、水だって十日に一回しか届かないんだから」って言い訳してた。一通、嬉しそうな手紙もありました――「わーい！　帰国する隊列をソ連まで送っていったんだ。行けたのは国境までその先へは通してもらえなかったけど、遠くからでも祖国を見れた。それより良い場所なんて世界中どこにもない」。最後の手紙には、「もしこの夏を生き残れたら、帰るよ」とありました。

八月二十九日になったので、夏が終わったと思って私はあの子のスーツと靴を買いました。クローゼットに掛けてあります……。

八月三十日……仕事に出かける前にピアスと指輪を外しました。なぜだかつけていられなくて……。八月三十日に、あの子は死にました。

あの子が死んだあとも私が死ななかったのは、兄のおかげです。一週間、兄は毎晩私のソファのそばで犬みたいに寄り添って、見守ってくれていました。でも私は、ベランダまで走っていって七階から飛び降りたいって、それしか頭になかった……。棺が運ばれてきたとき、私はその上に寝そべっては、何度も何度も測ってみました……一メートル、二メートル……うちの子の背はほぼ二メートルで……。腕を広げて、あの子の身長に見合う大きさかどうかを確かめます……。気が狂ったみたいに、しきりに棺に「誰なの、あなたなの？」って話しかけながら。棺は密封された状態で運ばれてきたんです。「おたくの息子さんです」……「お返しします」って……。お別れのキスさえさせてもらえなかった。撫でることもできなかった。どんな服を着ているのかを見ることすら叶わなかった……。

お墓の場所は私が選ぶことにしました。注射を二本打ってもらって、兄と一緒に出かけました。墓地の中央の並木道にはもう「アフガンのお墓」がいくつかありました。

「うちの子もここにしてください。友達と一緒のほうが、あの子も嬉しいでしょうから」

と頼んだら、誰だかはわからないけど、そのときついてきていた上官が首を横に振りました。

「同じ場所にすることは禁じられています。離れた場所に埋葬しなくてはなりません」

それを聞いて私はもうカッとなってしまって。ほんとうに頭にきて……。兄さんに「怒っちゃだめだ、ソーニャ、落ち着いてくれ」となだめられたけど、怒らないでいられるわけがありません。テレビにあいつらのカブールが映し出されているのを見ると……機関銃で全員皆殺しにしてやりたい衝動に駆られました。テレビの前に陣取って、「撃つ」んです……。あいつらがうちのサーシャを殺したんだと思って。だけどあるとき、おばあさんが映し出されて、おそらくはアフガン人のお母さんでしょうけど、そのおばあさんがまっすぐに私を見つめたんです……。私は「ひょっとして現地ではこの人の息子も殺されたのかもしれない」と思って、それ以来「撃つ」のはやめました。

私は気が狂っているわけじゃありませんが、でもあの子を待っているんです……。聞いた話では、母親のもとに棺が届けられ、葬儀がおこなわれたその一年後に、息子が帰ってきたという例もあるそうです……。だから私も待っています。気が狂ったわけではありません。

——少佐、砲兵連隊教宣員

いちばんはじめから……俺がすべてを失ったところから話そう。すべてが消えてしまったところから……。

ジャララバードを走っていたとき……道端に女の子がいたんだ、七歳くらいの……。もげかけた腕が壊れたぬいぐるみみたいに肩からぶらさがって、ほんの少しの筋だけで繋がっていた。オリーブみたいな目で、まっすぐに俺を見る……あまりの痛みでショック状態になってるんだろう……俺は車両から飛び降りて、その子を抱きあげて俺たちの看護師のところまで連れていこうとした……。でもその子は小動物みたいに怖がって、俺の手をすり抜けて悲鳴をあげ、逃げてはまた悲鳴をあげる。腕は揺れて、いまにも落ちそうで……俺も叫びながら追いかけて……追いついて、抱きしめて撫でた。その子は噛みついたりひっかいたりしながら、ガタガタ震えてる。まるで人間じゃなく猛獣に捕らえられたと思ってるみたいに。そのとき、雷に打たれたみたいにハッとしたよ——この子は俺が助けようとしているのを信じられず、殺そうとしていると思ってるんだ……。ロシア人ならそうに決まってる、ただ殺すことしかできないと思ってるんだ、って……。

そばを担架が通っていった。アフガン人の老婆が担架に腰掛けて微笑んでいる。

誰かが訊いた——

「どこをやられたんだ?」

「心を」と、看護師は答えた。

現地へ向かうときは、ほかの奴らと同じで俺も目を輝かせていた——行った先で俺は誰かに必要とされているんだ。そのためなら命だって惜しくない、って。あの子が俺から逃げたときの姿が……ひどく震えていたあの子が、忘れられない……。

現地では戦争の夢はみなかった。でも帰ってからというもの、夜は戦場にいる。あの小さな女の子を追いかけるんだ……オリーブみたいな目を……。

「精神科にかかったほうがいいのかな」って、仲間に訊いてみたことがある。

「なんで?」

「戦う夢をみるんだ」

「みんなそうだよ」

俺たちを超人的な奴らだなんて思わないでほしい……煙草をふかしながら死体の上に座って平然と肉の缶詰を開けてたとか……スイカを食べてたとか……そんなのでたらめだ。ごく普通の若者だった。誰だって同じ立場になったかもしれなかったんだ——いま「人殺しをしてきたんだろ」って俺たちを責めたてる奴らだって。そういう奴らは、ぶん殴ってやりたくなるよ。行ったこともないくせに……非難するんじゃねえ。俺たちの立場になんて決してなれねえくせに。俺たちを責める権利なんて誰にもない。せめてわかってくれ……わかろうとしてくれ……。俺たちはあの戦争と差し向かいにされて置き去りにされた。自分たちでどうにかしろって。俺たちは肩身が狭くて、いつも弁解してる……あるいは黙ってる……誰に弁明しろっていうんだ？　俺たちは派遣され、信じていた。そのまま死んでいった奴もいる。俺たちを現地に送り込んだ奴らと現地にいた俺たちを一緒にしないでほしい。俺は戦友を亡くした……少佐のサーシャ・クラヴェツを……。あいつの母親に……奥さんに……子供たちに……あいつは悪いことをしたなんて言えねえだろ……。俺は、医者に「正常です」と言われた。正常なわけあるかよ?!　これだけ多くのことを背負って……。

現地では祖国ってやつがまったく違うものに思えた。「連邦《ソユーズ》」って呼んでた。除隊になった奴らを送っていくときは――

「帰ったら連邦にくれぐれもよろしくな」

って声をかける。俺たちの背後には常に大きくて強いなにかがあって、いつも守ってくれているような気がしてた。でも、そうだ――戦闘から戻ると、死者や負傷者が出ていて……夜になるとテレビにかじりついて気を紛らわせようとした。連邦ではなにがあったかな。シベリアには新しい巨大工場が建設され、イギリス女王は国賓をもてなし……ヴォロネジでは未成年の少年たちが退屈しのぎに女児二人を強姦。アフリカでは王子が殺害され……。そんなニュースを見て思う――俺たちは誰にも必要とされてない、国ではなにごともなく生活が続いている……。

サーシャ・クチンスキーが真っ先に我慢の限界に達して言った――

「消せよ！　じゃないとテレビを撃つぞ」

戦闘後は無線で連絡する――

「報告する、「三〇〇番」が六、「〇二一番」が四」

この「三〇〇番」ってのは負傷者で、「〇二一番」は死者だ。死者を見つめ、そいつの母親のことを考える――俺はこいつが死んだことを知ってるが、母親はまだ知らない。いや、あるいは息子の死を察知しているだろうか。もっとまずいのは、川や崖に落ちてしまって遺体が見つからないときだ。母親は「行方不明」と伝えられる。あれが誰の戦争だったかといえば、母親たちの戦争だよ。母親は戦い、死ぬまで戦い抜く。俺たちを看病し、手を尽くして、俺たちの心を取り戻そうとする。一般の国民は特に苦しんでいなかった。国民は知らなかった。俺たちは「賊」と戦ってるって流布されてた。だけど十万もの正規軍で九年かけても、寄せ集めの「賊」の集団に勝てないなんて、そんなわけあるかよ。最新の軍備まで揃えて……。ソ連の多連装ロケット砲「グラード」や「ウラガン」に狙われたらひとたまりもないぜ……砲弾は電柱並の大きさだ。ミミズみたいに地中に潜ってしまいたくなる……。一方「賊」のほうはといえば、映画でしか見たことなかったマクシム機関銃を使ってた。スティンガーミサイルとか日本製の無反動砲とかは……あとになってから使われるようになったものだ……。連れてこられた捕虜は痩せこけて疲れ果て、農作業でぼろぼろになった手をしていて……あれのどこがどう「賊」だっていうんだ！　農家の人たちじゃないか！

現地に行ってわかったのは、彼らに必要となどされていないってことだ……彼らに必要ないなら……どうして行ったんだ。打ち捨てられた集落のそばを通ったとき……まだ煙が燻っていて、食べ物の匂いがした。ラクダが腸を引きずりながら歩いていて、まるでコブの中身がこぼれ出てるみたいだった。とどめをさしてやらなきゃならないが——意識が平時から脱け出しきれていなくて撃てない。すぐには手が動かない。なかには、おもむろに撃てる奴もいる。いともたやすく。自ら進んで、楽々と。ソ連でやったら刑務所行きだが、ここなら英雄になれる。賊に復讐してることになる。どうして十八歳や十九歳のうちのほうが、たとえば三十歳よりも簡単に銃を撃てるのか。かわいそうだと思わないからだ。戦争のあとでふと気づいたんだけど、昔話って恐ろしいよな。いつだって誰かが誰かを殺してる、ましてやバーバ・ヤガーなんて暖炉で人を焼くのに、子供たちは怖がらない。ほとんど泣きもしない。

　でも俺はまともな人間のままでいたかった。歌手が来たことがあった。綺麗な女の人で、胸が詰まるような歌声だった。現地ではあまりに女が恋しくて、歌手だろうと誰だろうとまるで恋人みたいに待ち望んでいた。でもその女は舞台に立つと、言ったんだ——

「飛行機でここへ向かう途中に、機関銃を撃たせてもらったの。とっても楽しいのね……」

　それから歌ったが、サビのところにさしかかって、

「みなさん、さあ手拍子を！　どうしたの、手を叩いて！」

と呼び掛けられても、誰も手を叩かなかった。みんな黙ってた。歌手は立ち去り、コンサートは中断された。超人的な少女が超人的な少年たちのもとへやってきたっていうのか。でもその少年たちのベッドには毎月八～十の空きがでる……ちょっと前までそのベッドで寝てた奴が、もう冷蔵室に……安置所に入れられてる……。兵舎のベッドにはただ、三角に折られた手紙〔戦地に手紙を送る際、重量の節約のため便箋を三角形に折りそこに直接住所を書いた〕だけが残されている……母親や恋人からの手紙だ——「手紙よ飛んでいけ、こんにちはって伝えたら、返事をもらって戻ってきてね……」。

　あの戦争では生き残ることがなにより大事だった。地雷に吹き飛ばされないこと、装甲兵員輸送車の

中で丸焦げにならないこと、狙撃手の標的にならないこと。なかには生き残るだけじゃなくなにかを持って帰るのを目論む奴もいた――テレビやムートンのコートだとか……ラジカセならもっといいとか……。ソ連ではリサイクルショップに行けば戦争のことがわかるっていう冗談が流行ってた。新しい入荷品を見ればいい。冬に故郷のスモレンスクに行けば、女の子たちがアフガンの毛皮のコートを着て歩いてる。流行ってるんだ。

兵士はみんな首からお守りを下げてた。

「それなんだ?」って訊けば、

「お守り袋だよ、母さんがくれた」

という答えが返ってくる。俺が帰ったとき、母さんは、

「トーリャ、あなたには言ってなかったけど、お母さんあなたにおまじないをかけてたのよ。おかげで元気に生きて帰ってきたわね」

と打ち明けてくれた。

奇襲に向かうときは書きつけを、ひとつは服の上着に、もうひとつはズボンにしのばせる。体の一部が吹き飛ばされても、上か下か、どちらかは残るように。あるいはブレスレットに苗字、血液型、Rh型、将校の識別番号を彫ったものを身につけていた。「行ってくる」とは決して言わず、「指令が出た」と言い、「最後」という言葉は決して口にしなかった。

「最後にあそこに寄っておくか」なんて言おうものなら、

「なんだおまえ、バカか。そんな言葉はないんだ……いろいろ済ませてからとか……四番目とか五番目とか言えよ……。そんな言葉、使うもんじゃない」

戦争には不吉なジンクスがたくさんある——戦闘に出る前に写真を撮ったから死んだとか、髭を剃ったから死んだとか。真っ先に殺されるのは、澄んだ目をして勇敢な行為に憧れてやってきた奴だ。俺も見たことがある——「英雄になるんだ！」って言ってた奴は、その直後に死んだ。任務の遂行中はその場で寝るし、汚い話ですまないが、その場で用も足す。「地雷にやられて自分がクソになるよりは、自分のクソを踏みしめてたほうがマシだ」っていう兵士間の諺があるくらいさ。現地では独自の隠語も生まれてた——飛行機を「機体」と呼び、防弾チョッキを「防具」、葦の灌木や茂みを「緑地帯《ゼリョンカ》」、ヘリコプターを「ヘリコ」、麻薬で見る幻覚を「おばけ」、地雷にやられることを「地雷に当たる」、帰国する奴を「代役」と呼んだ。アフガン用語辞書ができるくらい、たくさん言葉を作ったよ。ちなみに死ぬのは現地に到着して最初の数ヶ月と帰る前の数ヶ月の奴がいちばん多かった。最初のうちは好奇心が旺盛だし、帰国前は警戒心が薄れてぼんやりしがちで、夜中に不安になる——ここはどこだ、自分はどうしてここにきたんだ、なんのために？　帰る前の奴らは一ヶ月半か二ヶ月くらい不眠症になる。暦の数え方も自己流になる——三月四十三日とか、二月五十六日とか、つまりその月の末に帰国するはずだったのに帰れてないってことだ。待ち焦がれる。食堂のメニューにあるキビナゴの赤煮(トマト煮)を見ても白煮(オイル煮)を見てもイライラする。基地の中央にある花壇にさえ腹が立つ。最近まで腹を抱えて笑ってた小咄さえ気に食わない。つい昨日や一昨日まで可笑しいと感じていたのが不思議だ。いったいなにが可笑しかったんだ？

将校が出張でソ連に行き、美容院に入った。美容師の女の子が将校を席に案内し、と訊いた。

「アフガニスタンの状況はどうですか？」

「ええ、だいぶ落ち着いてきています……」

美容師は数分後にまた訊く——

「アフガニスタンの状況はどうですか？」

「だいぶ落ち着いてきています……」

しばらく経つとまた繰り返す——

「アフガニスタンの状況はどうですか？」

「だいぶ落ち着いてきています……」

将校は散髪を終えて帰っていった。ほかの美容師に、

「どうしてお客さんを困らせたのよ」

と訊かれると、散髪した美容師は答えた。

「だってあの人、アフガニスタンのことを訊くたびに身の毛がよだつのよ。そのほうが髪が切りやすかったから」

俺は笑い話は好きだ。くだらないやつがいい。真面目に考えるのは怖い。

ベトナム上空でソ連の操縦士が撃墜された——ベトナムってとこをアフガニスタンに変えたって同じだが……アメリカのＣＩＡ局員がそいつに飛行機の残骸を見せて尋問する。「これはなんだ、こっちは？」操縦士はなにも言わない。殴られても黙っている。その後、捕虜の交換がおこなわれ、操縦士は味方の陣営に戻った。「どうだ、あっちの捕虜の待遇は。つらかったか？」と訊かれると、「いいや、全体的には悪くなかったが、飛行機の構造だけは勉強しておいたほうがいいよ。じゃないとこっぴどく殴られるぜ」と答えた。

戦争にはもう行きたくないが、現地の奴らには会いたい。あれだけ帰国の日を待ちわびていたのに、いざ帰るとなったら寂しくて、みんなの住所を訊いておけばよかったと思った。全員の。

リューチクは……ワレールカ・シロコフって奴が金鳳花《リューチク》って呼ばれてたんだ、繊細で洗練された雰囲気の奴でさ。たまに誰かが「その腕は金鳳花のようで～」なんて歌うこともあったな。でも性格はしっかりしてて、余計なことは喋らない。一人ケチな奴がいて、なんでも貯めたり買ったり交換したりしてた。ワレールカはそいつの前に立って、札入れから金券二百枚を出してみせて、アホ面したそいつの目の前で金券を破り捨てて、そのまま黙って部屋を出ていった。

サーシャ・ルージクは……奇襲作戦の最中に俺はあいつと一緒に年越しをしたんだ。自動小銃を三角に立ててもみの木に見立てて、飾りのかわりに手榴弾をぶら下げて。「グラード」の車体には歯磨き粉で「新年おめでとう!!!」って書いた。なぜだか三つも感嘆符をつけてさ。サーシャは絵がうまかった。俺はあいつがシーツに描いた絵を持って帰国したよ――犬と女の子と楓の木が描いてある。山は描かなかった。俺たちは現地で山が嫌いになっちまってたから。なにを懐かしんでいるか、誰に訊いても「森に行きたい……川で泳ぎたい……大きなカップにいっぱいの牛乳を飲みたい……」といった答えが返ってくる。帰国途中のタシケントのレストランでウェイトレスが注文を取りにきたとき、

「みなさん、牛乳はいかがですか？」

と訊かれても、

「普通の水でいい、二杯ずつくれ。牛乳は明日飲むよ。帰ってきたばかりなんだ……」

と答えた。ソ連からはみんなジャムと白樺の葉束を持ってきてた。現地ではユーカリのが売ってるんだ、上等な。それでもみんな慣れ親しんだ白樺のやつを持ってくる……。

サーシャ・ラシチュクは……誠実な奴だった。しょっちゅう家に手紙を書いてた。「親がもう年でさ、俺がここにいるって知らせてないんだ。だからモンゴルにいることにして作り話を書いてる」。来たときも帰るときもギターを背負ってた。いろんな奴がいたんだ。俺たちがみんな同じだなんて思わないでほしい。最初は俺たちのことを見て見ぬふりしてたのに、急に全員英雄扱いしたかと思えば、今度はそれを覆して忘れようだなんてことになってる。でも現地には、身を挺して知り合いでもない仲間を地雷から助ける奴もいれば、わざわざ「代わりに洗濯しますから、戦闘には送り込まないでください」って頼みにくる奴もいた。

走ってるカマーズトラックの日除けに大きな文字で、コストロマとかドゥブナとかレニングラードとかナーベレジヌィエ・チェルヌィとか書かれている。あるいは「アルマ・アタに帰りたい！」とか。レニングラードの出身者もコストロマの出身者もそれで同郷人を見つけて……兄弟みたいに抱き合うんだ。ソ連に戻ってからも俺たちは兄弟だ。現代の若者で松葉杖をついて真新しい勲章をつけて街を歩く奴らなんてほかにいないだろ。みんな仲間だ。俺の……俺たちの兄弟だ……。抱き合うこともあるし、ベンチに座ってたった一本煙草を吸っただけでも一日中話し込んでたような気持ちになれる。みんな栄養失調にかかってる……現地では身長に見合わない低体重になり、ここでは感情を言葉や行動にして吐き出してしまえないがゆえに苦しんでる。人生の栄養が足りてないんだ……。

空港から宿に向かっているときだった。帰国した直後のことだ。みんな黙って、静かにしてた。だけどある瞬間にとうとうみんな神経がもたなくなって、一斉に運転手にけしかけた――

「轍だ、車輪の跡を辿れ！　外すな！」

それから大笑いした。そして――幸せが込み上げる。そうだ、ここは故郷じゃないか！　道の端を走ったって大丈夫だ……車輪の跡だなんて……どこの地面だって大丈夫だ……そう考えてうっとりした……。

　数日後になって気づいた――

「おい、みんな背筋が曲がってるぞ」

　背筋を伸ばして歩くことができず、歩きかたを忘れてしまっていた。真っ直ぐにするために、半年は自分の体をベッドに括りつけて寝た。

　将校会館での懇親会では、「アフガニスタン勤務の魅力を教えてください」とか、「人は殺しましたか？」とか訊かれる。とりわけ若い女の子が血なまぐさい話を好む。刺激が欲しいんだろう。それから「アフガニスタンに行かない選択もありえたんですか？」とも訊かれた。俺がか？　俺は……。仲間のうち行かないと言ったのは一人だけ――砲兵中隊長のボンダレンコ少佐だった。

「祖国を守りにならなら行くが、アフガニスタンには行かない」

　そんなことを言えばすぐに将校の名誉をかけて裁かれ――臆病者と非難される。男の自尊心にかかわる問題だ。首をくくるか拳銃をこめかみに当てるか。ボンダレンコは即座に階級を下げられた――俺たちが「星が散る」と呼んでたやつで、少佐だったのが大尉になった。しかも建設大隊の。それに耐えろというのか。党からも除名された。それもか。ついには軍も除隊になった。それも耐えろというのか。戦場に行くより恐ろしいじゃないか。四十五歳……そのうち三十五年は軍隊で生きてきたのに。スヴォーロフ士官学校や軍事大学を含めれば……。それなのにあいつは、いったい平時の世でなにをして生きていくつもりだ？　一から始めるつもりか？

「できることはなんだ？」と、ある将校が訊かれた――

「中隊を指揮することだ。小隊も大隊も指揮できる」

「ほかには？」

「穴を掘れる」

「ほかには？」

「掘らないこともできる……」

税関で俺はローゼンバウムのコンサートのカセットテープを取り上げられ、録音を消された。

「なんでだよ、いい歌なのに！」

「税関には」と税関員は紙を見せた――「持ち込んでいい歌と悪い歌のリストがありましてね」

スモレンスクに着くと、学生寮の窓という窓からローゼンバウムの歌が聞こえてた……。ところがいまじゃ――ごろつきを黙らせる仕事を警察に頼まれる――

「ちょっと手を貸してほしい」

反体制団体の弾圧にも呼ばれる――

「『アフガン帰り』を呼べ」

なんでも、「アフガン帰り」は慣れてるから、お安い御用だろうってんだ――腕っぷしは強いが、頭は弱い。みんなに恐れられ、みんなに嫌われる。

腕が痛いからといって腕を切り落としたりはしないだろう。治るように養生するはずだ。治療するはずだ。

どうして俺たちは集団になるのかって？　一緒にいると救われるからだろうな……。でも家に帰るときは一人きりなんだ……。

――中尉、擲弾小隊長

毎晩……毎晩同じ夢をみる、すべてがまた繰り返されるんだ。みんなが銃を撃ち、俺も撃つ。みんなが走り、俺も走る。倒れて、目が覚める……。

俺は――病院のベッドの上にいて……目を覚まし……勢いよくベッドから起きあがって、廊下に出て煙草を吸いたいと思う。それで、すぐ思い出す――足がないんだった……そうして現実に引き戻される……。

政治的過失がどうとかいう話は聞きたくもない。知りたくもない。間違いだったたっていうんなら、俺の両足を返してくれ……(捨て鉢になって松葉杖を放り出す)。

――申し訳ありません……ほんとうに……。

(黙って座り、落ち着く)

あんたはなあ。あんたは死んだ奴のポケットに送られなかった手紙が入っているのを見つけたことがあるか?「愛しい○○へ」と、妻や家族や恋人に対する呼びかけで始まる手紙を。火縄銃と中国製のライフルで同時に撃たれた奴を見たことがあるか?

俺たちは現地へ送られ、指令を遂行した。軍隊ではまず指令を遂行しなければいけない。異議を申し立てるとしたらそのあとだ。「前進!」と言われれば前に進む。拒否すれば党員証も階級も剝奪される。「宣誓しただろ!」と言われれば、その通りだ。腎臓がだめになってからミネラルウォーターに切り替えたって手遅れなのと同じさ。「私たちが君たちを現地へ送り込んだわけじゃない」って奴には、「じゃあ誰がやったんだよ？」って言いたいね。

現地で仲良くなった奴がいた。俺が戦闘に出かけるとき、そいつは「じゃあな」と声をかける。帰ってくると抱きついてきて、「生きてる！」って喜ぶんだ。ここじゃそんな友達はできない……。

外にはあまり行かない。まだ気後れして……。

あんたは、ソ連製の義足を誰かに取りつけたり、近くで見たりしたことがあるか？ あんなので歩いてると、転んで首を折るんじゃないかと怖くなる。なんでも、外国では義足をつけた奴らが山でスキーをしたりテニスをしたりダンスを踊ったりもしてるらしいじゃないか。外貨でフランスの化粧品を輸入するくらいならそれを輸入してほしいね……キューバの砂糖の代わりに……モロッコのオレンジやイタリアの家具の代わりに……。

俺は二十二歳、人生のすべてはこれからだ。妻となる人を探さなきゃいけない。つきあってた彼女はいたけど、俺は「おまえなんか大嫌いだ」と言った――別れるために。彼女は俺を憐れんでいた。でも愛してほしかった。

毎晩夢にみるのは　ふるさとの家と
ナナカマドの茂る　静かな森の野原
三十、九十、百……
おいカッコウ　どうも気前が良すぎるよ……
〔カッコウが鳴いた数だけ長生きするという言い伝え〕

俺たちがうたっていた……好きな歌だ……。だけど、もう一日も生き延びたくないときもある……。それでもいまだに——ほんのひとめでいいから、あの土地の一部でいいから、見たいと夢みてる。聖書に描かれたような砂漠を……。俺たちはみんな現地に惹かれてる……まるで深い崖の縁か海の遥か上に立っているときみたいに。めまいがするほど惹かれるんだ……。

戦争は終わった……。いまはもう、俺たちのことを忘れようと、なるべく隔離して隠してしまおうとしている。どけてしまおうと。フィンランドとの戦争のときもそうだった……。大祖国戦争を書いた本は山ほどあるのに、フィンランド戦争のことを書いた本はひとつもない……。誰もが負けた戦争を思い出すのを厭う。俺だって十年もすれば慣れて、どうでもよくなるだろうな。

現地で人を殺したかって？　ああ殺したよ！　あんたはどうだったらいいと思うんだ、俺たちが現地で天使のままでいられればいいと思うのか？　天使が無事に帰国するのを待ってたのか……。

——中尉、工兵

俺は極東で軍務についていた……。

部隊長のところに呼ばれて、当直の電信係が電報を持ってきた——「イワノフ中尉を司令部へ送ること。今後の任務についてトルキスタン軍管区への異動を検討するため」。日付、時刻。おそらくキューバに行かされるんだと思った。身体検査を受けたとき、暑い気候の話が出たから。

「国外派遣になったとしても異存はないかね」

と訊かれ、

「ありません」

と答えた。

「ではアフガニスタンに派遣する」

「承知しました」

「現地では銃撃戦もあり、死者も出ているが……」

「承知しました……」

国内で工兵のやらされることといったら、シャベルで掘ったりつるはしで砕いたりといった作業ばかりだ。俺は士官学校で学んだ知識を生かしたかった。戦場では工兵は常に重宝される。俺は実戦を学びにいくことにした。

呼び出された奴のうち断ったのは一人だけだった。そいつは三回呼び出された――

「国外派遣になったとしても異存はないかね」

「あります」

あいつを羨むわけじゃない。即座に咎めを受け、将校の名は汚され、昇進の道も閉ざされた。体の不調を理由に拒否し、胃炎だとか胃潰瘍だとか言っていたが、そういう問題じゃない。派遣先が暑かろうと暑くなかろうと行かなきゃならない。すでに名簿も印刷されていた。

ハバロフスクからモスクワまでは六日間かけて列車で向かった。ロシア全土を横断し、シベリアの川を渡り、バイカル湖のほとりを通っていく。翌日には車内提供のお茶が底をつき、翌々日には大型湯沸かし器が壊れた。家族が会いにきてくれた。泣いた。それでも命令とあらば行かなきゃならない。

……飛行機のドアが開くと——果てしなく青い空。あんなに青い空は、国内じゃ川辺でしか見かけない。ざわめきや大声が響いてきたが、全部仲間の声だった。代役の人員や友人を迎えたり、故郷からの荷物を待っていたりする。みんな日焼けしていて陽気だ。もはやどこかにマイナス三十五度の寒さで装甲車が凍る土地があるなんて信じられなかった。最初にアフガン人を見たのは、移送地の鉄条網越しだった。好奇心以外の感情はなにも湧かなかった。ごく普通の人間だ。

俺は、工兵大隊のなかの道路技師小隊の指揮官としてバグラムに赴くように、と書かれた紙を受け取って……。

俺たちは朝早く起きて、まるで出勤するみたいに出かけた。地雷処理戦車、狙撃兵のグループ、地雷探知犬、掩護用のBMP装甲車二台。はじめの何キロかは装甲の上に乗って行った。そこからは轍がよく見える。道は砂まみれで、細かい粉末状の砂埃が雪のように積もっている。鳥が降りたっただけでも跡が残る。昨日戦車が通った形跡があったら、注意しろ——キャタピラーの跡に地雷が埋めてある可能性がある。指でキャタピラーに似せた跡をつけて、自分たちの足跡は袋やターバンで消してしまう。道は廃墟となった二つの集落の脇を伸びていき、人はおらずただ焼け焦げた粘土ばかりがある。隠れるにはもってこいだ。常に警戒しろ。集落の一帯を抜けてしばらく行き、装甲の上から降りる。これ以降は、まず犬にくまなく探索しながら進ませ、その後ろに探知機を持った工兵が続く。地面をあちこち突き刺しながら歩いていく。ここでは、これまでに培った経験と感覚と直感だけがものをいう。あそこの枝が折れているとか、なにやら鉄の破片が落ちているとか、昨日はなかった場所に石があるとか。埋めたほうだって自分たちが地雷を踏まないように目印を残しているんだ。

鉄の破片がひとつと、それから……ボルトかなにかが……砂にまみれているようではあるが……地中には小さなバッテリーが埋めてあり……爆弾かTNT火薬の箱と導線で繋がっている……。対戦車地雷は人が踏んだくらいでは爆発せず、二百五十〜三百キロの加重で作動するようにできている。最初の爆破のとき――戦車の上に残っていたのは俺だけだった。砲身のそばにいたおかげで砲塔が盾になって助かったんだ。ほかの奴らはみんな爆風で飛ばされてしまった。すぐに自分の体を確かめた――頭はあるか。腕は、足はついているか。大丈夫だ――先へ行こう。

そのあと、もう一度爆破があった……軽装甲牽引車が強力な地雷を踏んで……牽引車はまっぷたつになり、直径三メートルで深さは人の背丈ほどもある大穴があいた。牽引車には迫撃砲の砲弾が二百ほど積まれていて……砲弾は茂みや道の脇にばらまかれ……扇状に散乱していた……。乗っていたのは兵士五人と中尉で、その中尉とは夜に何度か二人で煙草を吸って話したことがあった。誰一人、生き残った者はなかった。

犬はかなり助けになった。犬ってのは人間みたいなものだ。才能のある犬もいればない犬もいるし、勘の鋭いのも鈍いのもいる。歩哨が居眠りしても、犬は寝ない。俺はアルスって犬が好きだった。ソ連兵には懐いていたが、アフガン政府軍の兵を見ると吠える。ソ連の迷彩服が黄色っぽいのに対して、アフガンのはもっと緑が鮮やかなんだ。でも実際、どうやって区別してたんだろう。地雷があると数歩離れたところから嗅ぎつけて……地面にふんばって尻尾を巻いて「近づくな！」と知らせてくれる。地雷にはいろんな種類があって……いちばん危険なのは手製のやつだ、同じものがないから仕組みを把握できない。技術的な仕組みを。錆びたやかんが転がってると思ったら中に爆弾が入っていたり……ラジカセや時計や……缶詰に仕込まれていたりする……工兵を連れずに歩く奴は決死兵と呼ばれていた。道路にも山道にも家にも地雷はある……工兵は先頭を行く、斥候みたいに……。

狭い塹壕の中で足止めをくらっていた……一度爆破があり、略奪も済ませていたが、すでに二日もそこにいて……ふと俺が塹壕にすべり降りたとき――爆発だ！　意識は失わず……空を見た……空は輝いてる……工兵は爆発が起きたらいつもまず空を見る。目は無事か？　銃床に括りつけてた止血帯で手当てされた。膝上だ……。俺はすでにわかっていた――止血帯を結ばれたところ、傷口の上部三〜五センチのところが、のちに切断されると……。

「おまえ、どこ縛ってんだ？」と、俺は兵士に叫んだ。

「膝下です、中尉」

そこから医療衛生大隊まで十五キロの道のりを運ばれた。一時間半かかった。着くと傷口を洗われ局所麻酔を打たれた。着いた日に足を切断された。手術用のノコギリがチェーンソーみたいに唸りをあげて――気を失った。翌日は目の手術をした。爆炎で目をやられてた。ほとんど目を縫い合わせたみたいな感じさ、二十二針も縫われて。目玉が崩れないように、一日二、三針ずつ抜糸した。医者たちが来てライトで左右から光をあてる――光に反応はしているか、網膜は無事か。

ライトの光は赤かった……おそらく、あれがいちばん強い色なんだ……。

将校はいかにして内職を仕事とするに至ったか、っていう筋書きの短編小説が書けそうだな。いまは電気のソケットやコンセントの組み立てをやってる。一日あたり百個。電気コードをとりつけるんだ。何色のコードだろう。赤なのか黒なのか白なのかも――わからない……見えない……目がほとんど見えない。まったく見えないわけじゃないけど、見ているというよりは見当をつけている感じで、網袋を編み、箱を糊付けする。以前は、こういうのは気が狂った奴の仕事だと思っていた……網袋は一日あたり十三個で……もうノルマはこなせるようになった……。

工兵に無傷で帰れる奴は少ないし、そもそも生きて帰れない奴も多い。地雷除去隊や地雷除去任務の場合はなおさらだ。負傷するか、死ぬか。任務に赴くときは別れの握手をしない。でも爆発があった日、新任の中隊長が俺の手を握った。そいつにしてみればよかれと思ってやったことだ、まだ誰からも忠告されていなかったんだから。そして俺は爆破にあった……信じられなければ信じてくれなくてもいい。こんなジンクスもあった――自ら進んでアフガニスタンを志願した者は、災難にあう。派遣された場合は、任務は任務だ、運が良ければ助かると。生きて帰れると。

いまどんな夢をみるか？　どこまでも続く地雷原で……俺は記録書を残している。地雷の数、並びかたの図面、地雷を見つけるための目印。その書類を俺は失くす。実際、よく紛失してた……あるいは記録書はあって、そこには目印は木だと書いてあるのに、木は燃えてしまっていたり……石が山積みになっていると書かれているのに、その石はすでに爆破されていたり……そのあと誰も確かめにきていない。怖がって。自分たちが埋めた地雷にやられるかもしれない。夢のなかでは……俺の作った地雷原のそばを子供たちが駆けていく……子供たちはそこに地雷が埋めてあることを知らなくて……俺は「地雷があるからそっちに行っちゃだめだ！」と叫ばなきゃいけない。教えてあげなきゃいけない。俺は走る。俺にはまた両足があって……目も見えて……。

でもそんなのは夜中だけ、夢のなかだけなんだ……。

みんなみたいにはできない……ああいう人生を送ることは、私にはできないんです……。もしかしたらこれは、ばかげたことなのかもしれない……あの戦争にかんしては……。でも私はロマンチックな人間で、いまも昔もほんとうに生きたことなどなくて、ただ人生を夢みているだけなのかもしれません。人生を想像し、思い描いているだけで。現地に着いたその日に、野戦病院の院長に呼び出され、「ここへ来なければならなかった事情はなんですか」と訊かれました。院長には理解できなかったんです……男の人には……。

私はこれまでの人生のすべてをその人に打ち明けなければなりませんでした。見ず知らずの他人に……軍人に……。公衆の面前で話すようなものでした……。私が現地で最もつらく屈辱的だと感じたのはその点です。どんな秘密もプライベートもすべて晒さなければいけない。『極限』という映画をご覧になりましたか。収容所の囚人の生活を描いた映画です。私たちもあの囚人たちに等しい規則のもとに暮らしていました。鉄条網も同じなら、狭苦しい居住区も同じです。

周りにいたのは、食堂の配膳や調理を担当する女の子たちでした。話題にあがるのは、ルーブルや金券のこと、骨つき肉や骨なし肉のこと、低温燻製サラミやブルガリア風クッキーのこと。私が想像していたのは献身的なおこないで、女の役目は仲間の少年たちを守ること、救うことだと思っていました。すべてをなにか高尚なもののように思い描いていました。人々は血を流し、私は自らの血を捧げる。でも移送地のタシケントで、すでにわかりました——そういう場所に行くのではないと。飛行機では涙が溢れて止まりませんでした。現地もここと同じなんだ、私が逃れたかったものと同じものが待ち受けているんだと。移送地ではウォッカが湯水のように飲まれていて。「そして僕らは宇宙基地の草地を夢にみる……青々とした草地を……」。まるで宇宙飛行へ行くような気持ちでした……。ここ、ソ連ではそれぞれに家があり、自分の領域があります。でも現地では……四人一緒の相部屋です。料理人として働いていた女の子は調理場から肉をくすねてきてはベッドの下に隠していました……。

「床を掃除してよ」と、その子は言います。

「私は昨日やったでしょ、今日はあなたの番じゃない」

「いいからやってよ、百ルーブルあげるから」

私が答えずにいると、

「肉あげるから」

と言いだします。それでも黙っていたら、その子は水の入ったバケツを掴んで、私のベッドにぶちまけました。

あはは、とみんなが笑いました。

もう一人の配膳係の女の子は、汚い言葉であたりちらす一方で、ツヴェターエワが好きでした。当番が終わると腰をすえてトランプ占いをします。

「来る、来ない……来る、来ない……」

「なにを占ってるの?」

「恋のチャンスよ、あたりまえでしょ」

現地で結婚した人もいて……本格的な結婚式をしたんです。本気で愛し合う人たちもいますが、多くはありません。恋愛ができるのはタシケントに帰り着くまでで、そこから先にはそれぞれの人生がある。

「彼女は別の道へ行く」っていう歌の歌詞みたいに。

ターニャ・ベーテーエル（背が高くて大柄だったから、装甲兵員輸送車《ベーテーエル》の名で呼ばれていたんです）は、夜遅くまで話し込むのが好きでした。純度の高いアルコールをストレートで飲んでいました。

「よく飲めるわね」

「なに言ってんの、ウォッカなんて弱すぎて酔えないじゃない」

ターニャは映画俳優のポストカードを五、六百枚も持って帰ったんです。現地のお店では高いものなのに、惜しまず買い込んでは「芸術にお金をかけるのは惜しくないわ」なんて言って。

ヴェーラチカ・ハリコワは、鏡の前に座って口をあけて舌を出している姿が印象に残っています。腸チフスにかかるのを恐れていて。誰かに言われたんですって――毎朝鏡で確認しなさい、腸チフスにかかったら舌に歯形が残るから、って。

あの子たちは私を受け入れてくれませんでした。なんなのよあのバカ女、細菌入りの試験管なんか持ち歩いて、なんて言われて。私は細菌研究を専門とする医者として感染症病棟で働いていたんです。口を開けばいつだって、腸チフス、肝炎、パラチフスの話ばかり。負傷者はすぐに野戦病院に収容されるわけではありません。五〜十時間、ともすれば一、二昼夜も山や砂地に倒れていることもあります。傷口には細菌が繁殖して、いわゆる化膿を起こしています。救命処置中の負傷兵が腸チフスにかかっているのを発見したこともありました。

死にゆく人は黙って死んでいきます。あるとき一度だけ、泣きだした将校を見たことがあります。モルドバ人でした。その人のもとに同郷のモルドバ人の外科医が来て、モルドバ語で話しかけたときのことでした――

「どうされました、お加減が悪いんですか、痛いところはありますか？」

するとその人は泣きだして、

「助けてください、死ぬわけにはいかない。愛する妻と娘がいる。生きて帰らなきゃいけないんです……」

と言いました。そのままにしていればやはり黙って死んだのでしょうが、母語を耳にして泣きだしてしまったんです。


遺体安置所に入るのは嫌でした……。そこには土と渾然一体となった人間の肉片が運び込まれていて。女の子のベッドの下にも肉があって……テーブルにフライパンが置かれ、「ルーバ！　ルーバ！」と叫びます――アフガン語で「前進」という意味です。暑くて……汗がフライパンに滴ります……。私はひたすら負傷者とだけ向き合い、細菌とだけ戦いました……。細菌を売りにいくわけにはいかないもの……。軍の売店に行けば金券で飴が買えます。夢でした。現地では「アフガニスタン、とっても素敵なところ！」という歌がうたわれていました。正直にいうと、私はすべてが恐ろしかった……。私は強いほうではありません。現地へ行ったものの、肩章についた星で階級を判断することすらできなかった。すべての人に敬語で話していました。誰だかは忘れてしまいましたが、誰かが野戦病院の台所で生卵を二つくれたことがありました。医者はみんなお腹を空かせていたから。軍の倉庫にずっと放置されていたジャガイモの澱粉糊や、冷凍の肉を食べて耐え忍んでいました。古すぎて……固くて……匂いも色もすっかり抜けているものを……。私はその二つの生卵を摑んでナプキンで包み、部屋に戻ってから玉ねぎを添えて食べようと思いました。その日は一日中、晩ごはんを食べるところを思い描いていました。そこへ一人の青年が、担架で担ぎ込まれました。タシケントへ移送されるところでした。シーツの下がどうなっているのかは見えず、ただ整った顔つきの頭だけが枕の上で揺れています。青年は私を見上げて、

「お腹が空いた……」

と呟きました。ちょうど昼食の前で、まだ食事の入った大鍋は運ばれてきていません。でも彼はもう運び出されるところで、このままでは食事をもらえるのはタシケントに着いてからになってしまいます。「食べなさい」と私は二つの卵をあげました。そのままきびすを返して立ち去ってしまった。手足があるのかどうか確かめもせずに。ただ卵を枕に載せただけで、割りもせず食べさせてもあげなかった。でも、もし腕を失っていたら？

それからまた別のとき、二時間ほど車で移動しているあいだじゅう、すぐ横に遺体が寝かされていたこともありました……四体も……ジャージ姿で寝かされていました……。

故郷に帰ってきてからは……音楽も聴けず、街なかやトロリーバスで人と話すこともできなくなりました。部屋に閉じこもって、テレビだけの生活を送りたかった。帰国の前日に、医長のユーリー・エフレーモヴィチ・ジプコフが拳銃自殺したんです……。どうしてなのか。いったいなにを思ってそんなことをしたのか。それが理解できない人もいるでしょう……。でも私は……私にはわかるんです、しかもはっきりと。現地では……その暗闇は、いつもすぐ身近にありました……。アフガニスタンで、ある将校から写させてもらった言葉があります――「アフガニスタンに来た外国人が、もしも五体満足で気も狂わずに帰れたのなら、その人は天から特別な加護を受けた者である」。フランスの思想家フーリエの言葉でした。守らなければいけないのは身体だけじゃなかった……。人間は――複雑な内面を抱えています……。同僚の女の子たちが言っていたように、パイのように重層的なんです。そういう哲学的なことを考えるようになったのは最後のほう、帰国が目前に迫ったころでした……。

外を歩いていて若い人を見かけて……どこか懐かしく感じることがあります――「ひょっとして「ア

フガン帰り」かな」と思っても、声はかけません。笑われたくないもの。私は強くないから……。もともとおとなしいほうなんです……。だから、自分も攻撃的で残酷な人間になり得るんだという思いに気づいたときは、怖くなりました。人はさまざまな条件に左右される……人は、自分がどれほど自分自身の行動や、自分の身に起こったことに左右されているのかを、きちんと把握すらできていないものです。怖くて……。退院を目前に控えた少年は……退院して実戦に戻されるのを嫌がって、野戦病院の屋根裏や床下に隠れるんです。私たちはその子たちを捕まえて、引きずりだしていました……。移送地では若い女の子たちが、誰にウォッカの瓶をあげればいい場所に派遣してくれるかを教えてくれました……。その子たちはまだ十八〜二十歳で、私は四十五歳だったけど、それでも教えてくれたんです。

帰国の際の税関では、下着姿になるまで脱がされました。

「職業は」

「細菌学医です」

「パスポートを」と言われてパスポートを差し出しました。「スーツケースを開けなさい。中を検査する」

私の荷物は――着古したコート、毛布、肌掛け、ヘアピン、フォークといったもので、すべてもともと持ってきたものを持ち帰るだけでした。それらをテーブルの上に広げられ、

「あんた、頭がおかしいのか？　おおかた、詩でも書くタイプだろ」

と言われました。

私はここにはいられない。現地にいるよりここにいるほうが怖いんです。現地では、ソ連から戻ってきた人は持ってきたものを持ち寄り、みんなでひとつのテーブルを囲みます。三回の献杯をします。黙

ったまま。亡くなった人を偲んで。座っているとネズミたちがやってきて、室内履きに潜り込みます。朝四時になると獣の吠えるような声がして……最初に聞いたときは驚いて飛び起きて、女の子たちに「狼が来たわよ！」って言ったら、笑われました──「あれはムッラーがお祈りを唱えてるのよ」って。帰ってからも、いつまで経っても朝四時になると目が覚めるんです。

あの生活を続けていたくて……ニカラグアに行かせてほしいと請願しました……。戦争がおこなわれている地域ならどこでもいい。ここでは……私はここではもう、生きていけないんです……。

──────妻

私が先に、この人だって決めたんです……。

背の高い美男子が立っていました。私は「いい、みんな。あの人は私のものだからね」と宣言しました。私は彼のところへ行って、「貴婦人のワルツ」に誘いました──女の子が、エスコートしてほしい男性を誘うことになっていて。私は──運命の人を選んだんです……。

男の子がほしかった。私たちは話し合って、もし女の子が生まれたら私が名前をつけて、男の子が生まれたら夫が名前をつけようって決めました。女の子ならオーリェチカ（オリガの愛称）。男の子ならアルチョームかデニス。生まれたのはオーリェチカでした。

「男の子もできるかな」

「できるわよ。オーリェチカが少し大きくなったらね」

男の子も産んであげたかった。

「リューダ、どうか驚かずに聞いてほしい。母乳が出なくならないように……」と夫は切りだしました。私は母乳で娘を育てていました。「アフガニスタンに派遣されることになった……」

「どうしてあなたが行かなきゃならないの。うちにはこんなに小さな子供がいるのに」

「俺が断れば、ほかの誰かが行くはめになる。すでに党から指令が出て、コムソモールも合意している」

あの人は軍に忠実な人間でした。いつも、「命令は迷わず遂行するものだ」と言っていたっけ。あの人の母親が押しの強い人で、おとなしく従うことに慣れて育ったの。それで軍隊が性に合ったのね。壮行会の様子？　男の人たちは煙草を吸っていて、お義母さんは黙ってた。私は泣いたわ――あんな戦争、誰のためになるっていうの？　娘はゆりかごの中で眠っていました。

外で、知的障碍のある女性を見かけました。その人はよく、うちの軍事都市の市場や商店をうろうろしていました。噂では、若いころに強姦されて以来、自分の母親のことさえわからなくなってしまったとか。その人は私のそばで立ちどまると、

「あんたの夫はねえ、箱に入れられて運ばれてくるよ」

と言うと、けたけたと笑って走り去ってしまいました。

どうなるのかはわからないけど、ただではすまないだろうという予感はありました。

シーモノフの「待っていてくれ、俺は帰るから……」という詩を見倣うように、私は夫を待ちました。一日に三通も四通も手紙を書いては送りました。私があの人のことを思って、寂しがっている時間だけは、あの人を守ってあげられるような気がして。あの人は、ここ戦場では各自が任務をこなしている、

と書いてよこしました。命令を遂行している。それぞれ与えられた運命のままに。心配しないで、待っていてくれと。

あの人の実家にお邪魔したとき、アフガニスタンの話には誰も触れませんでした。ひとことも。お義母さんも、お義父さんも。言ってはいけないと決めていたわけではないけど、みんなその言葉を恐れていました。

……娘を保育園に連れていくために、上着を着せました。キスをして、ドアを開けると――軍人が何人もいて、そのうち一人は夫の鞄を手にしていました。そう大きくはない茶色の鞄で、私が荷造りをしたものです。私は気が動転してしまって……もしこの人たちを家にあげたら、この人たちは家になにか恐ろしいものを持ち込むんじゃないか……家にあげなければ、すべては元通りになるんじゃないかって、そんな気がしたんです。その人たちはドアを引いて中へ入ろうとしますが、私も負けじと内側からドアを引っぱって、通すものかとがんばりました。

「負傷したんでしょう?」と訊いてみました。まだ負傷じゃないかという希望が残っていました。

軍事委員が先頭にたって家に入ってきました。

「リュドミーラ・ヨシフォヴナさん、心よりお悔やみを申し上げます。ご主人は……」

涙は出なかったけど、悲鳴をあげました。あの人の友人がいるのを見つけて、

「トーリク、あんたが言うなら信じるわ。ねえ、どうして黙ってるのよ」

と食ってかかりました。トーリクは私のところに、棺を運んでいた准尉を連れてきました――

「おまえが言ってくれ……」

でもその人は震えていて、やっぱり黙っています。

女の人が何人か来て私にキスをして、

「落ち着いて。親族に電話するから番号を教えてちょうだい」

と言いました。私は腰を下ろすと、覚えていたはずのない数十もの住所や電話番号がすらすらと口をついて出ました。手帳で確かめてみると、すべて正確でした。

うちは一部屋しかない狭いアパートなので、棺は軍会館に安置されることになりました。私は棺に抱きついて大声で呼びかけました――

「どうしてなの？　あなたがいつ誰に悪いことをしたっていうの？」

我に帰ったとき、私は目の前の箱を見つめていました――「箱に入れられて運ばれてくるよ」……。その言葉を思い出して、また叫びました――

「ここにうちの人がいるなんて、私は信じません。もしそうだっていうなら証明してください。小窓さえないじゃないの。いったいなにが入ってるの。誰が入ってるのよ！」

すると、トーリクが呼ばれてきました。

「トーリク、この中にいるのがあの人だって誓って言える？」

「娘にかけて誓うよ、ここにいるのは君の夫だ。苦しまずすぐに亡くなった。それ以外はなにも言うことはない」

あの人がいつか言っていた言葉が叶ったのでした――「死ぬとしたら、苦しまずに死にたいな」って。でも私たちは取り残されてしまった……。

壁にはあの人の大きな肖像写真がかけてあります。

「あのね、パパをここへ下ろして」と娘はねだります。「パパと一緒に遊ぶから」って。

娘はその写真をおもちゃで取り囲んで、お話しします。夜、あの子を寝かしつけていると、

「ねえ、パパはどこを撃たれたの？　どうしてその人たちはうちのパパを選んだの？」

と訊いてきました。

保育園に連れていき、夕方になってお迎えにいくと、

「やだ、パパがお迎えにきてくれなきゃ帰んないもん。うちのパパはどこにいるの？」

と言って大泣きします。

私はなんて答えたらいいのかわからなくて。どう説明したらいいの。私自身、まだ二十一歳なのに……。この夏、あの子を連れて田舎の母のところへ行きました。そうすればパパのことを忘れられるかもしれないと思って……。私には毎日泣くほどの体力もないのに……始終泣いてばかりいます。子供を連れた夫婦を見かけるだけで涙が溢れて……。心も、体も叫んでいて。かつて、夏は裸で寝るのが好きでした。でもいまはもう、決して裸では寝ません。いつも思い出すんです……愛し合ったことを……。こんなことまで話してしまってすみません……。あなたにだけは、信頼して打ち明けられたんです。他人だからこそでしょう。身内にはなかなか話せません。真夜中に、あの人に語りかけるんです――「一瞬でもいいから起きてみなさいよ……大きくなったあの子を見てよ！　あなたにとっては、あのわけのわからない戦争は終わったのね。でも私にとっては――終わってないの。あの子にとってはなおさら。子供たちがいちばん不幸だわ、すべてのツケは子供たちに回ってくるんだから。ねえあなた、聞いてるの……」。

私は誰に向かって叫んでいるの。誰の耳に届くというの。

かつて私は夢みていました。男の子がほしい……この愛情を注ぎ、私を好きになってくれる男の子を産むんだ、って……。

夫とは離婚したんです。夫は私を捨てて若い女と一緒になって、その相手は高校を出てすぐに子供を産みました。私は夫を愛していて、おそらく、だからほかの人とは付き合わなかった。探そうともしなかった。

母と一緒に息子を育てました。こちらは女手二つで、子供は男の子。玄関の戸口から、こっそりあの子の様子を窺いました――誰と、どんな子たちと一緒にいるのかしらって。学校から帰ってくると、

「母さん、僕はもう大きいのに、いつまで後をつけてくるつもりだよ」

と文句を言います。女の子みたいに小柄な子でした。色白で線が細くて。妊娠八ヶ月〔日本でいう九ヶ月〕のときに生まれて、粉ミルクで育てました。私たちは健康な子供を産むのが難しい世代でした。戦時中に、空襲や砲撃や飢餓や……恐怖を、くぐり抜けて育ったから……。あの子はいつも女の子とばかり遊んでいて、女の子のほうも仲良くしてくれて。喧嘩もしない子でした。猫が好きで、猫にリボンを巻いたりして。

「ねえお母さん、ハムスター買ってー。ハムスターってあったかいんだよ、じめっとして」

そうしてハムスターを買わされて。おまけに水槽と魚も。ペット市場へ行くと、「ねえトリさん買って、コッコちゃん買ってー」。

だから思うんです、はたして現地であの子が銃を撃てたのかしら、あんなにおうちっ子だったのに……。戦争なんて向いていないんです。とても可愛がって、甘やかして育てたから……。

あの子がアシハバードの訓練部隊にいたとき、私は会いにいきました。

「アンドリューシャ、お母さんね、上官とお話がしたいの。あなたは一人っ子だし……ここは国境が近いから……」

「だめだよ母さん、意気地なしだと思われてみんなに笑われる。いまだって「細い、かん高い、頼りない」って言われてるんだから」

「ここでの生活はどうなの？」

「少尉はいい人でね、僕たちのことも対等に扱ってくれる。大尉には顔をぶん殴られることもあるけど」

「そんな！　私もおばあちゃんも、あなたに手をあげたことなんてないのよ、ほんとうに小さいころから」

「ここは男社会なんだ。母さんやおばあちゃんは、なにも知らないほうがいい……」

あの子が私のものだったのは子供のころだけでした。お風呂で体を洗ってあげていると、小鬼みたいに湯船を飛び出して、タオルで包んで抱きしめた。いつまでもずっと私のものだと思ってた。誰にも渡さないと。でも結局、取りあげられてしまった……。

八年生を終えたとき、私は自らあの子に建築学校へ行くように勧めたんです。そのほうが軍隊に入ったときに楽だろうと思って。兵役を終えたら大学に入ればいいって。あの子は林業をやりたがってた。森に行くといつも嬉しそうだった。鳥の鳴き声を聞いただけでなんの鳥だかわかったし、どこにどんな花が咲いているのかも教えてくれた。そこは父親に似ていましたね。シベリア出身で、自然を愛するあまり庭の雑草も刈るなっていうの。生えるものはみんな生えさせておけって。アンドリューシャは森林官の服や帽子が好きで、「あの帽子、兵隊さんのに似てる」って言ってました……。

だからね、思うのよ。あの子が銃を撃つわけがないって。

アシハバードからは私と母宛によく手紙をくれました。一通、まるまる暗記してしまった、数え切れないほど読み返した手紙があります――

「お母さん、おばあちゃん、こんにちは。軍隊に入ってもう丸三ヶ月になります。こちらの仕事は順調です。与えられた任務はいまのところすべてこなせているし、上官から叱られることもありません。この前、中隊のみんなはアシハバードから八十キロ離れた山の中にある野外演習場へ行ってきたんだ。そこでは全員が二週間かけて山岳地訓練をこなし、戦術を学び、銃器の扱いを習ったらしい。でも僕とあと三人はそこへは行かず、軍宿舎に残った。どうしてかっていうと、僕たちは三週間前から家具工場で働き、作業場を建てていたから。そのおかげで、うちの中隊は工場からテーブルがもらえることになってる。僕たちはそこで、煉瓦を積んだりモルタルを塗ったりしています。

母さんが訊いてた手紙は、無事に受けとりました。小包と十ルーブルも。そのお金で何度か軽食を食べたり、友達と一緒にお菓子を買ったりできたんだ……」

これを読んで、心を落ち着けようとしたんです――モルタルを塗ったり煉瓦を積んだりしているのなら、大工として必要とされているんだ。たとえ上官の別荘や車庫を造らされていたっていい、それ以上遠くへ派遣されさえしなければいい。あの子があとからそう書いてよこしたことがあったんです、将校か誰かのために郊外で働いたって……。

一九八一年でした……。噂を耳にはしたけど……でも、アフガニスタンでそんなにたくさんの血が流れていることや、残虐行為がおこなわれていることを知っている人はほとんどいませんでした。テレビではソ連とアフガニスタンの兵士の友好の様子や、ソ連の装甲兵員輸送車に飾られた花や、与えられた土地に口づけをする農民の姿が報道されていて……。ただひとつだけ、恐ろしく思ったのは……アシハバードのあの子のところへ行ったとき、ある女の人に出会ったんです……。ホテルに着いたとき、

「満室です」

と言われたので、

「じゃあ床で寝ますよ。遠くから軍隊にいる息子に会いにきたんです。ほかに行くところなんかないんですから」

と返したら、

「仕方ありませんね、じゃあ四人部屋にご案内しますよ。一人先客がいますけど、そのかたも息子さんに会いにきたお母さんですから」

ということになって、そのお母さんから私は初めて、アフガニスタン派兵の準備が新たに進められているという話を聞きました。その人は息子さんを助け出すために、かなりの額のお金を持ってきていました。そして無事に目的を成し遂げて帰っていくとき、私に「騙されちゃだめよ」と忠告していったんです。この話を母にすると、母は泣きだしました――

「どうしてすがりついてでも頼まなかったんだ。そのピアスを外して、あげてしまえばよかったのに」

と。安物のピアスですが、我が家ではこれがいちばん高価なものだったんです。ダイヤモンドでもあるまいし、そんなことをしてもしょうがない。でも生涯ごく慎ましく生きてきた母にとっては、高級品

に思えたんです。ああ、なにがどうなってしまったのでしょう。あの子じゃなく、ほかに誰だって行く人はいたはずです。でも誰にでもやはり母親がいて……。

空挺突撃大隊に配属されてアフガニスタンに派遣されたのは、あの子にとっても予想外の展開でした。男の子としてのプライドを刺激されたみたいで。それを隠しもしませんでした。

私は女だし、軍隊とはかかわりのない世界で生きてきました。だからわかっていない部分があるのかもしれません。だけど説明してほしいんです、どうして実戦地へ行く準備をしなくてはならない期間に、煉瓦を積んでモルタルを塗る仕事をさせられていたのか。上の人たちは、あの子がどこへ行かされるかわかっていたはずでしょう。新聞に載っていた写真に写っていたムジャヒディンは……三、四十代の男たちで……そこは生まれ故郷で……家族や子供たちに囲まれて……。それなのになにをどうしたら、あの子は現地へ派遣されるたった一週間前に混成部隊から空挺部隊に配属されるんですか。さすがの私でも、体力に恵まれた人が配属されるべき部隊だってことくらいわかります。専門の訓練が必要なはずです。あとになってから訓練学校の指揮官から受けた説明では、なんでも、「おたくのお子さんは戦闘や政治の訓練において優秀な成績を修めていました」っていうんですよ。でもいったいどこで、いつの間に？　家具工場で身につけたとでもいうんですか。それとも将校の別荘地ですか。いったい私は息子をどこに預けてしまったのでしょう。信頼していたはずの相手は何者だったのでしょう。あの人たちは息子に兵士の訓練さえさせないでおいて……。

アフガニスタンから届いた手紙はたったの一通でした――「心配しないでください。ここは景色が綺麗で落ち着いたところです。うちのあたりにはない花がたくさん咲いていて、木々にも花が咲き、小鳥たちがうたっています。魚もたくさんいるよ」。戦場じゃなく楽園にいるみたいでしょう。そうでも言って安心させないと、私たちがあの子を呼び戻そうとして大騒ぎし始めるかもしれないと思っていたのかしら。戦場を見たこともない少年たち。まだ子供も同然だったのに。いきなり戦火のなかに放り込まれて、でもあの子たちはそれを名誉なことだと思っていたのね。私たちがそんな子に育ててしまった。

あの子は行ったその月に死にました……うちの子が……大切なあの子が……。どんな姿で倒れていたのでしょう。それすら決して知ることはないんです。

遺体は十日後に届けられました。その十日のあいだ毎晩、なにかを失くしては見つけられない夢をみました。毎日、台所のやかんが悲しげな音をたてていました。やかんを火にかけていると、いろんな音で鳴るんです。私は室内で植物を育てるのが好きで、出窓にも戸棚や本棚の上にも花がありました。でも毎朝、水をあげようとするたびに鉢植えを落としてしまいました。手から滑り落ちては割れていって。家じゅうに湿った土の匂いがたちこめて……。

……家の前に車が停まりました。軍用のGAZジープ二台と救急車が一台。瞬時に、ああ、うちへ来たんだと悟りました。おまけに私は自分から玄関へ向かい、扉を開けていました――

「なにも言わないで！　ひとことだって聞きたくない！　あんたたちなんか顔も見たくない。あの子の遺体だけ置いていってちょうだい……。あとはこっちでやるから。私ひとりで。軍人の敬礼なんかまっぴらごめんだわ……」

どうか書いてください。真実を公表してください。真実をありのままに。私はもはやなにも恐れるものはありません……。もうたくさんです、生涯ずっと、恐れてばかりいたんです……。

——中尉、分隊長

真実だって？ 真実をありのままに語れる人間なんて、絶望した奴だけだ。すべてに絶望した人間なら、あんたにほんとうのことを話してくれるだろうね……。

真実なんて誰も知らないんだ。俺たち以外は……。真実はあまりに恐ろしいから、ありのままになんて話せないよ。誰だって、先頭をきって真実を語るなんていうリスクは負いたくない。棺に麻薬を入れて運んだ話なんて誰も聞きたがらないだろうし。遺体の代わりに……毛皮のコートを入れた話も……。乾燥させて糸で繋げた人間の耳を見せたい人がいると思うか？ もうどこかで聞いた話か、いま初めて知ったかは知らないが。殺した記念として……マッチ箱に入れておくんだ……耳は丸まって葉っぱみたいになって……。そんなわけない？ 輝かしいソ連の青年からそんな話を聞きたくはない？ ところが、そんなわけあるんだな。ほんとうだよ。これだって真実だ、消せやしない、安っぽい銀メッキなんかで塗り潰せやしない。なんだ、追悼の碑を建てたり、勲章を与えたりすればそれでいいって思ってたのか？

俺は人殺しをしにいったわけじゃない、まともな人間だった。俺たちは、現地では賊が暴れてるから俺たちが行けば英雄になれる、人々に感謝されるって教えられていた。いくつものスローガンが頭に残ってる——「戦士たちよ！ 我が祖国の南端を強化しよう」「団結の名誉を汚すなかれ」「咲き誇れ、レーニンの故郷よ！」「ソ連共産党に栄光あれ！」でも現地から戻ってみれば……あっちにはいつだって小さい鏡しかなかったんだが、ここには大きい鏡があって。覗いてみたら——誰だこれは。誰かが俺を見てる……以前とは違う目で、顔で。外見まで変わってしまった……。

俺はチェコスロバキアで軍務についていた。そこへ、どうやら俺がアフガニスタンに派遣されるらしいという噂が流れてきた——

「どうして俺が？」

「独身だからな」

出張に出かけるような感じで準備をした。なにを持っていったらいいのか誰も知らなかった。周りにも役に立たなかった。カブールに置いてきたよ。誰かに「ゴム長靴を持っていけ」と言われたが、二年間いて一度も役に立たなかった。カブールに置いてきたよ。タシケントからの飛行機では弾薬箱の上に座らされ、シンダンドに到着した。サランドイという現地の警察は大祖国戦争時代のソ連の銃を装備している。ソ連兵も向こうの兵士も、塹壕から這い出てきたみたいに薄汚れて色褪せた服を着ている。チェコスロバキアで見慣れた風景とはなにもかも違っていた。運ばれていく負傷兵のなかに一人、腹に破片をくらった兵士がいた。「こいつはもうだめだ、途中で死ぬ」と、哨所からそいつを運んできたヘリ隊員が言ったのが耳に入った。死という言葉を平然と使っていることに衝撃を受けた。

それは、ともすればあの地でいちばん理解不能なことかもしれない——死に対する見方。これもやはり、真実をありのままに語るのは……不可能なんだ……。ここでは考えられないことが、現地では日常的に起きている。人を殺すのは恐ろしくおぞましいことだ。なのに、ごく早い段階で思い始める——至近距離で殺すのは恐ろしくおぞましいが、集団で一緒に殺すのは興奮するし、ときには——楽しくさえ思える。平時には武器は銃架に納められてそれぞれに鍵がかけられ、武器庫には警報機が取りつけられている。でも現地では常に銃を持ち歩いていて、それに慣れてしまう。夜になるとベッドに寝そべって電球を撃つ——起きて電気を消すのが面倒だから。暑さでおかしくなったときにはひたすら弾倉がからっぽになるまで撃った、宙に向かってでも、どこでもよかった……。隊商を包囲すると、隊商は抵抗し、銃を向けてくる。「隊商を殲滅せよ」との命令が下り……皆殺しにする……傷ついたラクダの悲痛な叫びがあたりに響き渡る……。ああいった行為のために俺たちはアフガンの民衆に感謝されて勲章を受け取ったとでもいうのか？

　戦争は——戦争だ、人を殺さなきゃならない。俺たちが武器を与えられたのは、小学校でクラスメイトと戦争ごっこをするためじゃない。トラクターや種まき機を修理するためでもない。俺たちは殺され、そして殺した。殺せる限り殺した。殺したいときに殺した。でもそれは俺たちが本や映画で知っていた戦争じゃなかった——戦線があり、中間地帯があり、前線があるような戦争じゃなく……カレーズ戦争だ……カレーズっていうのはその昔、水を引くために作られた地下水路のことで……そこから昼も夜も人が亡霊のように現れる……銃や石を手に。ひょっとしたらその亡霊はつい数日前に現地の店で取引した相手かもしれないが、そのときにはもはや俺が感情移入できる範疇の外にいる。いましがた俺の友人を殺したからだ……。そこに横たわるのは……友人ではなく……人でさえなく……人だったなにかで……そいつは最後に「母さんには知らせないでくれ、頼む、なにも知らせないでくれ……」と言って死んだ。俺はシュラヴィ〔アフガニスタンの現地語でソ連人の意〕——ソ連人だから、相手からしたってそうだ、俺はドゥーフが感情移入できる範疇の外にいる。俺たちの砲兵隊が彼らの集落を全滅させた。瓦礫から、ほとんどなにも探し出せないほどに——母親も、妻や子も、その遺体すらわからないくらい。だからその人は、俺を目にするやいなやミンチにしてただの肉塊にする。現代の武器は俺たちの罪を増大させる。ナイフで殺せるのはせいぜい一人や二人だが、爆弾なら数十人だ……。でも俺は軍人だ、殺しは俺の仕事だ。おとぎ話にあるだろ——私はアラジンの魔法のランプのしもべである……って。あれでいうなら俺は国防省のしもべだ。命令のままに銃を撃つ。俺の仕事は――銃を撃つことだ。

だけど俺は人を殺しにいったわけじゃない、殺したくなんかなかった。どうしてああなったんだ？ どうして俺たちはアフガンの人々に誤解されたんだ？ 寒いなか裸足にゴム製のオーバーシューズだけを履いてる現地の子供たちに、自分の食料を分けてあげていたソ連兵の少年もいた。この目で見た。ぼろぼろの服を着た子供が装甲車のそばに駆け寄ってきて、でもなにもねだりはしない、ほかの子もそうだったが、ただこっちを見てるだけだ。俺はポケットにあった二十アフガニーをその子にやった。その子は砂の上に跪いて、俺たちが装甲車に乗って走り去るまで、ずっとそのままだった。でもまったく逆のこともあって……現地の水売りの少年から金を巻きあげていたソ連の巡察兵もいた。もちろん金なんか、小銭しか持ってないのに。俺はもう旅行でだってあの地には行きたくない。二度と行くもんか。言ったろ。真実はあまりにも恐ろしいから話せないって。真実なんか誰にも必要じゃない。あんたみたいにここに残った奴らにも、俺みたいに現地に行った奴らにも。考えてもみろよ、あんたらのほうが数が多い。俺たちの子供は大きくなったら、親があの土地で戦ったことを隠すようになるだろうね。

嘘をつく奴に会ったこともある。自分はアフガン帰りなんだぜ、俺らも、俺も、みたいな感じでさ。

「どこにいたんだ？」

「カブールだけど……」

「なに部隊だ？」

「えっと、特殊部隊《スペツナズ》……」

コルィマの精神病患者が収容されているバラックでは、患者たちが「俺はスターリンだ！」「俺こそがスターリンだ！」と叫んでたが、いまじゃまともな若者が「俺はアフガン帰りだ」って吹聴するようになったのか。狂ってるよ……あんな野郎どもはキチガイ病院にぶっ込んじまえばいいのに。

俺はひとりで思い出に浸る……酒を飲んで、ただ座ったまま。アフガンものの歌を聴くのも好きだが、ただし一人でだ。あれは……あの日々は……思い出は汚されてしまったが、決して逃れられはしない……。現地帰りの若者は集団になりたがる……みんな騙されて、殺気立っている。自分のやりたいことを見つけたり、再び新たな倫理観を身につけたり、そういったことがなかなかできない。「もし身の安全さえ確保できるなら人なんか殺せるよ。簡単に。理由なんかいらない。なんとも思わない」って打ち明けてくれた奴もいた。アフガニスタンという場所があったが、いまはもうない。生涯お祈りや懺悔をして過ごすなんてこともしない……。俺は結婚したいし……息子がほしい……。一刻も早くこの話をしなくなったほうが、誰のためにもいいんだ。真実なんて誰が必要とするんだ？　野次馬くらいのもんだろ！　人の心を土足で踏み荒らして「まったくろくでもない奴らだな、現地では人を殺して略奪行為をしてきたってのに、帰ってきたら手当なんかもらって」とか言いたいんだろ。俺たちだけを悪者にしようってんだ。俺たちが耐え忍んだことなんてみんなどうだっていいんだ。せめて心の内に留めておくよ。

すべてはなにかのためだったはずだ。なんのためだったんだ？

モスクワの鉄道駅でトイレに入ろうとしたら、そのトイレは有料だった。若い奴が座って利用料を徴収している。頭上には「七歳以下の児童・身体障碍者・大祖国戦争参戦者・国際友好戦士は無料」と書いた看板がある。

俺が唖然として、

「これ、あんたが考えたのか」

と訊くと、そいつは誇らしげに答えた――

「ああ。証明書を見せてもらえれば、通っていいよ」

「親父が開戦から終戦まで戦い抜いたのも、俺が二年間異郷の砂を舐めたのも、ここでタダで小便するためだったってのか？」

俺はその野郎に対して、アフガニスタンじゃ誰に対しても抱いたことのなかったほどの強い憎悪が込みあげた。便所代をめぐんでくれようってわけだ……。

——補助員

休暇になり、ソ連に戻ってきたとき……公衆浴場《バーニャ》に行ったんですが、サウナ室の人たちが気持ちよさそうに唸っているのを聞いたとき——私にはそれが負傷者の呻きに聞こえてしまったんです……。

帰郷中はアフガニスタンの友人たちに会いたかった。でもカブールに戻ってきた数日後にはもう家に帰りたくなってしまった。私はシンフェローポリの出身で、音楽学校を出ました。幸せな人はここへは来ません。ここに来る女はみんな孤独で、傷を抱えた人ばかり。試しに私みたいに月百二十ルーブルのお給料で暮らしてみてください。服を買ったり休暇を満喫したりしたい人には無理です。「結婚相手を探しにきたんじゃないか」と言われることもあります。まあね、実際……それは確かにそうです。私は三十一歳で、恋人もいないんですから……。

ここへ来てから知ったんですが、いちばんすさまじい地雷は「イタリアもの」の地雷です。それにやられると木っ端みじんになって、人の肉片をバケツに集めなくちゃいけなくなる。ある青年が私のところへ来て、ひたすら延々とその話をして……いつまでも話し続けるんじゃないかと思ったくらい。私は怖くなってしまって。そしたら彼、「すみません、もうやめます」って出ていったけど。知らない青年でした……。よくあることです。女の人を見つけると、聞いてもらいたくなるのね。目の前で、仲間が地雷を踏んで……ブーツを履いたちぎれた片足しか残らなかったって……犠牲になったのは機関銃分隊の……知ってる子で、って……。彼はきっと話し続けたかったんだと思います。私に話したあと、誰のところへ行ったのかしら。

ここには女性寮が二つあるんですが、「猫棟」と呼ばれているほうにはもう二、三年は滞在している人が住んでいて、もうひとつの「カモミール棟《ロマーシカ》」に住んでいるのはまだ来たばかりの、「好き、嫌い、叶う、叶わない……」なんて花占いでもしてそうな、まだなにも知らない子たちです。土曜日は兵士たちのお風呂の日で、日曜日が女性のお風呂の日。将校たちの入る浴場には女は入れてもらえません、女は汚れた存在だからって……。それなのに、その将校たちが私たちに言い寄ってくるんです……あの、つまり……そういう行為をするために……。夜中にワインのボトルを持ってきてドアをノックして、札挟みに入れた妻や子供の写真を見せるの。よくあることだけど……。

砲撃が始まると……砲弾が飛び、空気を裂くようなあの音がすると……心がざわざわして……胸が痛んだ……兵士が二人、犬を連れて任務に出かけていて、犬は戻ったけど兵士たちは帰ってこない……(黙る)。砲撃が始まり……私たちは走って塹壕に隠れました。アフガンの子供たちは嬉しそうに屋根の上で踊っています。死んだ兵士が運ばれてきて……。子供たちは笑い、拍手をします。私たちはあの子たちの集落に物資をあげにいっているのに——小麦粉、マットレス、ぬいぐるみ……くまやうさぎの……なのにあの子たちは踊って……(黙る)。砲撃が始まると……あの子たちは嬉しそうで……。

帰ってきてまず訊かれたのは「結婚した？」「現地の手当はどのくらいなの？」というものでした。私たち（補助員）が手当をもらえるのは唯一、殺されたときだけ——家族に千ルーブル。軍の売店に品物が入荷しても、男たちが優先で「おまえ、なんだ。俺たちは土産を買わなきゃいけないんだぞ」と言われます。それなのに夜になるとドアをノックしてきて……よくあることだけど……ここではそういうものだけど……。「国際友好の義務」を果たし、お金を稼ぐ。料金表があって——粉乳一缶が五十アフガニー、軍帽が四百アフガニー……車のミラーが千アフガニー、カマーズトラックのタイヤが一万八千〜二万アフガニー、マカロフ拳銃が三万アフガニー、カラシニコフ銃が十万アフガニー、軍事都市から運ばれてきたゴミはトラック一台につき（これはゴミによりけりで、鉄屑がどのくらいあるかで決まりますが）七百〜二千アフガニー……。現地ではそれが常識です……。女のなかでは准尉と寝る子がいちばんいい暮らしをしています。准尉より上なんて、上級准尉くらいでしょう。哨所の兵士たちは壊血病にかかっているし……腐ったキャベツを食べてしのいでいるから……。

看護師の子たちによると、足を失った兵士たちはありとあらゆる話をするけど、これからの話だけはしないそうです。ここではみんな将来の話を嫌います。恋愛の話も。おそらく、幸せを感じながら死ぬのは怖いのだと思います。恐ろしさが増すのでしょう。私は、母親が気がかりです。

猫は遺体の合間を縫って歩いて……餌を探しながらも、怖がっているんです。寝かされている兵士たちは……まるで生きてるみたいだから……猫にはわからないのかもしれません、あの子たちが生きているのか、死んでいるのか。

そろそろ止めてください……あなたが止めてくれないと、いつまでも話し続けてしまうから。でも私は、人は一人も殺しませんでした……。

——兵卒、戦闘車砲手

ときどき、ふと考えるんだ……もし俺が、この戦争に来ていなかったらどうなっていただろうって。幸せだっただろうな……自分を見損なうこともなく、自分のなかの知らないほうがいい部分まで知ってしまうこともなく。ツァラトゥストラが言った通りだ〔正しくは『善悪の彼岸』〕——汝が深淵を覗き込むとき、深淵もまた汝の心を覗き込むだろう……。

俺は無線工科大の二年生だったが、音楽や美術書に惹かれていた。そういう世界のほうが自分には馴染みが深かった。そっちの方面に行こうとがんばり始めたせいで空白期間ができて——それで軍事委員部に呼び出された。俺は意志が弱いほうで、与えられた運命には逆らわないようにしてる。どうにかしようとしたってどのみち負けるんだから、だったらなにがあっても放っておいたほうが悪者にならずに済む。もちろん軍隊に入る心の準備なんかできてなかった。ただあまりに突然で……なりゆきのまま戦争に行くことになった。

はっきりとは言われなかったけど、アフガニスタンに行かされるのは明らかだった。俺は与えられた運命には逆らわなかった……。練兵場に整列させられ、命令が読みあげられた——俺たちは国際友好の戦士だと……。すべてはしごく冷静に受け止められた。「怖い！ 行きたくない！」なんて言える雰囲気じゃない。国際友好の義務を果たしにいくわけだし、すべてはお膳立てされていた。ところが移送地のガルデーズで異変が起きた……。古参の奴らが金目のものを片っぱしから巻きあげていく——ブーツ、横縞《テリニャーシカ》シャツ、ベレー帽。全部金になるんだ——ベレー帽は金券十枚、記章は空挺隊の場合、親衛隊章・空軍優秀章・パラシュート部隊章・特技兵章・運動技能兵章（俺たちは「走者」と呼んでいた（記章に走者が象られている））の五つで、その記章のセットは金券二十五枚になる。あいつらは正装のシャツもぶんどって、アフガンで麻薬と交換していた。古参が数人でやってきて、「おまえの荷物はどこだ」と訊き、荷物を漁って気に入ったものを取りあげて、それっきり戻ってこない。部隊ではみんな新品の軍服を取られて、代わりに着古したのを渡された。倉庫に呼び出され、「てめえに新しい軍服なんかいらねえだろ、こっちはソ連に帰るんだぞ」とくる。家族に宛てた手紙には、「モンゴルの空は素晴らしく綺麗で、食事もおいしく、太陽が輝いています」と書いて送った。でも自分がいるのはすでに戦場だった……。

初めて現地の集落に行ったとき……大隊長が地元の住民に対する接しかたを教えてくれた——

「すべてのアフガン人は年齢に関係なく「兄弟《バチャ》」と呼べばいい。あとのことはまた教える」

道の途中で老人に出くわした。命令が下る——

「車を止めろ。身体検査をおこなう！」

大隊長が老人に歩み寄り、ターバンを投げ捨てて鬚の中まで念入りに調べている。

「よし、行っていいぞ、バチャ」

それは予想外の光景だった。

集落では子供たちに紙パック入りの大麦粥を投げて配ったが、子供たちは逃げ回る。おそらく手榴弾でも投げてると思われたんだろう。

初めての軍事任務は縦隊の護送で……俺は興奮し、戦場がすぐそばにあるという好奇心でいっぱいだった。ポスターでしか見たことのなかった銃や手榴弾を手に持ち、腰につけて、緑地帯に近づいていく……。俺は戦闘車砲手の職務として、真剣に照準を覗いていた……そのとき、なにやらターバンが見えて……。

「セリョーガ」俺は機関砲のそばにいる仲間に大声で呼びかけた。「ターバンを発見。どうしたらいい？」

「撃て」

「いきなり撃つのか？」

「じゃなきゃどうするんだよ」と答えてセリョーガは撃った。

「またターバンだ……白いターバンが見える……どうしたらいい？」

「撃てって言ってんだろ！」

俺たちは搭載していた弾薬の半分が尽きるまで撃った。機関砲でも銃でも撃った。

「どこにターバンがいたんだよ。こいつは雪溜まりじゃねえか」

「いや、その雪溜まりが動いたんだよ、そこの雪だるまが銃を持ってて……」

車から降りて銃をぶっ放した。

人を殺すか、殺さないかとか——そういう問題じゃなかった。絶えず腹が減って眠くて、ただひたすら早く終わればいいのにと願ってた。撃つのも、歩くのもやめて……。かといって灼熱の装甲車に乗るのもごめんだ。いがらっぽい乾いた砂埃だらけの空気を吸うのも……。頭上で銃弾が飛び交う音が響いていても、俺たちは眠れる……。人を殺すか、殺さないか——それは戦争が終わったあとに生じる疑問であって、戦場の心理はもっと単純だ。戦地では敵を人間だと思っちゃいけない。そんなことしたら殺せなくなる。ドゥシマンの集落を包囲したとき……一日が過ぎ、二日が過ぎ……暑さと疲れで暴力的になっていって……俺たちは「緑軍」よりも残忍になった……。あっちはなんだかんだいって同郷人同士だし、同じ集落で育った仲だ。でも俺たちはよく考えもしなかった。他人の生活だから……俺たちのほうが容易く手榴弾を投げ込むことができた……。

あるとき戦闘から戻る途中——あの日は七人が負傷し二人が脳挫傷になっていた。その道沿いの集落は静まりかえっていた——山へ逃げ込んだ住民もいれば粘土塀の陰に身を潜めている住民もいただろう。だが突然アフガン人のばあさんが飛び出してきて、泣き叫びながら拳で装甲車を叩き始めた。息子を殺されたのだという。心底、俺たちを恨んでいるんだ……。それを見たみんなは一様に「なんだこの女は、わめきたてやがって。道をあけろ」という反応をした。殺しはしなかったが、殺したっておかしくはなかった。砂の上につきとばして、先を急いだ。こっちは七人も負傷者を運んでるんだ……。

俺たちはほとんどなにも知らなかった……。俺たちは兵士で、戦って……。兵士の生活はアフガン人からは切り離されていて、アフガン人が軍の敷地内に入ることは禁じられていた。俺たちが知っていたのは、アフガン人が仲間を殺しているってことだけだ。みんな生き残りたかった。俺は負傷するかもしれないとは思っていた。軽く怪我でもすればゆっくり眠れるのにとも考えた。だけど死ぬのは誰しも嫌だった。仲間の兵士三人が現地の店に行った際に、店の一家を銃殺し商品を略奪したことがあって、事実の究明が求められた。当初、部隊は関与を否定していた——いや、我々、ソ連軍の者じゃないでしょう、と言って。そしたら彼らは遺体から取り出されたソ連製の銃弾を持ってきた。犯人探しがおこなわれ、将校と准尉と兵士の三人がやったことだと判明した。でもそうして捜索を受け、盗まれた金品が発見されていくあいだじゅう、俺が感じていたのは——アフガン人が殺されたくらいで捜査されなきゃいけないなんて、といういまいましい思いだった。軍法会議にかけられ、准尉と兵士の二名が銃殺刑になった。みんなそいつらを憐んでいた。そんなヘマをして殺されるなんて、って。あくまでもヘマであって、犯罪だとは誰も言わなかった。殺された商店の一家なんていなかったみたいに。すべてはお膳立てされていた。敵と味方に分けられていた。いまになって、そのステレオタイプが消えていって初めて、考え直したんだ……。俺はツルゲーネフの『ムムー』〔かわいそうな犬の物語〕を読めば必ず涙していたはずだったのに、って。

戦場では人になにかが起こり、人はもはやそれ以前のその人ではなくなる。俺たちは「殺すなかれ」なんて教わった覚えがない。義務教育でも大学でも、戦争経験者がやってきては、人を殺した話をしていった。みんな正装に略綬をずらりとつけてた。戦争で人を殺してはいけないなんて話は、ただの一度だって聞いたためしがない。裁かれるのは平和な社会において人を殺す奴で、そういう奴は殺人犯ってことになるけど、戦争なら「祖国に対する国民の義務」とか、「神聖なる男の仕事」「祖国防衛」といった別の名で呼ばれる。俺たちは大祖国戦争の兵士たちと同じ偉業を成し遂げるんだって説明されてきた。ソ連がいちばん優れていると繰り返し言い聞かされ、疑ってもみなかった。もしソ連がいちばん優れているのなら、俺個人がいちいち考えるようなことじゃないはずだ、すべては正しいはずなんだから。でもあとになってたくさん考えて……話し合ってくれる相手も探したよ……。友達には「おまえ、気が狂ったのか、あるいは気が狂いたいのかどっちかだな」なんて言われたけど。でも俺は……俺は母さんに育てられた。母さんは押しが強くて融通がきかない人で……。俺はずっと、運命には決して逆らわないように生きてきて……。

訓練所《ウチェプカ》では特殊部隊の偵察兵がスリル満点の話を聞かせてくれた。残酷ながらも美しい話を。あの人たちみたいに強くなりたいと思った。なにも恐れずに。たぶん俺は劣等感を抱えて生きてきたんだと思う。本や音楽が好きなのに、それでもやっぱり集落に攻め入って手当たり次第に敵の喉を掻っ切って、こともなげに自慢してみたいと思っていた。でも記憶にあるのはぜんぜん違う……怖くてパニックになった経験で……行軍中に……奇襲を受けた。車両は停止。「守備につけ！」と命令が下った。各自が持ち場につき始めた。俺が立ちあがり……もといた場所に仲間が移動したそのとき……手榴弾がそいつに命中して……大の字になって吹き飛ばされるのを感じた……アニメみたいにスローモーションで地面に近づいていく。誰かの体の肉片が俺よりも早く地面に落ちた……俺はなぜだかそれよりゆっくりと飛ばされていて……不思議なことに意識はそれをすべて記憶している。自分が死ぬときも、きっとあんなふうに刻一刻と記憶されていくのかもしれない。面白いな。俺は地面に落ちて……コウイカみたいに這って用水路に逃げた……横たわって、負傷した腕を上に持ちあげた。あとからわかったんだが、傷は浅かった。でも俺は腕を上にあげたまま動かずにいた……。

だめだ、俺は強い奴にはなれなかった……。集落を襲い、誰かの喉を掻っ切るような……。一年後、俺は軍病院にいた。栄養失調だった。小隊では俺だけが「新入り」で、あとの十人は「古参」――十対一だった。睡眠時間は一日三時間。全員分の食器を洗い、薪割りをし、陣営の掃除をした。水汲みもした。川までは約二十メートル……。朝、川に出かけながらふと頭をよぎる――行っちゃだめだ、あっちには地雷がある。でもまた暴行を受けるのが怖かった。朝起きて、水がなくて顔も洗えないとなると……俺はみすみす地雷を踏みにいく。でもさいわい、踏んだのは照明地雷だった。照明弾が打ちあがり、あたりを照らした……。俺は転び、しばらく座っていたが……また這うようにして先へ行く……。せめてバケツ一杯でいいから汲んでこなきゃいけない。歯を磨く水さえないんだ……。じゃなきゃ問答無用でリンチにあう。たった一年のうちに、いたって健康な人間だった俺は栄養失調患者になり、看護師に支えてもらわなきゃ病棟内さえまともに歩けない状態になり、すぐに汗だくになるようになった。部隊に戻るとまた暴行を受けた。ひどいリンチで足をやられ、手術までするはめになった。病院に大隊長が見舞いにきて、訊いた──

「誰にやられた？」

暴行を受けるのは夜中だったが、誰がやったのかはわかっていた。でも言っちゃだめだ、言ったら告げ口したことになる。それだけは守らなきゃならない掟だった。

「どうして黙ってるんだ。誰だか言いなさい、そんなろくでもない野郎は軍法会議にかけてやるから」

俺は言わなかった。兵士間の内部権力に対して外部の権力は無力だし、その内部の権力こそが俺の運命を握っていた。内部の権力に逆らおうとする奴は必ず負ける。俺はこの目で見てきた。俺は自分の運命には逆らわない……。軍務も終わりに近づいたころには、自分も誰かをいじめようとしたことすらある。でも俺にはできなかった……。「新兵いじめ」は個人の意思でやるもんじゃない、群集心理で動いてるんだ。まずいじめを受け、いずれは自分もいじめる側になる。俺が人を殴れないってことは、除隊間際の奴らには悟られないように気をつけた。そんなことが知れたら、いじめる側にもいじめられる側にもバカにされる。故郷に戻ってから、軍事委員部に行ったら、ちょうど亜鉛の棺が運ばれてきたところで……同じ部隊の中尉だった……。戦死公報には「国際友好の義務を遂行中に戦死」と書かれている。それを見た瞬間、思い出したよ──その中尉が泥酔して廊下をうろついては当直兵たちの顎を殴りつけていたところを。週に一度、そうやって憂さ晴らしをしてたんだ……うまく逃げないと歯まで折られちまう……。人の内にある人間性なんて、ほんの一欠片にすぎない──それが戦争で学んだことだった。食うものがなければ残酷になるし、具合が悪くても残酷になる。じゃあ人間性なんてどれほどのものなんだ。俺は一度だけ墓地に行ってみたが……。墓碑には「英雄的な死を遂げ」「勇ましく果敢に戦い」「戦士の義務を果たし」とある。確かに英雄はいたさ、ただし狭義の「英雄」だ、たとえば戦闘中に仲間を庇ったとか、負傷した上官を安全な場所まで運んだとかいう……。でも俺は知ってる――麻薬で中毒症状を起こして死んだ奴もいるし、食料倉庫に忍び込んで見張りに射殺された奴もいたのを……誰もが倉庫からくすねていた。ビスケットを練乳につけて食べるのを夢みてた。でもあんただって、そんなことはさすがに書かないだろ……。墓の下にどんな真実が眠っているのかなんて、誰にも言えないんだ。生きてる奴には勲章を、死んだ奴には伝説を与えておけば――みんな満足なんだから。

戦争も――ここでの生活と同じで……なにもかも同じで、違うのはただ死がたくさんあるだけだ……。さいわい俺はいま別の世界に生きていて、それが過去を閉ざしてくれた。本や音楽の世界が、俺を救ってくれたんだ。現地では考えなかったが、帰ってきてから整理して考えるようになった――俺はどこにいて、自分の身と心になにが起こったのか。ただし一人でだ、アフガン帰りの集いなんかに行く気はない。小中学校へ出向いて戦争の話をするつもりもない――人格形成もまだだった自分がいかにして人を殺せる人間にさせられたかとか、ひたすら腹が減って眠かった話なんかをしたくはない。アフガン帰りの奴らなんかクソくらえだ。あいつらの集まりは軍隊みたいなもんだ。軍隊と同じ調子でやってる――メタルファンが気に食わねえから、ちょっくら行ってツラを殴ってやろうぜ！　ゲイどもは袋叩きにしてやる！　って感じでさ。俺が自分の人生から切り離してしまいたい世界だ、一緒になりたくない。この社会は厳しい……残酷な掟に支配されてる……以前はそれがわからなかった。

軍病院で仲間と一緒にフェナゼパムをごっそり盗んだことがあった……精神病患者が処方される薬で……規定の用量は一、二錠だが……十錠飲んだ奴も、二十錠飲んだ奴もいた……。深夜三時に数人が皿を洗いにいった。皿は洗ってあるのに。陰鬱な顔してトランプの賭けに熱中するグループもいたし……。枕にウンコした奴もいて……とにかくめちゃくちゃだった。看護師は仰天して逃げていって、警備を呼ばれたよ。

俺の記憶に残っているあの戦争は、そんな感じだ。一方では完全にめちゃくちゃで……（黙る）。他方では、もはや俺たちは決して天国には行けないようなことをしたんだ……。

――母

生まれた赤ちゃんは双子で、両方とも男の子で……でも無事に育ったのはあの子だけでした……。十八歳で成人するまで、軍隊から召集令状が届くまでは、私たちは母子家庭支援制度のお世話になっていました。そんな子を、アフガニスタンに送るべきでしょうか。ご近所のかたに「二千ルーブルくらい賄賂をつかませて、どうにかしてもらいなさいよ」と言われたけど、ほんとうにそうすればよかったんです。賄賂で息子を守った人もいました。だけどその代わりにうちの子が行くことになって。でも私はお金で息子を守らなきゃいけないなんて、理解できなかった。心で守ろうとしてたんです。

入隊の宣誓式を見にいきましたが、あの子は見るからに悄然としていて、戦争に行く心づもりなどできていませんでした。私はこれまでと同じように、率直に言いました――

「コーリャ、あなた、とても行ける状態じゃないじゃないの。お母さんが行かないで済むようにお願いしてみるから」

「母さん、そんなことしてもバカにされるだけだよ。僕が行ける状態じゃないからって、誰かが聞く耳を持つと思う？　そんなこと、ここじゃ誰も問題にしてないんだ」

それでも私は大隊長との面会にこぎつけ、頼み込みました――

「一人っ子なんです……もしあの子になにかあったら、私は生きていけません。あの子はまだ戦争に行ける状態じゃないんです、どう見たって準備ができていません」

大隊長は理解を示してくれて――

「では管轄の軍事委員部に申し出てください。正式な書類がこちらに送られてきましたら、息子さんはソ連国内の配属にしましょう」

夜中の飛行機で帰ってくると、翌日、朝一の九時に軍事委員部に駆け込みました。代表はゴリャチェフという人で、席について電話で話をしています。私はその場に立っていました。

「どうしました」

私が話をしていると、また電話がかかってきます。ゴリャチェフは受話器をとり、私に、

「書類など一切書かん」

と言い放ちました。私は跪いて頼み込みました。手にキスだってするくらいの覚悟で――

「私にはあの子しかいないんです……」

と。でも相手は席から動こうともしません。

帰るしかなくて、それでも去り際に、

「せめて私の苗字だけでも書き留めてください……」

と頼みました。もしかしたら考え直してくれるかもしれない、あの子の件に目を通してくれるかもし

れない、心が石でできてるわけじゃなければ、という希望にすがりました。

四ヶ月が経ちました。軍では三ヶ月の速習訓練がおこなわれ、あの子はもうアフガニスタンから手紙をよこしていました。たったの四ヶ月で……わずかひと夏で……。

朝、職場に出かけようとして……階段を降りていたとき、下からその人たちが階段を上ってきました。軍人三人と女の人が一人。先に立って歩く軍人たちはみんな軍帽をとって左手で半ば持ちあげた格好で歩いてきます。それは喪を表すのだと、どこかで聞いたことがありました。喪の印だと……。私は降りていたはずの階段を駆けあがります。それでその人たちも私が母親だと察したのでしょう、追って上ってきて……。私はエレベーターに駆け込み、今度は下に降りようとしました……。外に出て、逃げなきゃ。隠れなきゃいけない。なにも聞きたくない。なにも。でも一階に向かっているあいだに——エレベーターが停まり、人が入ってきたとき、さっきの人たちがもう私を待ちかまえているのに気づいて、私は上の……自分の階のボタンを押しました。その人たちが部屋に入ってくる音が聞こえたから……私は寝室に隠れました。その人たちは追ってきて……軍帽を手に持ったまま……。

そのうち一人は——軍事委員部代表のゴリャチェフでした……。私は猫みたいにそいつに飛びかかって、力が尽き果てるまで怒鳴りました——

「あんたが殺したのよ！　あんたはあの子の血にまみれてる！」

ゴリャチェフはただ黙っていました。殴ってやろうとも思いましたが、あいつはなにも言わなかった。そのあとのことはもう、なにも覚えていません……。

一年が経ってようやく、私は人に会いたいと思うようになりました。それまではひたすら一人で、隔離病患者みたいに暮らしていたけど。でもそれは間違っていた——みんなが悪いわけじゃないんです。

でも当時は、あの子が死んだのはすべての人のせいだと思っていました――馴染みのパン屋の売り子も、見ず知らずのタクシーの運転手さんも、ゴリャチェフも、みんな悪いんだって。だからそういう人たちじゃなく、自分と同じ境遇の人に会いたかった。墓地で、あの子のお墓の近くで知り合った人たちがいて。夕方、仕事終わりにバスに乗ってきて急いで駆けつけるお母さんや、すでにお子さんのお墓の前に座り込んで泣いているお母さん、墓地の柵にペンキを塗り直すお母さん。みんな話したいことはひとつ……子供たちのことだけ……まるであの子たちが生きているみたいに語り合うんです。内容はすっかり覚えてしまいました……。

「ベランダに出たら、将校が二人と医者がいたのよ。共同玄関口に入っていくのが見えたわ。覗き穴から様子を窺った――どこへ行くのかしら。うちの前のあたりまで来て、右に曲がったから……お隣かしらと思ったの。お隣もお子さんが軍隊にいるし……でも呼び鈴が鳴って……私はドアを開けて、「まさか、うちの子が死んだんですか？」って訊いたら「気を確かに持ってください、お母さま……」って……」

「うちはいきなり「お母さま、一階に棺が届いております。どちらに置いたらよろしいでしょうか」ってきたのよ。夫と一緒に仕事に出かける支度をしてたときだった……フライパンで目玉焼きを焼いていて。やかんも沸かしてたわ」

「軍に召集されて、髪を切って。その五ヶ月後に棺が運ばれてきた」

「うちも五ヶ月だったわ……」

「うちは九ヶ月……」

「棺を運んできた人に訊いたの――「ほんとうに人が入ってるんですか」って。そしたら「お子さんが棺に入れられるところをこの目で確認しました、確かにここにおります」って答えたくせに、私がその人をじっと見つめ続けていたら、ふと項垂れて「なにかしらは入っております……」って……」

「匂いはした？　うちはしたわ……」

「うちもよ。白っぽい虫まで這い出してきたし……」

「ううん、匂いはまったくしなかった。真新しい木の匂いだけ。伐ったばかりの……」

「ヘリごと燃えた場合なんかだと、遺体を拾い集めるらしいわよ、腕を拾って、足を拾って……それで身元の確認をするんですって……腕時計とか……靴下とかで……」

「うちは棺が一時間も中庭に置いたままになっていた。うちの子は身長が二メートルもあって、空挺隊員で。棺が運ばれてきたけど、外側が木で、中が亜鉛の棺で……。大きいからうちの玄関にはなかなか運び込めなくて、男の人が七人がかりでようやく運び込んだのよ……」

「うちは十八日かけて運ばれてきたわ……。まず飛行機に……「黒いチューリップ」にいっぱいになるまで待たされて……最初にウラルに飛んで、さらにレニングラードを経由して、ようやくミンスクに来たって……」

「遺品はひとつも戻ってこなかった。わずかでもあの子を偲ぶものが欲しかったわ……煙草を吸ってたから、ライターだけでもよかったのに」

「でも棺が開かなくてよかったわよ……あの子たちがどんな姿にされたのか見なくて済んだんだから。目に浮かぶあの子はいつも生きていたころのまま。元気なままだわ」

そうして私たちは日が沈むまで語り続けました。居心地がいいんです、子供を思い出すことができるから。

あとどのくらい生きていられるのかはわかりません。こんな胸の痛みを抱えて、長く生きられはしないでしょう。こんな屈辱を抱えて。

この地区の執行委員会からは、

「新しい住居を提供できます。この地区内で住みたい場所があればどこでも言いなさい」

と言われました。私は探してみて、プレハブじゃなく煉瓦造りの次世代住宅で、お墓に通いやすいところにある家を見つけました。そこなら乗り換えなしでお墓に行けます。住所を伝えると、

「なにを言いだすんだ。中央委員会の建物じゃないか、党幹部専用の住宅だぞ」

「息子の命はそんなものなんですか？」

ここの執行委員会の秘書は誠実な人柄の、いい人でした。どうやって中央委員会までこぎつけたのかわかりませんが、私のために頼んでくれたんです。ただその結果は――

「まったく、連中の言葉を聞かせてやりたかったくらいだ。なんでも、悲しみのあまり気が狂った母親の言葉を真に受けるなんて、なんだおまえはって、どやされてね。危うく党から除名されかけたよ」

私が自分で行けばよかったんです。そうしたらなんて言われたでしょうね。

今日もあの子のところへ行くんです……母親友達にも会える。男たちは戦場で戦うけど、女はその後……戦争が終わってから戦うんです……。

兵卒、戦車兵

俺はバカだった……十八歳で……なにがわかるっていうんだ?（歌う）

タンボフからウィーンまで
ボルドーからコストロマまで
どこでも女は軍人が好きさ……

軽騎兵の歌……。俺は軍服姿が似合って、気に入ってた。軍服を着た男はいつだって女に好かれるだろ。百年も二百年も前からそうだった。いまだって同じだ。

テレビで戦争の番組をやってれば、かじりついて見てた。銃撃を見ても人が死ぬのを見ても興奮した、そう、興奮したんだ。それだけで充分だった。戦場に行ってから数ヶ月はずっと、目の前で人が殺されるところを見たいと思ってた。そしたら手紙に書いて友達に送れるぞって。バカだったよ……俺は十八歳で……。

宣誓の言葉に、こんな文言があった――

「……私はいついかなるときもソヴィエト政府の命令に従い、我が祖国ソヴィエト社会主義共和国連邦を守り、ソ連国防軍の戦士として勇ましく果敢に尊厳と誇りをもって戦い、敵に対する完全なる勝利を実現するため、自らの血も命も惜しまぬことを誓います……」

アフガンは楽園のように思えた……。それまで、あんな光景はテレビの……「映像の旅特集」でしか見たことがなかった……。粘土造りの家並み、見たこともない鳥たち。連なる山脈。俺は山も見たことがなかった。それにラクダも……。オレンジがなっている木も……。地雷をオレンジみたいに木に吊るしてるってことは、あとになって知った(無線機のアンテナが枝にひっかかったら爆発するようにできてるんだ)。風が――「アフガンの風《アフガーニェツ》」が吹くと、伸ばした手の先が霞むほど暗くなって、なにも見えない。粥の入った鍋が運ばれてきても、鍋の半分は砂だ……。でも数時間後にはだんだん太陽が、山頂が見えるようになる。機関銃を連射する音や、擲弾を飛ばす音、狙撃の音が聞こえてくる。二人、いなくなってる。その場に止まってしばらく銃撃を続け、また先へ行く。また太陽が照りつけ、山並みが現れる。砂に潜っていく蛇がきらりと光る。鱗に光が反射して……(考え込む)。俺はふだんあまりうまく喋れないんだ、口下手で……でも今日はがんばってる……。学校でも優等生じゃなかったし、戦争へ行っても英雄にはなれなかった。街育ちのどこにでもいる子供だった。親は忙しくて俺のことなんかほったらかしだったから、外で遊んだ。小中学校と近所が俺の育った環境だ。あんたの質問にだってどう答えたらいいのかわからない。うまく答えられないんだ……。俺は平凡な人間だから、スケールの大きいことなんて考えたこともない。ひとつだけ覚えてるのは……たとえ耳元で銃弾がかすめる音が聞こえていたって、死ぬのがどんなことなのかなんて想像もつかないってことだ。誰かが砂地に倒れていても、俺はそいつの名前を呼び続けた……死んでるって、まだわからなくて……。死ぬってそういう感じなんだ……。足を怪我したときも、たいしたことはなかったけど……(どうやら怪我したみたいだぞ)って思った。びっくりした。他人事みたいに。足は痛むのに、それが自分の身に起きたことだなんてまだ信じられない。まだ来たばかりだ、もっと銃が撃ちたい。仲間がナイフで俺のブーツのふくらはぎのところを切り裂くと――静脈が切れていた。止血帯をしてもらった。痛かったけど、痛がることもできずにいた。男として耐えなきゃいけないと思って、我慢した。戦車から戦車へ走って移動する――百メートルほど、どこから標的にされてもおかしくない状態で走ることになる。砲火を浴び、岩が砕け散っているが、走れないとか言っても行けないとか、そんなことはとても言えない。プライドがかかってる……。十字を切ってから——走った……足を引きずって……ブーツの中は血まみれで、そこらじゅう血だらけになった。戦闘はさらに一時間も続いた。出かけたのは朝の四時だったが終わったのは夕方の四時で、俺たちはその間なにも食べていなかった。両手とも自分の血でべとべとになっていたが、そんなことかまってられない、その手で白パンをむさぼった。そのあと、仲の良かった奴が頭に銃弾をくらって軍病院で死んだと知らされた。そう聞いて俺は、あいつが死んだのならおそらく数日後の夜の点呼の際、誰かがあいつの代わりに「イーゴリ・ダシコは国際友好の義務を遂行中に戦死しました」と答えるだろうと思った。俺と同じで物静かな奴で、英雄ぶって目立つ行動をすることはなかったけど、でもやっぱりあいつだって、あっさり名簿から外して忘れてしまってはいけないはずだ。だけど俺以外もはや誰も、あいつを覚えてる奴はいなかった……。俺はあいつを弔うことにした……。あいつは棺に寝かされていて……俺は時間をかけて、じっくりと見つめていた、あとになっても思い出せるように……。

タシケントに着いたが……窓口ではチケットがないと言われた。夕方になって鉄道の車掌たちと取引をした——一人五十ルーブルずつ握らせて乗車し、出発だ。その車両には俺たち四人と車掌二人しかいなくて、車掌は一人あたり百ルーブルずつ金を受け取った。まったくいい商売だぜ。でもどうだってよかった。俺たちはわけもなく笑い合い、心は躍った——「生きてる、生きてるんだ！」。

家に帰ってきてドアを開けた……バケツを持って、中庭を通って水を汲みにいく——うちの中庭だ！

軍からの褒賞は記章で、大学で授与された。新聞記事にもなった——「褒賞に相応しい英雄を発見」だって。可笑しいだろ。あたかも赤い捜査運動隊〔無名戦士の身元捜索などをおこなった団体〕が、戦後四十年かけて俺を探し出したみたいじゃないか。俺は、アフガンの地を四月革命の暁で照らすために現地に赴いたなんてひとことも言ってないのに、新聞にはそう書いてあった……。

軍隊に入る前は狩りが好きだった。軍務を終えたらシベリアに行って猟師になって狩猟で暮らしたいって夢みてた。バカだったよ……十八歳だった……。いまじゃどうだ。友達と狩りに出かけたとき、そいつが雁を撃って、見にいくと傷を負ってた。俺は走ってその雁を追いかけた。あいつは撃ったけど、俺は生きたまま捕まえたくて走った。殺したくなかった……。

俺は……ガキだった……なにもわかっちゃいなかった。戦争ものの本をたくさん読んでたが、本のなかでは戦争は美しく描かれていた。でも俺には話せることはなにもない……。

(私はもう帰るつもりでいたが、彼は突然冷蔵庫を開けてウォッカの瓶をとりだすと、コップに半分注いで飲み干した)

こんな人生なんてクソくらえだ！　あんな戦争も！　妻は「あんたはファシストよ！」と言って出ていった。娘を連れて。いま俺がここであんたに言ったことなんて、全部嘘だ。でたらめだよ。俺は女のことも、世界の仕組みのこともたいしてわかっちゃいない……。戦場では「帰ったら結婚しよう」と思ってた。実際、帰ってきて、結婚した(さらにウォッカを注ぐ)。ウォッカに……本とウォッカに……ロシア魂の神秘が埋もれてる、そこにロシアの愛国心の礎を見出せる。俺たちは言葉を信じてる、紙の上のこの記号を……。「あんたはファシストよ！」——そう言って出ていった。クレムリンのミイラが悪いんだ！　あいつらは世界革命を企んだが……俺の人生は一度きり……一度きりだ！　殺された兵士の横にいた犬の目が脳裏に焼きついてる……ちっくしょう……ミイラのクソ野郎！　昨日、夢をみた……人が砲弾の速さで飛び回り、砲弾の代わりになっている。爆弾が落ちて……なんの爆弾だか知らないが、人はみんな死んだのに、バスやその辺の物はまったく無傷だった……完全に無傷だった。ちくしょう……。愛してるんだ！　妻を愛してるんだ……ほかの女となんてつきあったこともない……。あんな戦争なんかクソくらえだ！　英雄だって？　英雄なんて所詮ほかのすべての人間と同じ、嘘つきで欲張りな酒飲みだろ。英雄なんてもん、でっちあげるんじゃねえよ。作り話は御免だ……。それだったら愛の物語でも書いてくれたほうがいい……。戦争はなんの匂いがするかといえば、殺人の匂いだ、死の匂いなんかじゃない。死はもっと別の匂いがする……(またウォッカを注ぐ)。ウォッカを女の人に勧めるのは気がひけるからやめとくが、ワインはあいにくなくてね、ワインは飲まないもんで。愛に乾杯だ！　アフガン人は死を恐れていなかった……。死を恐れない人たちを殺していったいどうしようってんだ。なんの意味があるんだ。リャザン出身の少年も、シベリアのど田舎から出てきた奴も……みんな、現地の住宅にトイレもトイレットペーパーもないってことは(小石で拭いてるんだ)、俺たちより劣ってると決めつけていた。でもそんなのは全部、少しでも気が楽に殺せるようにひねり出した言いわけでしかなかった……。

俺はこういうことを全部妻に打ち明けたんだ……。話さないほうがよかったんだろうか。そりゃあそうだよな……。英雄のふりをしてなきゃいけなかったんだ……。でも俺は話した――人を殺すのなんて狩りで鴨を殺すのと大差ないって。スコープで捉え、狙いを定めて、引き金を引く。初めのうちは撃つときに目をつぶっていたが、じきに目を開けたまま撃つようになった。なんだか酔っちまったな……まだ大丈夫だ……まだ……話せる……。ずっと女を抱きたいと思ってた……そんなふうになるとは思ってもみなかったが……ちくしょう……戦場で人は思いもよらないことになる……。もし帰ってきた俺が英雄だったなら、妻は出ていかなかっただろう。戦争に負け、国は崩壊した。女たちはなにを根拠に男を敬えばいいっていうんだ。ちくしょう！　酔っちまった……すまねえな、ご婦人の作家さんなのに。真実が知りたいっていうんだろ。これが真実だよ……。死ぬのは簡単だが、生きるのは難しい。いや、つまりだな……なんていうか……殺された兵士が横たわってて、そのポケットから金券の束がこぼれ落ちている。生きるために集めてたんだろ、華やかに生きるために。俺はバカだった……バカだったよ……。でも戦争ってのは……戦場には綺麗なものもたくさんある……火は——綺麗だ……集落が焼けて——燃え広がって、人々は逃げ、家畜の綱を解いてみんな逃した。彼らが戻ってくると……住むところはすっかりなくなっていたが……崩壊した粘土壁の合間から動物たちが出てくると、その人たちは動物たちを抱きしめ、名前を呼んで、「よく生きてた、よく生き残ってくれたねえ！」と泣いていたよ(コップをテーブルに置こうとするが、落としてしまう)。落ちるんじゃねえ！　おとなしくしてろ！　おっと、すまねえ……。酔っ払ってんだ、見てわかるだろ、酒を飲んでんだよ。忘れるまで飲むんだ……。戦争を忘れるまで……妻を忘れるまで……。俺はあんまり飲まないほうなんだが……飲んでも飲んでも足りねえ……。それで妻も出ていった……五年間耐えてくれたが……。俺は花をあげたよ、全部のポケットにユキノシタの花束をひとつずつ入れて。春一番のユキノシタを！　酔っちまった……ちっくしょう……。棺は果物の木箱みたいに隙間だらけだった……。兵舎で……壁には、アフガンとソヴィエトの結束は固い、ってポスターが貼ってあって……。そうか！　じゃあ妻は戻ってくるかもしれない。俺は酒をやめるよ……(瓶を手にとる)。本とウォッカ……ロシアの二つの神秘……。最近はたくさん本を読んでるんだ。愛する人もいない生活をしてると、もてあますほど時間ができるもんだね。テレビも見ないし……あんなくだらないもの。さあ書いてくれ、作家さん……書いてくれ……。しかし女が戦争の話を書いてるってのに、男はなにやってんだか。クソッタレが。戦争のことは知らなきゃならない……。この知識は本から得たものじゃない、俺が見たものでもない、もっと前から俺のなかにあったものだ。なぜだか……。

でも愛についてはなにもわからねえ、俺にとっては女は戦争より理解不能だ。愛より恐ろしいものはなにもない。

――兵卒、通信兵

人は戦争が嫌いだなんて、誰が言ったんだ？ 誰があんたにそんなことを言ったんだよ……。

アフガニスタンには一人じゃなく……飼っていた犬のチャラを連れていった……。「死んだふり！」って言えばバタッと倒れる。「目を閉じろ！」って言うと前足で顔を隠して目を閉じる。俺が不安になってたりひどくしょげてたりすると、チャラは寄り添って泣いてくれる。現地に到着して数日のあいだ、俺はあまりに嬉しくて言葉を失ったよ。子供のころから病弱で、軍隊には入れてもらえなかった。でもそんなのないだろ。男のくせに軍隊に入ったこともないなんて。恥ずかしい。人に笑われる。軍隊ってのは人生の学校で、そこで男になるんだ。ようやく軍に入れてもらえると、俺はアフガニスタンに派遣してもらえるよう志願書をいくつも書いた。

「おまえが行ったら二日で死ぬぞ」と脅されたよ。

「いいえ、行かなきゃならないんです」――俺だってみんなと同じなんだって証明したかった。

アフガニスタンに行くってことは、両親には隠してた。十二歳のころからリンパ節炎にかかってたから、両親はもちろん、そこらじゅうの医者を集めてきかねなかった。俺は東ドイツに派遣されるって手紙に書いた。野戦郵便局の番号だけ教えて、極秘任務だから町の名前は教えられないってことにした。

俺は犬を連れて、ギターも持って出かけた。特別局で質問された――

「どうして君はここへ来たのかね」

「かくかくしかじかで……」と、俺は山ほど志願書を書いた話をして説明した。

「自分からなんて、信じられん。君は気が狂ってるのか？」

俺は煙草なんて吸ったことがなかったけど、一服したくなった。

初めて殺された人間を見た――足は付け根ぎりぎりまでなくなってて、頭に大穴があいてる……。俺は後ずさりをして、転んだ……。あれで英雄だなんて……よく言ったもんだよ！　あたり一面、ひたすら砂ばかりだった。生えているのはラクダ草だけ。最初のうちはうちのことや母さんのことを思い出していたけど、そのうち水のことしか考えなくなった。気温は五十度で、銃に触れると皮膚が溶けてしまう。腕は火傷したみたいに真っ赤になってた。懐かしい思い出が……蜃気楼のようによぎる……ソ連で外出許可をもらって、喉が麻痺するほどアイスクリームを食べたこと。戦闘のあとには焼けた肉の匂いがたちこめていて……そういうときはみんな「魂だ」と言い合う。戦地でいう「魂」ってのは抽象的なにかで、人間がなにか別次元のものに変わっていくことをいうんだ。眠るのもままならず……いつも誰かのバカ笑いで目が覚める。ときには名前を呼ばれて起きることもあった……。目を開けると――「戦争だ！　戦場にいるんだ！」って思い出す。朝……みんな顔を洗い、髭を剃りながら……冗談や笑い話を言い合ったり、ふざけたりする――誰かのズボンに水をかけるとか……。行軍中は睡眠時間が短くて――二、三時間しかない。夜の見張りは早い時間ほどいい、明け方がいちばんよく眠れるからな。朝の当番はお茶を沸かすのも仕事だ。行軍中の食事は焚き火をおこして作る。行軍食は二百グラムの肉入り粥が二缶、レバーペーストの小さな缶が一つ、乾パンもしくはクラッカー、砂糖の小袋二つ（列車の中で出てくるようなやつだ）、紅茶が二杯分。たまに出る煮た肉の缶詰は一缶を数人で分ける。仲のいい奴がいれば、そいつの鍋で二人分の粥をあたため、もうひとつの鍋でお茶を沸かせる。

夜中に、遺体から銃を盗んだ奴がいた……。犯人が見つかった。仲間の兵士だった。現地の店に八万アフガニーで売り払い、その金で買ったラジカセ二台とジーンズ生地を見せびらかしていた。俺たちは自分たちの手でそいつを殺してやりたかった、ずたずたにしてやりたかったが、警備がつけられてた。軍法会議でそいつは黙って座ったまま、泣いていた。新聞には「偉業」と報じられていた。腹が立ったよ。だけど不思議なもんだな。帰ってきて二年が経ち、俺は新聞を読んでは「偉業」の記事を探して——信じるんだ。

現地では、故郷に帰ったら人生のすべてを変えてみせるって考えてた。やりなおそうって。多くの奴らは帰ってきてから、離婚したり再婚したりどこかへ引っ越したりしている。シベリアに行って原油パイプラインの建設に携わったり、消防士になったり。危険を伴う仕事が多い。のうのうとやり過ごすだけの生活には、もはや耐えられないんだ。俺は現地で、焼けただれて死んでいく仲間を見た……まず全身が黄色くなって、目だけが輝いていて、皮膚が剝がれ落ちると今度はピンク色になる……。山に登るときはこうだ。銃はもちろん持っていくとして、ほかの装備がいつもの倍ほどある——弾薬が約十キロと、手榴弾も何キロか、さらに各自が地雷を携帯するから十キロほどプラスされ、防弾チョッキ、携帯食と、つまりは合わせて四十キロかあるいはそれ以上の重しを体じゅうにぶら下げることになる。目の前の奴はみるみるうちに汗だくになって、豪雨に打たれたみたいだった。死体の顔の皮膚がオレンジ色に硬直してるのも見た……なぜだかオレンジ色になるんだ……。友情もあれば、臆病な奴も……卑怯な奴もいた……。だけど頼むから、みんないっしょくたにしないでほしい……気をつけてほしい……。最近はそういう……誹謗中傷だらけだ。だけど、どうして誰も党員証を手放さなかったんだ。どうして俺たちが現地にいるあいだ、誰も拳銃自殺しなかったんだ。あんたはどうだ。あんたは有名な作家さんだろ、俺たちが現地にいるとき、あんたはなにをしてたんだ？（話を切りあげようとして、思い直す）あんたは、本を書いてたんだ……そうだろ？　そんでテレビでも見てたんだろ……。

帰ってきたら……母さんは小さな子供にするみたいに服を脱がせて、「どこもなくなってないのね、無事なのね」って体じゅうを確かめた。外見は無事だが、内面はぼろぼろだった。なにを見ても気分が悪くなる――明るい太陽も、楽しい歌も、誰かの笑い声を聞いても。家にひとりきりになるのが怖くて、寝るときも薄目を開けて寝た。俺の部屋には以前と同じ、本と写真とラジカセとギターが並んでいる。ただし以前の俺だけが……いない……。公園を突っ切って歩くことができない――あたりを見回してしまう。カフェでウェイターに背後から「ご注文は」と訊かれただけで、飛びあがって逃げ出したくなる。背後に立たれるのが耐えられないんだ。下劣な奴を見ると、「殺す！」としか考えられない。現地じゃそうやって誰のことも鶏みたいに簡単に殺してしまえた……。戦争がなかったことにしてくれた。平時に求められるのとは正反対のことをしなきゃいけなかった。ところがここでは戦争で培った経験をすべて忘れてしまわなきゃいけない。俺は射撃が得意だし、手榴弾だって狙い通りに投げられる。でもそれがここでなんになるんだ。現地で俺たちはなにかを守ってるつもりだった。祖国を守り、自分たちの命を守っていたはずだった。ところがここでは――友達がたったの三ルーブルさえ貸し渋るんだ、妻がだめだっていうなんていって。それでも友達か？

俺はわかったんだ——ここでは俺たちは必要とされてない。俺たちが耐え抜いたことにしてもそうだ。それは邪魔な、都合の悪いことだ。俺たち自身もまた邪魔者で、都合の悪い存在なんだ。俺はアフガンから帰ってきてすぐに、車の修理をやったりコムソモールの地区委員会の指導員をやったりして働いたが、やめちまった。どこもクソみてえなんだ。どいつもこいつも給料とか別荘とか車とか低温燻製サラミとかのことしか頭にない。誰も俺たちになんか関わろうとしない。もし俺たちが自分の権利のために闘わなかったら、おそらく誰にも知られない戦争になっていただろう。もし俺たちの数がこれほど多くなくて、数十万人もいなかったとしたら、黙殺されていただろう。かつてのベトナムやエジプトみたいに……。現地では、みんなで一緒にドゥーフを憎んで団結してた。ここで友達を作るためには、いったい俺は誰を憎んだらいいんだ？

軍事委員部に出向いて、どこでもいいから紛争地に送ってくれと頼んだ……。でもそういうところには俺みたいのがわんさといるんだ——戦争で頭がいかれちまった奴らが。

朝起きて、夢を覚えていないと嬉しいんだ。夢の話は誰にもしたことがないが、だけど繰り返しみるんだ……まったく同じ夢を……。

夢のなかで俺は眠っていて、たくさんの人々が見える……みんなうちの前にいて……俺はあたりを見回して、狭苦しく思うけど、なぜだか起きあがれない。それでようやく、自分は棺の中に寝ているんだって気づく……。棺は木でできていて、亜鉛のメッキはない。よく覚えてる……。でも俺は生きてる、生きてるってはっきりわかるのに、棺の中にいる。門がひらき、みんなが通りに出て、俺も運び出される。人々の顔には哀悼と、それからなにやら内心は喜んでいるような表情が浮かんでいて……俺にはわからない……なにが起きたんだ？ どうして俺は棺に入れられてるんだ？ 突然葬列は進むのをやめ、誰かが「金槌をくれ」と言うのが聞こえる。そこで俺は、ああ、夢をみているんだと気づく……。誰かがもう一度「金槌をくれ」と繰り返す……。その声は夢なのか現なのかわからない……三度目の「金槌をくれ」という声が聞こえる。そして棺の蓋が閉じられ、金槌の音が響き、一本の釘が俺の指に刺さる。俺は蓋に頭突きしたり足で蹴ったりし始める。ばん、と蓋が外れて落ちる。みんなは俺を見て、俺は上体を起こす。俺は叫ぼうとする――痛いじゃないか、どうして俺に釘を打つんだ、息ができなくなるだろ、って。みんなは泣いているが、なにも言ってくれない。全員、口がきけなくなったみたいに黙って……。顔には喜びが、内心は喜んでいるような表情が浮かんでいる……目に見えない喜びが……でも俺には見える……感じとるんだ……。俺はどうしたらみんなに俺の声が届くように話せるのかわからずにいる。叫んでいるはずなのに、口は閉じたままで、どうしてもひらけない。俺は元通りに棺に寝そべる。そして寝ながら考える――みんなは俺が死ねばいいと思ってるんだ。いや、もしかしたら俺はほんとうに死んでいて、黙っていなきゃいけないのかもしれない。誰かがまた繰り返す――「金槌をくれ」と……。

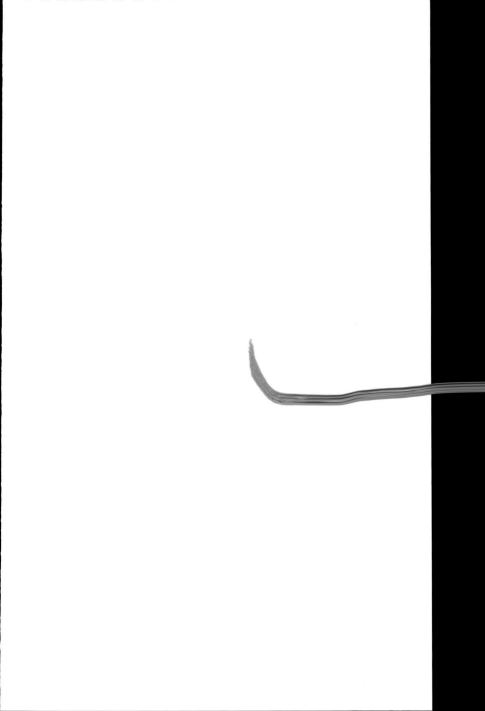

三日目

「口寄せや呪い師のもとに赴いてはならない……」

――著者

「はじめに神は天と地とを創造された……。

神は光を昼と名づけ、闇を夜と名づけられた。夕となり朝となった。第一の日である。

神はまた言われた。「水の間に蒼穹《おおぞら》あれ。水と水とを分けよ」……。

神はその蒼穹を天と名づけられた。夕となり朝となった。第二の日である。

神はまた言われた。「天の下の水は一つ所に集まれ。乾いた地が現れよ」。そのようになった……。

地は草木を、種類にしたがい種《たね》を持つ草と、種類にしたがい種を持ち実を結ぶ木とを生えさせた……。

夕となり朝となった。第三の日である……」


私は聖書になにを見出そうというのだろう。問いか、答えか。どんな問いを、どんな答えを探しているのか。人間のなかにどれほどの人間性があるかということか。たくさんあると思う人もいれば、少ないと主張する人もいる。薄っぺらい文化の膜の下から容易く野獣が正体を現すと。それは、どのくらいのものなのだろう。

あの人が助けになるかもしれない、私の本の主人公が……。でももう長らくなにも言ってこない……。

その日の夕方、不意に電話が鳴った――

「なにもかもばかげてたっていうんだな？ そうだろ？ つまりはそういうことか。それが俺にとって、俺たちにとってどういうことだかわかるか？ 現地に向かうとき、俺はごく普通のソ連の若者だった。祖国は俺たちを裏切らない、祖国が俺たちを騙すわけがない！ 狂人に狂気を禁じることはできない……。俺たちは煉獄をくぐり抜けてきたんだと言われることもあれば、ゴミ溜めから戻ってきたんだと言われることもある。どっちもまっぴらごめんだね！　俺は生きていたい！　愛したいんだ！　もうすぐ息子が生まれる……。俺はその子にアリョーシカって名前をつける。死んだ戦友の名を。そのあと女の子も生まれるだろう、女の子もほしいからな、そしたらアリョンカだ……。

俺たちはひるまなかった。あんたらを裏切るようなことはしなかった。それでいいじゃないか！　もう電話はしない……。俺にとってはこの話は終わったんだ。もう卒業する……。拳銃自殺もしないし、ベランダから飛び降りもしない。俺は生きていたい！　愛したいんだ！　俺は二度生き延びた……。一度目は現地で、戦場で、二度目はここでだ。これで終わりだ。じゃあな！」

その人は受話器を置いた。

けれども私は、そのあともずっとその人と話をし、耳を傾けていた……。

――少佐、山岳狙撃中隊長

墓にプレートを掲げて、その石に「すべては無駄だった」と刻んでくれ。石に刻むのがいい、末長く残るように……。

俺たちが現地で殺されているあいだにも、こっちじゃ俺たちを非難していたんだ。負傷者がソ連に移送されるときも目立たないように空港の裏手に降ろされてた。知らなかった……。あんたたちの誰一人として、まともに考えようともしなかった――どうして平時に兵役を終えた若者が赤星勲章をもらったり「勇敢」や「戦功」を讃えた記章をもらったりしているのか。なぜ棺が運ばれてきたり手足のない者が帰ってきたりするのか。誰もそんな疑問を口にしなかった……。俺は聞いたことがない……。聞いたのはそんなんじゃなく……一九八六年に休暇で戻ってきたとき、「おまえら、現地で日光浴をしたり魚をとったり荒稼ぎしたりしてるんだろ？」って言われたよ。新聞はなにも書かないか、嘘をついてるかだった。テレビもそうだ。俺たちは――いまでは俺たちは占領者だと書きたてられる。占領者だっていうなら、どうして現地で食料や医薬品を配ったんだ。集落《キシラク》に行くと現地の人たちは喜んでくれたが、出ていくときもやはり喜ばれた……。最後までわからなかった。どうしてあの人たちは常に喜んでいたのか。

　走っているバスに……女や子供が乗っていて、屋根の上にも人がいた。そのバスを止める――検問だ。と、乾いた発砲音が鳴り、部下がうつ伏せに砂に倒れた……。仰向けにしてやると、心臓を撃ち抜かれていた……。俺はそいつらを擲弾で爆破して皆殺しにしてやりたくなった……。くまなく検査をしたが、ピストルもほかの武器も一切見つからなかった。果物の入った籠や市場に売りにいく銅のやかん。バスに乗っていたのは女たちと、ロマの子みたいな子供たち《バチャータ》だけだ。なのに部下はうつ伏せに砂に倒れた……。

　墓にプレートを掲げて、その石に「すべては無駄だった」と刻んでくれ。

　いつものように行軍していたが……突然、俺は数分間なにも喋れなくなった……なにか予感のようなものを感じて……「止まれ！」と叫びたかったが、声が出ない。俺は歩き続けた……。爆発だ！　少しのあいだ……一瞬だけ……意識を失って、それから自分が地雷であいた穴の底にいるのに気づいた。俺はそこから這い出そうとした。痛みは感じないが……ただ這う力が出ず、みんなに置いていかれてしまう……四百メートルほど這っていかなきゃならないのに、みんなに置いていかれている……四百メートルほど這っていかなきゃ……。そのあと、まず誰かが言うのが聞こえた――「座って一息つこう、もう安全だ」。俺はみんなみたいに座ろうとして……それではじめて、両足がないことに気づいた……。銃を自分に突きつけた――死んでやる、と思った。でも銃を取りあげられて……。誰かが「少佐が足を失ってしまうなんて……気の毒に……」と言った。その「気の毒」という言葉を聞いた途端、体じゅうに痛みが走った……。あまりの痛みに唸りをあげた……。

俺はいまだに、舗装された道しか歩かない。アスファルトの上だけだ。森の小径へは足を踏み入れない……。草の上を歩くのが怖くてね……。うちの近所に生えている柔らかい春の草でさえ、それでも恐怖を感じるんだ。

病院では両足のない負傷者はひとつの病室にまとめて収容された。俺のところは四人……。それぞれのベッドの脇には二本ずつ木の義足が置かれ、一部屋に八本の木の足が並んだ……。二月二十三日、ソ連軍の祝日に、小学校の先生が教え子の女の子たちに花を持たせて俺たちのところへ寄こした。お祝いのために。その子たちは病室に立ちすくんで泣いていた。それから二日間、誰も食べ物を口にしようとしなかった。ただ黙っていた。

ある負傷者の親戚で、ケーキを持って見舞いにきた奴がいたが、

「すべては無駄だったんですよ、みなさん。無駄だった。でも大丈夫、退役年金がもらえるでしょうし、日がなテレビでも見て暮らしましょう」なんて言うもんだから、

「帰れ！」と、四人して松葉杖を投げつけた。

一人、あとになってトイレで首を吊ろうとして助け出された奴もいた……。首にシーツを巻きつけて、

窓の取手に吊るそうとして……。恋人からもらった手紙に、「『アフガン帰り』なんてもう流行らないんだって」と書かれていたんだ。あいつだって足を二本とも失くしたのに……。

墓にプレートを掲げて、その石に「すべては無駄だった」と刻んでくれ。死んだ奴らにもそう教えてやればいい……。

――看護師

現地から帰ってきてまず感じたのは、ゆっくり鏡の前に座っていたいという気持ちでした……。座って髪を梳いていたいと……。

子供がほしかった。おむつを洗って、赤ちゃんの泣き声を聞いて。でも医者にだめだって――「その心臓では持ちこたえられないでしょう」って言われたの。でも聞かずに……女の子を産んだんですが、重いお産でした……。心臓発作を起こしかけて、緊急帝王切開になりました。入院中に女友達からもらった手紙にはこうありました――「でも、誰にもわからないわね。私たちが病気になって帰ってきたことなんて。目に見える負傷はないじゃないか、って言われるのがオチよ」って……。

そして誰も、おそらくいまでは信じてくれないでしょう、私にとってどんなふうにすべてが始まったのか……。一九八二年の春……当時、私は通信制大学の文学部に通っている三年生でしたが、軍事委員部に呼び出されました――

「アフガニスタンで看護師を募集しています。どうですか。給料は一・五倍。加えて金券《チェーキ》もあります」

「でも私、学生なんですけど」

私は看護学校を出て看護師として働いていましたが、転職したくて――学校の先生になりたかったんです。なかには最初から将来の夢を見つけられる人もいるけど、私は看護師には向いてなかった。

「あなたはコムソモール団員ですよね」

「はい」

「ご検討ください」

「学業を続けたいんです」

「ご検討くださいと言っているでしょう。さもなくば大学に電話してあなたはコムソモール団員として相応しくないのではないかと申し上げなくてはいけませんね。国からの要請だというのに……」

タシケントからカブールへの飛行機で隣に座ったのは、休暇から戻る女の子でした。

「あんた、アイロンは持ってきた？ 持ってないの？ 携帯電気コンロは？」

「私は戦地に行くのよ」

「はいはい。ロマンチックなお馬鹿さんがまた一人ってわけね。どうせ戦争ものの本でも読みすぎたんでしょ」

「戦争ものなんて好きじゃないわ」

「じゃあどうして行くのよ」

それから二年間、この嫌気のさす「どうして」という質問をされ続けました。

確かに、どうしてでしょうね。

移送地と呼ばれている場所には、たくさんのテントがずらりと並んでいました。「食堂」のテントでは、ソ連で品不足だった蕎麦粥とマルチビタミンの錠剤が出てきました。

「おや、美人さんなのに、どうしてこんなところにいるんだね」

と、年配の将校に声をかけられたとき、私は不意に泣きだしてしまいました。

「どうしたんだ、誰かにいじめられたのかい」

「将校さんが……」

「私が?!」

「どうしてここにいるんだって訊かれるの、今日だけでもう五人目なんです」

カブールからクンドゥズまでは飛行機で、クンドゥズからファイザバードまではヘリコプターに乗っていきました。誰に話を聞いても、ファイザバードといえばみんな「なんだって。あそこは銃撃戦も殺しも日常茶飯事だぞ、ひとたまりもない」と口を揃えて言いました。上空から見下ろしたアフガニスタンは雄大な美しい国でした――山脈も、山を流れる川もソ連と同じ(カフカースに行ったことがあるんです)、素朴なところも同じで、大好きになりました。

ファイザバードで私は手術担当の看護師になりました。私の仕事場は「手術室」テント。医療衛生大隊の人はみんなそれぞれのテントに配属されます。「簡易ベッドから降りたら、もうそこは職場ね」なんて冗談を言い合っていました。初めての手術の患者はアフガン人のおばあさんで、鎖骨下の動脈の負傷でした。でも医療用鉗子が見当たらない。足りてないんです。仕方ないから指でつまみました。それから縫合材を探して……絹糸を一巻き、二巻きと手にとったけど、どちらもぼろぼろに崩れてしまって。どうやら昔の、一九四一年の戦争のときからずっと倉庫にあったものだったみたい。

それでもその手術は成功したんです。夕方、外科医と一緒に病室を見にいきました。具合がどうなったか知りたくて。おばあさんは目を開けたまま横になっていて、私たちを見ると……唇を動かして……。きっと、なにか言いたいのだと思いました。お礼を言いたいのだろうと。でもそうじゃなく、私たちに唾を吐きかけようとしていたんです……。そのときはまだ、彼女に私たちを憎む道理があるなんて知らなくて。なぜだか愛されるはずだと思っていました。だから唖然として立ち尽くして――助けてあげたのに、この人はいったい、って……。

負傷者はヘリで運ばれてきました。ヘリコプターの音が響いてきたら、走ります。

温度計は四十度を示し続けていました……四十度ですよ。ときには五十度まであがります……。手術室は息もできないほどで、外科医の汗が患者の剝き出しの傷口に落ちないように必死でナプキンで拭いました。マスクの下に差し込んだ管を通じて、手術を担当していない医師の誰かが執刀医に水を飲ませます。代用血液も不足していました。兵士を呼んできて、隣の手術台に寝かせて血をもらいます。外科医が二人いて……手術台も二つあるのに……。看護師は私一人しかいなくて……。内科医が助手をやっていました。でも彼らは消毒のことなんて、まったくわかってないです。私は二つの手術台のあいだをせわしなく駆け回ります。突然、片方の手術台を照らしていた電球が切れました。誰かが電球を交換しようとして、消毒済み手袋で電球を回しました。

「出ていって！」

「えっ？」

「いいから出てってよ！」

手術台に寝かされた患者は……肺が露わになっている状態でした……。

「出てって!!!」

まる一昼夜手術台に向かっていることもあり、ときには二昼夜も続くこともありました。戦場から負傷兵が運ばれてくることも、そうかと思えば突然自傷する患者が出ることもあり——自分の膝を撃ったり手の指を切ったりするんです。血の海になり……脱脂綿も足りなくて……。

自傷行為をする患者は疎まれます。私たち医療班も叱りました。私もそうで——

「みんなが死んでいくってのに、あんたはお母さんのところに帰りたくなったの？ 膝を傷つけて……指を切って……ソ連に送りかえしてもらおうってんでしょう。どうしてこめかみを撃たなかったのよ。私だったらこめかみを撃ってたわね」

ほんとうに、そんなことを言ったんです。あのときはそういう人たちが軽蔑すべき意気地なしに思えたから。いまになってようやく、ひょっとしたらああして抵抗していたんじゃないか、人を殺したくなかったんじゃないかと思うようになりました。でもそれは、いまだからわかってきたことです。

一九八四年に……帰国しました……。知り合いの青年に、ためらいがちに訊かれました——

「なあ、ソ連はあの場所にいるべきだと思う？」

私は当惑して、

「もし私たちがいなかったら、アメリカ軍が来てたでしょう。私たちは国際友好を目指してるのよ」

と答えました。まるで私がそれを証明できるとでもいうように。

私たちは現地でなにかを深く考えるということをほとんどしませんでした。ただ味方の兵士たちが負傷し、火傷を負っているのを見ただけ。それを見て、恨むことを覚えただけです。考えることは覚えませんでした。ヘリに乗って上空にあがると……息を呑むほどの美しさでした。砂地には砂地の美しさがあり、砂も命なきものではない、動いている、生きているんです。広がる山脈には赤い罌粟《けし》の花や私の知らない花が咲き乱れていて……。でも私はもう、その景色を楽しめなくなっていた。心がすっかり受けつけなくなっていました。暑さで火傷しそうな五月のほうがいい、私はその砂地を、乾いた大地を見つめ、復讐心をたぎらせて「あんたたちにはこれがお似合いよ」と満足するんです。あんたたちのせいで私たちは死に、苦しんでいるんだからと。恨んでいたんです。

日々は記憶に遠く……傷だけを覚えています……銃弾の傷、地雷にやられた傷……。ヘリが次から次へと来る。担架が運ばれてくる……。担架に乗せられた負傷者たちにかけられた白いシーツに、赤い染みが広がっていく……。

考えてみれば……自分に訊きたいんだけど……どうして私は恐ろしいことばかり思い出すのかしら。友情も信頼もあったし、勇敢な行為もあったはずなのに。もしかして、あのアフガン人のおばあさんが気になるせい？　わからなくなるの。治療してあげた私たちに、唾を吐きかけようとした。あとになって知ったんだけど……あのおばあさんはソ連の特殊部隊《スペツナズ》に襲撃された集落から連れてこられたんです……。おばあさん以外は全員亡くなった。集落全体でたった一人の生き残りだった。でもその前に、その集落からの攻撃を受けてソ連のヘリが二機、撃墜されていて。焼け焦げた操縦士たちは熊手《フォーク》で刺されて……。だけどそれよりもっと前、最初の最初には……。でも私たちは、そんなに深くは考えなかった。どちらが先で、どちらが後かなんて。ただ味方を憐れむだけでした……。

同僚の医師が前線に派遣されたことがありました。最初に戻ってきたときは泣いていて——

「生まれてこのかた、人を治すことだけを教わってきた。なのに今日は人を殺してきた……なぜあの人たちを殺したんだ？」

でもその一ヶ月後には落ち着いて自分の気持ちを分析していました——

「銃を撃つと、そのスリルに呑まれるんだな――仕留めてやる、って」

夜中になるとベッドにまでドブネズミが出るから……ベッドをガーゼの布で覆いました。ティースプーンくらいの大きさの蠅もいたけど、蠅には慣れました。人間はどんな環境にも慣れてしまえるんです。ほんとうに。

女の子たちは記念にってサソリを乾燥させるんです。丸々とした大きなサソリを、ブローチみたいにピンに留めたり糸で下げたりして。私はといえば、「糸作り」をしていました。操縦士にパラシュートのロープをもらって、そのロープから糸を紡いで消毒する。これで縫い物にも傷を縫合するのにも使える糸ができます。休暇で帰郷した際には、針や鉗子や縫合材を鞄いっぱいに詰めて現地に持っていきました。どうかしてるわね！　冬場に濡れた手術着を着ながら乾くのを待たなくてもいいようにアイロンも、携帯電気コンロも持参しました。

夜は病棟じゅうのみんなで綿球を作り、ガーゼを洗濯して干します。ひとつの家族のような生活でした。故郷に戻ったら私たちは損なわれた世代になるだろうということは、すでに感づいていました。お荷物になるだろうと。現地に清掃員や司書や宿泊所管理人といった人たちが派遣されてき始めたときは、なんだか奇妙な気がしました。たったの二、三棟を清掃する人や、読み古された二十冊ほどの本を管理する司書さんなんて、なぜ必要なのか。どうしてこの戦争に数千もの女性が動員されているのか。なんのために？　でも、わかるでしょう……。上品な言葉では説明できない……ちゃんとした言葉では言えないけど……簡単にいうなら、あれのために……。男の人が狂ってしまわないように……。私たちはそういった女の人たちを避けていました。彼女たちが私たちに悪いことをしたわけでもないのに。

私は現地で恋をして……ある人を好きになって……その人はいまも生きています……。でも私は結婚するとき、夫には嘘をつきました。現地で私が好きだった人は、殺されたと。でもあの人は殺されてなんかいなくて……。ただ私たちは、二人の愛を殺したんです……。

帰ってきてから、うちで「ねえ、本物の「ドゥーフ」には会ったの？」と訊かれました。「こう、いかにも賊らしい顔つきをして、短剣を咥えてるんだろ？」って。

「あるわよ。モスクワ工科大学を出た、若くて格好いい人だったけどね」

と答えました。弟は、トルストイの『ハジ＝ムラート』に出てくるような人を想像してたのね。

「でもどうしてそんなに二、三昼夜も続けて働いたりしたんですか。八時間働いたら休むということもできたでしょう」と訊かれることもあります。

「まさか！　どういう状況だかわかってるんですか？」

みんなには、それがわからないんです……。でも私は、現地にいたときほど必要とされることはもうないんだってわかっています。いま仕事に通い、本を読み、洗濯をしていても、音楽を聴いていても、現地にあったような人生の意義は、ここにはありません。ここではみんな中途半端な力しか出せず……声をひそめて生活しているんです……。

――母

男の子を二人産みました。大切な息子二人を……。

成長してみると、長男は大柄で、次男は小柄。上の子のサーシャが軍に入ったとき、下の子のユーラは六年生でした。

「サーシャ、あなたどこに派遣されるの？」

「国の命じるまま、言われたところへ行くよ」

私は下の子に言いました。

「ほらユーラ、お兄ちゃん偉いわねえ」

軍からの手紙が届くと、ユーラがその手紙を持って私のところへ飛んできて、

「お母さん、お兄ちゃんは戦争に行くの？」

「戦争ってのは殺し合いをするところよ」

「お母さんはわかってないなあ。お兄ちゃんは「勇敢」を讃える記章をもらって帰ってくるんだよ」

夕方、あの子は家の前で友達と、「ドゥーフごっこ」をしていました――

「バン、バン……バン、バーン……」

帰ってくると、

「ねえお母さん、戦争は僕が十八歳になるまでに終わっちゃうと思う？」

と訊きました。

「お母さんは、もっと早く終わってほしいわ」

「サーシャは運が良かったなあ。英雄になれるんだもん。お母さんが僕のほうを早く産んで、お兄ちゃんをあとから産んでくれたらよかったのに」

……届けられたサーシャの荷物の中身は、青い水泳パンツ、歯ブラシ、使いかけの石鹼、石鹼置きでした。あとは身元確認証。

「息子さんは軍病院で亡くなりました」

頭の中で、壊れたレコードみたいにサーシャの声が繰り返します――「国の命じるまま、言われたところへ行くよ……国の命じるまま、言われたところへ行くよ……」。

棺が運び込まれ、また運び出されました。まるで中にはなにも入っていなかったかのように。

あの子たちが小さかったころ、「サーシャ！」と呼ぶと二人とも走ってきて、「ユーラ！」と呼ぶと二人とも返事をしたんです。

一晩じゅう、棺に向かって呼びかけていました――

「サーシャ！」と呼んでも、棺は答えません。重たい、亜鉛の棺です。明け方に目をあげると――下の子がいました。「ユーラ、どこへ行ってたの？」

「母さんが泣いているのを聞いたら、地の果てまで逃げてしまいたくなって」

あの子はご近所のおうちに隠れていたんです。葬儀のときも逃げだして、探すのがたいへんでした。

サーシャの褒賞が送られてきました――勲章が二つと、「勇敢」を讃える記章です。

「ユーラ、見てよ、すごい記章ねえ」

「うん、僕は見てるけど、お兄ちゃんは見れないんだね……」

あの子がいなくなって三年になりますが、夢には一度も出てきません。枕の下にあの子のズボンやTシャツをしのばせて寝ているのに――

「夢に出てきてね、サーシャ。会いにきてちょうだいね」

それでも出てきてくれないんです。私はあの子になにか悪いことをしたんでしょうか。

うちの窓からは小学校と校庭が見えます。子供たちが「ドゥーフごっこ」をして遊んでいます。聞こえてくるんです――

「バン、バン……バン、バーン……」

夜寝るときは、願います――

「夢に出てきてね。会いにきてちょうだい」

あるとき、棺の夢をみました……。頭のところに大きな窓がついていて……キスをしようと屈み込んだら……えっ、誰なの？　うちの子じゃないわ……。色の黒い……アフガンの少年で、でもサーシャに似ていて……それを見た途端、ああ、この子がうちの子を殺したんだと思いました……でも考え直して、だってこの子は死んでるじゃないの、って。つまりはこの子も誰かに殺されたっていうこと。私は屈んで、窓越しにその子にキスをして……。怖くなって目が覚めました――ここはどこ？　いったいなにが起こったの？

あれは誰で……なにを知らせにきたのでしょう……。

――中尉、通訳兵

二年間……もうたくさんだ……忘れるんだ……悪夢を忘れるように。僕はあんなところには行ってない。行ってない！

でもやっぱり、行ったんだ……。

僕は軍事大学を卒業して……。与えられた休暇を過ごしたあと、一九八六年の夏にモスクワに出向き、前もって決められていた通り、ある重要な軍事機関の司令部に赴いた。探し出すのに一苦労したよ。受付で三桁の番号を入力すると、

「はい、大佐サゾーノフです」と、回線の向こうから声が届いた。

「初めまして、大佐殿。こちらに配属されました者です。受付に到着しております」

「ああ、話は聞いている。どこに派遣されるかは知っているかね？」

「アフガニスタン民主共和国です。事前の通達ではカブールと聞いております」

「予想外の行き先だったかね」

「いえ、そんなことはありません、大佐殿」

五年間ずっと、君たちはみんなアフガニスタンへ行くことになると聞かされていた。だからまったくごまかすつもりじゃなく、ごく率直に「私はこの日を五年間待ち望んでおりました」と答えられた。もし将校がアフガニスタンに行くときの光景を、突然の電話で告げられて手早く荷造りし、男らしく感情を表に出さずに妻と子に別れを告げ、朝靄のなかエンジンを鳴らしている飛行機に乗り込む――そんなふうに思い描いている人がいるとしたら、それは間違いだ。戦争に行くには所定の事務手続きが必要で、命令と銃と携帯食のほかに、証明書や人物評価書も要る。「政府と党の方針を正しく理解している」と認められ、軍パスポート、ビザ、卒業証明、通達書、予防接種証明、税関申告書、搭乗券。それらが揃ってはじめて飛行機に乗り込み、離陸し、酔っ払った大尉が「行くぞ、ひるむな！」と叫ぶ声が聞こえてくる。

新聞は「アフガニスタン民主共和国では、軍事・政治状況ともに依然として予断を許さない混迷した状況が続いている」と報道していた。軍の上部は、最初に撤退した六連隊は教宣活動の一環であったと

みなすべきだと主張していた。ソ連軍の完全撤退はありえない。同じ機に乗り合わせた奴はみんな、「我々が現地にいるあいだは続くだろう」と確信していた。「行くぞ、ひるむな！」――と、もはや寝ぼけ半分になった大尉がまだ叫んでいた。

　さて、僕は空挺隊員だったが、着いてすぐ、軍隊は空挺隊員と軽油組の二つに分けられると教えられた。どうして「軽油組」なのかは最後までわからなかったが〔航空燃料の軍用機と軽油の軍用車両を分ける要領で、空挺部隊が地上部隊を軽視して用いた呼称〕。兵士や准尉の多くや一部の将校は、腕にタトゥーを入れていた。だいたい同じような感じで、よくあるのはＩＬ‐76と刻まれ、その下にパラシュートの傘が描いてある。なかにはそうじゃなく詩的なストーリーを感じさせるものもあって――雲と小鳥たちと大空に舞うパラシュート隊員が描かれ、「空を愛せ」という感動的な言葉が彫られているのも見た。空挺隊のあいだには「空挺隊員が跪くのは戦友が死んだときと、小川の水を飲むときだけだ」という暗黙の掟があった。

　そうして、僕の戦争が始まった……。

「整列！　気をつけ！　これより計画されたコースに従った行軍を命じる。通常配置地点からバグラミの地区党委員会を経由し、シヴァニの集落へ向かう。速度は先頭車両に従うものとする。車間距離は速度に応じて判断。コールサインは――私はフライス、あとの者は車体番号を用いること。銃は常時携帯。休め！」――これが僕のいた宣伝部隊が出発するときのいつものしきたりだった。

　僕は自分のＢＲＤＭ車両に乗り込む――小型で小回りのきく装甲車。軍事顧問の連中はこの車両を「バリバリ」と呼んでいた。「バリ」というのはアフガン語で「はい」の意味だ。マイクチェックをするときも、僕らが「一、二、一、二」と言うような感じで「バリ、バリ」と言っている。僕は通訳だから、言葉にかんすることはなんでも興味があった。

「サルト、サルト！ こちら、フライス。出発！」

低い石塀の向こうに、煉瓦の壁に石灰が塗られた建物が二棟ある。掲げられた赤いプレートには「地区党委員会」とある。玄関ポーチで僕らを出迎えたラグマンさんはソ連の綿軍服を着ていた。

「サラーム・アレイクム、同志《ラフィク》ラグマン」

「サラーム・アレイクム。チェトウル・アスティ！ フブ・アスティ！ ジュル・アスティ！ ハイル・ハイリヤト・アスティ？」と、ラグマンさんはアフガンの挨拶を続けざまにまくしたてるが、要はお元気ですかと訊いているんだ。とりたてて答える必要はなく、ただ同じ言葉を繰り返せばいい。

隊長はここぞとばかりにお気に入りのフレーズを披露する。

「チェトウル・アスティ？ フブ・アスティ？ アフガンにはまいったね《ドゥル・ロスチ》〔ロシア語をアフガン風に発音〕」

意味不明な言葉を耳にして、ラグマンさんは不思議そうに僕を見た。

「ロシアの民衆に伝わることわざです」と、僕は説明する。

僕たちは書斎に案内された。金属のティーポットに入ったお茶がお盆に載せられて運ばれてくる。アフガンの人々にとってお茶はもてなしの必需品だ。仕事も商談もお茶なしでは始まらない。お茶を断るというのは、出会い頭に握手を拒むようなものだ。

集落では長老と子供たちが出迎えてくれた。子供たちはいつも薄汚れていて（赤ちゃんに至ってはまったく洗わない。イスラム法《シャリーア》の教えによると、垢の層が厄災から幼い子供を守ってくれるという）、ありあわせの服を着ている。ペルシャ語《ファールシー》で話すと、よってたかってこっちの知識を確かめようとする。まずは決まって「いま何時？」と訊かれ、答えるとみんな大喜びする（答えられたということは、わかるふりをしてるんじゃなく、ほんとうにペルシャ語を知ってるってことだ、って）。

「おじさん、イスラム教徒なの？」

「ああ、イスラム教徒だよ」と、僕は言ってみる。

するとそれを証明させようとしてくる。

「じゃあ、カリマを知ってる？」

カリマは特別な信仰の言葉で、それを唱えるとイスラム教徒になれる。

「ラ・イラーハ・イッラッラー・ワ・ムハンマド・ラスールッラー」と僕は唱える——「アッラーのほかに崇拝の対象はなく、ムハンマドはその使徒である」という意味だ。

「仲間《ドスト》だ！　仲間《ドスト》だ！」子供たちはきゃっきゃっとはしゃぎ、痩せた腕を差し出す。

そのあとも子供たちは幾度となくこの言葉を言ってくれとせがみ、友達をひっぱってきては、魔法にかけられたみたいに「この人はカリマを知ってるんだよ」と耳打ちしていた。

アフガンの人々が自ら「アーラ・プガチョワ」と名づけた放送スピーカーからはもうアフガンの民謡が流れてきている。兵士たちは旗やポスターやスローガンといった目立つ宣伝素材で車を飾りたて、スクリーンを広げる——さあ、いまから映画が始まりますよ。医者たちはテーブルを出して医療用具の入った箱を置いていく。

ミーティングの始まりだ。白い僧衣に白いターバン姿のムッラーがみんなの前に歩み出て、コーランの章《スーラ》を朗読する。それが終わるとムッラーはアッラーの神に、すべての信徒を世界の悪から守りたまえと祈る。肘を曲げて両腕を掲げ、てのひらを天にかざす。集落の人々も僕たちも、ムッラーのあとについて同じ動作をする。ムッラーの次はラグマンさんが出てきて、かなり長々と演説をする。アフガンの人々の特徴のひとつだ。みんな演説が上手で話好きだ。言語学の定義で、感情的色彩というのがある。

アフガンの言葉は単に修飾が施こされているだけでなく、隠喩や直喩や形容語句によって豊かに彩られている。アフガンの将校たちはよく、ソ連の政治将校が原稿を読みあげるのを見て驚いていた。党の会議や集会でも報告会でも、ソ連の発表者は同じ原稿を用いて同じ語彙で喋る——「広範な共産主義運動の前衛において」とか、「常に模範となり」「たゆまず実現し」「おおむね達成しているが、いくつか改善の余地があり」、さらには「一部には理解の足りない者もみられ」といった語句。僕がアフガニスタンに到着したころにはもう、そういったミーティングはすっかり形骸化した習慣だけのものになっていて、人々はただ医者に診てもらうためや小麦粉の袋をもらうためだけに集まっていた。拍手をしたり、拳をかかげて「永遠なれ《ゼンダバード》！」と叫んだりする人はもはやいなくなっていた。ソ連の主張した四月革命の輝かしい栄光を、明るい共産主義の未来を、人々がまだ信じていた時期には、演説のたびにそうして盛りあがっていたはずなのに。

子供たちは演説など聞かず、映画を楽しみにしている。僕たちが持ってきたのはいつもと同じように英語のアニメが一本と、ペルシャ語とパシュトー語の記録映画が二本だった。現地で人気なのはインドの娯楽映画やアクションと銃撃戦の多い映画だ。

映画が終わると物資を配る。僕たちは小麦粉の入った袋と子供のおもちゃを持ってきていた。それらを集落の代表者に渡す。とくに貧しい家庭や戦死者の出た家庭に配ってもらうためだ。彼はすべて公正に分け与えると人々の前で誓うと、息子と一緒に物資の入った袋を抱えて帰っていった。

「どうだ、ちゃんと配ってくれると思うかね」と隊長が不安そうに訊く。

「難しいでしょうね。地元の人に忠告されてしまいましたよ——あの人は信用ならないって。明日にはすべて店《ドウカン》に売られているかもしれません」

号令がかかる――

「全員、整列。移動の準備にかかる」

「一一二番、準備完了……三〇五番、完了……三〇七番、完了……」

走り出すと、子供たちが追いかけて小石の雨を浴びせてくる。その一粒が僕に命中した。「アフガンの人々より感謝を込めて、だな」と僕はつぶやく。

帰りはカブールを経由して陣営に戻る。いくつかの店にはロシア語の売り文句が掲げられている――「ウォッカ最安値」「全品大特売」「ロシアの方々のための店『兄弟』」。商人たちもロシア語で呼び込みをしている――「綿入ジャケット」「加工デニム」「六人分の『アール・グレイ』ティーセット」「マジックテープ留めの運動靴」「白と水色の縞模様スカーフ、ラメ飾りつき」。陳列棚にはソ連製の練乳、えんどう豆の缶詰、やはりソ連製の魔法瓶、電気ポット、マットレス、毛布が並ぶ……。

もう帰ってきてずいぶん経つのに……カブールの夢をみる……。山の急斜面に建つ粘土の家並み。暗くなるとそこに明かりが灯る。遠くから見るとまるで巨大な摩天楼がそびえているかのようだ。もし現地に行ったことがなければ、それが単なる目の錯覚にすぎないと、すぐには気づかないだろう……。

帰ってから一年後、僕は軍をやめた。銃剣の剣先が月の光に輝くさまを見たことがありますか？ ないでしょう。僕はもう、二度と見ることはできないんだ……。

軍をやめてから大学の報道学部に入った。書きたいんだ……ほかの奴らが書いたものを読んでみている……。

「じゃあ、カリマを知ってる？」

「ラ・イラーハ・イッラッラー・ワ・ムハンマド・ラスールッラー」

「ドスト！　ドスト！」

飢えた兵士たちは……栄養失調にかかっていた。全身の肌に広がる吹出物。ビタミン欠乏症。そしてロシアの食料品であふれる現地の店。流れ弾の破片にやられて死んでいく兵士の瞳孔が、すごい速さで回っていたこと。

絞首刑にしたアフガン人の横に立ち、微笑んでいた将校。

僕はどうしたらいいんだ。僕は現地にいて……それを見たが、そんなことは誰も書いちゃいない……。あんなふうな目の錯覚は……。書かれていないってことは、なかったことになる。じゃあ実際には、あったことなのか、それともなかったんだろうか。

——兵卒、狙撃兵

具体的なことは、あまり覚えていないんだ。個人的なこと、自分のことは。

飛行機に乗り合わせたのは二百人だった。男ばかり。人間は大衆のなかにいるとき、グループでいるとき、群れをなしているときと、ひとりきりのときでは——別人になる。俺は飛行機の中で、現地ではなにを見、なにを知ることになるのだろうと考えていた……。戦争ってのは——別世界だ……。

隊長からはじめに忠告を受けた——

「登山中に足を踏み外して落ちても、叫んではならん。「生きた石」になったと思って黙って落ちろ。それが仲間のためにできる唯一のことだ」

高い崖の上から見ると、太陽はまるで手が届きそうなほど近くに見える。触《さわ》れそうなほど。

軍に入る以前、俺はアレクサンドル・フェルスマンの『石の思い出』を読んだ。本のなかの言葉に驚かされたよ——石の生活、石の記憶、石の声……石の体……石の名前……。石について、生きているみたいに語れるなんて思ってもみなかった。でも現地で俺は、水や火と同じように、石も長く見つめるに値するものだって気づいたんだ。

軍曹にはこう教えられた——

「動物を撃つときは少し先を見越して撃たないと、外してしまう。走っている人間も同じだ」

「先に撃ったほうが生き残る。先にだ、わかったかこんちくしょうめ！　わかれば生きて帰れるし、どんな女だっておまえのもんになる」

怖かったかといえば、怖かったさ。工兵は最初の五分に恐怖を感じる。ヘリ隊員なら機体まで走っているあいだだ。俺たち歩兵は、どちらかが最初に撃つまでの時間だな……。

山に向かって……朝から夜遅くまで行軍する。あまりの疲れに吐き気がして、吐いてしまうほどだ。まず足が鉛のように重くなり、それから腕も重くなる。腕の関節ががくがくになる。

一人が倒れた——

「だめだ、起きあがれない！」

三人がかりでそいつを起こして引きずっていく。

「見捨ててくれ、みんな。撃ってくれ！」

「クソ野郎、俺たちだってそうしたいのはやまやまだが……おまえだってうちで母さんが待ってんだろ……」

「撃ってくれ！」

水だ、水をくれ。喉が渇いてたまらない。道のりの半ばまできたところで、すでにみんな水筒がからになっている。舌は口から飛び出し垂れ下がり、戻せない。それでも煙草を吸おうとしていた。雪のあるところまで登ると、雪どけ水を探して水たまりの水を飲む。氷を歯で嚙み砕く。消毒用の錠剤のことなどみんなすっかり頭から抜けていた。過マンガン酸カリウムの消毒液なんてどうでもいい。這いつくばって雪を舐めるんだ……。背後では機関銃の音が響いているが、かまわず水たまりの水を飲む……。必死に飲む、じゃなきゃ殺されて、水を飲むこともできなくなる。水に突っ伏して死んでる奴を見ても
――水を飲んでいるように見える。

いまだから傍観してるけど……現地でのことを……。俺はどんなだっただろう。そうだ、大事な質問に答えてなかった。どうしてアフガニスタンへ行ったかだ。自分から、アフガンの革命運動を支援するために行かせてくれと頼んだ。当時は新聞でもテレビでもラジオでも、革命って報道されてた……。中東に赤い星が光りだした！　我々は彼らを支援し、兄弟に肩を貸さなければならない……。戦争に行く準備は以前からしていた。運動をして、空手を習って……。人の顔を殴るのは初めはそう簡単じゃない。思い切りやるのは。ある一線を乗り越えれば――ガツンといける。

最初に見た死体は……アフガン人の男の子だ、七歳くらいの……。まるで眠っているみたいに、両腕を広げて横たわっていた。その横には、死後硬直した馬の腸《はらわた》がぶちまけられていて……。どうにか耐えられたのは、おそらく戦争ものの本をたくさん読んでいたせいかもしれない。

仲間とともに口ずさんだアフガンものの歌をよく思い出す。急いで職場に向かっている途中なんかに、ふと口をついてでる――

教えてよ、なんのために、誰のために彼らは命を捧げたの？
どうして銃弾の降り注ぐなか、部隊は出撃したの？

そしてあたりを見回す——誰にも聞かれてませんようにって。気が狂って帰ってきた帰還兵だと思われるからな。（歌う）

アフガニスタンは美しい、未開の山岳地
命令は単純さ——「立ちあがれ」「進め」「死ね」……

帰ってから二年間というもの、自分の葬儀の夢ばかりみた……。あるいは恐怖におののいて目を覚ます——「自殺しようにも銃がないじゃないか！」って。
友達は、褒賞はもらったのか、怪我はしなかったか、銃は撃ったのか、と訊いてくる。俺は現地で感じてきたことを話そうとするが、誰も聞きたがらない。酒を飲むようになった……ひとりきりで……。三度目の杯は戦死した仲間に捧げる……ユールカに……。俺はあいつを助けてやれるはずだった……もし支えてやれてたら……。カブールの軍病院で同じ病室だった……俺は肩に打撲を負った程度だったが、あいつは片足を失くしていて……。周りには両足や両腕を失った奴もたくさんいた。煙草を吸いながら冗談を交わしていた。みんな、あそこにいれば平気なんだ。でもソ連には帰りたがらない。最後の最後までみんな帰国させないでくれと頼んでいた。ソ連では別の人生が始まる。ユールカは帰国の日にトイレで静脈を切った……。

俺はあいつを慰めようとして（毎晩一緒にチェスをしていた）、

「ユールカ、そう落ち込むなよ。ほら、アレクセイ・メレシエフみたいな話もあるだろ。『真実の人間の物語』に出てくるさ、読んだか？」〔独ソ戦で両足を失ったあとも空軍に勤め続けた実在の人物マレシエフがモデルの小説〕

「俺を待ってる彼女がさ、すごく綺麗な子なんだ……」

ときどき俺はそこらにいる奴らがどいつもこいつも憎くなる……。税関で武器や手榴弾を全部取りあげてくれてよかったよ……。俺たちは与えられた仕事をこなしたのに、もはや誰も気にさえ留めないなんて、それでいいのか。ユールカを忘れ去ろうってのか？

夜中に目が覚めて、わからなくなることがある――ここはどこだ、俺はここにいるのか、それとも現地にいるのか。ここではすべてを傍観している……。俺には妻も子もいる。でも抱きしめてもなにも感じなければ、キスをしてもなにも感じない。以前は、鳩が好きだった。朝が好きだった。なにと引き換えにしてもいいから、喜びを返してほしい……。

――――――准尉、諜報部長

学校から帰ってきた娘に、

「お母さんがアフガニスタンに行ってたことあるって言っても、誰も信じてくれないんだよ」

と言われたんです。

「どうして？」

と訊いたら、

「どこのどいつが、おまえの母さんをアフガニスタンに行かせたっていうんだよ」

って言われるらしいの。

でも私は、まだ平和な生活に慣れてもなくて……ただ喜びを噛みしめているんです……。銃撃もされず砲撃もされず、蛇口をひねれば塩素臭のしない水を飲めるなんて……。現地ではパンも塩素、菓子パンも塩素、パスタもお粥も肉も果物のシロップ漬けも、なにもかも塩素の臭いがしてた。帰ってきてもう二年になるけど、娘と再会したときのことは覚えてるのに、ほかのことはなにも記憶に残らない。なにもかも些細で、現地での体験に比べたら取るに足らなくて。ダイニングのテーブルや、テレビを買い替えたことは覚えてるけど……。あとはなにがあったかしら。なんにもないわね。娘は大きくなってく……。あの子はアフガニスタンの部隊長宛に、「早くお母さんを返してください、とっても寂しいです……」って手紙をよこしたんです。アフガニスタンから戻って以来、関心を持てるのは娘のことだけ。

現地の川はおとぎ話みたいに青くて……。水が青いんです。それまで、あんなに空の色に染まった水が存在するなんて想像もつかなかった。ロシアのカモミールと同じくらい現地には罌粟の花が咲き乱れていて、山の裾野が燃えるような罌粟の色に染まる。凛とした大きなラクダが老人のように静かにすべてを眺めている。「対人用」と呼ばれていた地雷を踏んだロバが、市場までやっとのことでオレンジを積んだ荷車をひいてきて、横たわって痛みに泣いていて……。仲間の看護師が包帯を巻いてやりました。

アフガニスタンなんて大嫌いです。

帰ってきてからというもの、平穏な暮らしができなくなってしまった。みんなと同じように暮らすことが。帰ってきて……しばらくは、近所の人や友達がよく押しかけてきて――

「ワーリャ、ちょっと寄ってみたのよ。話してちょうだい、現地にはどんな食器があるの？　絨毯は？　服や映像機器もたくさんあるってほんと？　ラジカセとか、ウォークマンとか……。あんたはなにを持ってきたの？　よかったら売ってくれない？」

現地からはラジカセより棺のほうがたくさん運ばれてきたのに、そっちは忘れられているんです。アフガニスタンなんて大嫌いです。

娘は大きくなっていく……。うちはワンルームの狭い家です。現地では、帰ったらなんでももらえると言われていました。この地域の執行委員会に出向いたら、私の出した書類を見て、

「負傷なさったんですか？」

「いえ、おかげさまで無傷で戻りました。でも見た目が無事でも、内面まではわからないでしょう」

「では一般の方々と同じようにお過ごしください。私どもがあなたを派遣したわけではありませんので」

と言われました。

砂糖の配給の行列に並んでいたときには、

「現地からありったけのもんを持って帰ってきたくせに、ここでももらおうだなんて……」

と。

一度に六つの棺が並びました――ヤシェンコ少佐、少尉、兵士たち……。みんな白いシーツに包まれている……頭は見あたりません、頭がないんです……。男の人があんなふうに泣きわめくなんて、考えてもみなかった……。そのときの写真が残っています……彼らが戦死した場所に大きめの爆弾の破片を

突き立てて記念碑に見立て、そこに名前を刻みました。ドゥーフたちが崖下に投げ捨ててしまったけど。記念碑を撃ったり爆破したりして粉々にしていました、私たちの痕跡が一切残らないように……。

アフガニスタンなんて大嫌いです。

私がいないうちに娘は成長していました。二年間、全寮制の学校に入れていたんです。迎えにいくと、先生が、五段階評価の三ばかりだって嘆いていました。私はどんなふうに娘に接したらいいのか戸惑いました。ずいぶん大きくなっていて。

「お母さん、あっちでなにをしてたの？」

「女の人は男の人を助けてあげるの。ある女の人が男の人に「あなたは生き残る」って言ったら、ほんとうに生き残った。「きっと歩けるようになるわ」って言ったら、ほんとうに歩けるようになった。その前にその女の人は、その男の人が奥さんに書いた手紙を取りあげた。そこには「こんなんなっちまって、俺なんか誰にも必要とされない。俺のことは忘れてくれ」って書いてあった。それを取りあげて、その人に言ったのよ——「いい、言った通りに書きなさい——大切な妻へ、アーラちゃんとアリョーシャくんへ、元気ですか」って」

なぜ私が現地へ行ったかですか。隊長に呼ばれて、「義務だ」と言われたんです。私たちはそうやって、なにかをしなければいけないと言われ続けて育ってきたし、従うことに慣れていました。移送地では、剝き出しのマットレスの上に若い女の子が突っ伏して泣いてたわ——

「なにもかもうまくいってたのよ、四部屋あるアパートがあって婚約者がいて、両親にも可愛がられてたのに」

「どうしてここへ来たの？」

「困ってる人がいるって言われたの。義務だって！」

私は現地から、記憶のほかはなにも持ってきませんでした。

アフガニスタンなんて大嫌いです。

この戦争は、私にとっては決して終わることはありません……。昨日は、友達と遊んで帰ってきた娘に、

「お母さんがアフガニスタンに行ってたことがあるって言ったら、笑いだした子がいたんだけど、なんでだろう……」

と言われました。私はあの子に、なんて言ってあげればいいんでしょう。

――兵卒、通信兵

死は――怖いが、もっと恐ろしいことがある……。俺の前では、俺たちは犠牲者だったとか、あれは間違いだったとか、口にしないでほしい。そんなことは言わせない。許さない。
俺たちは立派に、勇敢に戦った。なのにどうしてあんたたちは俺たちを……。俺は旗に、女にするみたいにキスをした。胸を震わせて。旗にキスをするのは、それくらい神聖なことだと教えられて育った。俺たちは祖国を愛し、信じている。それで……（苛々してテーブルを指でトントン叩く）。俺はまだ現地にいるようなもので……窓の外で排気管が爆発するような音をたてるだけで――反射的に恐怖を感じる。ガラスの割れる音がしても……頭ん中が瞬時にからっぽになって、頭ががんがんしてくる。市外電話の

呼び出し音も、遠くで銃撃戦でもしてるような気がする……。そういうのも無視したくない、眠れない夜も、この苦しみも、踏みにじりたくない。気温五十度のなかで感じたあのヒヤリとする恐怖は、忘れることができない……。

……俺たちは軍用車両に乗って行軍しながら、声を張りあげて歌をうたっていた。女の子に声をかけたり、からかったりしながら。トラックから見える女の子たちはみんな美人だ。楽しい行軍だった。なかには怖気づく奴もいた——

「僕は嫌だ……戦争よりは牢屋のほうがまだましだ」

「この野郎！」そういう奴らは暴行を受けた。いじめられ、部隊から逃げ出す奴さえいた。

最初に見た死体は、ハッチから外にひっぱり出した負傷兵だ。そいつは「死にたくない……」と言って死んだ。それで……。戦闘のあとは、綺麗な景色を見るのが耐えがたくなる。山々を、霧のなかの薄紫の谷間を……色鮮やかな鳥を……。なにもかも撃ってしまいたい。撃ってやる……俺は空を撃つ。あるいはひたすらおとなしく、やさしくなる。ゆっくりと死んでいった仲間もいた。まるで言葉を覚えたての子供みたいに、横たわったまま目に映るすべての名前を繰り返していた——「山……木……鳥……空……」命が尽き果てるそのときまで……。

サランドイ——ってのは現地の警察のことだが、そのサランドイの若いのに言われた——

「俺が死んだら、アッラーが俺を天に迎えてくれる。おまえはどこに行くことになるんだ？」

どこに行くことになるかだなんて。

俺は軍病院に入ることになった。父親がタシケントまで迎えにきた。

「怪我したんだから、このままソ連にいていいんだぞ」

「そんな、みんながまだ現地にいるのに」

父親は共産主義者だが、教会に通い、献灯もしていた。

「父さん、なんでそんなことしてるんだよ」

「なにかに信心を捧げたくてね。私がやらなきゃ、おまえが生きて戻ってこれますようにと祈る人がいなくなっちまうだろう」

隣に寝ていた仲間のところには、母親がドゥシャンベ〔タジキスタン首都〕から果物やコニャックを持って見舞いにきた。

「この子が故郷に帰ってこられるようにお願いしたいんだけど、誰に頼んだらいいのかしら」

「母さん、そんなことよりそのコニャックで乾杯しようぜ」

「母さんは、あんたに帰ってきてほしくてね……」

俺たちはそのコニャックを一緒に飲んだ。一箱まるごとだ。最後の日に、どうやらうちの病室で胃潰瘍が見つかった奴がいて、医療衛生大隊に移送されるらしいと聞いた。やりやがったな！　俺たちはそいつの顔を記憶から消し去ることにした。

俺にとっては——黒か白かだ。灰色はない。中間色なんか一切認めない。

この地上のどこかでは一日じゅう穏やかな雨が降り続いているなんて、もはや信じられなくなっていた。故郷のアルハンゲリスクでは水たまりの上を蚊が飛び交っているなんて。あるのはただ焼け爛れた山肌と……陽に灼かれたヒリつく砂ばかり……。それで……その大きなシーツを広げたような大地に、血まみれの仲間たちが倒れていて……みんな男性器を根元から切り取られて……「おまえらの女たちは二度とこいつらの子供を産めない」と書きつけられていた……。

なのにあんたらは――忘れろっていうのか?!

帰国するときは、日本製のラジカセや、メロディーの鳴るライターを持ち帰る奴もいれば、擦り切れた綿軍服に空のアタッシュケースだけを抱えている奴もいた。

俺たちは立派に、勇敢に戦った。勲章も山ほどもらった……。世間では、俺たちアフガン帰りは、勲章などなくても目を見ればわかると言われている――

「君、アフガン帰りだろ?」

俺はソ連製のコートを着て、ソ連製のブーツを履いて歩いてたのに……。

――――母

でも、あの子は生きてるかもしれないでしょう?

あの子は、うちの娘は生きていて、ただどこか遠くにいるだけかもしれない……。どこにいたっていいの、生きてさえいてくれたら嬉しいんです。そうだといい、そうであってほしいの、どうしても。それで、こんな夢をみたわ――あの子が帰ってきて……椅子を持ってきて、部屋の真ん中に座るんです……長くてとても綺麗な髪をさらりと肩に下ろして。あの子はその髪を無造作に掻きあげて、言うのよ――「お母さん、そんなにひっきりなしに呼ばないでよ。お母さんだってわかってるでしょ、帰ってこれないって。だってここには夫もいて、子供も二人いて……家族ができたんだもの……」

それで私は夢のなかでもすぐに思い出したんだけど、あの子のお葬式を済ませて確か一ヶ月くらい経ったころ、ふと思ったの――あの子は死んだんじゃなくて、拐《さら》われたんじゃないかしら。それは一抹の希望でした。あの子と一緒に歩いていると、道ゆく人が振り返ったものです……背が高くて、綺麗な髪をなびかせて……。つまりは間違いない、私の推測は正しいじゃないの。あの子はどこかで生きている……。

私は医療関係の仕事をしてきて、生涯ずっとこの仕事に誇りをもってきました。この仕事を大事にしていたから、あの子も同じ道に導いた。でも、いまになってひどく後悔してる。この仕事を選びさえしなければ、あの子はここに残って、一緒に暮らしていたと思うと。夫と二人きり取り残され、ほかには誰もいません。からっぽで、ひたすらなにもない日々。毎晩、テレビを見ていても、ずっと黙ったまま。一晩じゅう、ひとことも言葉が出てこない日もあります。ただし歌が始まると、私は泣き、夫は呻いて部屋を出ていく。この胸の内がどうなっているか、あなたにはわからないでしょう……。朝、仕事に行かなきゃいけないのに、起きられない。あまりに胸が痛んで。起きあがれなくて、仕事を休もうと思う日もあります。このまま寝ていよう……。あの子のもとに行けるまで。お迎えがくるまで……。

私は空想癖があって、いつもあの子と一緒にいるつもりになって想像してるけど、その都度なにひとつ同じことはないんです。本を読むときでさえ、あの子と一緒……。最近はもっぱら植物とか動物とか星の本を読むんだけど。人間の話、人がすることの話は好きになれなくて……。春がきたから……自然が私を救ってくれるような気がしました。郊外へ出かけると……スミレが咲き、木々には新芽が出ていました。でも私は叫びだしてしまった……。自然の美しさが、命あるものの喜びが襲いかかってきて……。時間が経つのが怖くなりました、あの子の思い出がどんどん失われていってしまうから。細部が思い出せなくなる。言葉を……あの子の話していたことや、笑いかたを……。あの子の着ていた服についていた髪の毛を集めて、箱にしまいました。夫に、「なにしてるんだ？」と訊かれて、「とっておこうと思って。あの子はもういないから」と。家でぼんやりしていると、不意にはっきりと「お母さん、泣かないで」と聞こえることがあります。見回しても――誰もいません。思い出の続きを辿ります。あの子が横たわっていて……墓穴はすでに掘られ、大地があの子を受けとめる準備はできていました。でも私はあの子の前に跪いて「ねえ、どうしたのよ。なにがあったの。どこにいるの。どこへ行ってしまったの？」と呼びかけていました。棺に横たわっているとはいえ、まだあの子は私と一緒にいたんです。でももうすぐ、土に埋められてしまう。

あの日のことは覚えています……。あの子は仕事から帰ってくると、「今日ね、院長に呼ばれたの」と言ったきり、黙ってしまいました。「それで？」と訊いたけど、まだなにも答えを聞かないうちからなんだか具合が悪くなりました。「うちの病院から一人、アフガニスタンに派遣するようにって命令が届いたの」

「それで？」

「外科手術の助手ができる看護師が必要だって」

あの子は循環器病棟の手術室付きの看護師をしていました。

「それで？」私はほかの言葉をすべて忘れてしまって、同じ言葉を返し続けました。

「行くって言ったわ」

「それで？」

「どのみち誰かが行かなきゃいけないでしょう。私は困難な状況のところに行ってみたいし」もはや誰もが現地では戦争がおこなわれ、死傷者が出ていると知っていました。私は泣きだしたけど、止めることはできなかった。そんなことをしたら、娘に厳しい目で見られて、

「お母さん、ヒポクラテスの誓いを忘れたの？」

と言われたでしょう。

それから数ヶ月かけて、あの子は書類を揃えました。もらった人物評価書を見せてくれて、そこには「政府と党の方針を正しく評価している」とありました。それでもまだとても信じられなかった。

あの子の話をすると……楽になるわ。あの子がここにいるような気がして……。お葬式はまだ先のことで……まだいまは私と一緒にいるって……。でも、ほんとうにどこかで生きてるかもしれないでしょう。私はただ、あの子がいまどんなふうになっているかを知りたいんです。髪は伸ばしているかしら。どんな服を着ているかってことでもいい。なんでもいいから知りたいのよ……。

心が張り裂けてしまったのね……。人に会いたくないんです。ひとりでいたい……。ひとりでいれば私はあの子と、私のかわいいスヴェータチカと話ができる。誰かが入ってくると、すべてが崩れてしまう。この世界には誰も足を踏み入れてほしくない。母親が田舎から訪ねてきても、母にさえ話したくはないんです。一度だけ、ある女性が訪ねてきました……同僚の人で……つい引きとめてしまって、夜中まで話し込んだわ……。地下鉄の終電間際になって旦那さんが心配してたほど……。彼女にはアフガニスタンから戻ってきた息子さんがいるんだけど……すっかり幼い子供みたいになって、「母さん、一緒にパイを作ろうよ」「母さん、クリーニング屋さんに行くの、ついていくよ」って……。男の人を怖がって、女の子とばかりつきあうようになったって。その人は心配して病院に駆け込んだけど、お医者さ

んには「様子をみてください、じきに治るでしょう」って言われたの。最近はそういう人たちのほうが身近で、親しみを感じるようになりました。あの人となら友達になれる。でもそれきり訪ねてこなかった。彼女はスヴェータチカの写真を見つめて、ずっと泣いていたわ……。

私、なにか別のことを思い出そうとしてたんだけど……なんだったかしら。ああ、あの子が最初に休暇で帰ってきたときの話ね……。ううん、その前に私たちが見送って、あの子が出かけていったときのことを話さなきゃ……。小中学校の友達や職場の人たちが駅まで見送りにきてくれたの。年配の外科医さんがあの子の手にキスをして、「こんな手をした人は二人といない」って言ってたわ。

休暇で帰ってきたあの子は、痩せて小さくて。三日間眠り続けてた。起きて、ごはんを食べては寝て。また起きてきたと思ったら、食べて寝て。

「スヴェータチカ、向こうはどうなの?」

「大丈夫よ、お母さん。心配しないで」

なにも言わずに座って、一人で微笑んでいました。

「スヴェータチカ、どうしたのよその手は」

あの子の手だとは信じられない、五十歳のおばあさんみたいな手になっていたんです。

「向こうでは仕事がいっぱいあるんだから。手のことなんか構ってられないのよ。すごいんだから。手術前には蟻酸で手を消毒するの。医者が来て、「なにをしてるんだ、腎臓を悪くするぞ」なんて言うけど、腎臓がなんだっていうの……。目の前で人が死んでいくのに……。でもお母さんは心配しないでね。私は満足よ、現地で必要とされているんだから」

あの子は三日も早く戻っていきました――

「ごめんね、お母さん。うちの医療衛生大隊には看護師がほかに二人しかいないの。医者は足りてるけど、看護師は人手不足で。あの子たちが倒れちゃう。だから行かなきゃ」

あの子は大好きだったもうじき九十歳になるおばあちゃんに、「長生きして、ちゃんと私が帰ってくるまで待っててね」って頼んでた。あの子と一緒におばあちゃんの別荘に行ったんです。おばあちゃんは大きな薔薇の灌木のそばに立っていて、そのときあの子は「長生きして、待ってて」って言ったの。おばあちゃんはいきなりその薔薇の花を片っぱしから切って花束にして、その大きな花束を持ってあの子は出かけていきました。

当日は朝五時に起きなければいけませんでした。起こしたら、あの子は「結局よく眠れなかった。もう二度とぐっすり眠れないような気がする」って。それからタクシーの中で鞄を開けて、あっと声をあげて「どうしよう、うちの鍵を忘れてきちゃった。鍵がない。帰ってきたときに誰もいなかったらどうしたらいいの？」って言うんです。あとになって、着古したスカートのポケットに入っていた鍵が見つかったから、送ってあげようとしました。心配しなくていいように。うちの鍵を持っていられるように。

でもあの子は生きているかもしれないでしょう。どこかで歩いたり笑ったり……お花を見て喜んだりしているかもしれない……。薔薇が好きだったわ……。いまおばあちゃんの別荘に行くと……あ、おばあちゃんはまだ生きてるのよ、だってスヴェータチカが「長生きして、待ってて」って頼んだんだから。それでおばあちゃんのうちで夜中に目を覚ますと……テーブルには薔薇の花束が飾られていて……おばあちゃんが夕方切って生けたのね……。それからお茶が二杯淹れてあって……。

「おばあちゃん、寝つけないの？」

「いまね、スヴェトランカと（おばあちゃんはあの子をいつもスヴェトランカって呼ぶんだけど）一緒にお茶を飲んでるんだよ」

私はといえば、夢にあの子が出てきて、思ったんです——そばへ行ってキスをしよう、もし温かければ生きてるってことだわ、って。それで近づいて、キスをしてみると——温かい。生きてる！

あの子は生きてるかもしれない。どこか遠くで……。

墓地で、あの子のお墓の前に座っていると、軍人が二人通りかかりました。すると一人が足を止めて、「あっ、スヴェータだ。見ろよほら……」と言って、私に気づき、「お母さんですか？」と訊きました。私はその人に飛びついて、

「あなたたち、あの子を知ってたの？」

と訊き返しましたが、その人は横にいた友達に、

「あの子、砲撃を受けて両足を失くして、死んだんだよ」

と説明しました。それを聞いた瞬間、私は悲鳴をあげていました。その人は驚いて、

「なにも知らなかったんですか？　すみません、ほんとうに申し訳ありません！」と言って、逃げていきました。

それっきり、その人には会っていません。探しもしませんでした。

そうしてお墓の前に座っていたとき、子供連れのお母さんが通りかかったこともあり、会話が聞こえてきました——

「いやだわ、いったいどういうお母さんかしら。いまの時代にたった一人の娘さんを戦争に送り込むなんて（あの子のお墓には、「たった一人の娘」と彫ってあるんです）、よくそんなことができるわね。女の子を行かせるなんて……」

なんていう人たちなの、どうしてそんなことが言えるの。あの子は誓いをたてたの、外科医が手にキスをするくらい立派な看護師なのよ。あの子は人の命を救うために行ったのよ、あの人たちの息子たちを。

私は心の内で叫んでいます——私を置いていかないで。あの子のお墓の前で一緒に立ち止まって。私をひとりにしないで……。

——————軍曹、偵察兵

アフガンめ、恨んでやる！　アフガン……。戦友が新聞を手にとって、読みあげる——「ソ連兵捕虜、解放される……」「西側記者のインタビューに答え……」そして罵倒語を連発する。

「どうしたんだよ」

「俺はこいつらを全員銃殺刑にしてやりたいね。俺がこの手で撃ってやる」

「まだ血が見足りないのかよ。欲求不満か？」

「裏切り者には容赦しねえ。俺たちは手足を失くしたってのに、こいつらはニューヨークの摩天楼をおがんで……「アメリカの声」に出演してんだ……」

そいつは現地の戦友だった……。一緒に、「パンの耳しかないけれど、それだって分け合おう」って歌をうたった仲だ……(黙る)。

嫌いだ！

——誰がですか？

わかんねえのかよ。俺は帰ってきて戦友をなくしたんだ、戦場でじゃなく……（言葉を選んでいる）。もう誰も……ほかに友達はいないんだ……。いまはみんな散り散りになって、うちでぬくぬく暮らしてる。金なんか稼いでやがる。

アフガンめ、恨んでやる。戦死したほうがましだった。そうすれば通ってた高校に記念のプレートくらい飾ってもらえた……英雄扱いしてもらえた……。男ってのは英雄になりたがるもんだ。でも俺はそうじゃなかった……。ソ連軍はすでにアフガニスタンに送り込まれていたが、俺はなにも知らなかった。興味がなかった。初めて恋した人がいて、気が狂いそうなほど好きだった……。いまじゃ女に触れるのすら怖い。朝のラッシュ時のトロリーバスでぶつかりそうになるだけでも……。わかるか？　女とどうこうなるなんて不可能になっちまったんだよ……。彼女にふられてさ……。大好きだったのに……二年間、一緒に暮らしてたのに……。その日、俺はやかんを焦がした……焦げついてどんどん黒くなっていくやかんを、ただ座ってじっと眺めてた。たまにそういうことがしたくなるんだよ。頭が現実から切り離されて、完全にどっかいっちまう。彼女は仕事から帰ってくると匂いに気づいて、

「なにを焦がしたの？」

「やかん」

「もう三つめじゃないの……」

「あのさ、血の匂いってわかるか？　二、三時間経つと、濡れた腋の下みたいな異臭になる。すげえ臭くてさ……火の匂いのほうがいい……」

彼女はドアの鍵を閉めて出ていった。それきり、もう一年も戻ってこない。それで女が怖くなった。

女ってのは……ぜんぜん別の人間なんだ。まったく違う。だから男といると不幸になる。話を聞いて、頷いてはくれるが、なにもわかってはくれない。

「なにが「おはよう」よ！　あなたまた叫んでたでしょ。一晩じゅう叫んでた」って、毎朝そう言って泣いてたっけ……。

でも俺は彼女に、すべてを話したわけじゃない……。ヘリから爆弾を落とす操縦士がめちゃくちゃ楽しそうだったって話もしてない。みんな、集落が燃えていくのがすげえ綺麗だって自慢してた……特に夜はすげえって……。負傷兵が寝かされていた――仲間だ。そいつが死んでいく。母親や恋人の名前を呼びながら。すぐ横に負傷したドゥーフがいて――そいつも俺たちが連れてきたんだが――やっぱり母親や恋人の名前を呼ぶ。アフガンの名前と、ロシアの名前が交互に聞こえる……。

「なにが「おはよう」よ！　また叫んでたでしょ。あなたが怖くなるわ……」

知らないんだ……。彼女は知らないんだ、少尉がどんなふうにして死んでったのかも……。俺たちは小川を見つけて、車両を停めた。

「待て！　みんな動くな！」少尉はそう呼びかけて、川辺にある小汚い包みを指さした。「地雷か?!」先に立って進んでいた工兵が「地雷」の疑いのある包みを持ちあげようとすると、包みが泣き声をあげた。赤ん坊だったんだ。アフガンめ、恨んでやる！

どうしたらいいかって話になった。置いていくか、連れていくか。誰に言われたわけでもなく、少尉が自ら送る役を買ってでた――

「置いていくわけにはいかないな。飢え死にしてしまう。私が集落に連れていこう、近いし」

俺たちは一時間その場で待っていたが、集落へは車で二十分ほどで行って帰ってこれるはずだった。

少尉と運転手は……砂の上に倒れていた。集落の中で……。女たちに鍬で殺されたんだと……。腕を押さえつけて」

「なにが「おはよう」よ！　あなたまた叫んでたでしょ。そのあと殴りかかってきて、腕を押さえつけて」

たまになにもかも覚えてないことがあるんだ――自分の苗字も住所も、この身に起こったことも。我に返ると……なんていうか、生き返ったみたいな感じがする。でもぼんやりしていて……家から出てすぐ、鍵をかけたかどうかとか、ガスを止めたかどうかとかがわからなくなる。寝つこうとしても、起きだして明日の朝の目覚ましをセットしたかどうか確かめてしまう。朝、仕事に行く途中で近所の人に会っても、すぐにわからなくなる――俺はいま挨拶をしたんだっけ、しなかったんだっけ、って。

キプリングの詩に、こんなのがある――

東は東、西は西、両者はわかりあえない
大地と空が、最後の神の審判に立つときまで
だが東も西も、国境も人種も生まれもない
遠く離れた地に生まれた強者同士が、一対一で出会うならば

覚えてる……彼女は俺を愛していた。泣きながら「あなたは地獄から生還したの……私が助けてあげる……」と言っていた。でも俺はゴミ溜めから生還したんだ……。アフガニスタンに出かけたころ、ソ連の女は長いスカートをはいていたのに、帰ってきたらみんなミニスカートになってた。俺はそれに馴染めなくてさ。彼女に、長いスカートにしてくれって頼んだんだ。最初は笑ってたけど、しまいに怒ら

せちゃって。俺を嫌うようになった……（目を閉じて、詩を繰り返す）。

だが東も西も、国境も人種も生まれもない
遠く離れた地に生まれた強者同士が、一対一で出会うならば

なんの話してたっけ。え？　彼女の長いスカートの話か……。いまでもクローゼットにかかってるよ。持っていかなかったんだ。俺は彼女のために詩を書いてる……。

アフガンめ、恨んでやる。俺は独りごとを言ってんのが性に合ってるんだ……。

――少佐、大隊長

俺はずっと軍人として生きてきた……。そうじゃない生きかたなんて、小説でしか知らない……。

職業軍人には独自の心理がある――正義の戦争かどうかなんて、大事じゃない。自分たちが派遣された先であればそれが正義であり必要な戦争だ。派遣された当時、あの戦争は正義だった。俺たちはそうみなしていたし、俺自身も兵士たちに向かって「南部国境を守れ」と説き、思想的基盤を固めようとしていた。週に二回、政治教育の時間がある。まさか「確信は持てない」なんて言うわけにはいかないじゃないか。軍隊において勝手な思念は許されない。隊に配属されたら、あとは号令に従うのみだ。朝から晩まで。

号令がかかり――

「起床時間だ！　起きろ！」

と言われて起きる。

また号令がかかり――

「体操の並びに、整列っ！　左向け左、走れ！」

と言われてトレーニングをする。

号令がかかり――

「森に散開。五分で用を足してこい」

と言われて散開する。

そしてまた号令がかかる――

「整列っ！」

軍宿舎には、決して誰も……そうだな、たとえばツィオルコフスキーや、レフ・トルストイやなんかの肖像画は飾らない。見たことがないね。飾るならニコライ・ガステロとかアレクサンドル・マトローソフとか……大祖国戦争の英雄の肖像だ……。でも俺はあるとき、まだ若い少尉だったころ、自室にロマン・ロランの肖像写真を飾った（なんかの雑誌の切り抜きだった）。そしたら、部屋に来た部隊長に訊かれた――

「誰だこれは」

「ロマン・ロランというフランスの作家であります、大佐殿」

「すぐにそのフランス野郎を破棄しろ！　我が国には英雄がいないとでもいうのか！」

「大佐殿……」

「いますぐ倉庫へ行って、カール・マルクスの肖像をもらってこい！」

「しかしマルクスはドイツ人であります」

「うるさい！　二日間営倉に入ってろ！」

なんでここでマルクスが出てくるんだと思ったよ。でもそんな俺もまた、兵士たちに言うようになった——「使えない工具だな、外国製じゃないか」「外国ブランドの車なんてなんの役にもたたん。ソ連の道を走ったらすぐ壊れちまう」「なんでもソ連のものが世界一だ——工具も車も人間も」。最近になって俺もようやく考え直すようになった——優れた工具が日本製で、品質のいいナイロンストッキングがフランス製で、優秀な女の子が台湾にいたっていいじゃないかって。でも俺はもう五十歳だ……。

……人を殺す夢をみるんだ。相手は膝をついて体を支え……四つん這いになっている。頭は上げず、顔は見えないが、彼らの顔はみんな似ている……。俺は冷静にそいつを撃ち、その血を冷静に眺めている。でも目が覚めて夢を思い出すと、叫んでしまう……。

ソ連ではすでに、あれは政治的過失だった、あの戦争は「ブレジネフの愚策」であり「犯罪」だったと書きたてられるようになってからも、俺たちはなおも戦わされ、殺されていった。殺していた。ソ連では批判され、現地では死んでいく。「裁くなかれ、あなたたちが裁かれぬために」〔マタイ七：一〕。俺たちはなにを守っていたんだろう。革命だろうか。違う、俺は当時すでにそうは思っていなかった、心が引き裂かれそうだった。それでも自分に言い聞かせた——俺たちは自国の軍事都市を、国民を守っているのだと。

陸稲《おかぼ》が燃えていた……曳光弾から火が出たんだ……。パチパチと音をたてて瞬く間に燃え広がる……。

その熱が戦争をより悲惨にする……。農民《デフカン》が走り回り、落ちている焼け残りを、焦げたなにかを拾い集める。アフガンの子供が声をあげて泣いたりぐずったりするのを一度も見たことがない。みんな痩せて小さくて、何歳なのか見当もつかない。幅の広いズボンの下から足がのぞいている。

絶えずずっと、誰かが自分を殺そうとしている気がしていた。愚かな鉛玉……〔ヴィソツキーの歌『俺たちは地球を回す』の一節で、どこから狙ってくるかわからない弾丸のこと〕。いまでもわからない、あの状況に慣れることなどできるんだろうか。現地のスイカやメロンは丸椅子みたいにでかくて、銃剣でつついただけで――割れる。死ぬのもそれくらい容易い。死ぬよりは殺すほうが難しい。死んだ奴の話はしないことになっていた。そういった――こんな言いかたをしてもいいなら、ゲームのルールのようなものがあった。奇襲に行くときは、置いていく荷物の底に妻への手紙をしのばせておく。別れの手紙だ。「俺のピストルに穴をあけ、息子に渡してほしい」と書いた。

戦闘が始まっても、ラジカセが鳴り続けていた。消し忘れたんだ……。ウラジーミル・ヴィソツキーの声が響く――

暑く黄色いアフリカで――
その大地の真ん中で
突拍子もない、予定外の
不慮の事態が起こったよ
よくわからずに象は言う
「わあ、洪水が起きるぞう！」

いやはやなんの、あるキリンが
レイヨウに恋をしただけさ

ドゥシマン側もやっぱりヴィソツキーを聴いていた。彼らの多くは若いときにソ連で学び、ソ連の大学を卒業し、ソ連の学士号を持っている。深夜待ち伏せのとき、敵陣営から音楽が流れてくる——

親友がマガダンに行ってしまった
脱帽だ、帽子を脱いでくれ!
あいつは自ら進んで行ったんだ
収容所に送られたわけじゃない

ドゥシマンたちは山の上でソ連映画も観ていた。コトフスキーやコフパークを描いた革命映画を。ソ連映画を観て、俺たちとの戦いかたを学んでいたってわけだ……。パルチザンの戦法を……。仲間の兵士が死ぬと、俺はそいつらのポケットに入っている手紙や写真を探りだした。チェルニーゴフのターニャからの手紙……プスコフのマーシェンカからの手紙……。田舎の写真館で撮られた写真。どれも似たり寄ったりだ。写真の隅には「小夜啼鳥が夏を待つように、あなたの返事を待っています」「手紙よ飛んでいけ、こんにちはって伝えたら、返事をもらって戻ってきてね」なんて泣かせ文句が書いてある。俺はそういった写真を机の上にトランプの束みたいに重ねておいた。素朴なロシアの女の子たちの顔写真を……。

この世界にうまく戻ってこれない。生きることが……ただ生活を続けることが……ここでは息苦しい。アドレナリンで血がたぎっている。感覚が研ぎ澄まされ、命を惜しまないような瞬間が足りない。それで体を壊してしまって……医者には血管狭窄と診断された。でも俺は自分なりの違う診断を下してる……アフガン病だ……。あのリズム、乱闘に飛び込んでいくようなリズムが必要なんだ。リスクを背負って、なにかを守る。いますぐにでも現地へ行きたいと思うが、実際に行ったらどう感じるのかはわからない……。幻覚が襲いかかってくる……いくつもの光景が……。道端にあった壊れて焼け焦げた軍用車両。戦車、装甲車……。まさか、俺たちが現地に残したのはそんなものだけだというのか。

俺は墓地へ出かけた……アフガンの戦死者たちの墓を巡るために。すると誰かの母親がいて……。「帰りなさい、指揮官なんか！　あんたは白髪混じりになってもまだ生きてるのに、うちの子はもうお墓の中にいるのよ。まだ髭も剃ったことのない子だったのに」

最近、親友が死んだ。エチオピアで戦っていたが、あの暑さで腎臓をだめにしてね。あいつが知ったすべてのことも一緒に消え失せた。別の知人はベトナムに行った経緯を聞かせてくれた。アンゴラやエジプトに派遣された奴もいるし、一九五六年にハンガリーに行った奴も、六八年にチェコスロバキアに行った奴もいた……。そういった奴らと話をしたが……いまでは誰もが別荘で野菜を育てたり、魚釣りをしたりしている。俺も年金暮らしになった。障碍者年金の枠をもらった。カブールの軍病院で、肺を片方切除して……いまになってもう片方も悪くなってきたが……。でも俺はリズムが欲しいんだ。仕事がなきゃいけないんだ。聞くところによると、フメリニツキー郊外に、身内に世話してもらえない人や家に帰りたくない人を収容する病院があるらしい。そこに入院している青年が手紙をくれた──「僕は腕も足も失って寝たきりです……。朝起きて、わからなくなるんです──僕は人間なのか、動物なのか。

猫や犬の鳴き真似をしたくなることすらあります。歯を食いしばっています……」。この子のところへ行ってこようかと思っている。自分にできる仕事を探してるんだ。

乱闘になるようなあのリズムが欲しい。なのに誰と戦えばいいのかわからずにいる。もはや兵士たちに「我々は最も優れており、最も正しい」と教えることなどできない。ただ、俺たちはそうありたいと願っていたのは確かだ。けれども失敗してしまった。ここで別の問いが浮上する――どうしてだ？　どうして、また失敗してしまったのだろう……。

――兵卒、砲兵

俺たちは祖国に対しては潔白だ……。

俺は兵士の義務を誠実に遂行してきたんだ。あんたたちがここで、いくら声高になにを主張しようとも……ひっくり返せやしない、見方を変えられはしない……。だって愛国心や義務感といったものを、どうにかしようったって無理だ。あんたは祖国と聞いてもなんにも感じないか？　単なる言葉にすぎないのか？　俺たちは潔白だ……。

俺たちが現地でなにを手に入れ、なにを持ち帰ったというんだ。「二〇〇番貨物」――仲間の棺か。なにを得たというんだ。肝炎からコレラまで多種多様な病気。負傷に障碍。俺は悔いることなどひとつもない。俺は兄弟であるアフガンの人々に手を差し伸べたんだ。誰がなんと言おうと。俺と一緒にいた奴らもやっぱり誠実で潔白な仲間たちだった。みんな現地のためを思って行ったんであって、「間違った戦争」の「間違った戦闘員」なんかじゃない。なのに俺たちのことを血の気の盛んな単純バカだ、弾丸の餌食だと思いたい連中がいる。なんでなんだ。なんのためにそんなことするんだ。真理を探してるとでもいうのか。じゃあ聖書を忘れたのか。イエスはピラトの尋問に答えて言っただろ——

「私は真理について証《あかし》をするために生まれ、そのためにこの世に来た」

ピラトはイエスに言った。

「真理とはなにか」〔ヨハネ十八・三十七、三十八〕

この問いに答えはなかった……。

俺には俺の真理がある……自分のな！　俺たちの信念はひょっとしたら未熟だったのかもしれないが、それでもその信念に対して清廉潔白だった。新たな政府が土地を分け与えれば、人々は喜んで受けとるだろうと思っていた。それなのに予想に反して……農民は土地をもらいたがらない。「大地はアッラーのものだというのに、それを与えようだなんておまえらは何者だ。人はアッラーの御心のままに大地に恵まれているのだ」ときやがる。俺たちがＭＴＳ（機械トラクター共有組織《ステーション》）を作り、農民にトラクターやコンバインや草刈り機を与えれば、生活はぐんと向上し、人々も変わるだろうと思っていた。それなのに予想に反して……人々はＭＴＳを破壊していく。まるで戦車でも破壊するみたいに、ソ連のトラクターは爆破された。俺たちは、宇宙飛行が可能になった時代になって神様のことを考えるなんて滑稽なことだと思ってた。可笑しいじゃないか。ソ連はアフガンの若者を宇宙へ送り出した……「ほら、彼は宇宙に行っただろ、どこにアッラーがいるっていうんだ？」とだって言ってやれる。ところが予想に反して……イスラム教は文明を前にして揺るぎなく強固だった……。どうやって永遠を相手に戦ったらいいんだ。そもそも俺たちがどう思っていたかなんてどうだっていいんだ。でも実際そうだった……ほんとうに……。そしてそれは俺たちにとって人生のなかの特別な一頁なんだ……。大切に心にしまっている。壊したくなんかない。誰にも黒く塗りつぶさせやしない。戦闘中は互いを守り合った。できるもんならやってみろってんだ——狙われた仲間の代わりに撃たれてみろ。そんなことを忘れられるわけがない。それから、帰国したときのこともだ。俺はいきなり帰って家族を驚かせようと思ってた。でも母さんがびっくりするだろうと思うと心配になって、電話した——

「母さん、俺は無事だよ。もう空港に着いたんだ」って。そしたら電話の向こうで、受話器が落ちる音がした。

俺たちが戦争に負けただなんて、誰がそんなこと言いやがったんだ。俺たちが負けたのは、帰ってきてからだ。ソ連で負けたんだ。有終の美を飾ることもできたはずなのに……身も心も焦がされ……たくさんのことを知って、経験して……。でもそうさせてはくれなかった。ここで俺たちは権利も仕事も剝奪された。毎朝、記念碑に(戦死した国際友好戦士の慰霊碑になる予定の場所だ)誰かが張り紙をしていくんだ——「中心街ではなく、参謀本部の近くに建ててください」って。十八歳のいとこは、兵役にとられるのを嫌がってる——「誰かのバカな命令を、犯罪的な命令を遂行しなきゃいけないんでしょ。殺人犯になれっていうの?」って言って。俺の勲章を横目で見て……。俺がいまのあいつくらいの年のころは、じいちゃんが勲章や記章のついた正装の軍服を着てるのを見るだけで心臓が止まりそうなほど感動したもんだけどね。俺たちが戦場にいるあいだに、世界は変わっちまった……。

真理ってなんだ?

うちの五階建てのアパートの一階に、医者のばあさんが住んでるんだ。七十五歳の。最近の新聞の暴露記事や政治家の演説の果てに……俺たちに降りかかった真実の果てに……そのばあさんは気が狂っちまった……。ゴルバチョフが出てくるとテレビを消す。住んでる一階の部屋の窓を開け放って、叫びだす──「スターリン万歳!」「共産主義は──人類の明るい未来!」。俺はそのばあさんを毎朝見てる……。誰もばあさんを止めはしない、誰の邪魔もしてないんだから……。ときどき、俺はあのばあさんに似てると思うことがあるよ……。ああ、確かに似てやがるんだ、ちくしょう!

でも俺たちは祖国に対しては潔白だ……。

──母

呼び鈴が鳴って……急いで玄関に行ったのに、誰もいないんです。妙な気がしました──なんだか、あの子が来たように思えて。

その二日後、軍人さんたちが訪ねてきました。

「息子はいないんですか?」──すぐに察したわ。

「ええ、もう……」

しんと静かになりました。私は玄関の鏡の前ですとんと膝をついてしまって。

「どうして、どうしてなの!」

テーブルの上には、あの子に宛てた書きかけの手紙がありました──

「こんにちは。

届いた手紙を読んで、嬉しくなりました。今回、文法の間違いはひとつもなし。前回と同じで句読点の間違いは二箇所。「たぶん」は挿入語で、「〜、その……」が入る文章は複文になります。だから「お父さんが言っていた、その通りにします」には読点を入れなきゃいけないし、二つめの文章の「たぶん、お母さんとお父さんも喜んでくれるよね」にも読点が必要。口うるさいお母さんでごめんなさいね。

アフガニスタンは暑いでしょうから、風邪をひかないように。あなたはしょっちゅう風邪をひくんだから……」

墓地ではみんな黙っていました。たくさん人が来ていたけど、誰もなにも言わなかった。私はネジ回しを握りしめて、誰にも渡そうとしなかった。

「棺を開けさせてください……あの子を見たいんです……」――私は亜鉛の棺をネジ回しで開けようとしていたんです。

夫は自殺しようとして――「生きていられない。すまない、でもこれ以上生きていたくない」と。私が止めたんです

「あの子の墓碑を作らなきゃいけないでしょう、敷石も敷かなきゃ。ほかの子たちと同じように」

夫は不眠症になってしまって。こんなことを言うんです――

「寝ようとすると、あの子が来るんだ。キスをして、抱きしめてくる」

古くからのしきたりどおり、パンを一斤とっておくことにしました……お葬式のあと四十日のあいだ……。でも三週間目に粉々になって崩れてしまって……家庭が崩壊する前兆っていうでしょう……。

家じゅうにあの子の写真をありったけ飾ったの。私はそのほうが気が休まるんだけど、夫はつらいらしくて……

「しまってくれ。あの子に見られてる気がする」

上等な大理石でできた墓碑を建てました。あの子の結婚式にと思って貯めていたお金をすべてその墓碑につぎ込んだの。墓碑の周りは赤い敷石で囲んで、赤いダリアの花をお供えした。夫は柵にペンキを塗って——

「できることはしたな。あの子も喜んでくれるね」

その次の朝、夫は私を仕事に送り出しました。じゃあねって言って。定時に終えて帰ってくると、夫はちょうど私のいちばん好きだった息子の写真の前で、首を吊っていました。

「どうして、どうしてなの！」

教えてほしいんです——あの子たちは英雄なんでしょうか。どうして私はこんなにつらい思いに耐えているの。どうしたらこの苦しみを乗り越えられるの。ときには、やっぱり英雄だったんだと思うこともあります。お墓にいるのはあの子だけじゃない……何十人も……街の墓地に何列にもなって眠っています……祝祭日のたびに弔砲が轟くんだから。式典の演説がなされ、お花が供えられる。ピオネールの入団式もおこなわれるんだから……。でもときにはまた、この国の政府や、党や……権力を呪わしく思うこともあります。私は共産主義者ではあるけれど、でも知りたいんです——どうしてなのか。なぜあの子は亜鉛で包まれなければならなかったのか。自分のことも呪わしく思います……私は小学校でロシア文学を教えています。あの子にだって、私自ら「義務は義務。果たさなければいけないものなのよ」と教えました。なにもかも呪わしく思っても、その翌朝にはお墓に飛んでいって、謝るんです——

「ごめんなさい。あんなことを教えてたお母さんを、許してちょうだい」

夫からの手紙にはこう書いてありました――「しばらく手紙が届かなくても心配しないで。いままでと同じ住所宛に手紙をください」と。二ヶ月のあいだ、手紙は来ませんでした。でもアフガニスタンにいるなんて、そんなことはまったく知らなくて。あの人が新しく赴任した先に行ってみようと思いたって、荷造りをしていたんです……。

夫は、日光浴や魚釣りをしていると書いていて、小さなロバにまたがって、砂に膝をついている写真も送ってきました。それでも、初めての休暇で戻ってくるまでは全然気づかなかった。そのときになって初めてあの人は、戦場にいると白状したの……戦友を亡くしたって……。以前はほとんど娘と遊んでやることもない、父親の自覚があまりない人だった。まだ娘が小さすぎたせいかもしれないけど。なのに休暇で戻ってきたあの人は何時間でも娘の相手をして、でもその目があまりに哀しそうで、怖くなったくらい。朝起きれば、娘を保育園に連れていく。肩車をするのが好きだった。私たちはコストロマに住んでいました。綺麗な街です。夕方にはお迎えに行ってくれる。一緒に劇場や映画にも行ったけど、家にいるのがいちばん落ち着くみたいだった。テレビを見て、おしゃべりをして。

私に対しても熱心に愛情表現をするようになって、私が仕事に出かけたり、台所で料理をしたりしようものなら、その時間さえも惜しんで、「一緒にいてくれ、今日はおかずなんてなくてもいい」「俺がここにいるあいだ、休暇をとってくれないか」なんて言うのよ。出発の日がきても、わざと飛行機に乗り遅れたの、あと二日一緒にいられるように。

最後の夜……あまりに幸せで、私は泣きだしてしまった。泣いている私を、あの人はただ黙って、じ

っと見つめていた。それから口を開いて、

「タマーラ、もしほかの人とつきあうことになっても、忘れないでくれ」

って言うから、私が、

「ばか！　あなたは絶対に殺されないの！　あたしがこんなに好きなんだから、絶対に殺されないわよ」

って言ったら、あの人は笑った。

それから、いまは子供はこれ以上いらないって話した。

「俺が帰ってきたら……そしたらまた子供をつくろう……。ひとりで育てるのはたいへんだろう？」

私は待つことを覚えた。だけど霊柩車を見ると具合が悪くなって、悲鳴をあげて泣きだしたくなる。家に飛んで帰って、イコンでも飾ってお祈りしたいくらい——「どうかあの人をお守りください。どうか！」って。

その日、私は映画を観にいったけど……スクリーンを眺めているのになにも目に入ってこなかった。心がざわついて、どこかで誰かが私を待っていて、そこへ行かなきゃいけない気がして、映画が終わるのをじりじりと待った。あの時間に、おそらく戦闘がおこなわれていたのね……。

それから一週間、なにも知らされなかった。それどころか手紙まで、二通も届いた。いつもだったら喜んで手紙にキスをするのに、なぜだか腹が立ったの——いつまであなたを待っていなきゃいけないの、って。

九日目の朝五時に届いた電報は、無言でドアの下に差し込まれていました。あの人の両親から届いたその電報に、「オイデコウ、ペーチャシス」とあるのを見た瞬間、私は悲鳴をあげて、子供を起こしました。どうすればいいの。どこに行けばいいの。お金もない。ちょうどその日、あの人の給与を受け取るための証明書が届くはずだったんです。娘を赤い毛布に包んで外に出たものの、まだバスも走っていない時間だった。タクシーを止めて、

「空港までお願いします」と言ったのに、

「悪いね、車庫に戻るところなんだ」と、ドアを閉められてしまいました。

「夫がアフガニスタンで戦死したんです……」

運転手さんは黙って車を降りると、乗るのを助けてくれました。途中で女友達の家に寄って、お金を借りました。空港ではモスクワ行きの便がないと言われたけど、鞄から電報を出して見せるのは怖かった。もしかして勘違いかもしれない。間違いかもしれない。もしかしたら……。肝心なのは、それを口に出さないことだ……。私は泣いていて、周りの人たちに見られていました。モスクワ行きの小型輸送機《ククルーズニク》に乗せてもらえることになって……。ミンスクに到着したときは夜になっていました。そこからさらに、スタールィエ・ダローギまで行かなければいけない。百五十キロも離れているのでタクシーにも嫌がられて。必死で頼み込んで、どうにか一人、行ってくれるという人を見つけました。「百五十ルーブルでいいなら行きますよ」と言われて、持っていたお金の残りをすべて渡しました。

そうしてあの人の実家に到着したのは深夜二時でした。みんな泣いています。

「なにかの間違いじゃないの?」

「それがそうじゃないのよ、タマーラさん、ほんとうなの」

翌朝、軍事委員部に出かけたけど、いかにも軍隊らしく、「搬送され次第、お知らせいたします」という回答しか得られませんでした。さらに二日が経過。ミンスクに電話すると、「こちらまでお引き取りにいらしてください」とのこと。出かけていくと、「手違いでバラノヴィチに送られてしまいまして」

と言われるありさまです。バラノヴィチはさらに百キロほど遠い場所で、バスもありません。飛行機で行くと、もう勤務時間が終わったということで空港の責任者も不在でした。宿直の警備員に話しかけると――

「すみません、私たちこういった事情で来たんですが……」

「ああ、そこにあるよ」と指差して答えます。「なんかの大箱が届いてたな。見てみなさい、あんたたちのだったら持っていっていいから」

地面に置き去りにされたその汚れた箱に、チョークで「中尉ドヴナル」と書かれていました。私が板を剝がすと棺の小窓が現れて――顔は無事だけど、髭ものびていて、顔を拭いてすらもらえなかった様子で、棺も小さすぎて。それに異臭が、耐えがたい異臭がして。かがみ込んだけど、とてもキスができる状態じゃない……。あの人はそんな状態で返されたんです……。

私は膝をつきました。かつてなによりも大切だった、誰よりも愛していた人の前で……。

それは、ミンスク州スタロドロシスク区ヤズィリ村に初めて届いた棺だったんです。人々の目は恐怖におののいて、なにが起こっているのか誰にもわからない。娘にお別れをさせようと抱っこしました――四歳半でした。娘は「パパ黒いよ……怖いよう……パパがまっ黒だよう……」って、泣きだしてしまって。棺を墓穴に収めたとき、棺を下ろすのに使った刺繡長布《ルシニク》もまだ引きあげないうちに、突然――激しい雷鳴が轟き雹が降りだして、その雹がまるで白い小石のようにライラックに降り注ぎ、足元でバラバラと音をたてる。自然そのものが現実を拒んでいるかのように。しばらくはあの人の実家から出ていく気になれませんでした。ここにはお墓もあって……あの人のお父さんとお母さんがいて……あの人の使っていた物もある――机も、小学校のときの通学鞄も、自転車も……なんでもいいから触れていたかった。それらを手にとって……。家の人たちはみんな黙っていました。私はなんだかお義母さんに恨まれているような気がして──だって私は生きていて、あの人は いない。私はまた結婚できるけど、あの人はできない。お義母さんはいい人だけど、当時は少しおかしくなってしまって、ひどくどんよりとした目をして……。いまでは、「タマーラさん、再婚しなさいな」って言ってくれる。でもあのときの私は、お義母さんと目を合わせるのも怖かった。お義父さんも気が狂う寸前で、「あんな立派な子を棺に入れるとは、殺すとは！」と憤って、私とお義母さんで「ペーチャは立派に勲章をもらったのよ」と宥めました……。アフガニスタンには行かなければならなかったと……南部国境を守るために……。でもお義父さんは聞く耳を持たず「ちくしょう！　ちくしょうめ！」と繰り返すだけ……。

もっと恐ろしいのはそれからでした。いちばん恐ろしいのは……もう待たなくていい、もはや待つ人はどこにもいないのだという考えに慣れていくことです。それでも私はずいぶん待ち続けて……。新居に引っ越しても、朝起きると恐怖でひどい寝汗をかいていて──「ペーチャが帰ってくるっていうのに、私とこの子が違う住所に住んでちゃだめじゃない！」って。自分はもうひとりぼっちで、これからもひとりなんだってことが、どうしても飲み込めなくて。一日に三回もポストを覗いて……。でも、あの人が受けとりそびれた私の手紙ばかりが──「宛所不明」の印を押されて戻ってくるだけでした。祝日が嫌いになり、誰かの家を訪ねていくのもやめてしまった。残されたのは思い出だけ。思い出すのはいちばん素敵な……出会ったばかりのことで……。

出会った日は一緒にダンスを踊った。二度目は公園の散歩。三度目に会ったとき、プロポーズされた。当時、私には婚約者がいて、すでに婚姻申請書を役所に提出していたの。だからそう言ったら、あの人は街を去って、手紙をよこしました。便箋いっぱいに大きな文字で「おーーーい！」って書いてあるのよ。一月に、「迎えにいく、結婚しよう」と言われて、でも私は一月に結婚なんてしたくなかった。結婚式は春じゃなきゃ！　ちゃんとした結婚式場で、音楽とお花に囲まれて。

　でも結局は冬に、私の地元で式を挙げた。急ごしらえの可笑しな式だった。占いをするしきたりのある神現祭の日、夢をみた。朝になって母にその話をしたわ――

「あのね、夢にかっこいい男の人が出てきたんだけど、橋の上に立って私を呼んでるの。その人は軍服を着てた。でも私が近づいていくと、その人はどんどん遠ざかって、しまいには消えちゃったのよ」

「軍人さんのお嫁には行くなってことね、ひとり取り残されるから」――母はそう予言してた。

　あの人は二日間の滞在予定でやってきて、

「婚姻届を出しにいこう！」って、玄関口で言ったわ。

　村の役所の人たちは私たちを見て、

「二ヶ月も待つことはありませんよ。コニャックを持ってきてもらえれば」

　その通りにしたら、一時間後には受理されて夫婦になれた。外は吹雪。

「さて、新婦はどんなタクシーに乗せてもらえるのかしら？」

「すぐつかまえるよ！」あの人は手を挙げて、「ベラルーシ」型のトラクターを止めたんです。

　あの人と一緒にいる夢を何年もずっとみていました。私たちはトラクターに乗っていて、運転手はクラクションを鳴らし、私たちはキスをする。あの人がいなくなってもう八年……八年になるのに……夢にはしょっちゅう出てくるんです。夢のなかで私はよく「ねえ、もう一度結婚して」ってねだるけど、あの人は「だめだ、だめだ！」と私を突き放そうとする。私があの人を惜しむのは、自分の夫だったからというだけではありません。男らしくて、ほんとうにかっこいい人だった。大きく逞しい体つきをして。街を歩くと私じゃなくあの人を見てみんな振り返るくらい。息子を産まなかったのが心残りなの。産めたはずだった……頼んだこともあったけど、あの人はためらって……。

二度目の休暇で戻ってきたときは……電報もよこさず、事前になにも言ってこなかったから、うちには鍵がかかってた。ちょうど女友達の誕生日で、私は出かけていたの。あの人はそこへ来て、ドアを開けると音楽が大音量でかかってて、みんな笑ってて……あの人は椅子に腰を下ろすと泣きだしてしまった……。毎日私の職場まで迎えにきては、「来るとき歩いてたら、足が震えるんだ。デートに向かってるみたいに」なんて言ってた。一緒に川へ出かけて、日光浴をして川で泳いだこともあった。川辺で焚き火をしてたとき、あの人が――

「よその国のために死にたくはないもんだな」

って言ってた。それから夜中には――

「タマーラ、再婚はしないでくれ」

「どうしてそんなこと言うのよ」

「おまえのこと心から好きだからさ。おまえが誰か別の奴と一緒になるなんて、考えられないんだ……」

日々は飛ぶように過ぎ去りました。いつしか得体の知れない恐怖が芽生えていて……そう、怖かったの……二人きりになれるように娘を近所の人に預けたことすらありました。予感というより、なにか影のようなものを感じていた……影がさしていた……。任期は残り半年。ソ連ではもう次の派遣の準備が進められていました。

ときどき、ものすごく長く生きてきたような気がすることがあります。同じ思い出をなぞっているだけなのに。それを丸ごと暗記してしまいました。

娘は幼いとき、保育園から帰ってきて、

「今日ね、みんなでお父さんの話をしたんだよ。それでね、うちのお父さんは軍人さんですってお話したの」と言ったことがありました。

「どうして?」

「だって、生きてるかどうかなんて言われなかったもん。お仕事はなんですか、って言われたんだから」

もう少し大きくなって、なにかで私があの子に怒ると、

「お母さん、再婚しなよ……」と心配してくれました。

「どんなお父さんがほしい?」

「うちのお父さんがいい……」

「そうじゃないとしたらどんな人がいい?」

「お父さんに似てる人……」

私は二十四歳で未亡人になりました。はじめの数ヶ月のうちなら、どんな人に言い寄られたってきっとすぐにでも結婚していたと思います。気が動転して、どうしたら救われるのかわからずにいたから。周りではこれまで通りの生活が続いている――別荘を建てる人、車を買う人、引っ越しをして、やれ絨毯がいるとか台所の赤いタイルを買わなきゃとか……いい壁紙を探さなきゃとか……普通の生活を送っている人々がいて……。なのに私は? 私は――砂浜に打ちあげられた魚みたいに……毎晩むせび泣いていました……。家具なんて最近になってようやく買うようになったけど。パイを焼こうと思っても、

おしゃれをしようと思っても、体が動かなかった。もはやうちでお祝いごとなんてできるはずもない気がした。これが一九四一年や四五年なら、国じゅうに戦死した人がいて、みんなが悲しんでいたでしょう。誰もが誰かを失ったし、なんのために失ったかもわかっていた。女たちは声を揃えて泣いていた。私が働いている料理学校の教職員は合わせて百人ほどいるけど、そのなかで夫が戦死したなんていうのは私だけだし、その戦争についてはみんな新聞で読んだだけのことしか知らなかったんです。初めてテレビで「アフガニスタン問題は我が国の恥である」と言っているのを耳にしたときは、画面を叩き割りたくなりました。あの日私は、もう一度夫を葬ったんです……。

生きているあの人を愛していたのは五年間で、もう八年も死んだあの人を愛していることになります。気が狂っているのかもしれないけど、私はあの人を愛しているんです。

――兵卒、偵察兵

俺たちが連れていかれたのはサマルカンドだった……。

二つ並んでいたテントのうち、片方のテントの中で俺たちは平時に身につけていたものをすべて脱ぎ捨てた。少し頭の働く奴は、来る途中にジャケットやセーターを売り払ってその金でワインを買っていた。もう片方のテントでは古着の兵士服が配られた――一九四五年の詰襟軍服《ギムナスチョルカ》、合皮ブーツ《キルザチー》、足布《ポルチャンキ》。あんな合皮ブーツは、暑さに慣れた黒人でも見ただけで卒倒しかねない。アフリカじゃ発展途上国だって、兵士といえば軽量編み上げブーツ、ジャケット、ズボン、キャップといった出で立ちなのに、俺たちは隊列を組んで歌をうたいながら、四十度の猛暑のなかを歩く――足が煮えちまうよ。最初の一週間は、冷蔵庫工場でガラス容器の荷下ろしをやらされた。貨物倉庫でレモネードの入った箱を運ぶ。将校の家に派遣されて、家の周りの煉瓦塀を積んだこともある。二週間くらいかけて豚小屋の屋根を葺いたときは、トタン板を三枚葺くごとに、二枚は酒に換える。木の板も売り払った――一メートルあたり一ルーブルになった。宣誓式の前に二度、演習場へ連れていかれた。一度目は弾薬を九つ渡され、二度目は手榴弾を一つずつ投げた。

練兵場に整列させられ、命令が読みあげられた――「国際友好の義務を果たすため、君たちをアフガニスタン民主共和国に派兵する。行きたくない者は二歩、前へ」。三人が二歩前へ出た。隊長はそいつらのケツを膝で蹴って列に戻させた。「いまのは、君たちの士気を確認したのだ」と。二日分の携帯食と革ベルトを渡され、すぐに出発する。要はそんなもんだ……。べつに落胆はしなかった。俺にとってはそれが唯一の外国に行けるチャンスだったから。それに……まあ実際……やっぱりラジカセとか革のアタッシュケースを持って帰ってくるのは夢だったし。それまで生きてきて一度も面白いことなんてなかった。生きてて退屈だった。巨大なＩＬ‐76に乗った。初めてだった……飛行機に乗ったのも初めてだった。小窓から山脈が、人のいない砂漠が見える。俺たちはプスコフの出身で、地元には野原や林しかない。シンダンドで降ろされた。日付も覚えている――一九八〇年、十二月十九日のことだった……。

上官は俺を見て判断した――

「百八十センチくらいあるな……。よし、偵察部隊に入れ。ちょうどおまえみたいなのが必要らしい」

シンダンドからはヘラートに飛んだ。そこでも俺たちは土木作業をやった。演習場を作る作業を。地面を掘り、土台の下に石を運ぶ。俺は屋根にトタン板を葺いた、大工の仕事だ。最初の戦闘のときまで一度も銃を撃ったことのない奴すらいた。絶えず腹が減っていた。炊事場には五十キロ容量の大鍋が二つある。一つはスープ用だが、キャベツが浮いただけの代物で、肉なんてほとんどない。もう一つは主食用で、乾燥ジャガイモをお湯で戻すか、バター抜きの大麦粥を作る。四人で一缶を分けあう鯖缶には、「製造年一九五六年、賞味期限は製造から一年六ヶ月」なんて書いたラベルが貼ってある。現地にいた一年半のあいだに一度だけ食欲をなくしたことがあった。負傷したときだ。でもそれ以外のときは年がら年じゅう、どこで食べ物を手に入れようかとか、くすねて食えるものはないかとか、それればかり考えてた。アフガンの農園に忍び込めば撃たれる。地雷を踏む危険もある。それでも、梨でもりんごでもなんでもいいから果物が食べたかった。両親に頼んでクエン酸を手紙にしのばせて送ってもらった。俺はそれを水に溶かして飲んだ。すっぱくて、胃が温まった。

最初の戦闘を前にして……ソ連国歌が流された。政治将校が演説をする。記憶に残ってるのは、世界の帝国主義は油断ならない、故郷は俺たちを英雄として待ち受けてるって話だ。

自分がどうやって人を殺すのかなんて、想像してなかった。軍に入るまでは自転車競技をやっていて、人に恐れられるくらい筋肉を鍛えていたから、誰も俺には手出しをしなかった。だからナイフを使った流血沙汰の喧嘩なんて見たこともなかった。なのにそんな自分が装甲車に乗っている。シンダンドからヘラートまではバスだったし、一度駐屯地を出たことはあるがそのとき乗ったのはZILトラックだった。服の袖を肘までまくって武器を持ち、装甲車に乗るのは……新鮮な、それまで知らなかった感覚だった。権力と力を感じ、守られている気がする。集落は急にちっぽけに思え、水路は浅く、木々はまばらに見えてくる。三十分もするとすっかり落ち着いて、旅行者になったような気分だ。エキゾチックな異国を眺める。見慣れない木々、見慣れない鳥、見慣れない花……。ラクダ草も初めて見た。戦争のことなど忘れてしまった。

水路に架けられた粘土造りの橋を越える――数トンもある金属製の装甲車両の重みに粘土の橋が耐えられたのには驚いた。突然、爆発が起きる――先頭の装甲車が至近距離から擲弾にやられた。仲間たちが抱えられて運ばれていくのが見える……頭のない奴もいる……ボール紙の標的みたいだ……腕がだらりと垂れ下がって……意識がその新たな恐ろしい光景をすぐには受け入れられないうちに……命令が下る――「迫撃砲用意」――俺たちが矢車菊と呼んでいたそいつは、一分間に百二十発撃てる。ありったけの砲弾をさっき弾が飛んできた集落に撃ち込む。ひとつの建物にいくつもの砲弾が飛んでいく。戦闘が終わるとバラバラになった味方の死体をかき集め、装甲にへばりついた肉片をこそぎ取った。身元確認用の認識票はなく、広げた防水布が「共同墓地」となった……。どこに誰の足があり誰の頭蓋骨の欠片があるのかなんてとてもわからない……認識票は配られていなかった。ひょっとしたらほかの遺族のもとに送られるかもしれない。名前、苗字、住所……。まるで歌の歌詞みたいだ――「僕らの住所は町名でも番地でもない、僕らの住所は――ソ連さ……」っていう。要はそんなもんだ。

帰りはみんな黙っていた。俺たちは普通の人間だ、殺しに慣れてなんかない。駐屯地に戻ったら、ひと安心した。食事をとる。武器を点検する。それでようやく話し始めた。

「大麻、吸うか」と、古参たちに勧められた。

「いえ、いいです」

やめられなくなるのが怖いから吸いたくなかった。麻薬ってのはすぐ習慣になって、強い意志がないとやめられなくなる。でもじきにみんな吸うようになった。そうでもしないと神経がまいってくたばっちまう。かつての戦争のときみたいに「人民委員の百グラム」〔配給ウオッカ〕でもあればよかったんだけど、それもなくて……。禁酒令だ。でも緊張は解かなきゃならない。解放感を感じなきゃいけない。炒飯《プロフ》や粥に大麻をまぶしてた……。目がぎらぎらして……夜中でも猫みたいに目が見えて、コウモリみたいに身軽になる。

　偵察兵は銃撃戦じゃなく、至近距離で殺す。銃で撃つんじゃない、ナイフや銃剣の先で刺すんだ。静かに、気づかれないように。俺はすぐにそのやりかたを覚えてマスターした。最初に殺した奴？　至近距離で殺した相手のこと？　覚えてるよ……。集落に接近すると、暗視双眼鏡の向こうにそいつが見えた——木のそばに小さな灯りがあり、そいつは銃をたてかけてなにやら地面を掘っていた。俺は仲間に銃を預けて、飛びかかれるくらいのところまで距離を詰め、飛び出して足払いをかけて転ばせた。叫ばないように口にターバンを押し込んだ。ちゃんとしたナイフは持ち歩くと重いから持っていなかった。持っていたのは缶詰を開けるのに使っていたポケットナイフ。普通のポケットナイフだ。倒れているそいつの……顎鬚を摑んで、首元を切った。初めて人を殺したあとってのは……初めて女を知ったあとにも似た……高揚があったが……俺はすぐに慣れた。やっぱり田舎の出身だからかな、鶏を絞めたことも、山羊を殺したこともある。要はそんなもんだ。

　俺は上級偵察兵だった。大抵は深夜に出かける。ナイフを持って木の陰にひそむ……。奴らが来る……先頭を行くのは巡察兵だから、まずはそいつを片づける。仲間と担当を決めて順番にやる……。俺の番になる……目の前に来ても少しだけ先に行かせて、後ろから飛びつく。肝心なのは左手で頭を押さえて、叫び声をあげないように素早く喉を上に向けることだ。右手で背中にナイフを刺す……肝臓のあたりに刺したら……思い切り差し込む……。そのうち戦利品のナイフを手に入れた。刃渡り三十一センチの日本製だ。軽い力で人体にスッと入っていく。刺されたほうは叫ぶ隙もなく震えて倒れる。慣れたもんだ。技術的な面に比べたら、精神的に慣れるのはたいしたことじゃない。心臓を突くにはどうしたらいいか……。俺は空手を習ってた。腕を捻じあげる……。急所を狙い——鼻、耳、瞼の上を正確に殴る。ナイフを刺すにしても、どこを刺せばいいかを熟知してなきゃだめだ……。粘土塀《ドゥバル》の中(つまり粘土塀で囲まれた家の敷地内)になだれ込む——二人はドアの前に立ち、二人は庭に残り、あとの仲間が家の中を調べる。気に入った物があればもらっていくよ、まあな……。

一度だけ……精神がやられちまったことがある……。ある集落を掃討していたときだ。普段からいつも、まずドアを開けたら入っていく前に手榴弾を投げ込む。連射を食らって蜂の巣にされないためにだ。念のためそのほうが安全だからな。俺が手榴弾を投げ込み、中に入ると——倒れていたのは女が数人と、男の子が二人、乳飲み児が一人。その赤ん坊はあり合わせの箱に入れられてた……ゆりかご代わりの……。

いま思い出しても……いまだに胸が痛む……。

善人でありたいと思っていたが、戦場ではそうはいかない。俺は故郷に戻ってきた。銃撃で両目の網膜をやられて目が見えなくなってね。左のこめかみに当たった銃弾が右まで貫通した。明暗だけは感知できる。善人にはなれなかった。よく誰かの喉を掻っ切ってやりたい衝動に駆られる。相手もわかってるんだ……誰の喉を切ればいいのか……そう……あいつらだ……死んでいった仲間たちの墓碑を作る金を惜しんでる奴らだ……俺たちみたいに障碍を抱えた人間に住居すら与えようとしない奴らだ——「私があなたを派遣したわけではありませんので」だと……。俺たちのことなどどうでもいいと思ってる奴ら……俺たちは現地で死んでいったのに、その戦争をテレビで見てた奴らだ。あいつらにとって、それは単なる見せ物だ。見せ物だったんだ！　スリルなんか味わってやがったんだ。

目が見えなくても生活はできるようになった……。自分で街を歩くこともできる――一人で地下鉄に乗れるし、乗り換えもできる。料理だってできるし、妻は「私が作るよりおいしい」って驚いてくれる。俺は一度も妻を見たことがないが、どんな女なのかはわかる。髪の色も、鼻や唇の印象も……。手で、体で感じとれる。この体には目がついてる。息子もわかる……赤ん坊のときはおむつを替えて洗ってやっていた。いまは肩車もできる。目なんかいらないんだと思うこともある。あんただって、なにかすごくいいことがあったり、心地いいと感じたりしたときには目を閉じるだろ。画家は目が見えなきゃ困るだろう、それが仕事なんだから。でも俺は世界を感じてる……聞こえてるんだ……俺にとってそれは、あんたらみたいに目の見える人間よりずっと大事な意味を持ってる。言葉、連なり、音。はたから見れば俺はもはやなにもかもを終えた人間だ――闘い抜いた男というわけだ。宇宙へ行ってきたあとのユーリー・ガガーリンみたいなもんだっていうんだ。でも違う――俺にとって肝心なのはすべてこれからだ。俺はわかってるんだ。俺は以前自転車競技をやっててレースにも出たが、人間の体には自転車以上の意味はない。人間にとって体は仕事をするための道具であって、それ以上のものではない。俺は幸せで、自由であり得る。目が見えなくても……。そうわかったんだ……。目が見えててもなにも見えてない奴らもたくさんいる。俺自身、目が見えてたときのほうが、いまより盲目だった。すべてを洗い流してしまいたい。俺たちが放り込まれたあの汚れのすべてを。自分の記憶を……。あんたにはわかんねえだろうな、深夜にどれほどつらくなるか。すべてが再び押し寄せてきて……俺はまたナイフを持って人に襲いかかって……どこを刺したらいいか算段する……。人体は柔らかい。覚えてるんだ、人の体の柔らかさを……。要はそういうことだよ、そういう……。

夜が恐ろしいのは、目が見えるからだ……。夢のなかの俺は、視力があるんだ……。

――補助員

私が小柄で痩せているのは気にしないでください……。私も現地にいたんです……現地から帰還した一人なんです……。

「兵士でもないのに、どうして現地へ行ったんだ？」と訊かれますが、年々答えるのが難しくなっていくんです。当時、私は二十七歳で……友達はみんな結婚していたのに、私はまだだった。一年間つきあっていた彼は、ほかの女と結婚してしまったし。女友達からは「忘れようよ。記憶から消し去って、私たちが現地にいたことなんて誰にも悟られないようにしなきゃ」と手紙で言われたけど、忘れたくなんかない、理解したいと思うんです……。

私たちは騙されたのだと気づき始めたのは、まだ現地にいたころでした。でも、どうしてそうも簡単に騙されたのかといえば――騙されたかったから……。あれ、動詞の活用、これで合ってたっけ。ずっと一人暮らしだと、じきに言葉も忘れちゃいそう。なんにも言えなくなりそう。正直に言うなら……男の人には言えないけど、女の人になら話せるわ……あの戦争に相当な数の女の人が行ってるって知ったときは、びっくりしました。綺麗な人もそうじゃない人も、若い人も年嵩の人もいたし、明るい人も意地悪な人もいた。パン職人、料理人、配膳係に……清掃係……。もちろんみんなそれぞれに目的があって、お金のためだったり、結婚相手を探しにきたりしていた。みんな未婚か離婚した人ばかり。幸せや運命を探してた。現地にも幸せはあったし……本当の恋をしている人もいた。結婚式だってあった。タマーラ・ソロヴェイっていう……看護師の子……。担架で運ばれてきたヘリの操縦士は、全身真っ黒に焼け焦げてた。ところがその二ヶ月後、タマーラはその人との結婚式に呼んでくれた。私は同室の女の子たちに訊いてみた――「喪中なんだけど、どうしたらいいの」って。ちょうど恋人が死んで、その人のお母さんに手紙を書かなきゃいけなくて、もう二日も泣き通しだった。結婚式なんて出られる気分じゃない。そしたら「でもタマーラの結婚相手だって明後日には死ぬかもしれないのよ、いま結婚式を挙げておけば泣いてくれる人がいるってことになるでしょ」っていう答えが返ってきた。「式に出るか出ないかなんて考えてる場合じゃないわよ、それよりプレゼントでも探しなさい」って。プレゼントはみんな同じ――金券入りの封筒。新郎を乗せたお祝いの車はアルコールを燃料缶に入れて運んできました。みんな飲んで踊って乾杯して、「キスを《ゴーリカ》！」と掛け声をかけてた。幸せはどこでも同じね。特に女の幸せは……。いろんなことがあったけど……記憶に残っているのは美しい思い出……。大隊長が夕方、部屋に私を訪ねてきて――「怖がらないでくれ。なにもしないから。そこに座っていてほしい、見ていたいんだ」なんて言われたこともあった。

だけど信念があったわ。強い信念が。なにかを信じるって――とても美しいことでしょう。素晴らしいことでしょう。騙されたっていう感覚と……信念が……不思議と同居していて……。もしかしたら、戦争といえば大祖国戦争のような戦争しか思い浮かべられなかったせいかもしれない。子供のころから戦争映画を観るのが好きだった。だからそういうふうに……頭に思い描いていた。映画みたいな場面を……。戦地の病院にはぜったいに女性が必要なはずでしょう。女手がなきゃ。大火傷をしたり、大怪我をした人たちが寝かされているんだから……。せめてその傷にそっと触れて、生きる気力を与えるだけでもいい。それが慈愛っていうものでしょう。女のすべき仕事でしょう。あなたは私を、私たちを信じてくれますか。現地の女はみんながみんな体を売ってたわけじゃない、「金券《チ》で買える女《ェキストカ》」ばかりじゃないんです。いい子のほうが多かった。あなただから信頼するんです……女の人だから……男の人にはこの話はしないほうがいい。面と向かって笑われる……。新しい職場では(帰国してすぐ前の仕事をやめたんです)、私が戦地に、カブールにいたことは誰も知りません……。最近、アフガニスタンの話で論議になって——なんのための戦争なのとか、どうして戦争なんてするのかって話してたら、うちの技術主任が私の言葉を遮って——「いやあ、あんたたちみたいな若い女性は戦争のことなどわからんでしょうねえ……あれは男の世界ですよ……」なんて言うのよ(笑いだす)。私は戦地で、自ら危険な作戦に参加していこうとする少年をたくさん見てきた。あの子たちは深く考えもせず死んでいった。向こうで男の人をたくさん見てきた。観察してきた……面白くて……だって……男の人の頭ん中ってどうなってるのかしら、そういう細菌でも棲みついてるんだわ。いつだって戦ってばかりいる……。あの人たちがいかに命の危険に身をさらし、人を殺すのかを見てた。いまだに男って、人を殺せるってことは自分たちに特別な能力があるみたいに思ってるのね。ほかの人が触れていないなにかに触れたんだって。ひょっとして、そういう病気なのかもしれない。そういう細菌か、ウイルスがあって……それに感染しているのかも……。

帰ってきたら、すべてが変わっていた……故郷に戻ってきたのに……。この戦争は必要だって主張してた国を旅立ったはずなのに、帰ってきた国ではこの戦争は不要だったと主張してる。そもそも社会主義自体が崩壊しそうで、どこか遠くに建設するどころの話じゃない。もはやレーニンやマルクスを引用する人は誰もいない。世界革命なんていう言葉も出てこない。いまの英雄はまったく違う……大規模農場の経営者や、起業家で……。理想も変わって——我が家こそが砦……。でも私たちはパーヴェル・コルチャーギンや……アレクセイ・メレシエフを見習いなさいと教えられて……みんなでキャンプファイヤーを囲んで、「まずは祖国のことを考えよう、自分のことはそれからだ」とうたった世代。じきに私たちは笑いものにされる。子供たちをおどかす話のネタになるでしょう。悔しいのは、なにかを与えられなかったとか……勲章がもらえなかったとか……そんなことじゃない。まるで私たちが存在しなかったかのように、消し去られてしまったことです。臼で碾かれたみたいに……。

帰ってきて半年は、眠れない夜を過ごしていました。寝入るやいなや死体や砲撃が浮かんで、怖くて飛び起きる。目を閉じればまた同じ光景が浮かぶ。それで心療内科にかかりました。でも医者は話を聞くと驚いて、「現地でそんなにたくさんの死体を見たんですか?」って訊くんです。その若い医者の顔を、思い切りぶん殴ってやりたかった。なんとか思いとどまって……こらえたけど……。でも罵倒くらいしてやってもよかった。戦場で覚えてきたんだから。それっきり、医者には一切かかりませんでした。それから、鬱状態になって……。朝目が覚めても、ベッドから起きだして顔を洗って髪を梳かそうという気になれない。なにもかも無理矢理、力を振り絞ってようやくこなす。仕事に出かけて……誰かと話をしても……夕方になってその日のことを訊かれたら、なんにも覚えてないんです。生きているのがどんどん嫌になっていく。音楽も聴きたくない。詩も読みたくない。かつてはどちらも大好きだった、音楽や詩に満たされて生きていたのに。誰も家には呼ばないし、誰かの家にも行きません。でもひとりになれない——よくある面倒な住居問題だけど、共有住宅《コムナルカ》に住んでいるから……。戦地で稼いだお金なんて——服を少し買って、イタリア製の家具を買ったくらい……。でも私は独り身のまま……。現地ではなにも見つけられず、ここでは迷子になってしまった。ここでの生活にもよく馴染めないんです。やっぱりなにかを信じていたい。でも取りあげられてしまった……奪われてしまった……。インフレのせいで銀行のお金がなくなっただけじゃない。もっと不幸なことは——過去を差し押さえられてしまった。私には過去がない……信念もない……。どうやって生きていったらいいの？

あなたは、私たちを残酷だと思っているんですか？　それをいうならあなたたちがどれほど残酷だか、わかってるんですか？　私たちは質問されもしなければ、話も聞いてもらえない。それなのに私たちの話が書かれていく……。

私の名前は書かないでください。私はもう、いないものと思ってください。

——母

私ね、デートに行くみたいに、足早にお墓に向かうのよ……。

初めの数日はお墓に寝泊まりしていたの……怖くなんかなかった……。最近は鳥が飛んだり、草が揺れたりするのがよくわかるようになった。春になると、地中から草花が私をめがけて伸びてくるのを感じる。ユキノシタを植えたの……息子からの挨拶が芽吹いてくるのが少しでも早くわかるように。だって地中から……あの子から、私に向かって生えてくるのよ……。

日が暮れ、夜が更けても、あの子のそばにいる。自分でも気づかないうちに悲鳴をあげていて、鳥たちが飛びたったのを見てようやく気づくこともある。カラスが羽ばたく音がする。頭上を回ってバタバタと騒ぐのを見て、はっとして叫ぶのをやめる。この四年、毎日ずっと通ったわ。朝か夕方かに。心臓発作を起こして入院したときだけは、起きあがっちゃいけないって言われて、十一日間行けなかったけど。ようやく起きあがれるようになると、そっとトイレまで歩いてみた。歩けたってことは、あの子のところまで行けるってことでしょう。倒れるとしたら、あの子のお墓の上がいい。そう思って入院着のまま抜けだしたの……。

その少し前に、夢をみたの。あの子が、ワレーラが出てきて――

「おふくろ、明日はお墓に来ないで。来ちゃいけない」

って言うもんだから、起きて急いで駆けつけたら――とても静かで、まるであの子がそこにいないみたいだった。心が、そう、あの子はここにいないって感じとった。カラスたちは墓石や柵にとまっていて、いつもみたいに私から逃げようともしない。ベンチから立ちあがって帰ろうとすると、カラスたちが私に向かって飛んできて、慰めてるみたいなの。行かないでって言ってるみたい。どうしたのかしら。なにを忠告しようとしてるのかしら。そう思ってたら突然カラスたちが静かになって、飛んでいって木の枝にとまった。それでお墓のほうを見ると、ふっと心が落ち着いて不安は消えた。あの子の魂がちゃんと戻ってきたのね。「ありがとう鳥さんたち、行かないでって引きとめてくれて。おかげでこの子にまた会えたわ……」。私は人のいるところにいると気分が悪くなって、落ち着かないの。なにか話しかけられたり、構われたりして……邪魔されるから……でもお墓にいれば大丈夫。居心地がいいのは、あの子のそばにいるときだけ。私がいるのは職場かお墓か、どちらか。お墓にいると……あの子は生きているようなものだから……。どこに頭があるか、測ってみてわかったから……その近くに座って、なにもかも話してあげるの……。私の朝の様子や、お昼の様子を……一緒に思い出して……あの子の写真を見て……じっくりと、いつまでも見つめて……そうするとあの子は少しだけ笑ったり、逆に機嫌が悪いと顔をしかめたりするの。そんなふうに、あの子と生きてるのよ。新しい服は、それを着てあの子のところへ行くためだけに買うの。その服を着た私を見てもらうためだけに……。昔はあの子ってば私に跪いて、「おふくろって美人だなあ！」なんて言ってたけど、いまじゃ私があの子のところで……柵の戸を開いて、跪いて、

「おはよう、ワレーラ……」「こんばんは、ワレーラ……」

って話しかける。いつだってあの子と一緒。養護施設の子をひきとろうと思ったこともあった……。あの子によく似た目の大きな子を。でも心臓が悪いでしょう。この心臓はその子を育ててあげるまで持たない。まるで暗いトンネルに入っていくみたいに、無理をして職場に向かう。もしのんびりと台所に座って窓から外を眺めるような暇があったら、気が狂ってしまう。私を救うことができるのは苦しみだけ。この四年間、一度も映画なんか観にいってない。カラーテレビも売って、そのお金は墓碑に使った。ラジオすら一度もつけてない。あの子が死んでから、私のすべてが変わったの——顔も、目も、この手さえも。

大恋愛をして、飛び込むように結婚したわ。夫は背が高くて格好いい飛行機操縦士で。革のジャケットを着て、毛皮のブーツを履いていた。熊みたいな人。この人が私の夫になるなんて。女の子たちがあっと驚くわ。お店に行って探してみたけど、ソ連じゃヒールつきの室内履きなんて製造してないのよね。でもあの人といると私、背が小さすぎるんだもの。あの人が風邪をひいて、咳をしたり、鼻水をたらしたりする機会をいつも待ち望んでいた。そしたら一日じゅう家にいられて、私が世話をしてあげられる。どうしても男の子がほしかった。あの人にそっくりの男の子。目も耳も鼻もそっくりの。そしたらまるでその願いを天が聞き届けてくれたみたいに、なにもかも瓜二つの男の子が生まれた。こんなに素敵な二人が自分の夫と子供だなんて、どうしても信じられなかった。ほんっとうに信じられなかった。家庭

が大好きになった。洗濯をするのもアイロンをかけるのも。うちのものはなんでも好きすぎて、蜘蛛だって踏まないいし、蝿やてんとう虫がいたって窓から出してあげた。みんな生きて、愛し合えばいい——それくらい幸せだった！ 家に帰るときは、喜んでる私をあの子が見てくれるように玄関のベルを鳴らして廊下の電気をつける——

「レールニカ(幼いころはあの子をそう呼んでたの)、ただいま。とっても会いたかった！」——買い物からも仕事からも、いつも飛んで帰ってきてた。

惜しみなくあの子を愛していたし、いまだって愛しています。お葬式のときの写真を渡されたけど……受けとらなかった……まだ信じられなくて……。私は——忠犬なの、主人のお墓で死んでしまう犬と同じ。友達に対してもいつも誠実に生きてきた。母乳が溜まって滴ってきそうなときも、女友達に本を返すって約束してたから、その約束を守った。寒波のなか一時間半待っても彼女は現れない。だけど、来ないならきっとそれだけの理由があるはずなのよ、約束したんだから。なにかあったんだわ。そう思って家まで駆けつけたら、寝てたのよ。彼女、どうして私が泣いてるのかさっぱりわからないって顔してた。私はその子のことも好きだった。いちばん気に入ってた水色のワンピースをあげちゃったくらい。私はそういう人間なの。恋愛をするようになったのは遅くて、奥手なほうだった。もっと積極的な子もいた。でも私が誰かに愛されるなんて、なんだか信じられなかった。綺麗だって言われても信じなかった。いつもみんなより一足遅れてた。そのかわり、覚えたり、できるようになったりしたことは、ぜったい忘れない。生涯。そしてすべてを喜んでやる。ユーリー・ガガーリンが宇宙へ飛びたったとき、私はレールニカを連れて外に飛び出した。すべての人を愛したい気持ちだった……みんなを抱きしめたかった……みんな嬉しくて叫んでた……。

惜しみなくあの子を愛してた。おかしいほど。あの子も同じように私を愛してた。私はお墓に惹かれていく。呼ばれてるの。あの子が呼んでいるみたい。

あの子はね、

「彼女はいるのか？」

って訊かれると、

「いるよ」って答えて、私の学生証を見せてたのよ。長い長い三つ編みをしてたころの私を。

あの子はワルツを踊るのが好きだった。中学校の卒業式のパーティーで、初めてワルツを踊るとき、私を誘ってくれた。私が知らないうちに、練習して踊れるようになってたの。それで、一緒に踊ったわ。

夕方、窓辺に座って編み物をしながらあの子の帰りを待っていると、足音が聞こえてきて……ううん、あの子じゃない。また足音がして……あの子の足音だ！ってわかるの、一度も間違えたことがなかった。向かい合って話し込んで、朝四時までだって話していられた。なんの話かって？人が心地がいいときに話す、ありとあらゆる話よ。なにもかも。真面目な話も他愛ない話も。そうして笑い合うの。あの子は歌をうたったり、ピアノを弾いてくれたりする。

私は時計を見あげる――

「ワレーラ、もう寝なきゃ」

「もうちょっとだけ、いいだろ」

あの子は私を「おふくろ」「優しいおふくろ」って呼んでた。

「おふくろ、俺はスモレンスクの士官学校に合格したよ。嬉しい？」

それからピアノを弾いて――

士官というのは　貴族の階級
もちろん俺は　最初じゃなく
最後でもないけれど……

父は幹部将校で、レニングラード包囲戦のときに亡くなったの。祖父も将校だった。息子は軍人になるために生まれたような子だった——身長も、力も、振る舞いも。世が世なら、軽騎兵にもなれたでしょうね。白い手袋をして……トランプで賭けごとなんかして……。私は「見るからに軍人さんの卵ね」なんて冗談を言っていたわ。あのときせめて天からなにか不穏な兆候でもあれば……知らせてくれていればよかったのに……。

みんながあの子の真似をするのよ。私も、母親だっていうのにあの子の真似をして。ピアノを弾くときも、あの子みたいにちょっと斜めに腰掛けてみたり。ときには歩きかたを真似てみることもあった。あの子が死んでからはよけいにそう。自分のなかに、常にあの子がいてほしい……生き続けてほしいの……。


「なあおふくろ、俺は派遣されることになったんだ」

「どこに?」

黙ってる。私は涙が出てきて、

「どこに行くのよ、ねえってば」

「どこってなんだよ。決まってるだろ。仕事をしにいくんだ。まずは料理を作らなきゃな。友達を呼んだから……」

すぐに察したわ――

「アフガニスタンなの?」

「そうだよ……」そう言うと、もうそれ以上なにも言わせないって顔つきをしたの。鉄のカーテンが下ろされたみたいだった。

あの子の親友だったコーリカ・ロマノフがうちに飛んできたわ。おしゃべりな子で、洗いざらい話してくれた――あの子たちは士官学校の三年生のころからアフガニスタン派遣の志願書を提出していて、ずっと却下されてきたって。

最初の乾杯の言葉は――「危険を冒さぬものは、シャンパンを飲むなかれ」。その晩ワレーラはずっと、私の好きなあのバラードをうたっていた――

士官というのは　貴族の階級
もちろん俺は　最初じゃなく
最後でもないけれど……

出発までは四週間。朝、仕事に出かける前にあの子の部屋に行っては、寝息に耳を澄ました。寝ているあの子も綺麗だった。

そのとき運命が扉を叩いたの、とんでもない予兆があった。夢のなかで――私は長い黒のワンピースを着て、黒い十字架にかけられて……天使がその十字架を運んでいく……私は十字架にぶら下がっているけど、いまにも落ちそうで……どこに落ちるのか見届けようと思った。海なのか、陸なのか。見えた――眼下には灼けつく陽に照らされた大穴があいていて……。

あの子が休暇で帰ってくる日を待ちわびて暮らしたわ。しばらく手紙もくれてなかった。でも職場に電話がかかってきて――

「おふくろさん、ただいま到着しました。早く帰ってね、スープができてるよ」

なんて言うの。私は電話口に向かって、

「えっ、なに、タシケントから電話してるんじゃないの？ うちにいるのね！ 冷蔵庫のお鍋に大好きなボルシチがあるわよ！」

って叫んでた。

「あ、そうなんだ。鍋が入ってるのはみたけど、蓋を開けなかったからわかんなかったよ」

「あなたはなんのスープを作ったの？」

「わがままな夢っていうスープさ。とにかく帰ってきてよ。バス停まで迎えにいくから」

帰ってきたあの子はすっかり白髪になっていて。休暇じゃなく、「おふくろに一日だけでも会いたい」と軍病院で外泊許可をもらってきたんだってことは、言わなかった。家では絨毯の上を転げ回って、痛みに呻いていたと後で知りました。肝炎もマラリアも――いろんな病気が一緒くたになってあの子を蝕んでいた。でも妹には口止めをして――

「いまのことは内緒だぞ。ほら、あっち行って本でも読んでな」

私がまた出勤前にあの子の部屋に行って寝ているのを見つめていると、目を開けて、

「おふくろ？ どうしたんだよ」

「あら、起きてるの。まだ早いわよ」

「嫌な夢をみてさ」

「悪い夢をみたときは寝返りを打つといいのよ。そしたらいい夢がみられる。それから悪い夢のことは話しちゃだめ、正夢になっちゃうからね」

私たちはあの子をモスクワまで見送りにいきました。五月らしい晴天が続いていて、立金花《りゅうきんか》が咲いていたわ。

「向こうはどうなの?」

「おふくろ、アフガニスタンってのはさ、俺たちがどうこうできるような場所じゃないんだ」

あの子はほかの誰でもなく私だけをずっと見つめていました。両手を差し出し、額を寄せて——

「あんなところは嫌だ、行きたくない!」と言って、そのまま去っていこうとして、振り返って、「それだけだよ、母さん」と言ったの。

それまで「母さん」なんて言ったことなかった。いつも「おふくろ」って呼んでたのに。よく晴れた爽やかな日で、立金花が咲いていて……。空港の当直の女の人が私たちを見て泣いてたわ……。

七月七日、泣きながら目が覚めた……。濡れた目で天井を見つめた。あの子が私を起こしたんだ……まるでお別れを言いにきたみたい……。八時だわ、仕事に行く支度をしなきゃ。私は服を手に持ったまま脱衣所から部屋へ、部屋から部屋へと移動したけど……どういうわけか明るい色の服が着れなくて。目眩がして、目の前が見えなくて、なにもかもぼやけて……。でもお昼ごろには落ち着いた、正午になってやっと……。

七月七日……。ポケットに入っていた七本の煙草と七本のマッチ。カメラで撮った七枚の写真。私宛

……。の七通の手紙。恋人に宛てた手紙も七通。七頁を開いたままの本——安部公房の『死の器』〔正しくは森村誠一の作〕

逃げだせるチャンスは三、四秒あった……。あの子たちは車もろとも崖の下に落ちていった……。

「みんな逃げろ！ 俺は最後だ！」——真っ先に逃げるなんてできなかった。友達を見捨てるなんて……あの子はそんなことできなかった……。

「政治連隊副長少佐S・R・シネリニコフよりお知らせいたします。

兵士の義務としてお伝えいたしたく存じます。中尉ヴォロヴィチ、ワレーリー・ゲンナジエヴィチは、本日十時四十五分に戦死いたしました……」

すでに街じゅうが知っていました……。将校会館には黒い幕が張られ、あの子の写真が飾られていて、棺をのせた飛行機もじきに着陸する。そのときになっても私はなにも聞かされていなかった……。誰も伝える勇気がなくて……職場ではみんな泣いたあとのような顔をしていて……。

「なにがあったんですか」

と訊いても、さまざまな口実をつけて話をそらされてしまう。ドアからこっそり私の様子を窺いにくる知人もいた。それから白衣を着た産業医までもがやってきて。私ははっと目が覚めたみたいに、

「みんなどうしたのよ。どっかおかしいんじゃないの？ あんな子が死ぬわけないでしょう！」と言って、苛立たしく机をコツコツと叩き始めました。窓際に行っても同じようにガラスを叩いてしまって。

それで注射を打たれました。

「あんたたち、みんなしておかしくなったの？ 集団狂気にでもかかったの？」

もう一度注射を打たれて、それでもさっぱり効かなかった。聞いた話によると私は、

「あの子に会いたい。連れてってちょうだい！」と叫んでいたそうです。

「連れていってあげてください、さもないと持たないでしょう」

縦長の、鉋もかけられていない棺に……黄色いペンキで大きく「ヴォロヴィチ」と苗字が書いてあった。私は棺を持ちあげて、持って帰ろうとしたの。無理をしたせいで失禁してしまった……。

墓地にお墓の場所を確保しなくちゃ……乾いた場所を。いい場所を！　五十ルーブルですか。出します、出しますから、とにかくいいところでお願いします……乾いたところで……。私はあの、あの棺の中はきっと恐ろしいことになっているのだろうとわかってはいても、それを口には出せなくて……。それでひたすら、乾いた場所を……お金が必要なら、いくらだって払いますから、と繰り返しました。それから数日は夜も帰らず……その場に寝泊まりして……いくら家に連れ戻されても、また出かけていって……。草刈りの時期で……街も墓地も、草の匂いがしていました……。

ある朝、墓地に兵士が訪ねてきました。

「こんにちは、お母さん。息子さんは僕のいた隊の隊長だったんです。よろしければ隊長のことをお話ししますよ」

「そう、そうなのね、ぜひ聞かせてちょうだい」

家に連れて帰ってくると、その子は息子の椅子に座って話し始めましたが、やめてしまって――

「ごめんなさい、お話しできそうにありません……」

私はあの子のところに着いたときも、帰るときもお辞儀をして挨拶します。うちにいるのは誰かが来るときだけ。あの子のそばにいるほうが居心地がいいの。寒波がきたって寒くない。あの場所で、あの子への手紙を書いているのよ。送っていない手紙がたくさん溜まってきてるんだけど、どうやって送ったらいいのかしら。夜中に家路につくと、街灯が照らす道をヘッドライトを点けた車が行き交ってる。歩いて帰るの。この体には力がみなぎっていて、野生動物だろうと人間だろうと怖くない。

耳の中で、ずっとあの子の言葉がこだましてる――「あんなところは嫌だ、行きたくない！」。誰が責任をとってくれるの。だって誰かしらがとるべきでしょう……。私は長生きしたいし、がんばってそうなるように暮らしてる。あの子と一緒に生きるの……。お墓に入って、名前だけになってしまった人は、いちばん無防備でしょう。だから私がいつもあの子を守ってあげる……。あの子の仲間が訪ねてくることもある……。あの子のお墓の前で膝をついて、「ワレーラ、俺は血にまみれてる……この手で人を殺したんだ。戦場から抜け出せない。俺は血まみれだ……。なあ、戦死するのと生き残るのと、どっちがいいんだろう。わからなくなっちまった……」と言っていた人もいた。いったい誰が、こういったすべてのことの責任をとってくれるの。どうしてその人たちの名前が明かされないの？

あの子がうたっていた――

士官というのは　貴族の階級
もちろん俺は　最初じゃなく
最後でもないけれど……

教会へ行って、神父さんとお話もしたわ。

「息子が戦死したんです。大切に育てた、かけがえのない子でした。この先、あの子になにをしてあげられるでしょう。ロシアの風習ではどうしたらいいんですか。忘れてしまって。教えてください」

「お子さんは洗礼を受けていますか」

「はいと言いたいところですが、そうは言えません。私の夫はまだ若い将校で、私たちはカムチャッカに住んでいました。万年雪の積もる地域で……雪に埋もれて暮らしていて……このあたりの雪は白いけど、あの土地の雪は水色や緑で真珠のような色をしていました。照り返しで目が痛くなることもなく、空気は澄んでいて……音は遠くまで伝わって……ねえ神父さん、わかってくださいますか」

「ヴィクトリヤさん、残念ながらお子さんが洗礼を受けていないのでしたら、私どもの祈りはその子には届かないでしょう」

「じゃあいまから洗礼を受けさせます！　この愛で、この苦しみで。苦しみを通じてあの子を洗礼しますから……」

神父さんは私の手をとりました。私の手は震えていました――

「そんなにご心配なさってはいけません、ヴィクトリヤさん。お子さんのところへはよく行かれるのですか」

「毎日行っています。もちろんです。もし生きていたら、毎日会えてたんです」

「夕方五時以降はそっとしておいてあげなくてはいけませんよ。亡くなったかたも眠りにつかれるのですから」

「だって仕事が五時までであって、そのあとアルバイトもしてるんですよ。あの子に新しい墓碑を建ててあげたから……二千五百ルーブルの……借金を返さなきゃいけないんです」

「ヴィクトリヤさん、いいですか、日曜日の礼拝と、毎日昼十二時の勤行に必ずおいでなさい。そうすればお子さんはあなたの声を聞き届けてくれるでしょう」

あの子にこの祈りが、この愛が届くのであれば、私はどんな苦しみにも喜んで耐えるでしょう、それがどんなに悲しく、どんなに耐えがたいものであっても……。

――軍曹、特殊部隊戦闘員

この国じゃ、なにもかも奇跡みたいな顚末がつきものなんだ。それだけで、どうにかもってるんだ……奇跡で！

俺たちは飛行機に詰め込まれた――「早くしろ、もたもたするな！」と追いたてられて。すぐそばでは……といっても数十メートル離れたところだが……酔っ払った操縦士が両脇を抱えられて連れられていく。いまにもぶっ倒れそうなその酔っ払いがコックピットに押し込まれた。ふざけてやがる！でも、なんてことはない……飛行機は離陸し、飛んでいく。眼下には山脈が広がっていて、尖った山の頂が見える。落ちたら――ひとたまりもない……釘の上に落ちるようなもんだ……。おっかねえ。冷や汗が出てくる……。無事に着陸した。予定時刻ぴったりだ。号令がかかる――「降機！整列！」。操縦士は大股で偉そうに出てきた――酔いが覚めたらしい。それだけだ、なんてことはない……。どういうことだ？奇跡じゃねえか。この国じゃそうやって奇跡が生まれ、人は英雄になっていく。でも俺たちは懺悔するときだって、やっぱり極端だ――白いシャツを着て胸元で十字を描き、熱い涙を流す。なんにしたってとことんまでやる。飲みの席で一気飲みするのと同じだ。俺は帰ってきて……自分に言い聞かせた――「なにもかもクソだ。ちくしょう！」人は俺たちのことを精神病だとか略奪者だとか麻薬中毒者だとか思いたがってやがる。俺は帰ってきた……。普通の人間として普通の人生を送るために……。ふざけてやがる。でも、なんてことはない……。ワインを飲み、女とつきあい、花を贈った。結婚もした。長男が生まれて……。なあ、あんたの目の前にいるこの俺が、気違いに見えるか？　モルヒネ中毒に見えるか？　俺は特殊部隊にいた……。みんないい奴らばかりだったよ、農村の子も多くて。シベリアの奴らは、特に元気で頑丈だった。一人だけ頭のおかしい奴がいて……捕虜にしたドゥーフの鼓膜を洗矢《あらいや》で突き破るのが趣味だった。ふざけてやがるよ。でもそんなのは一人だけ……たったの一人だけだ……（黙る）。

　おかしなもんだけど、人生ってのは続いてくんだよな……。ボリス・スルツキーの詩に、「戦場から戻ったとき、わかったんだ――俺たちは必要とされてないって」というのがあった。俺の体内にはメンデレーエフの周期表が全部埋まってる……。マラリアの後遺症がいまだに痛む……。でもいったいなんのためだ。俺たちのことなんか誰も待っていてはくれなかった……。でも現地では「ペレストロイカを進めろ、固定観念を捨てろ」と怒鳴られていた。めちゃくちゃだ。俺たちは帰ってきても……どこにも行き場がなかった……。帰った初日から、「学業に専念しなさい。家庭を築きなさい」なんて言われた。ふざけてやがる！　でも、なんてことはない……。いまや世間は闇取引やマフィアに溢れ、みんなが無関心で、俺たちはまともな仕事には就かせてもらえない……。仕事でバリバリ活躍してる奴が、説明してくれたことがあった――「君たちになにができるかといえば、銃を撃つことしかできない……。知識はといえば、ピストルを持って祖国を守ることだとか、正義は武力でしか取り戻せないとか、そんなことでしかない」。もういいよ……俺たちは英雄じゃないってんだろ……。ふざけてやがる。ひょっとしたら、あと三十年もすれば俺自身が息子に向かって、「すべては本に書いてあるみたいな英雄的な行為ばかりじゃなく、ひどいこともあったんだよ」なんて話して聞かせているかもしれない。そうだ、自分から言ってやる……ただしあと三十年経ったらだ……。いまはまだ傷も癒えてない、ようやく治り始めて、薄皮がはってるだけの状態だから……(部屋を歩き回り始める)。

現地で、俺はあるとき……(立ち止まる)。なあ、この話面白いのか？　最後の望みのことを思い出したんだが……。意外なほど単純だった――水を一杯と煙草が欲しい。ふざけてるよ。俺は死にたくなかったし、死ぬとは思ってなかったが……出血多量で意識が朦朧として……途切れそうになって……。すごい声がして目が覚めた……。ワレールカ・ローバチっていう衛生指導員が、俺の顔を叩いて「生きるんだ、おまえは生きる！」って叫んでた(不意に腰を下ろす)。

自分でも思い出すと面白いんだ……。ふざけてやがるよ。でも、なんてことはない……。いまだに毎晩、夢んなかで山に登ってる。銃を担いで、戦闘装備《ベーカー》を二セット――銃弾を九百、それに加えて手榴弾四つと発煙筒、信号弾、信号拳銃、ヘルメット、防弾チョッキ、対壕用シャベル、綿ズボン、防水テント、三日分の携帯食(クソ重い缶詰九個に、大きな乾パンの包み三つ)を抱えて。合わせて五十キロくらいになる。足にはソ連を出発するときに履き替えさせられた足布と合皮ブーツ。ドゥーフの死体からカナダ製の運動靴を手に入れたときには、俺の足は蒸し焼き状態になってた……。なにもかもクソだ！　ちくしょう！　戦場ではみんな変わっていく。犬ですら変わる。腹を空かせた……現地の犬が……獲物を見る目で俺を見てた。人間は普通、自分を食べ物だと認識することなんかない。でもあのときはそう思った。俺は負傷して倒れていて……すぐに仲間が見つけてくれてよかったよ……(黙る)。あんた、どうして来たんだ？　なんで俺は受けたんだ……。でもどうして首を突っこもうと思ったんだ……なんのためだ？　誰のためだ？　うちのじいちゃんは大祖国戦争で戦った……。俺はじいちゃんに、一回の戦闘で仲間が十人も死んだときの話をした。十人の棺は……十枚のポリ袋だったって話を……。そしたらじいちゃんに「おまえは、ほんとうの戦争を知らんな。わしらのときは一回の戦闘で百人も二百人も死んだ。シャツ一枚や下着だけの姿で共同の墓穴に埋め、砂をかけただけの埋葬をしたもんだよ」って言われたよ。クソ！ もう終わりにするよ……。ふざけてやがる。でも、どうでもいい……。現地では「モスコフスカヤ」のウォッカを飲んでた。俗にいう「屈曲軸《カレンバル》」ってやつだ。三ルーブル六十二コペイカの……〔一九七二年以降に普及した、モスコフスカヤとは別のウォッカ。ラベルのロゴが上下に凸凹している〕。

四年が経った……。ひとつだけ変わらなかったのは——死だ。戦友たちが死んだ事実だけは変わらないが、ほかはすべてが変わった……。

最近、歯医者に行った……。帰ってきたとき俺たちはみんな壊血病や歯周病になっていた。なにもかも塩素まみれだったせいだ。それで歯医者でまず一本の歯を抜かれ、二本めを抜かれようとしたとき……痛みの衝撃で(冷却麻酔が効いてなかった)、俺はいきなり喋りだしちまって……やめるにやめられなくて……歯科医は女の人だったんだが、迷惑そうに俺を見てた。顔に書いてあった——この人、口の中が血だらけなのによく喋れるわね、って。それでわかったんだ、世間の人たちは俺たちのことそういうふうに見てるんだって——口の中が血だらけなのに、よく喋れるな、って……。

POST MORTEM

タタルチェンコ
イーゴリ・レオニードヴィチ
(1961-1981)

軍の宣誓に忠実に
勇敢かつ忍耐強く戦闘任務を遂行し
アフガニスタンにて戦死
愛するイゴリョーク〔イーゴリの愛称〕
あなたは人生を知らぬまま世を去った

母、父

ラドゥチコ
アレクサンドル・ヴィクトロヴィチ
(1964-1984)

国際友好の義務を遂行し戦死
あなたは誠実に軍務をこなした
自分の身を守ることはできなかった
アフガンの地で英雄になったね
この国に平和な空が広がるように

大切な我が子へ、母より

バルタシェヴィチ
ユーリー・フランツェヴィチ
(1967–1986)

国際友好の義務を遂行し
英雄として戦死した
忘れず、愛し、悼む

親族一同

ボブコフ
レオニード・イワノヴィチ
(1964–1984)

国際友好の義務を遂行し戦死
月は沈み、陽も消えた
大切な息子がいなくなった

母、父

ジルフィガロフ
オレグ・ニコラエヴィチ
(1964–1984)

軍の宣誓に忠実に戦死
願いは届かず、夢は叶わず
あまりに早くその目を閉じた
オレジェク〔オレグの愛称〕
息子との、お兄ちゃんとの、別れのつらさは
とても言葉にできません

母、父、弟、妹

コズロフ
アンドレイ・イワノヴィチ
(1961–1982)

アフガニスタンにて戦死
ただ一人の息子へ

母

ボグシ
ヴィクトル・コンスタンチノヴィチ
(1960–1980)

祖国を守り戦死
あなたがいないと地球はがらんどう……

母

『亜鉛の少年たち』裁判の記録

——L・グリゴリエフ

〈夕刊ミンスク〉一九九二年六月十二日

先日、アフガニスタンで戦死した国際友好戦士の母らが、『亜鉛の少年たち』の著者である作家のスヴェトラーナ・アレクシエーヴィチ氏を提訴した。この訴状はミンスク中央裁判所で審理される予定。提訴の原因となったのはベラルーシ国立ヤンカ・クパーラ劇場で上演された演劇『亜鉛の少年たち』、および〈コムソモーリスカヤ・プラウダ〉紙に掲載された原作本からの抜粋。上演された作品は共和国国営テレビによって撮影され、ベラルーシ市民に公開された。数年来、悲しみを抱えてきた戦死者の母親たちは、子供たちの書かれかたに怒りを感じている――彼らが心ない殺人兵器であり、麻薬中毒者であり、略奪者であるかのようだと。

――〈赤い旗〉(ベラルーシ)一九九二年七月十四日

六月二十二日、「『亜鉛の少年たち』を裁判に」と題された記事が〈十月の哨所〉ほか各紙に掲載された。そこには次のように書かれている――「作家スヴェトラーナ・アレクシエーヴィチ氏は同書の出版後、紛れもない宣戦を布告された――氏はアフガン帰還兵やその母親たちの証言を捏造、歪曲した罪に問われている。同書を原作とした演劇作品のヤンカ・クパーラ劇場での上演および同作品のテレビ放映のあとにあがった不満の声が提訴の形となった。中央裁判所では国際友好戦士の母らによって提出された訴状に基づき審理をおこなう予定。裁判の日程は未定だが、演劇作品の上演はすでに打ち切りとなっている……」。

我々は首都の中央裁判所に電話で問い合わせ、この件について話を聞かせてほしいと頼んだが、電話の相手は驚いた様子だった。書記官のS・クリガンは、そのような訴状が届いた事実はないと答えた。

そこで〈十月の哨所〉紙の該当記事を書いた記者V・ストレリスキーに問い合わせると、この情報はモスクワの〈赤い星〉紙から得たとのことだった。

――レオニード・スヴィリードフ
〈対話者〉一九九三年第六号

一月二十日、〈ソヴィエツカヤ・ベラルーシ〉紙は次のように報道した――「ミンスク中央裁判所で作家のスヴェトラーナ・アレクシエーヴィチ氏に対する民事裁判の手続が開始された」。

この前日、一月十九日には〈夕刊ミンスク〉紙に同じ内容を伝える小記事が「作家が裁判に」と題され掲載されていた。ここに具体的な掲載日を記しているのは、次なる事情のためだ――

ベラルーシの首都にある中央裁判所を訪れたところ、当該の裁判を担当しているのはゴロドニチェワ判事であった。

判事は、録音は許可できないという。どういった事情からか断固として拒まれ、その理由を訊くと

「わざわさ騒ぎを大きくする必要はない」とのこと。それでも判事はアレクシエーヴィチ氏の裁判に関連する書類一式を見せてくれたのだが、そこには——「一月二十日」とあった。つまり「民事裁判の手続が開始された」という記事は明らかに、判事が書類を作成する以前に用意されていたことになるのだ……。

——アナトリー・コズローヴィチ
〈文学新聞〉一九九三年二月十日

ミンスク中央裁判所に二件の訴状が提出された。以前アフガニスタンに派遣され障碍者となった元兵士は、件の戦争と自身のことについて、アレクシエーヴィチ氏が事実と異なる記述をし中傷したと訴えた。元兵士は氏に対して公式な謝罪を求め、兵士の名誉を毀損したとして五万ルーブルの賠償金を請求。また戦死した将校の母は、ソ連の愛国精神とそれが若い世代にもたらす教育的意義について、氏とは意見を異とすると訴えている。

アレクシエーヴィチ氏はいずれの原告とも、数年前にかの有名な著書『亜鉛の少年たち』の執筆過程で知り合っている。原告は両者とも「そんなことを言った覚えはない」とのことで、もしその通りに話したのだとしたら現在は考え直したと主張している。

ここにはいくらか不可思議な点がある。元兵士の原告は、事実を歪曲し名誉を毀損されたと主張する際、一九八九年の新聞記事を挙げている。しかしそこにあるのは彼ではなくまったく別の兵士の苗字なのだ。もう一人の原告である将校の母はこの裁判を、専門家が束になってかかっても解明できないような政治と心理の迷宮へと誘導しようとする。にもかかわらず、これらの訴状は民事裁判として受理された。審理はまだ始まっていないが、アレクシエーヴィチ氏に対する事前審問は目下進行中である。

――フョードル・ミハイロフ
〈時計塔〉一九九三年二月三日

著名な作家スヴェトラーナ・アレクシエーヴィチ氏が裁判にかけられている。氏はかつて「戦争は女の顔をしていない」ことを世に知らしめた作家である。氏の著作『亜鉛の少年たち』は知られざるアフガン戦争についてドキュメンタリー形式で語る中編だが、これを読んで「許せない」という思いを抱いた読者にとっては、いまだにくすぶるアフガニスタンの戦火が、癒えない傷に障るのだろう。アレクシエーヴィチ氏は、アフガン帰還兵および戦死者の妻や母から提供された資料を故意に改変あるいは恣意的な抜粋をした嫌疑とともに、中傷、反愛国主義、名誉毀損の罪で提訴されている。本件が正式な法廷の場に進められるか、あるいは慰謝料の請求などにより裁判(公開裁判)には及ばないかは未だ定かではない。だが、これは警告とみてまず間違いないだろう。ソ連人民代議員大会において、科学アカデミーの学者アンドレイ・サハロフ氏に対し、アフガン戦争を正当に評価すべきであると詰め寄ったチェルヴォノピスキー少佐の影が再び立ちはだかるかのような事件である。

元擲弾兵オレグ・セルゲーヴィチ・リャシェンコ原告の訴状より

一九八九年十月六日に〈文学と芸術〉紙に掲載された「俺たちは帰ってくる……」と題された記事に、スヴェトラーナ・アレクシエーヴィチ作のドキュメンタリー小説『亜鉛の少年たち』の一部が掲載されていました。その証言者の一人は俺であるとされていました(苗字が間違っています)。

その証言には、俺が話したアフガン戦争のこと、アフガン駐在時の話、戦場での人間関係や帰国後の話などが反映されていました。

アレクシエーヴィチは俺の話を完全に作り替え、言ってもいないことを書き足しています。仮に俺がそう言ったとしても、自分ではその言葉をまったく違うふうに捉えていたのに、俺の出していない勝手な結論に持っていっています。

アレクシエーヴィチが俺の名前で証言として書き起こした文章の一部は、俺の名誉と尊厳を毀損するものです。

以下、該当箇所を挙げます――

一、「ヴィテプスクの訓練所《ウチエブカ》では、俺たちはアフガニスタンに送られるんだって、みんなわかってた。「行ったらみんな撃ち殺される、怖い」って白状した奴もいた。俺はそいつを軽蔑したよ。出発の直前になって、別の奴が行きたくないって言いだした。(…)頭がおかしいんじゃないかと思った。俺たちは革命を起こしにいくんだ」

二、「二、三週間もすれば、それまでの自分なんて跡形もなく消えて、残ってるのは名前だけになる。自分はもう自分じゃなく、別の人間だ。そいつはもう死体を見ても驚かないし、平然と、あるいはいまいましい思いで、どうやってその死体を岩場から引きずり降ろすかとか、暑いなか何キロもの道のりを担いでいくかとか考える。(…)殺された奴を見ても、誰も彼もが興奮を覚えるようになる――ただ「俺じゃない!」って思う。まるきり変わってしまう……。みんなそうなる」

三、「俺たちは命令の通りに撃った。俺は命令通りに撃つように教え込まれていた。ためらいはなかった。子供だって撃てた。(…)誰もが家に帰りたがった。生き残るのに必死だった。考える暇なんかなかった。(…)他人が死ぬのには慣れたけど、自分が死ぬのは怖かった」

四、「アフガンの友情なんて話だけは書かないでくれ。そんなものは存在しない。俺は信じない。戦場では俺たちは怖かったから団結していた。誰もが同じように騙されていた。(…)ここで俺たちをつないでいるのは、誰もなにも持っていないということだ。みんなが同じ問題を抱えてる――年金問題、住居問題、まともな医薬品、家具……。それさえ解決したら、俺たちの団結なんて途端に崩れ去る。俺はなんとしても自分のアパートと家具を――冷蔵庫も洗濯機も日本製のビデオデッキも手に入れてやる。若い連中は俺たちとはつきあいたがらない。わかってくれないんだ。大祖国戦争の兵士と同一視されることもあるが、彼らが祖国を守ったのに対して、俺たちはどうだ。ある青年に、俺たちはドイツ側の役回りだったんだって言われたことがある。腹が立つよ。現地で俺と同じものを見て、耐え、体験した以外の人間には、どうせわかりゃしないよ」

これらの証言はすべて、俺の人間としての尊厳を深く傷つけるものです。なぜなら俺はこんなことは言ってないし、考えてもいないし、こうした報道は男としても、人としても、兵士としても俺の名誉を汚すものと思うからです。

一九九三年一月二十日、署名なし

事前審問の速記録より

判事―T・ゴロドニチェワ、弁護人―T・ヴラソワ、V・ルシキノフ
原告―O・リャシェンコ、被告―S・アレクシエーヴィチ

ゴロドニチェワ判事「原告は、自らが提供した事実を作家に歪曲されたと主張しているということでよろしいですか？」

リャシェンコ「はい」

ゴロドニチェワ判事「被告は、この問題についてどう説明しますか？」

アレクシエーヴィチ「オレグ、あなたに、私が会いにいったときのことを思い出してほしいの。あなたは確かに私に話してくれたし、泣きながら、自分の語った真実がいつか活字になるかもしれないなんて信じられないと言っていた。そして私に、それを実現してほしいと頼んだ……。だから私は書いた。それなのに、これはどういうことなの。あなたはまた騙されて、利用されている。再び……。でもあのときすでにあなたは、もう二度と騙されてたまるかと語っていたでしょう？」

リャシェンコ「あんた、俺の身にもなってみろよ。わずかな年金しかもらえず、仕事もなく、小さな子供二人を抱えて……。妻も最近クビになった。どうやって生きていけっていうんだ。食っていく金もないのに。ところがあんたは印税をもらってる。外国でも翻訳が出てる。一方の俺たちは殺人犯だ、略奪者だってことにされてんのに」
ヴラソワ弁護人（原告側）「発言させてください。当方の依頼人は心理的圧迫をかけられています。私の父はパイロットで将校でしたが、やはりアフガニスタンで戦死しました。アフガニスタンに関わるものはすべてが神聖です。彼らは軍の宣誓を守ったのです。祖国を守っていたのです……」
ゴロドニチェワ判事「原告は要求を述べてください」
リャシェンコ「作家さんが公式に謝罪し、精神的損害の補償をしてくれるように……」
ゴロドニチェワ判事「原告の要求は、公表された文章で事実とされたことへの否定のみですか？」
リャシェンコ「兵士の尊厳を損なったものとして、アレクシエーヴィチに五万ルーブルの賠償金を請求します」
アレクシエーヴィチ「オレグ、私にはそれがあなたの言葉だとは思えないの。人に教えられた言葉を話しているでしょう……。私が記憶しているあなたはそんな人じゃなかった……。それに、あなたは顔の火傷や失った片目の代償をあまりに安く見積もっている……。あなたが訴えるべきは私じゃない。私を国防省や党の政治局と取り違えている……」
ヴラソワ弁護人「異議あり！　これは心理的圧迫で……」
アレクシエーヴィチ「オレグ、私が会いにいったとき、あなたがあまりに誠実で、私は心配になった。KGBになにかされるんじゃないかと。だって、あなたたちはみんな軍事機密を守るという書類にサインさせられていたでしょう。だから私はあなたを守るために苗字を変えたの。でもあのとき、あなたを守るためにやったことが原因で、いまになって、あなたから自分を守らなきゃいけなくなった。あなたの苗字じゃないということは、あの人物像には複数のモデルがいるということになる……。だから、あなたの訴えには根拠がないの……」
リャシェンコ「違う、あれは俺の言葉だ。俺が言った言葉だ……。あの部分も、俺が負傷したときのことも……それから……ほかの部分も、全部俺の言葉だ……」

戦死した少佐アレクサンドル・プラチッィンの母
エカテリーナ・ニキーチチナ・プラチッィナの訴状より

一九八九年十月六日に〈文学と芸術〉紙に掲載された「俺たちは帰ってくる……」と題された記事に、スヴェトラーナ・アレクシエーヴィチ作のドキュメンタリー小説『亜鉛の少年たち』の一部が掲載されました。そのうちのひとつ、アフガニスタンで戦死したA・プラチッィン少佐の母の証言には、私の名前がありました。

その証言の全文は『亜鉛の少年たち』に収録されています。

新聞でも本でも、私が息子について語った内容が歪曲されています。アレクシエーヴィチは、あの本がドキュメンタリーであるにもかかわらず、いくつかの事実を勝手に追加し、私の語った内容のほとんどは省略し、勝手な結論を導き出したうえで、私の名前を使っています。
当該記事は私の名誉と尊厳を毀損するものです。

日付・署名なし

事前審問の速記録より

判事―T・ゴロドニチェワ、弁護人―T・ヴラソワ、V・ルシキノフ
原告―E・プラチツィナ、被告―S・アレクシエーヴィチ

ゴロドニチェワ判事「エカテリーナさん、お話を伺いましょう」
プラチツィナ「本に書かれている人物像は、私の記憶している息子の姿とまったく異なります」
ゴロドニチェワ判事「では具体的に、どの箇所が、どう歪曲されているかご説明いただけませんか」
プラチツィナ（本を手にとり）「ここに書いてあるのは、なにもかも私の話と違うんです。私の息子はこんな子じゃありません。祖国を愛していました」（泣く）
ゴロドニチェワ判事「落ち着いて、事実を述べてください」
プラチツィナ（本を読みあげる）「『アフガニスタンに行ってからは』――これは、休暇で一時帰国していたときの話ですが――『いっそう優しくなりました。我が家のものはなんでも愛しそうで。だけど

ときには、座ったままじっと黙りこくって、誰も目に入っていないような瞬間がありました。夜中に飛び起きて、部屋を歩き回ったり、あるときは、「危ない、火花だ！」って叫んで目を覚ましたりもしました。夜中に誰かが泣くのが聞こえてきたときは、いったい誰が泣いているのかと不思議に思いました。うちには小さな子供はいません。サーシャの部屋の戸を開けると、あの子が両手で頭を抱えて、泣いていました……」

あの子は将校だったんです。隊長だったんです。なのにこれじゃあ泣き虫みたいじゃないですか。こんなこと、本に書いていいわけがないでしょう」

ゴロドニチェワ判事「私だって泣きますよ。実際私もこの本を読んだとき、あなたの話を読んで何度も泣きました。しかしこの部分がどうあなたの名誉と尊厳を毀損するのですか？」

プラチツィナ「だって、あの子は隊長だったんですよ。あの子が泣くわけがないんです。あるいはこの部分もそうです――「二日後にはもう――年が明けます。あの子はもみの木の下にプレゼントをしのばせました。私には大きなスカーフを。黒いスカーフです。「あら、どうして黒いのにしたの？」「いろんな色があったんだけどさ。俺の番になったときには黒いのしか残ってなかったんだ。でもほら、母さんによく似合うよ」」

つまり、あの子が行列に並んだってことですよ、小売店や行列が大嫌いだったあの子が。戦場では行列に並んでいた……私にくれるスカーフを買うために……そんなこと書く必要がないでしょう。あの子は隊長として、戦死したんです……。

スヴェトラーナさん、どうしてこんなこと書いたんですか？」

アレクシエーヴィチ「あなたのお話を書き起こしていたとき、私も泣いていました。そして、あなたのお子さんを戦地に送り込んで異郷の地でみすみす死なせたすべての人が憎くてたまらないと思った。お会いしたとき、あなたと私は心をひとつにしてそう思っていたはずです」

プラチツィナ「あなたは、私が国家や党を憎むべきだとおっしゃる……。でも私は息子を誇りに思っているんです！　あの子は隊長として死んでいった。仲間たちみんなに愛されていた。私は、以前私たちが暮らしていたソ連という国を愛しています。あの子はそのために死んだからです。でもあなたのことは恨んでいます。あなたの語る恐ろしい真実なんていりません。いらないです！　聞いてますか?!」

アレクシエーヴィチ「あなたのお話をきちんとお聞きしたいです。そういう機会を作ればいいんです。でもどうして裁判所で話さなければいけないんですか。それがわかりません……」

――〈人権〉一九九三年第三号

……古いソ連の筋書き通り、スヴェトラーナ・アレクシエーヴィチ氏のことを、あたかもＣＩＡの諜報員で世界帝国主義の手先であり、偉大なる祖国とその英雄たる息子たちを、二台のベンツとドルの報酬に目が眩んで売り渡した者であるかのような批判が組織的になされた……。

一度目の裁判はなんの結論も出ずに終わった。原告側の、オレグ・リャシェンコ元兵士および戦死した少佐の母エカテリーナ・プラチツィナが、いずれも審理に姿を現さなかったためだ。しかし半年後、新たに二件の訴状が提出された。戦死した中尉ユーリー・ガロヴニョフの母インナ・ガロヴニョワ（ベラルーシ国際友好戦士の戦没者母の会会長）と、元兵士のタラス・ケツムル（現在はミンスク国際友好戦士の会会長)による訴状である。

――――オレグ・ブロツキー
〈文学新聞〉一九九三年十月六日

九月十四日、ミンスクでスヴェトラーナ・アレクシエーヴィチ氏を被告とする裁判がおこなわれた。この裁判は非常に興味深い事態に発展した。アレクシエーヴィチ氏側の弁護人であるワシーリー・ルシキノフ氏はこう語る――「アフガン戦没者母の会のガロヴニョワさんの訴状は、日付の記載がないまま裁判所に届いています。こちらに届いたコピーには署名もなければもちろん日付もありません。しかしこの不備にもかかわらず、民法第七条に則ってゴロドニチェワ判事は裁判を進めました。さらに驚くべきことに、この訴訟自体が裁判の時点までに正式な手続きを経ていませんでした。つまり、民事訴訟を始める決定がなされる前に、裁判記録簿にはすでに該当の番号が存在していたのです」。

しかしながら裁判は実行され……判事を務めたのは、なんと法廷で初めて書類に目を通した人物であった。判事がゴロドニチェワからジダーノヴィチに変更になったことをアレクシエーヴィチ氏と弁護人が知ったのは、審理が開始されるわずか十分前であった。

「これは、法的に問題というよりむしろ倫理的に問題のあることです」とルシキノフ弁護人は話す。

確かにそうかもしれない。しかし原告側の席に突然、アレクシエーヴィチ氏の本のもう一人の登場人物が現れた――タラス・ケツムルである。そしてジダーノヴィチ判事の前にはケツムルの署名のない訴状が置かれていたが、案の定、証拠書類もなかった……。

被告側の弁護人は、こうしたずさんな手続きについて裁判所に訴え、抗議した。審理は延期となった。

審理の速記録より（一九九三年十一月二十九日）――

判事―I・N・ジダーノヴィチ、陪審員―T・V・ボリセヴィチ、T・S・ソロコ

原告―I・S・ガロヴニョワ、T・M・ケツムル、被告―S・アレクシエーヴィチ

戦死した中尉ユーリー・ガロヴニョフの母

インナ・セルゲーヴナ・ガロヴニョワの訴状より

一九九〇年二月十五日〈コムソモーリスカヤ・プラウダ〉紙上にアレクシエーヴィチの中編ドキュメンタリー小説『亜鉛の少年たち』の一部が、「アフガニスタンを経験した人々の独白」として掲載されました。

私の名前で書かれていた独白は、提供した事実が歪曲され不正確な部分があるだけでなく、明らかな嘘や捏造が含まれています――つまり、私が言った言葉のようにして、私が言っていない、言うはずの

ない描写が追加してあるのです。私の証言を勝手に解釈したり、私の名前を使っているのにもかかわらず明らかに想像でつけ加えた部分があったりすることは、私の名誉と尊厳を毀損するものですし、この小説はドキュメンタリーなのですからなおさらです。ドキュメンタリーの作者は話者の話から受けとった情報について正確を期し、会話を録音し、再現したテクストについて話者の合意を得る義務があるのではないでしょうか。

その記事のなかでアレクシエーヴィチは書いています──「母親としてこんなことをいうのは良くないってわかっているけど……私はあの子を誰よりも愛してた。夫よりも、下の子よりも」とあります。戦死した息子のユーラの話をしている場面です。この部分は捏造です(話した内容と違います)。息子たちのうち片方をひいきしていたかのような内容は家庭の不和を招きましたし、よって名誉を毀損されたとみなします。

次に、「小学校にあがるころには、あの子は童話や童謡じゃなく、ニコライ・オストロフスキーの『鋼鉄はいかに鍛えられたか』をまるごと暗記してた」という箇所ですが、これではまるで息子がおかしな狂信者の家庭に育てられたように思われてしまいます。私がアレクシエーヴィチに話したのは、ユーラは七、八歳のころにはもう難しい本も読めるようになっていて、そのなかに『鋼鉄はいかに鍛えられたか』も入っていたということだったはずです。

私があの子を戦場に送り出したときの話も歪曲されています。あたかも息子が「僕はアフガニスタンに行ってあいつらに証明してやるんだ、人生には崇高なものがあるって。冷蔵庫に肉がたくさんあることが幸せなんじゃないって」と語ったかのように書かれていますが、このような事実はまったくありません。アレクシエーヴィチの主張は私と息子の名誉を傷つけるものです。息子は愛国心のあるごく正常な人間で、理想が高かったから、自ら志願してアフガニスタンに行ったんです。

息子がアフガニスタンに志願するかもしれないと思ったときも、私は次のような言葉を言ってはいません――「アフガニスタンへ行けばあなたは殺される。祖国のためなんかじゃない、なんのためかもわからずに殺されるの……。死にに行かせるなんて、そんなの国のするべきことじゃないでしょう」。私は自ら進んであの子を行かせたんです。

以上の引用箇所は私をまるで人格も道徳概念も分裂した人間のように描いているため、名誉と尊厳を毀損するものです。

息子たちの言い合いも不正確に描かれています。アレクシエーヴィチによれば、「ゲーナ、おまえは本を読まなすぎだよ。本を持ってるのを見たことがないぞ、いつもギターばっかりじゃないか」とあります。

息子たちが言い合いをしたのは、下の子の進路を決めるためでした。ギターは関係ありません。アレクシエーヴィチのこの部分は、まるで私が下の子を愛していないかのような印象を強めるという点で私を侮辱するものです。私はそんなことは言っていません。

おそらくアレクシエーヴィチは、アフガニスタンの戦争に関連することがらを書くにあたって、そこには政治的過失だけではなく国民全員の罪があったのだと考え、そうした先入観をもって、度々、インタビューのなかで語られたかのように描写を捏造しているのでしょう。彼女の目的は、国民を――アフガニスタンに行った兵士やその親族を、あたかも理念のない、残酷で、他人の苦しみがわからない人々のように思わせることです。

私は、アレクシエーヴィチの仕事の助けになればと思って息子の日記も提供しましたが、それも彼女が状況を真にドキュメンタリー的に書き記すことの役には立ちませんでした。

私の提供した証言の歪曲と、〈コムソモーリスカヤ・プラウダ〉に掲載された記事が私の名誉と尊厳を傷つけたことについて、アレクシエーヴィチに謝罪を求めます。

日付・署名なし

元兵士タラス・ケツムルの訴状より

最初に提出した、俺の名誉と尊厳を守るための訴状の文面には、〈コムソモーリスカヤ・プラウダ〉紙(一九九〇年二月十五日付)に掲載されたアレクシエーヴィチの記事についての具体的な訴えの理由が書かれていなかった。そのため本状をもって補足と確認をおこなう。アレクシエーヴィチが新聞記事および『亜鉛の少年たち』に書いた内容はすべて捏造であり、事実とは異なる。なぜなら俺はアレクシエーヴィチと会ってもいなければ話してもいないためだ。

一九九〇年二月十五日の〈コムソモーリスカヤ・プラウダ〉紙の記事には次のように書いてあった——「アフガニスタンには飼っていた犬のチャラを連れていった。「死んだふり!」って言えばバタッと倒れる。俺が不安になってたりひどくしょげてたりすると、チャラは寄り添って泣いてくれる。現地に到着して数日のあいだ、俺はあまりに嬉しくて言葉を失ったよ」

「頼むから、このことは絶対にそっとしておいてくれよ。最近は偉ぶった奴らが多い。だけど、どうして誰も党員証を手放さなかったんだ。どうして俺たちが現地にいるあいだ、誰も拳銃自殺しなかったんだ」

「俺は現地で、稲の畑に鉄と人間の骨が転がされているのを見た……死体の顔の皮膚がオレンジ色に硬直してるのも見た。そう、なぜだかオレンジ色になるんだ」

「俺の部屋には以前と同じ、本と写真とラジカセとギターが並んでいる。俺だけが違う。公園を突っ切って歩くことができない、あたりを見回してしまう。カフェでウェイターに背後から「ご注文は」と訊かれただけで、飛びあがって逃げ出したくなる。背後に立たれるのが耐えられないんだ。下劣な奴を見ると、殺してやるとしか考えられない」

「戦場では平時に教えられたのとは正反対のことをしなきゃいけなかった。ところがここでは戦争で培った経験をすべて忘れてしまわなきゃいけない」

「俺は射撃が得意だし、手榴弾だって狙い通りに投げられるが、それがなんになる。軍事委員部に出向いて、現地にまた送ってくれと頼んだが、とりあってもらえなかった。戦争はもうすぐ終わり、俺と同じような奴らが戻ってくる。俺みたいな奴はもっと増える」

これらとほとんど同じフレーズが、『亜鉛の少年たち』にも書いてあった。校正がなされていたが、同じ犬が出てきて、同じ主旨のことが語られていた。

もう一度繰り返すが、これはなにもかも、俺の名を騙って書かれた捏造だ……。

以上の理由により、兵士としてまた市民として名誉を汚されたものとし、然るべき法的処置をしていただくようお願いします。

日付・署名なし

インナ・ガロヴニョワの陳述より

夫が国外赴任だったので、私たちは長らく外国で暮らしていました。私たちは一九八六年の秋に帰国しました。私はようやく故郷に帰ってこられて幸せでした。でもその喜びとともに悲しい知らせが届きました――息子が戦死したのです。

私は一ヶ月のあいだ寝たきりでした。誰の言葉も聞く気になれません。家の電気はすべて消したまま、誰が来てもドアを開けませんでした。アレクシエーヴィチはその後、初めて家の中に通した人でした。彼女はアフガニスタンの戦争について真実を書きたいのだと言い、私はそれを信じたのです。彼女がうちに来た日、その翌日には私は入院させられる予定で、自分でも退院できるのかどうかわかりませんでした。生きているのがつらかった、息子もいないのに生きていたくなどなかったんです。アレクシエーヴィチはうちに来ると、ドキュメンタリーの本を書いているのだと言いました。ドキュメンタリーの本って、どういうことでしょうか。それは、現地に行った人の日記や手紙のことですよね。私はそう理解しています。だから私は息子が現地でつけていた日記を彼女に渡して、「真実をお書きになりたいのでしたらこちらをどうぞ。あの子の日記です」と言いました。

それから、私たちは話をしました。自分の人生を話したのは、ずっと部屋に閉じこもっていてつらかったからです。生きているのがつらかった。彼女が録音機を持っていて、そのすべてを記録していました。でもそれを活字にするだなんて言っていませんでした。私はただお話ししただけで、活字になるのはあの子の日記のはずだった。だってドキュメンタリーなんですから。私はあの子の日記を渡しました、夫がそのためにわざわざタイプで打ち込んでくれたものでした。

それから彼女は、アフガニスタンへ行くつもりだとも話していました。でも彼女のは取材の出張で、うちの子は現地で死んだんです。そんなことで戦争のなにがわかるんですか。

それでも私は彼女を信じて、本ができるのを待っていました。私は真実が知りたかった——なぜうちの子が殺されたのか。ゴルバチョフにも手紙を書きました——「うちの子はなんのために外国で戦死しなければいけなかったのか、教えてください」って。誰も答えてはくれませんでした……。

でもユーラは日記に書いています——「一九八六年一月一日。すでにこの道のりの半分まで来た。残るはあと少しだ。そして再び炎があがり、再び忘れ、新たな道のりが始まる——そうして際限なく続いていく、使命を果たすそのときまで。体験という鞭を振るい悪夢と化して生に潜り込んでくる記憶、似ているけれども違う、時の流れを知らない、別世界の別の時代を生きている亡霊たち。そして立ち止まらず、休まず、決められたことはやり通す——引き下がろうとすれば空虚と闇が襲いかかる。休もうと腰を下ろしたが最後、もはや大地から起きあがることはできないのだ。そして疲れ果て、絶望と痛みのなかで虚空に向かって叫ぶだろう——円が閉じ、道が終わり、新たな世界がその偉大なる輝きをみせるとき、そこにはなにがあるのかと。どうして俺たちが彼らの責任をとらなければならないのかと。彼らは輝かしい高みには到達できないし、いくら道のりが長くとも、彼らの時間は限られている。けれども俺たちは平穏も幸福も知らず人生を犠牲にし、疲れて打ちのめされながらも進む。俺たちは万能でありながらあらゆる権利を剝奪された、この世界の悪魔であり天使なのだ……」。

アレクシエーヴィチはこれを、息子の真実を活字にしませんでした。ほかの真実などありません、真実を知るのは現地に行った人だけです。彼女はどういうわけか私の人生を描きました。平凡な、子供じみた言葉で。それのどこが文学なんですか。汚らわしい、ちっぽけな本じゃないですか……。

みなさん、私は子供たちを誠実に公平に育てました。彼女は、うちの子がニコライ・オストロフスキーの『鋼鉄はいかに鍛えられたか』が好きだったと書いています。当時あの本は義務教育で教えていたんです、ファジェーエフの『若き親衛隊』もそうですが。誰だってみんな読んでいました、授業で習うんですから。それなのに彼女はあの子が読んで、一部を暗記してたってことを強調しています。なんのためにそんなことを書く必要があったんでしょうか。あの子が普通じゃないみたいに書きたかったんでしょう。狂信的な感じにしたかったんでしょう。それから、あの子が軍人になったことを後悔していたようにも書いていました。息子は軍の演習場で育ち、父親の跡を継いだんです。うちは祖父の代も、あの子の父親の兄弟も、従兄弟たちもみんな軍に入っています。そういう家系なんです。アフガニスタンに行ったのも、息子が誠実だったからです。あの子は軍の宣誓をしたんです。必要と判断して行ったんです。私は素晴らしい息子たちを育てあげました。あの子は将校として命令を受けて現地に赴いたんですよ。それなのにアレクシエーヴィチは私は殺人犯の母だって証明したがってる。うちの子も現地で人を殺したと。どういうことですか。私が現地に送り込んだっていうんですか。私があの子に武器を渡したとでもいうんですか。私たち母親が、現地で戦争がおこなわれていたことの罪を被らなくてはいけないんですか。現地で人が殺され、略奪があり、麻薬が乱用されていたことの罪を。

しかもこの本は外国でも翻訳が出版されています。ドイツでも、フランスでも……。なんの権利があってアレクシエーヴィチは戦死した息子たちを売り物にしているんですか。名声やドルを手に入れるためですか。いったいこの人はなんなんですか。これは私のことですし、私がつらい体験をして、それを語ったとして、それがアレクシエーヴィチとなんの関係があるんですか……。彼女は私たちの話を録音した。私たちは自らの苦しみを打ち明けて泣いたのに……。

私の名前も間違っています。私はインナですが、アレクシエーヴィチはニーナ・ガロヴニョワと書いています。うちの子は中尉だったのに、少尉となっています。私たちは子供を亡くしたのに、彼女は名声を手にしているんです……。

質疑応答より

ルシキノフ弁護人(アレクシエーヴィチ側)「インナさん、アレクシエーヴィチさんはあなたのお話を録音していたんですよね?」

ガロヴニョワ「録音してもいいかと訊かれたので、いいですよと言いました」

ルシキノフ弁護人「ではあなたはその録音を起こして本に掲載する場合、その部分を見せてほしいと頼みましたか」

ガロヴニョワ「私は、活字になるのはあの子の日記だと思っていたんです。すでに申し上げたように、私はドキュメンタリーというのは、日記や手紙のことだと理解しています。もし私の話を載せるなら、一語一句、私が話した通りでないと」

ルシキノフ弁護人「なぜ〈コムソモーリスカヤ・プラウダ〉紙に本の一部が掲載されたとき、すぐにアレクシエーヴィチさんを訴えなかったんですか。その決心に三年半もかかったのはどうしてですか」

ガロヴニョワ「私は、あの本が外国でまで出版されるなんて知らなかったんです。誹謗中傷を広めるなんて……。私は祖国のために誠実に息子たちを育てました。私たちは生涯ずっと軍のテントや仮宿舎に暮らしていて、私にあるものといったら二人の息子と二つの鞄だけでした。そうやって生きてきたんです……。なのにあの人は、うちの子たちが殺人犯だなんて書いている。私は国防省に、息子の勲章を返しにいきました……。殺人犯の母親になんかなりたくない。私はあの子の勲章を国に返したけど……。でも息子を誇りに思っているんです！」

エヴゲーニー・ノヴィコフ（アレクシエーヴィチの弁護補佐人、ベラルーシ人権連盟代表）「抗議します。裁判記録に加えてください。傍聴席から始終スヴェトラーナ・アレクシエーヴィチに暴言が飛んでいます。殺害予告もあり……八つ裂きにしてやるとさえ言っています……。（傍聴席を振り返り、息子たちの巨大な肖像写真に勲章や記章をつけて掲げている母親たちのほうを見て）信じてください、私はあなたたちの悲しみを尊重します……」

ジダーノヴィチ判事「私はなにも聞こえませんでしたよ、暴言などまったく」

ノヴィコフ弁護補佐人「みなさんに聞こえていますよ、判事さん以外は……」

傍聴席からの声

「私たちは――母親として言いたいのよ……。息子たちは殺されたというのに、それを金儲けの種にする人がいる。私たちは息子たちを守るために来ました。あの子たちがお墓の中で安心して眠っていられるように……」

「よくもまあ、そんなことができたわね！　あの子たちのお墓に泥を塗るなんて。あの子たちは祖国に対する義務を最後まで成し遂げたんですよ。あんたは、あの子たちなんか忘れられればいいって思ってるんでしょう……。国じゅうの小中学校に数百もの特別室や展示コーナーができているのよ。私もうちの子のコートと学習ノートを寄付したわ。あの子たちは英雄なのよ！　ソ連の英雄について書くからには立派な本を書きなさいよ、弾丸の餌食にされたなんて書くんじゃなく。そんなことしたら英雄の歴史を、若者たちから奪うことになるじゃないの……」

「ソ連は偉大な大国だったが、多くの人にとっては邪魔な存在だった。どこで、誰の手によってソ連の崩壊が目論まれたかは、いまさら私がここで語るまでもないが、そこには西側から多額の金品を受け取っていた裏切り者が……」

「彼らは現地で人を殺し……爆弾を投下していたんだ……」

「あなたは、軍隊に入ったことがあるんですか？　ないでしょう……。うちの子たちが死んでいったときも、大学のベンチにでも座っていたんだわ」

「戦没者の母親に、あなたの息子は人を殺したか殺してないかなんて、そんなこと訊くべきじゃないでしょう。母親が覚えているのはただひとつ――息子が殺されたということだけなのに……」

「毎朝、息子を見ているのに、いまだにあの子が帰ってきたことが信じられないんです。あの子が現地にいたころ、私はこう考えてた——もし棺が運ばれてきたら、私に残された道は二つ。外に出てデモに参加するか、教会に通うか。私は自分たちの世代を「遂行の世代」と呼んでいます。アフガン戦争はこの悲劇のピークでしょう。どうして私たちは好き勝手に弄ばれなければいけないの」

「いまは俗物どもがよってたかって当時十八だった少年たちに罪をなすりつけてる……。あんたの責任だ！　あの戦争と少年たちは切り離して考えるべきだ……。戦争自体は犯罪的なものだったし、すでに批判されているが、少年たちは守ってやらなきゃいけないんだ……」

「私は文学の教師をしています。長年、子供たちにカール・マルクスの言葉を教えてきました——「人間の死は陽が沈むのに似ている。それは腹を膨らませて死んだ蛙の死とは別物である」と。なのにあなたの本はいったいなにを教えようっていうんですか？」

「アフガン帰りが英雄ぶってんのなんかもうたくさんなんだよ！」

「この罰当たりが！　てめえらみんな罰が当たっちまえ！」

ジダーノヴィチ判事「静粛に！　勝手な発言は慎んでください！　ここは法廷です、井戸端じゃないんです……（傍聴席は騒ぎ続けている）。十五分の休廷とします……」

（休廷後、傍聴席には警官たちが待機していた）

タラス・ケツムルの陳述より

陳述の準備はしていないので、原稿を読むんじゃなく普段通りの言葉で話します。どうやって俺がこの有名な……世界的に有名な作家さんと知り合いになったかといえば、出征した女性兵士のワレンチナ・チュダエワの紹介でした。彼女は、この作家さんが書いた『戦争は女の顔をしていない』っていう本は世界中で読まれてるんだって話していました。そのあと出征軍人たちの親睦会に行く機会があって、別の退役軍人の女性たちと話したとき、その人たちは、アレクシエーヴィチは自分たちの人生を元手にして富と名声を築き、今度はアフガンものを書こうとしてるって言っていました。どうも緊張するな……すみません……。

アレクシエーヴィチは俺たちの「追憶」という集まりに、録音機を持ってきた。俺だけじゃなく、いろんな人に話を聞こうとしてた。でもどうしてこの人は、戦争が終わってから本を出したんだ？ 世界中に名の知れ渡った作家なのに、どうして戦争が続いてるあいだ、ずっと黙ってたんだ？ 一度として声をあげなかったんだ？

俺は誰に派遣されたわけでもない。志願書を出して、自分からアフガニスタンに行った。近しい親戚が現地で死んだっていう口実まで考えて。もう少し詳しく状況を説明すると……。俺が本を書けばいいんだ……。アレクシエーヴィチが会いにきたとき、俺は話をするのを断ってそう言ったんだ、現地に行った俺たちが自分で本を書くんだって。俺たちのほうがいい本が書ける、だってアレクシエーヴィチは現地に行ってないんだから。そんなんでなにが書けるっていうんだよ。ただ俺らを傷つけるだけじゃないか。

アレクシエーヴィチは俺たちアフガン世代のみんなが倫理的に生きてく機会を奪ったんだ。つまり俺はロボットだったってことだろ。コンピューターだ。雇われの殺し屋だ。ミンスク郊外のノヴィンキにある精神病院にでも入るしかない……。

友達が電話してきて、張り倒してやるとか英雄がどうだとかいうけど……。やっぱり緊張するな……すみません。アレクシエーヴィチは俺が犬と一緒にアフガニスタンの任務についたって書いてたけど……犬は行く途中で死んで……。

俺は、自分からアフガニスタンに志願したんだ……わかるか、自分からだ！ 俺はロボットじゃない……コンピューターじゃない……緊張して……すみません……。

質疑応答より

アレクシエーヴィチ「訴状では、タラス、あなたは一度も私と会ったことがないと書いていたでしょう。いまは、会ったけど話をするのは断ったって言ってる。つまり、訴状を書いたのはあなたではないということなの？」

ケツムル「いや、俺が自分で書いた……。会ったことはあるさ……でも話はしてない……」

アレクシエーヴィチ「あなたが話してくれたんじゃないとしたら、どうして私は知ってるのかしら——あなたがウクライナで生まれたことや、子供のころ病弱だったこと……犬を連れてアフガニスタンに行ったこと(さっきの話だと、途中で亡くなったみたいだけど)、その犬がチャラって名前だったことを……」

(原告は答えず)

ノヴィコフ弁護補佐人「あなたは自ら志願してアフガニスタンに行ったと言いましたね。現在はそのことについてどうお考えか、教えていただけませんか。あの戦争を嫌いになったのか、それとも現地に行ったことを誇りに思っているのかといったら、どちらですか」

ケツムル「話を逸らそうったってそうはいかないぞ……。なんであの戦争を嫌いにならなきゃいけないんだよ。俺は課せられた義務を果たしたんだ……」

傍聴席の会話より

「私たちは戦死した息子たちの名誉を守ります。あの子たちの名誉を返してください！　あの子たちに祖国を返してあげてください！　国が崩壊してしまったんです。世界で最も強い国が！」

「あなたが私たちの子供を殺人犯にしたんですよ。あんな恐ろしい本を書いて……。あの子たちの写真を見てみなさいよ！　こんなに若くて、こんなに清らかで！　これが殺人犯の顔だっていうんですか。私たちは子供たちに祖国を愛するよう教えてきたんです……。どうしてあの子たちが現地で人を殺したなんて書いたんですか。ドルがもらえるからって……。こっちは貧乏のどん底なのに。薬を買うお金もないんです。息子のお墓にお供えするお花も買えないんですよ……」

「ほっといてくれよ！　どうしてあんたらはそう極端なんだ？　最初は英雄みたいに描いてたのに、いまじゃ俺たちはみんな殺人犯だなんて。俺たちにはアフガン以外なにもない。現地で初めてほんとうの男になれたと思った。俺たちは誰一人、現地に行ったことを悔んじゃいない……」

「あんたはね、帰還したのは病んだ世代だって言いたいんだろうが、わしの言い分じゃ、帰還したのは見出された世代だよ。あの子たちを見ればわかる——ほんものの生きかたを知ってるってね！　そりゃあ、死んだ少年もいた。でもそんなことを言ったら、酔っ払って喧嘩したりナイフで刺されたりして死ぬ若者もいくらでもいるじゃないか。毎年交通事故で死ぬ人数のほうが、あの戦争で十年間に死んだ人数を全部合わせたよりよっぽど多いじゃろう。ソ連軍はもうずいぶん戦争をしてこなかった。だから、あれでわしらは力試しをした、現代の武器を試してみて……。あんたみたいなヘボ作家のせいで、わしらは全世界に負けちまった……ポーランドも失って……ドイツも、チェコスロバキアも……。そのことでゴルバチョフの責任を問いただす日まで、わしは生き延びてやるよ。あんたの責任もな。あんたらは裏切り者だ。この国の理想はどこにいった。あの偉大な大国はどこにいった。わしは祖国のために一九四五年にベルリンまで行ったというのに……」

「南方の海で、数人の若者が砂浜に腹這いになって腕を使って海へ向かっているのを見ました。足の数は、その子たち全員を合わせた数より少なかったんです……。それ以降、私は海岸に行くのをやめてしまいました、とても日光浴なんかする気になれなくて……ただ泣いてばかりいました……。その子たちのほうは笑い合ったり、女の子に声をかけようとしたりもしてたけど、みんな逃げていってしまいます、私と同じように。私はあの子たちが暮らしやすいようになってほしい。自分たちはそのままでいい、必要とされているんだって実感してほしい。あの子たちに生きていてほしいんです！　生きていてくれてよかったと思っています」

「いまでも思い出すのがつらいんです……。私たちは列車に乗っていて……コンパートメントで同室になった女の人は、アフガニスタンで戦死した将校のお母さんでした。気持ちはわかるんです……母親ですもの、その人は泣いていて……。でも私はその人に言ってしまいました――「息子さんが殺されたあの戦争は、間違っていたんですよ、ドゥシマンは祖国を守っていたんだから」って……」

「あまりにも恐ろしい真実だから、嘘のように思えてしまうんですよ。わからなくなる。知りたくないと感じる。その真実から我が身を守らなきゃいけないと思ってしまう」

「みんな命令のせいにするでしょう――「俺は命令されたからそれを遂行したんだ」って。でも国際裁判所で決められているわけですよね。犯罪的な命令を遂行するのも犯罪だって。時効もありません」

「一九九一年ならこんな裁判はありえなかったでしょう。共産党が失墜して……。でも、いままた共産主義者が力をつけてきたわけですよ……。また「偉大な理想」や「社会主義的価値」について語られ始めたんです……。反対する者は法廷へ呼び出せばいいというわけですか。まったく、じきにまた銃殺刑が復活しかねない……。あるいは、一夜にしてみんな捕まって鉄条網に囲まれた競技場に集められるなんてことにならないといいんですけどね……」

「俺は宣誓をした……軍人だった……」

「少年のままで戦争から戻ってくる奴はいない……」

「私たちは祖国への愛を教えて育ててきた……」

「まだ子供だったのに……武器を持たされて……。それで、そこにいる相手が敵だって教え込まれたんです――やれドゥシマンの賊どもだとか、ドゥシマンの連中だとか、ドゥシマンのはぐれ兵だとか、ドゥシマンが束になってかかってくるとか、凶悪な集団だとか……。考えろなんて教わっていなかった……。アーサー・ケストラーがこう言っていたでしょう――「なぜ真実を話すと、必ず嘘のように聞こえてしまうのだろう。どうして新たな人生を切り拓こうとすると、この地上が死体でいっぱいになるのだろう。なぜ明るい未来について語るとき、必ず脅しを挟むのだろう」と」

「静まり返った集落《キシラク》を撃ったときも、山あいの道に爆弾を落としたときも、私たちは自分たちの理想を撃ち、理想を爆破していたんです。この恐ろしい真実を認めなきゃいけない、実感しなきゃいけないんです。うちの子供たちまで「ドゥーフごっこ」や「限定派遣ごっこ」をしています。いまだからこそ、勇気を出して真実を認めるべきなんです。やりきれない、耐えられないと人は言います。わかっています。私もそうでしたから」

「残された道は二つだ――真実を知るか、真実から逃げるか。目を見はって見なきゃいけないんだ……」

裁判所に届いた手紙より

――作家同盟共同体、ロシア作家同盟、モスクワ作家同盟

ミンスクでスヴェトラーナ・アレクシエーヴィチ氏に対しておこなわれた裁判の詳細を知り、この裁

判は氏の民主主義的な主張に対する迫害であり、創作の自由を侵害するものとみなします。アレクシエーヴィチ氏は、その真に人道的な作品と、才能と、勇気によって広く読者に知られ、ロシアでも世界中の国でも尊敬されている作家です。

親しい隣国であるベラルーシの名を汚すようなことは私たちも望んでおりません。

公平な采配をお願いいたします。

——大祖国戦争参戦者、作家
ミコーラ・アヴラムチク、ヤンカ・ブルィリ
ワシーリ・ブィコフ、アレクサンドル・ドラコフルスト
ナウム・キスリク、ワレンチン・タラス

いかに悲劇的で残酷な真実であっても、作家が真実を語る権利を侵害していいものでしょうか。過去の犯罪にまつわる覆すことのできない証言の責任を作家に負わせるなどということがあってはなりません。あれほどの犠牲者を出し、多くの人間の運命を変えてしまった、恥ずべき無謀なアフガニスタン政策の犯罪については特にそうです。

出版界の言論がようやく自由になったかのように思われ、画一的思想の出版物が姿を消し、従わなければいけない党の指針もなく、「共産主義の理想的精神からみて唯一可能な表現」で書かなければならないという保守的な約束事もなくなった現在に至って、本来ならこのような疑問が生じること自体がま

ったくおかしいはずなのです。

ところが、そうではなかった。これを雄弁に物語るのが——現在準備が進められているという、作家スヴェトラーナ・アレクシエーヴィチ氏に対する裁判です。あの素晴らしい『戦争は女の顔をしていない』という、大祖国戦争に参加した女性の運命について書かれた本や、『ボタン穴から見た戦争』〔原題は「最後の証人たち」〕という、やはり大祖国戦争の、子供たちについて書かれた本の作者であるアレクシエーヴィチ氏は、公式プロパガンダからの妨害を受け、アフガン戦争の当時「大本営の不屈の小夜啼鳥」と呼ばれたA・プロハーノフのような名の知れた作家たちからも攻撃され、それでも『亜鉛の少年たち』を書きあげ、そのなかで胸が張り裂けそうなほど恐ろしい、アフガン戦争の真実を書いたのです。

党のブレジネフの指導体制のもと、それまでは友好関係にあった他国で戦わされた兵士や将校ら個人個人の勇敢さに敬意を示し、アフガンの山岳地に我が子を亡くした母親たちの悲しみに真に胸を痛めながら、アレクシエーヴィチ氏はこの本のなかで透徹して、恥ずべきアフガン戦争を英雄視あるいは浪漫化しようとするすべての試みを骨抜きにし、偽りの情熱や大仰な扇情を否定したのです。

どうやらこのことが、アフガン戦争をはじめ、過去の体制がソ連の兵士たちの命を犠牲にし、いたずらに繰り返してきた戦争が「神聖な国際友好の義務」の遂行であったといまだに確信している人々や、政治家や名誉に目が眩んだ軍人らの黒々しい悪事を白く上塗りしたい人々、あるいは大祖国戦争への参加と、本質をいうなら侵略戦争であったアフガン戦争への参加とを同一視したい人々にとっては、気に入らなかったようです。

こういった人々はアレクシエーヴィチ氏と議論をしようとはしません。彼女が提示した事実を否定することもしません。そもそも自らの顔を見せようともしません。他人の手を——いまだに惑い、惑わされている人々の手を使って、(『亜鉛の少年たち』の刊行や新聞記事の掲載からこんなに年月の経過したいまになって!)裁判を起こさせ、アフガン戦争の参加者の「名誉と尊厳を毀損」したと訴えました。アレクシエーヴィチ氏がその当事者にあれほど理解を示し、ともに苦しみ、心を寄せ、ひどく胸を痛めて彼らの本を書いたのにもかかわらずです。

確かに、アレクシエーヴィチ氏は彼らをロマンチックな主人公としては描きませんでした。しかしそれは、「私が心から全力で愛する(…)主人公とは(…)昔も、今も、これからも——真実だ」というトルストイの教えに誠実に従ったからです。

いったい、真実に憤慨するなどということがあってもよいのでしょうか。真実を裁いてよいとお考えなのでしょうか。

——ヤン・チクヴィン、ソクラート・ヤノヴィチ
ヴィクトル・シヴェード、ナジェージダ・アルティモヴィチ

私たちポーランド在住のベラルーシ人作家は、ベラルーシにおいて作家スヴェトラーナ・アレクシエーヴィチ氏に対し裁判による弾圧がなされていることに断固として抗議いたします。

アレクシエーヴィチ氏に対して裁判をおこなうなどという行為は、文明的な全ヨーロッパの恥です!

もう黙ってはいられません……。もしかしたら、いまになってはじめてあの戦争がいったいなんだったのかわかったのかもしれません……。あのかわいそうな少年たちに対して、私たちはたいへん罪なことをしました。私たちはいったい、あの戦争のなにを知っていたというのでしょう。少年たちの一人一人を抱きしめて、一人一人に謝りたい気持ちです……。

当時、なにがあったのかを思い出してみましょう……。

ラリーサ・レイスネル〔一八九五～一九二六、革命作家〕を読むと、アフガニスタンにはなかば未開の種族がいて、踊りながら「ロシアのボリシェヴィキに栄えあれ、おかげでイギリス人に勝てたぞ」とうたっていると書いてありました。

四月革命が起きたときは……またひとつの国で社会主義が勝利したと喜びました。電車で隣の席の人が「またやっかいな穀潰しが増えたな」などと小声で言っていました。

タラキー〔一九七八～七九年アフガニスタン国家元首〕が死んだとき、市委員の講習会で、なぜアミーンにタラキー殺害を許したのかという疑問が出ましたが、モスクワから来た講師は、「弱い者は強い者に地位を譲らねばならん」と言い切りました。嫌な感じがしました。

ソ連の空挺部隊がカブールに派遣されたときには、「アメリカ軍が空挺部隊を派遣しようとしていたから先手を打ったのだ。我々はわずか一時間の差で先に到着した」と説明されました。それと同時に、噂がたっていました——現地の状態はひどい、食べるものもなければ医薬品も暖かい衣服も足りていな

——N・ゴンチャロフ
オルシャ市

いと。それを聞いてすぐ、ダマンスキー島〔一九六九年の中ソ国境紛争〕でのソ連兵の声――「弾がない！」という叫びを思い出しました。

そのあと、アフガン渡来のムートンのコートを見かけるようになりました。ソ連の街角では華やかな装いに見えたものです。夫がアフガニスタンに行ってきたという奥さんがいると、ほかの奥さんたちに羨ましがられていました。新聞には、ソ連の兵士は現地で木々を植え、橋や道路の補修をしていると書いてありました。

モスクワ発の列車に乗ったときのことです。コンパートメントで同室だった若い夫婦がアフガニスタンの話を始めました。私がなんだったか新聞に書いてあるようなことをそのまま言うと、苦笑されました。二人とも、もう二年も医師としてカブールに勤務していた人でした。彼らはすぐに、現地の品物を持って帰ってくる軍の人々を擁護し始めました……。現地の物価が全体的に高いのに給料は安いためだと。外国のラベルがついたたくさんの段ボール箱を運んでいました……。

うちで、妻が話してくれました――近所にいた独り身の女性のたった一人の息子があの戦争に派遣されそうになった。その人はどこかへ出向いて、膝をついて軍靴にキスをして頼み込み、ようやく「聞き届けてもらえた！」と喜んで帰ってきたとか。それと同時に、落ち着いた様子で「幹部はお金にものをいわせて身内を呼び戻している」とも語っていたそうです。

あるとき息子が小学校から帰ってくるなり、「水色ベレー帽〔空挺隊員〕の人たちのお話を聞いてきたよ」と言いました。嬉しそうに「みんな日本製の腕時計をしてたんだ！」と言うんです。

あるアフガン帰還兵に、そういう時計はいくらして、どのくらいの給与がもらえたのかと訊いてみたことがあります。しばらくはぐらかしていましたが、しまいに打ち明けてくれました――「野菜を積んだトラックを盗んで、売り払ったんだ……」と。それから、燃料給油担当の兵士は仲間たちに「金持ちになれるな！」と羨ましがられたとも言っていました。

ここしばらくの出来事のなかでは、サハロフ博士に対する弾圧が記憶に残っています。私は、博士の意見に賛成です――「我々はいつも、いつ間違いを犯すかもしれない生きている人々よりも、死んだ英雄のほうを大事にしている」と。それからもうひとつ、ザゴルスクの宗教教育施設にアフガン帰りの兵士たちと二人の将校が通っているという話も最近になって耳にしました。彼らはどうしてその選択をしたのでしょう。後悔か、この残酷な人生から逃れたい一心でか、それとも新しい道を切り拓くためでしょうか。なにしろ、誰もができることではないんです――退役軍人としての茶色い身分証を手にしたら、手当の肉で心を満たし、体にも心にも外来の古着を纏って、特別に支給された別荘地でりんごの木の下を耕すだけの生活を送るなんて。なににも目を向けず、ただ沈黙を守って暮らすために……。

――A・マシュータ

二人の息子を持つ母であり

元国際友好戦士の妻、大祖国戦争退役軍人の娘

……私の夫も、二年間(一九八五〜八七年)アフガニスタンとパキスタンとの国境付近にある、クナール地方に赴任していました。夫は「国際友好戦士」と呼ばれるのを恥じています。私たちは、しばしばこの胸の痛む話をします――ソ連は現地に、アフガニスタンに行くべきだったのか否か。現地でソ連人

は占領者だったのか、「国際友好戦士」という友人だったのか。出てくる答えはいつも同じです――誰もソ連に来てほしいなんて思っていなかったし、アフガンの人々にソ連の「支援」なんていらなかった。それに、認めるのはとてもつらいけれど、私たちは占領者だったと。そして、私の考えでは、いまはアフガン帰還兵の記念碑について(どこに建ててあって、どこにまだないなどと)言い争っている場合ではなく、懺悔について考えるときだと思うのです。私たちは全員が、あの無意味な戦争で騙されて死んでいった少年たち、そしてやはり権力側に騙されていたその母親たちに、そして身も心もズタズタにされて現地から戻ってきた人々に、懺悔しなくてはいけないのです。アフガンの人々にも、その子供たちや母親たち、老人たちにも懺悔しなくてはなりません、彼らの大地にたいへんな悲しみをもたらしたことを……。

――ウラジーミル・ブコフスキー
イーゴリ・ゲラシチェンコ、インナ・ロガーチー
ミハイル・ロガーチー、イリーナ・ラトゥシンスカヤ

スヴェトラーナ・アレクシエーヴィチ氏のドキュメンタリー小説に収集された参戦者と犠牲者の証言により裏付けられたソ連のアフガニスタン侵攻の真実は、「名誉と尊厳の毀損」などではなく、ソ連共産主義・全体主義体制下の近年の歴史に刻まれた恥ずべき事実であり、国際社会から一様に激しく非難されています。

作家に対してその著作を口実に裁判による弾圧を加える手口もまた、この体制のありかたとして同様に広く知れ渡った、同様に恥ずべきものです。

こんにちのベラルーシで起きていること——アレクシエーヴィチ氏に対する大々的かつ組織的な批判、彼女に対する弾圧と自宅への絶え間ない脅迫行為、裁判、彼女の著作を禁書にしようという試み——これらは、全体主義は過去の遺物ではなく、いまだにベラルーシに残存していることの証明といえるでしょう。

このような現状である以上、ベラルーシ共和国をソ連崩壊後の自由で独立した国家であるとみなすことはできません。

フランス、イギリス、ドイツをはじめとした諸外国でも広く知られている作家アレクシエーヴィチ氏に対する弾圧は、ベラルーシ共和国は共産主義国家の崩壊したあとの世界においても共産主義の特別保護区であり続けているという悪評をもたらすものでしかなく、ヨーロッパにおけるカンボジアのような、好ましくない役割を担っている国であると思われても仕方がないでしょう。

アレクシエーヴィチ氏に対するすべての弾圧をただちに取りやめ、彼女と彼女の本に対する裁判を中止してください。

——ベラルーシ統一民主党評議会

……これまで著したすべての作品により、戦争や暴力の狂気に抗い続けてきたスヴェトラーナ・アレクシエーヴィチ氏に対し、裁判をはじめさまざまな方法でその信頼を失わせようという試みが、すでに長きにわたり続いています。氏はその著作のなかで、人間こそが人生のうち最も尊いものであるのにもかかわらず、ときに人は国家の統率者たちの気の向くままに犯罪的なやりかたで政治の歯車にさせられ、戦場で弾丸の餌食にされてきたことを証明してきました。ソ連の若者たちがアフガニスタンという異郷の地で命を落としていったことは、どんな口実をつけても正当化できることではありません。『亜鉛の少年たち』の一頁一頁が、「みなさん、この血まみれの悪夢をどうかもう二度と繰り返さないでください」と呼びかけているのです。

——ロシアペンセンター

国際ペンクラブの会員でもあるベラルーシの作家スヴェトラーナ・アレクシエーヴィチ氏が裁判による弾圧を受けているとの情報がミンスクから届きました。氏がただ作家として根本的かつ不朽の使命を果たし、不安に感じていることを誠実に読者と分かち合ったという、ただそれだけが「罪状」だというのです。アフガンの悲劇に捧げられた『亜鉛の少年たち』は世界中で翻訳され多くの人々に評価されています。私たちもまた、アレクシエーヴィチ氏の勇気と誠実な才能を高く評価しています。今回のことは、報復政策をとる権力がいわゆる「世論」を操作し、作家たちからその最も重要な権利を——国際ペン憲章で保障されている、自由に自己表現をする権利を剝奪しようと目論むものであることは、火を見るより明らかです。

ロシアペンセンターはアレクシエーヴィチ氏、ベラルーシペンセンター、および独立国であるベラルーシにおけるすべての民主主義勢力との徹底的な連帯を表明するとともに、司法機関に対し、ベラルーシも署名している諸々の国際法を——なによりもまず言論と出版の自由を保障する世界人権宣言を、守るように要求いたします。

——ベラルーシ人権連盟

ベラルーシ人権連盟は、スヴェトラーナ・アレクシエーヴィチ氏を裁判によって制裁しようとする絶え間ない試みが、政府と考えを異にする思想の弾圧、および創作の自由と言論の自由の弾圧を目的とする政治的な行為であるとみなします。

一九九一年から九二年にかけてベラルーシ共和国ではさまざまな裁判機関において約十件の政治事件を審理してきたというデータがあります。これらは意図的に民事に移して処理されたものの、本質としては、民主的傾向の議員、作家、ジャーナリスト、出版社、社会政治団体に向けられたものでした。

私たちは、作家アレクシエーヴィチ氏への迫害を中止するよう要求するとともに、これに類した裁判や、政治的制裁とみられる判決について見直しを求めます……。

——ゴルビチナヤ
建築技師、キエフ市

アフガニスタンの戦争が始まったとき……息子はちょうど高校を卒業し、士官学校に入学しました。その後の十年間ずっと、よその家のお子さんたちが武器を手に異国にいるのを見るたびに、気が気ではありませんでした。私の息子も現地に派遣される可能性がありました。国民がなにも知らなかったというのは嘘です。家々に亜鉛の棺が届けられ、子供たちが心身を損なわれて帰ってきて親たちは呆然とし、誰もがそれを目にしてきたのですから。もちろん、ラジオやテレビではそのことには触れられていませんでしたし、新聞にも書かれていませんでした(最近になってようやく報じられたわけです)が、すべての人の目の前で起こっていたのです。すべての人のです！ なのに私やあなたがたを含む当時の「人道的」社会は、いったいなにをしていたのでしょう。社会は「偉大な」老人たちにそれまで通り勲章を与え、それまで通りに「五ヶ年計画」を達成したりノルマを上回る成果を出したりし(その実、この国の商店はそれまでもそれ以降もなにもかも品薄のままでしたが)、別荘を建て、趣味を楽しんでいたわけです。そうしているあいだにも十八〜二十歳の少年たちは銃弾の飛び交うなかを歩き、異郷の砂に顔を突っ伏して死んでいった。私たちはいったい何者なのでしょう。いったいなんの権利があって子供たちに、現地でおこなわれていたことの責任をとらせようとしているのでしょう。ここに残っていた私たちは、あの子たちに比べて潔白だとでもいうのでしょうか。あの子たちはその苦しみと痛みによって罪を清めていたとしても、私たちの罪はもはや決して清められることはないのです。銃撃を浴び地上から姿を消した現地の集落に、荒廃した異郷の地に良心を痛めるべきなのは子供たちではなく私やあなたがたです。殺したのは私たちであって、少年たちではない。ソ連の子供も異国の子供も、私たちが殺したのです。
少年たちは――英雄です。あの子たちは「過失」のために戦っていたわけではありません。あの子たちが戦っていたのは、私たちを信じていたからです。私たちはみんな、あの子たちの前に跪いて謝らなければいけません。ここで私たちがしていたことと、彼らの背負った運命を引き比べてみるだけで、気が狂いそうになります……。

――N・ドゥルジーニン
トゥーラ市

……むろん、こんにちアフガニスタンというテーマは儲けになるだろうし、流行りだとすらいえるだろう。だからあんた――アレクシエーヴィチさんも、いますでに喜んでいてもおかしくない。あんたの本は貪るように読まれるだろう。最近は国じゅうに、自らの祖国を汚すものならなんでも面白いと思うような連中が増えた。アフガン帰りの若者のなかにもそういうのがいる。そいつらは(むろん、全員が全員じゃないが)自分たちの身を守る武器を欲しがってる――「俺たちがなにをされたか見てくれ！」というわけだ。卑怯な奴らはいつも他人に守ってもらいたがる。きちんとした人間はどんな状況下でもきちんとしてるから、そんなことをする必要がない。アフガン帰りのなかにもきちんとした人間は大勢いるが、おそらくあんたが探していたのは、そうじゃない人間だったんだろう。
私はアフガニスタンには行っていないが、大祖国戦争を戦い抜いた。だからあの戦争でも、良からぬことがたくさんあったのをよく知ってる。だがそんなことは思い出したくもないし、ほかの誰かが蒸し返すのも許せない。あの戦争は別物だったとか、そういう問題ではない。愚かしい！　誰でもわかることだが、人間は生きるために食わなくてはならず、食えば、汚い話ですまないが、排泄もしなければならない。しかし私たちはそれをわざわざ口に出しはしないだろう。なぜそれを忘れて、「アフガンもの」も、大祖国戦争のことまでも書いているのか。アフガン帰還兵が自らそのような「暴露」に抗議しているというのなら、それを聞きとめ、その現象を学ぶべきだろう。たとえば私には、どうして彼らが怒り、抗議するのかがわかる。恥じらいという、人間として当然の感覚があるからだ。彼らは恥ずかしく思っているんだ。あんたはその恥じらいに気づいていながら、なぜだかそれでも足りないと判断した。そして公衆の面前に晒して裁かせようとした。現地で彼らはラクダを撃ち殺したとか、民間人も彼らの銃弾の犠牲になったとか……。あんたはあの戦争が不必要な、害をもたらすだけの戦争だったと証明しようとしているが、それによってその戦争に参加した、なんの罪もない少年たちを冒瀆することをわかっていないのだ……。

——グリゴリー・ブライロフスキー
大祖国戦争傷痍軍人、サンクトペテルブルグ市

私たちの理想、私たちの英雄は——武器を持った人間でした……。我々は何十年にもわたって莫大な資金を国防に注ぎ込み、アジアやアフリカに新たな目標を定め、その国に「明るい未来」を築こうとい

う意思のある新たな指導者を見つけ結託してきました。かつてフルンゼ軍事大学で同級生だった少佐で、のちには元帥にまでなったワーシャ・ペトロフは、自ら手を下してソマリ人を戦わせ、その功績により英雄金星章を授与されました……。そういった人々は非常にたくさんいたのです。

ところが、ワルシャワ条約の枷をはめられ、ソ連軍の銃剣で押さえ込まれていたいわゆる「社会主義陣営」にひびが入り始めました。「友好国における反革命分子との戦いを援助する」ため、それらの国々に我が国の子供たちが送り込まれていきます――ブダペスト、プラハと続き、それから……。

一九四四年、私は我が軍とともにファシズムから解放された国々を行軍していました――ハンガリーとチェコスロバキアです。すでに異国ではありましたが、私たちは祖国にいる気分でした――同じように歓迎され、同じようにみんな嬉しそうな顔をしていて、同じように質素ながらも心からのもてなしを受けました……。

四半世紀が過ぎ、我が国の子供たちは同じ地に赴きましたが、待っていたのはもはや歓迎ではなく、「父親たちは解放者だったのに、子供たちは占領者だ！」と書かれたポスターでした。子供たちは同じ軍の制服を着て後継者の肩書きを担っていたものの、私たちはただ黙って全世界に恥を晒していたのです。

その先は、もっとひどい事態が起きました。一九七九年の十二月、大祖国戦争の退役軍人の子供たちや教え子たち(そのなかには士官学校で私が戦術を教えていた、のちに第四十軍の司令官になったボーリャ・グローモフもいました)がアフガニスタンに攻め入ったのです。戦争が続くあいだ、じつに百ヶ国以上もの国連の加盟国がその犯罪を非難しました。あの戦争を始めたことによって私たちは、こんなにちのサダム・フセインと同じように、国際社会を敵に回してしまったのです。現在、あの汚らわしい戦争でソ連の子供たちがなんの罪もないアフガンの人々を百万人以上殺し、一万五千人以上のソ連兵が死んだことが明らかになっています……。

恥ずべき侵攻の真の規模とその意味を故意に隠蔽しようと、あの戦争をけしかけた人々は「限定派遣」という用語を公式に用いてきました——言葉でごまかそうという古典的な手法です。「国際友好戦士」という言葉をあたかも新たな軍職を指すかのような婉曲語法として用いたのもまた、スペインにおいてファシズムと戦った「国際旅団」に似せた言葉でアフガニスタンで起きていることの意味をごまかそうという卑劣な手段でした。

アフガニスタン侵攻を企て、けしかけた政治局のトップは、自らが略奪者であるという本質をあらわにしただけではなく、殺せという命令に抗うだけの勇気を持てない者たちすべてを共犯者として巻き込んだのです。殺人はいかなる「国際友好の義務」によっても正当化できるものではありません。いったいどんな義務のために人を殺せというのですか！

息子を亡くした母親たち、親を亡くした子供たちが哀れでなりません……。兵士たちにしても、罪のないアフガンの人々の血を流したために得たのは褒賞ですらなく、亜鉛の棺だったのです……。

アレクシエーヴィチはその著作のなかで、戦地に赴いた少年たちと、そこへ送り込んだ人々を区別して描いており、私と違い、少年たちを哀れに思っています。いったいどうして彼女が裁判にかけられなければならないのか、理解できません。真実を書いたせいだというのでしょうか。

もっと早く目を凝らしていなければいけなかったんだ……。でもいったい、誰を罰せばいいんだろう。盲目の人に対して、目が見えない罪は問えないだろう。俺たちの目は血で洗われてきた……。

――A・ソコロフ
少佐、戦闘機操縦士

俺は一九八〇年にアフガニスタン(ジャララバード、バグラム)に到着した。軍人であるからには命令を遂行しなければならなかった。

一九八三年当時、俺はカブールで「我が軍の戦略爆撃機を総出動させてこの山岳地を一掃しなきゃだめだ。すでに味方がこれだけ死んでいるのに、まったく埒があかないじゃないか」という話を初めて耳にした。そう語ったのは戦友の一人だった。そいつはほかのみんなと同じで、母親もいれば妻も子もいた。つまり俺たちは、いかに仮定の話とはいえ、かの地の人々の「ものの見方」が違うというだけで、そこにいる母親や子や夫たちが自分たちの土地に暮らす権利を奪っていたことになる。

アフガンで戦死した少年の母親たちは、「気化爆弾」がどんなものか知っているのだろうか。カブールのソ連司令部は、モスクワ政府と直通の連絡手段があった。それで政府からお許しを得てその武器を用いることになった。起爆装置が作動したその瞬間、最初の爆薬によってガスが充塡された部分の膜が破れる。するとガスが出てきて、いたるところの隙間にまで入り込む。それから時間差でその「雲」が爆発する。あれを使うとその場のありとあらゆる生物が駆逐される。人の内臓は破裂し、眼球が飛び出る。一九八〇年にソ連軍で初めて、内部に数百万の針が仕込まれたロケット弾が使われた。いわゆる針爆弾だ。あの針からはどこへも逃れられず、人間が目の細かいザルみたいに穴だらけになっちまう……。

俺はこの国の母親たちに訊きたい――アフガン人の母親と同じ気持ちになってみたことがある人は、

一人でもいるのだろうか。それとも現地の母親は自分たちより劣った存在だと思ってないだろうか。

この国ではいかに多くの人が暗闇のなかを手探りで、ただ自分の感覚だけをあてにして生き、考えることも比較することもしようとしないでいるか――そのことひとつをとってみてもゾッとする。

俺たちは完全に目覚めた人間と呼べる存在なのだろうか。いや、そもそも人間と呼べるのだろうか――俺もあなたがたも、もしいまだに目を凝らすための理性をないがしろにしているのだとしたら。

A・ソロモノフ
工学博士、教授、ミンスク市

……要職に就いている嘘つきな連中の一部は、そいつらが平穏に暮らしていた時代に戻ろうとやっきになって同じ嘘を繰り返そうとしています。たとえば〈一日〉紙上においてV・フィラートフ将軍はアフガン帰還兵にこう呼びかけました――「アフガン帰還兵諸君！　アフガニスタンにいたときのように、武器を手にするときがきたら立ちあがろう……。諸君は祖国のために南端の地で戦った……。いまは一九四一年のように祖国のために自国の領土内で戦うときだ」と〈文学新聞〉一九九二年九月二十三日付）。

この「武器を手にするとき」がいつなのかは、十月四日にモスクワの最高会議ビルの塀の前で明らかになりました〔一九九三年の十月政変〕。しかし報復がなされる可能性がないとはいえないでしょう。そう、正義が裁判を求めているのです。アフガン侵攻という犯罪を企て、人々を戦争に駆りたてた連中は、生きていようと死んでいようと裁かれるべきです。裁判は扇動のためではなく、今後また民衆の名を騙って侵略を企てようとしかねないすべての者に警告するために、そして、すでに実現してしまった悪しき行為を倫理的に問いただすために開かれるべきです。裁判は、アフガン侵攻の罪を当時の政権トップの五人(ブレジネフ、グロムィコ、ポノマリョフ、ウスチノフ、アンドロポフ)のみに限定する虚偽の説を否定するために必要なのです。なぜなら、政治局や書記局の会議や党中央委員会の総会で決議され、党員全員に宛てて密書が送られていたが、それらに関わった人々のなかに一人として反対した者はいなかったのですから……。

裁判は、勲章や称号や報酬や栄誉を得た将校将官たちの良心を呼び覚ますためにこそ必要なのです。彼らは罪のない何百万もの人の血を犠牲にして、嘘をついてそれらを手に入れました。その嘘に、私たちは多かれ少なかれみんな加担していたのです……。

——ロシア平和協会会員一同

R・イリューヒナ、歴史学博士、ロシア科学アカデミー世界史研究所「歴史における平和思想」センター主任

A・ムーヒン、代替役を援助する発起団体代表

O・ポストニコワ、文学者、「四月」運動メンバー

N・シェルジャコワ、「反暴力運動」組織代表

ソルジェニーツィンの言葉を借りるなら、平和とは、たんに戦争のない状態ではなく、なによりも人

間に対する暴力のない状態のことをいうのです。全体主義が崩壊し、この社会が政治的、宗教的、民族的な狂気にとらわれ、武力にまで至る暴力が横行しているまさにいま現在、作家がアフガニスタンについて真実を書いたことによって槍玉にあげられているのは偶然ではないでしょう。『亜鉛の少年たち』に対して起こされた一連の騒動は、共産主義時代の「自分たちについての神話」を人々の脳裏に復活させようという試みなのではないでしょうか。原告たちの背後には、別の人々の姿が見え隠れしています――第一回ソ連人民代議員大会の際に、あれは非人道的な戦争だったと主張するアンドレイ・サハロフ博士を黙らせようとし、手から滑り落ちようとしている権力を力ずくで摑んでおこうとする人々の姿が……。

あの本は、国家主権と大国主義の威光を笠に着れば人命を犠牲にする権利があるのか、と問いかけるものです。こんにちのアゼルバイジャンやアルメニアやタジキスタンやオセチアで命を落としている一般市民は、いったいどのような理念のために死んでいくのでしょうか。

武力に基づく虚偽の愛国精神論が幅をきかせるようになるとともに、私たちは軍国主義精神の新たな復興を目の当たりにしています――攻撃性を煽り、軍隊の民主化改革、軍事上の義務、民族の尊厳などといった甘い言葉でごまかして犯罪的な武器の売買をおこなうこと。革命や戦争における武力を正当化して声を荒げる政治家の主張は、イタリアのファシズムやドイツの国民社会主義やソ連の共産主義などに通ずるものであり、人々の思考を鈍らせ、社会における不寛容と敵愾心を増長させるものです。

そういった思想の生みの親である、すでに政界を去った政治家たちは、人の情操を巧みに操り、国民を兄弟殺しの闘争に駆りたててきました。ですからむろん、その後継者たちは非暴力や共感を訴える者を裁判にかけようとするでしょう。レフ・トルストイがかの時代に、従軍を拒否するよう人々に呼びかけたときでさえ、その反戦運動によって裁判にかけられはしませんでした。私たちは再び、最も誠実なものがすべて破壊されていく時代に押し戻されようとしているのです。

スヴェトラーナ・アレクシエーヴィチ氏に対する裁判は、反民主主義勢力による計画的な攻撃とみなすことができます。彼らは軍の名誉を守るという口実で、その忌まわしい思想やお得意の嘘に固執しているのです……。アレクシエーヴィチ氏がその著書のなかで大切にしている非暴力によるもうひとつの道は、人々の意識のなかに息づいているものの公式には認められず、「非暴力不服従」の思想はいまだに嘲笑の的になっています。しかしながら繰り返します——社会生活における道徳観念の変化は、なによりまず「暴力のない平和」の原則に基づいた自己意識の形成と密接に関連しています。アレクシエーヴィチ氏を裁判にかけようという人々は、社会を敵対と自滅の混沌へと突き落とそうとしているのです。

——N・チェルギネツ
アフガニスタン戦争退役軍人ベラルーシ同盟代表
元アフガニスタン軍事顧問、警察少将
〈ソヴィエツカヤ・ベラルーシ〉一九九三年五月十六日

作家は裁判官や処刑人であってはならない——そういった人間は、ただでさえルーシにはたくさんいた……。スヴェトラーナ・アレクシエーヴィチの『亜鉛の少年たち』をめぐって文学界隈で騒動になり、同時にアフガン帰還兵やその両親に対する攻撃がベラルーシやモスクワの報道を賑わせ、国外のラジオ番組まで巻き込む騒ぎになったことを思うとき、上述のチェーホフの表現が自然と思い出された。

　確かに、戦争は戦争だ。戦争は常に残酷で、人命に対し不公平なものだ。アフガニスタンでは、指揮官も兵士も大半が宣誓を忠実に守り義務を全うした。なぜならその命令は、正当な政府により国民の名のもとに下されたものだったからだ。実に遺憾なことに、指揮官や兵士の一部には罪を犯した者も、アフガン人を殺したり略奪したりした者もいたし、なかには(ほんの一握りではあるが)仲間を殺してドゥシマンの側に寝返り、奴らとともに戦った者もいた。

　ほかにもソ連側の人間が犯した罪はいくつもあり、それを数えあげることもできる。しかしながら一部の作家や記者がアフガン戦争の参加者をファシストと並べて語っている場合、かなりの疑問が生じる。そういった輩は、我が国の政府がドイツさながらアフガニスタンにおいて強制収容所を建設し、民族を絶滅させ、ガス室で数百万の人々を殺せと命令した文書を、証拠として提示することができるのだろうか。それともヒトラーの手下どもがベラルーシでやったのと同じように、ソ連軍が、味方が一人殺されるごとに数百もの民間人を殺していたという証拠文書でもあるのだろうか。もしくはドイツの占領者どもがやったように、ソ連の医師が味方の負傷者を治療するために現地の子供の血を抜いて使っていたと証明できるというのだろうか。

　ちなみに私の手元には、アフガンの市民に対し罪を犯したことによって裁かれた兵士や将校の名簿がある。ドイツにもそんな名簿があるというのか、あるいはベラルーシがドイツの占領下にあったあいだにソ連の民間人に対して犯した罪により罰せられたドイツ人の名を、一人や二人でもいいから挙げられるのだろうか。

　アフガニスタンに軍隊を派遣した当時のソ連政府の決定が、まず第一に自国民に対して犯罪的なものであったことは、いうまでもない。しかし我が国の軍人については——国民や、作家や記者といった輩の暗黙の了解のもとで、戦火のなかに送り込まれ、軍務を果たした彼らのことは、丁重に扱わねばならん。責任を追及されるべきなのは決定を下した人間と、社会的に責任のある立場にいながら黙っていた人間だ……。

アレクシエーヴィチを擁護する者は、戦死した兵士の母親たちを傷つけ、アメリカに媚を売っている——なんといっても偉大なる民主主義の国だと。アメリカではベトナム戦争に反対した勢力もあったじゃないかというのである。

しかし新聞を読んでいる者なら誰もが、アメリカがどうしたかを知っているだろう。アメリカの下院も上院も、ベトナム戦争を非難する決議を採択しなかった。過去においても現在においても、アメリカでは大統領を罵倒することなど誰にも許されない——ケネディにしてもジョンソンにしてもフォードにしてもレーガンにしても、アメリカの兵士を殺戮の場に送り出した張本人であるのだが。

ベトナム戦争には約三百万ものアメリカ人が参加した……。ベトナム戦争に従事した元軍人は、あの国の政界や軍社会のエリート層に収まっている……。アメリカではそのへんの小学生でもベトナム戦争の部隊章を買える……。

アレクシエーヴィチを擁護しているラジオ・フリー・ヨーロッパの局員は、もしベラルーシの国民ではなく、自分たちの——大統領やベトナム戦争の参加者を犯罪者呼ばわりされたり殺人鬼呼ばわりされたりしたらどうしていたのだろう。他人のことを言うのは容易いだろう。ましてドルやマルクを稼ぐためなら実の父親さえ売り渡すような都合のいい人間がいるのだから……。

――――署名なし

……現地にいた俺たちが知っていることは誰も知らない。知っているとしたら俺たちに命令を下した指揮官たちくらいのものだ。いま、そいつらは黙ってる。どうやって俺たちに殺しを教え、死体を漁ることを教えたかを言おうとしない。捕らえた隊商を空挺隊員と指揮官たちで山分けしてたことも言わない。ドゥシマン(当時は彼らをそう呼んでた)の死体のひとつひとつに地雷を仕掛け、そいつを埋葬しにきたアフガン人が(老人でも女でも子供でも)、その親しかった人間の巻き添えになって仲良く郷里で死ぬように仕向けたことも黙ってる。ほかの多くのことについても沈黙している。俺は特殊任務を負った空挺大隊にいた。俺たちの任務はまさしく特殊だった――隊商、隊商、ひたすら隊商ばかりを狙う。隊商のほとんどは武器を持たず、商品や麻薬を、大抵は夜間に運んでいる。俺たちは二十四人のグループで、相手は百人を超えることもあった。だから、そのなかのどこにパキスタンから商品を仕入れてきてなるべく儲けが出るように売り捌きたいと夢みている民間の商人がいて、どこに変装したドゥシマンがいるのか考えてる余裕なんかあるわけがない。俺はすべての戦闘を覚えてるし、自分が殺した相手も全員覚えてる――老人も大人も子供も、悶え苦しんで死んでいったその姿も……それから、白いターバンの奴が、戦友に致命傷を与えた直後に「アッラーフ・アクバル」と絶叫して五メートルの崖から飛び降りていったところも……。俺の横縞シャツ《テリニャーシカ》には戦友の内臓が張りついていて、カラシニコフの銃床には脳みそがついてた……。仲間の死体の半数は崖の上に置き去りにしてきた……。岩場の隙間から全員を引っぱりだすのは不可能だった……。あいつらを見つけられるのは野生動物くらいだろう……。でも俺たちはそいつらがあたかも「戦功」をなしたかのような手紙をでっちあげて親族に送った。一九八四年のことだ……。

確かに、俺たちは現地でのおこないを裁かれなきゃならないんだろう。でも俺たちを現地に送り込んだ奴ら、祖国の名を用いて、宣誓を守って任務をこなせと強要した奴らも一緒にだ。一九四五年にファシズムが世界から裁きを受けたのと同じ罪で……。

——Y・バーシン、医師

〈ドーブルィ・ヴェーチェル〉紙、一九九三年十二月一日

月日が経ったいま……不意に、人々は歴史が遺したものだけでは満足しないということが判明したのです。私たちがこれまで慣れ親しんできた歴史、つまり人物名があり年号があり歴史的事件があり事実があり、それらに対する評価が定まっている歴史には、人間の入る隙はなかったのです。その出来事に関与した具体的な人物、単なる統計上の存在ではなく人格を持ち感情や感覚を持った人間というものは、おおむね歴史には登場しないものでした……。

スヴェトラーナ・アレクシエーヴィチの『戦争は女の顔をしていない』という本が出たのがいつだったのかは覚えていません、おそらくもう十五年は経っていると思いますが、私が衝撃を受けたエピソードはいまだに目に浮かぶように思い出します。暑さと砂埃のさなか女性大隊が行軍していて、砂の上にはあちこちに血が垂れている——生理は戦争中も休んではくれません。

歴史家のなかに、このような事実を残してくれる人がいるでしょうか。そしてアレクシエーヴィチは、話者の数限りない話のなかからこのような事実を捉えるために、いったいどれだけ体験を共有してきたのでしょう。さきほどのエピソードからは、戦争を物語ったどんなに分厚い本よりもリアルに、戦場における女性の心理が伝わってきます。

……そして、アフガン戦争やチェルノブイリの悲劇やモスクワのクーデターやタジキスタンの虐殺がいくら身近なものであっても、気づけばそれらは歴史の一頁となっていて、早くも次なる大変動が起こり、新たな出来事が社会の耳目を集めていきます。そうして証言は消えていくのです。なぜなら人間の記憶は自らを守るため、生きることの邪魔になるような、平穏を乱し眠れなくさせるような感情や思い出を、消そうとする働きがあるからです。そしてしまいに、証言者そのものがいなくなっていく……。

それにしても、忘却の河に沈んだかつての体制の、いわば「分領公国の公」たちのなかに、自らが歴史や人々に裁かれる立場だということを認めようとしない人々のなんと多いことでしょう。彼らは、いかなる「ヘボ小説家や二流作家」であっても「輝かしい過去」を「冒瀆し侮辱する」権利があり、「偉大な理想」を覆すことができる時代が訪れたなどとは到底信じたくないのでしょう。最後の証人たちによる証言が満載の本など、ほんとうに邪魔なのでしょう。

ＫＧＢのオレグ・カルーギン将軍の言動を、否定することはできるでしょう——ＫＧＢの将軍になるのにはそれなりの理由があるのです。けれどもアフガン帰還兵や、チェルノブイリの人々や、民族紛争の犠牲になった人々、紛争地から逃げてきた人々——そういったごく普通の数百もの人々の証言を否定することなどできません……。そのかわり、そういった証言を集めたジャーナリストや作家や心理学者を「脅迫し」、「身をわきまえさせ」、「黙らせる」ことならできるわけです……。

もちろんこれはいまに始まったことではありません。すでにシニャフスキーとダニエルが裁判にかけられ、ボリス・パステルナークを異端扱いし、ソルジェニーツィンやドゥヂンツェフの名に泥が塗られてきました。

アレクシエーヴィチを黙らせることはできるかもしれません。罪深き時代の犠牲となった人々の証言は表に出てこなくなるかもしれません。でもそうしたら、私たちの子孫にはなにが残されるのでしょう。戦勝を誇り続ける者たちの甘ったるい戯言でしょうか。太鼓を鳴らして練り歩く恥さらしの軍事行進でしょうか。それじゃあまったく進歩がないじゃないですか。私たちはまさにそれを体験してきたのですから……。

――パーヴェル・シェチコ
アフガン帰還兵

俺はこれを、裁判所で発言しようと思っていた……。スヴェトラーナ・アレクシエーヴィチの『亜鉛の少年たち』を受け入れられない人間として。裁判ではタラス・ケツムルの擁護をするつもりだった……。

かつて敵対していた者の懺悔――いまから書くのは、さしずめそんな話だ。

俺は二日間、法廷やロビーで話された言葉をじっと聞きながら考えた――俺たちがしているのは冒瀆行為だと。どうして俺たちは互いに傷つけ合わなければいけないんだ？　神の名のもとにか？　違う。俺たちは神の御心を引き裂いている。国の名にかけてか？　でも現地で戦ってたのは国じゃない……。

アレクシエーヴィチはアフガンの「暗黒面《チェルヌーハ》」を意図的に強調して描いている。だから母親であれば、息子がそんなことをするはずがないと思って当然だ。でも俺はそれ以上のことを言おう――あの本に書かれたことなんて、現実の戦争に比べたらかわいいもんだ。ほんとうにアフガニスタンで戦った奴なら誰でも、胸に手をあててそう断言できる。いま俺たちは残酷な現実に直面している――すでに死んだ者は汚辱を被ることはないし、汚辱が実際にあったとして、それを被るのは生きている者だ。でも生きている者っていうのは――俺たちなんだ。つまり俺たちは現地の実行犯だったことになる。戦場で命令を遂行することにより実行犯にさせられ、いまあの戦争がしでかしたすべてのことに責任をとらなきゃならなくなった。だからもし実力も才能もあるあの本が少年たちじゃなく、彼らを戦場に送り込んだ元帥や、書斎でのうのうと過ごしていた上官たちのことを書いた本だったら公平な本になっていただろう。

俺は自問自答してみた――アレクシエーヴィチは戦争の恐ろしさを書くべきだったのだろうか。そうだ、書くべきだった。じゃあ、母親は息子を守るために声をあげるべきだったか。これもそうだ。じゃあアフガン帰還兵は仲間を守るために声をあげるべきだったか。これもまた、そうだ。

もちろん、兵士はいつだって罪がある。どんな戦争でも。でも、最後の審判で神が最初に赦すのも兵士だ……。

この騒動の法的な結論は裁判所が下すだろう。でも人としての結論も必要だと思う――息子を愛する母親はいつだって正しいし、真実を語る作家も正しいし、死んだ兵士を守ろうとする生き残った兵士も正しいと。

この民事裁判で争われた問題は、そういうことだった。

この戦争を組織した監督や指揮者、つまり政治家や元帥たちは、裁判所には出頭しない。ここにいるのは被害者側の人々ばかりだ——戦争のつらい真実を受け入れられない母親の愛と、どんなに愛があろうとも語られなければならない真実、愛でも真実でも測れない名誉——なにしろロシア将校の掟には、「命は祖国のために捧げても、名誉だけは誰にも渡さない」とあるんだから。

神の御心はすべてを受け入れるだろう——愛も、真実も、名誉も。でも俺たちは神様じゃないし、この裁判にいいところがあるとしたらただ、人々に生きているという実感をもたらせるということに尽きるだろう。

ひとつだけ、アレクシエーヴィチに文句をつけるとするなら、それはあの人が真実を歪めたことじゃなく、あの本には、アフガン戦争を企んだ大馬鹿どもによって犠牲にさせられた少年たちに対する愛がほとんど感じられないことだ。そして俺はアフガン帰還兵として自分でも驚くが、死と隣り合わせになった経験がありながら、俺たち自身もまたアフガン戦争の真実を恐れている。ただ、帰還兵のなかに一人でもいいから、「俺たちはもうとっくに一塊の同じような集団じゃない」と言いだす人が必要なんだ。だからタラス・ケツムルが「戦争を非難してはいない」と語ったとしても、それは俺たちの言葉じゃないし、彼だって俺たちを代表して言ってるわけじゃないんだ……。

俺は、アレクシエーヴィチの本によって俗世間の奴らがアフガンの「暗黒面」を知ることになった責任をアレクシエーヴィチに問いはしない。あの本のせいで世間での俺たちのイメージがいままでよりずっと悪くなったからといって、責めるつもりもない。俺たちはみんな、あの戦争を捉え直し、自分たちが殺人兵器の役割を担っていたことについて考えなきゃいけないし、懺悔をするとしたら、一人一人がそれぞれに懺悔に至るべきなんだ。

おそらく、長びくつらい裁判になるだろう。でも俺の心のなかでは、もうこれで終わりだ……。

最終審理の速記録より（一九九三年十二月八日）――

判事―I・N・ジダーノヴィチ、陪審員―T・V・ボリセヴィチ、T・S・ソロコ
原告―I・S・ガロヴニョワ、T・M・ケツムル、被告―S・アレクシエーヴィチ

『亜鉛の少年たち』著者スヴェトラーナ・アレクシエーヴィチの陳述より
（発言を許可された部分に加え、許可されなかった部分も含めて）

このような裁判が実際におこなわれるなんて、ほんとうに直前まで信じられませんでした。最高会議ビルの前で銃撃戦が始まると言われても、私たちがお互いに撃ち合うなんて、とても信じられなかったときと同じで……。

怒りに燃えたつ人々の顔を直視するのは、反射的に避けたくなるものです。私も、この裁判に少年たちの母親がいるのでなければ出席はしなかったでしょう。ただし、私は知っています――母親たちが私と法廷で争いにきたのではなく、旧体制が私と争いにきたのです。人の意識は党員証とは違い、手放す

ことはできません。街の地名が変わり、店の看板も、新聞の名前も変わりましたが、私たちは変わっていません。社会主義陣営の一員であり、以前と同じように収容所の思考法で生きているのです……。

けれども私はお母さんたちと話をしにきました。真実を手にするのには痛みが伴うことについて、謝りにきました。私はあの本に書いたのと同じ疑問を抱えています――私たちは何者なのでしょう。なぜ私たちはこうも好き勝手に扱われ続けなければならないのでしょう。亜鉛の棺を送りつけられた母親たちが、今度は作家を訴えろとけしかけられる――我が子にお別れのキスさえもできず、墓地の草に頬擦りし、亜鉛の棺を撫でることしかできなかった、その経緯を書いた作家を……。いったい私たちは何者なのでしょうか。

私たちは幼少のころから武器を持った人間を愛するよう教え込まれてきたし、祖先もまたそうでした。戦争が終わって数十年ものちに生まれた者でさえ、まるで戦時中のような育てかたをされてきたのです。だから私たちの視野は狭まったままです――革命期の非常事態の犯罪があり、スターリンの督戦隊や強制収容所があり、近年ではヴィリニュスやバクーやトビリシ、カブールやカンダハールでなにがあったのかを知っていながら、いまだに武器を持った人間というと一九四五年の戦争に勝った兵士を思い描くのです。膨大な数の戦争ものの本が書かれ、人の手と頭脳によってあまりにもたくさんの武器が作られたせいで、殺人について考えるのは普通のことになってしまいました。世界の最も思慮深い人々は、子供のように頑固に「人には動物を殺す権利があるのだろうか」と考えているのに、私たちは深く考えもせず、あるいは手っ取り早い政治思想で武装して、戦争を正当化しがちです。夜テレビをつければ、奇妙な歓喜を秘めて戦没者の棺を運ぶ様子が報じられています。グルジア〔ジョージア〕でも、アブハジアでも、タジキスタンでも……。そして彼らの墓地にはまた、祈りの塔ではなく、記念碑が建てられていくのです……。

　男の人から、戦争というこの最も愛着のある、最も高価なおもちゃを取りあげようとすると、必ず非難を受けます。この神話を……古代からの本能を取りあげようとすると……。

　でも私は戦争は嫌いだし、そもそもある人間が別の人間の命をどうこうする権利があるという考えかたが嫌いです。

　最近、ある聖職者からこんな話を聞きました。かつて前線で戦った、いまはもう年老いた人が、教会に勲章を持ってきて、こう言ったそうです――「わしはファシストを殺した。祖国を守ってな。しかし死を前に、やはり人を殺したことを懺悔したくなった」と。そして博物館に寄付するのではなく、教会に勲章を置いていった。ソ連がさんざん軍事博物館を使って教育をしてきたにもかかわらずです……。

　戦争は重労働と殺人が合わさったものですが、年が経つごとに思い出されるのは重労働ばかりになり、殺人は忘れられていきます。けれどもこんなことは――あの詳細な描写や感情、あの本に書かれた多種多様なそういった細部は、頭で考え出せるものではありません。

　チェルノブイリがあり、アフガンがあり、最高会議ビル前の事変があったあと、私は以前にも増して「私たちは自分たちの周りで起きていることについていけていない」と考えるようになりました。過去を見直す暇もないうちに、気づけばいつもあらゆる人が犠牲者になっています。ともすれば、だからこそすべてが繰り返されているのではないでしょうか。

　かつて数年前、いえ、正確には四年前ですが、私たちはみんな同じようなことを考えていました――私も、今日この法廷にいらしているお母さんたちの多くも、異郷のアフガンの地から帰ってきた兵士たちも。私の『亜鉛の少年たち』という本のなかで、母親たちの祈るような独白は、最も悲しい箇所です。

母親たちは戦死した我が子のために祈っています……。

　どうして私たちはいま法廷で対立しているのでしょう。この期間にいったいなにがあったのでしょう。この期間に、兵士たちを殺し殺されるために現地に送り込んだ共産主義帝国が、世界地図から姿を消し、その歴史を終えました。あの国はもうありません。あの戦争は、まず控えめに政治的過失と呼ばれ、それから犯罪と呼ばれるようになりました。みんな、アフガニスタンのことを忘れようとしています。ここにいるお母さんたちを忘れ、手足を失った人を忘れようと……。忘却というのも、ある種の嘘です。母親たちは息子たちの墓とともに取り残されました。我が子が死んだのは無駄ではなかったという慰めすらもありません。今日どのような非難や罵倒を聞くことになるとしても、私はこれまでに言ってきたことを繰り返します――私はお母さんたちに心から敬服の念を感じています。祖国が息子さんたちの名誉を傷つけたことに対して子供たちを守ろうとしたことについてもそうです。こんにちでは、戦死した少年たちを守ろうとするのは母親だけになってしまいました……。いったい誰から守ろうとしているのかというのは――別の問題です。

　そして母親の悲しみは、いかなる真実よりも強いのです。母親の祈りは、海の底からでも救いあげると言われています。私の本のなかで、その祈りは息子さんたちを忘却の底から救いあげています。少年たちは――つらい事実に目を向けるなら、祭壇に捧げられた犠牲者です。英雄ではなく受難者です。誰も彼らに石を投げつけることなどできません。私たちすべての人に罪があり、すべての人が同じ虚偽に加担していた――あの本はそう語っているのです。あらゆる全体主義の最も危険な点は、なんだと思いますか。すべての人を自らの犯罪の共犯者にしてしまうところです。善人も悪人も素朴な人も進歩的な人も……。祈りは少年たちのために捧げるべきであって、少年たちを死なせる原因となった理念に捧げるべきではありません。私はお母さんがたに申し上げたいのです――いま、あなたが守っているのはお子さんたちではありません。あなたは恐ろしい理念を――殺人者の理念を守ろうとしているのです。今日この法廷にいる元アフガン帰還兵に言いたいのも同じことです。

母親たちの背後に、将軍たちの肩章が見え隠れしています。将軍たちは英雄金星章を授与され、現地で得た物品を詰め込んだ大きな旅行鞄を抱えて帰ってきました。ある母親は――今日ここにもいらしているかたですが――亜鉛の棺と一緒に届けられたのは、お子さんの歯ブラシと水泳パンツの入った小さな黒い鞄ひとつだったと語りました。その母親に遺されたのはたったそれだけです。息子さんが戦争に行って、遺したものはそれだけなんです。いったいなにから息子さんたちを守ろうというのですか。真実からでしょうか。負傷した少年が死んだ理由は消毒用のアルコールや薬が足りなかったからで、それらがなかったのはいずれも現地《ドゥカン》の店に売りとばされてしまっていたからだったという真実ですか。少年たちが一九五〇年代に製造された錆びた缶詰を食べさせられていたことですか。第二次大戦時の軍服を着て埋葬されていたことですか。そんなときでさえ、節約のためにぞんざいな扱いを受けたことですか。私はお母さんたちに息子さんの墓前でそんな話はしたくありませんでした。でも、言わざるをえません……。

みなさんは、いま再びいたるところで戦火があがり、血が流されているのをご存知でしょうか。その流血を正当化する理由を探すつもりですか。あるいは誰かが探すのを手伝うつもりですか。

五年前まで、まだソ連共産党が政権を握りKGBがあった当時、私は自分の本に出てくる人たちを弾圧から守るために、苗字や名前を変えることもありました。彼らを体制から守るためです。でもいまになって、そのとき守った人たちから自分の身を守らなければならなくなりました。

私が守るべきものはなにかといえば、この世界を見えるままに見るという作家としての権利です。それから、戦争が嫌いだということです。それとも私は、真実や真実味とはなにかとか、文学作品のなかの記録《ドキュメント》は軍の証明書や路面電車の切符とは違うものだということを立証しなければいけないのでしょうか。私が書いている本は、記録であると同時に私の捉えている時代像でもあります。私が収集している詳細な描写や感情はたんに個々の人生のなかにあるだけでなく、時代の空気全体であり空間であり声でもあります。私は捏造や補足をしているのではなく、現実そのものを集めて本にしているんです。記録とは話していただいた内容でもありますが、自分の世界観と感覚を持った作家としての私もまた記録の一部に含まれます。

　私は同時代の、いま目の前で起きていく歴史を記録し、本を書いています。生きた声、生きた運命を。歴史となる以前のそれらはまだ誰かの痛みや悲鳴であったり、犠牲であったり犯罪であったりします。私は数え切れないほど考えてきました——どうしたら、悪を増長させることなく悪のなかを生き抜けるのか、とりわけいま、悪が宇宙規模といえるほど増大しているときに。新しい本に取りかかるたびに私はそう自問します。これはすでに私の命題であり、運命なのです。

　作家の仕事は——運命であり職業でもありますが、この不幸な国においては職業というより運命というほうが合っています。どうして裁判所は作品鑑定をしてほしいという要請を二度も却下したのでしょう。それは、鑑定をしてしまえばそこに裁判所の出る幕がないのがすぐに明らかになってしまうからです。本に、作品に対して、それがドキュメンタリー小説であるからには、その時々の要求に従って書き直せるはずだと考えて裁判をおこなう。ドキュメンタリーが、時代に媚びた考えの持ち主に書き直されでもしたらたいへんです。結果として残されるのは生きた歴史ではなく、政治闘争と偏見の残響となってしまうでしょう。文学やジャンルのきまりごとを度外視しておこなわれているこの原始的な政治弾圧は、すでに世間話というか、もっと言わせてもらうなら、共有住宅《コムナルカ》の口喧嘩のレベルになっています。傍聴席の声を聞きながら、私は考えていました――いったい誰が大衆を外へ連れ出したのだろう、こんにちの大衆はもはや聖職者も作家も政治家も信用していないというのに。大衆は弾圧と流血を求めて……銃を持った者だけに従う……。銃ではなくペンを持った人間を見ると苛立つ。ここで私に、本はどう書くべきかを教えようというのです。

私を法廷に呼び出した人は、数年前に言ったことを否定したいといいます。それは、意識のなかにある解読の鍵が変わってしまい、かつてのテクストがまったく別のものに見えたり、言った覚えがないと感じてしまうのでしょう。なぜでしょうか。なぜなら、自由などいらなかったからです……。自由になったら、どうしたらいいのかわからなかった……。

私はインナ・セルゲーヴナ・ガロヴニョワさんがどんなかただったか、よく覚えています。お会いして、好きになりました。そのつらさを、真実を、苦しみ抜いた心を抱えた彼女を。いまは――戦没者母の会会長という公の顔を持った、政治活動家です。もう以前とは別の人間であり、昔と同じなのはその名前と戦死した息子の名前だけ。その息子を再び犠牲にしました。まるで生贄の儀式のようです。私たちは奴隷であり、隷属に浪漫を抱いているのです。

私たちは英雄や受難者について独特のイメージを持っています。仮にいま名誉と尊厳の話をするのであれば、私たちは起立して二百万人近いアフガニスタンの犠牲者に黙禱を捧げるべきでしょう。現地で、故郷にいながら死んでいったアフガンの人々に……。

昔から私たちにつきまとう「誰が悪いのか」という問いを、いったい何度繰り返さなければいけないのでしょう。私たちが悪いのです――あなたも、私も、彼らも。けれども問題なのはそこではありません。私たち一人一人が与えられている選択についてです――撃つか撃たないか、黙るか黙らないか、行くか行かないか。各自が自分の胸に訊いてみなければいけません。どうか、そうしてみてください……。でも自分自身に問いかけ、自分の内面を探る経験を持ち合わせていないと……自分で答えを見つけることができない……外へ飛び出して、慣れ親しんだ赤い旗のもとへ駆け寄るほうが楽なんです。私たちは人を憎まずに生きることがなかなかできません。まだできるようになっていないのです。

タラス・ケツムルさんも、あの本に登場した人物の一人です……。でも、いまこの法廷にいる人ではありません、当時は戦争から戻ってきたときのままで、あの通りに話してくれた……。本を読みあげますね。

「夢のなかで俺は眠っていて、たくさんの人々が見える……みんなうちの前にいて……俺はあたりを見回して、狭苦しく思うけど、なぜだか起きあがれない。それでようやく、自分は棺の中に寝ているんだって気づく……。棺は木でできていて、亜鉛のメッキはない。よく覚えてる……。でも俺は生きてる、生きてるってはっきりわかるのに、棺の中にいる。門がひらき、みんなが通りに出て、俺も運び出される。人々の顔には哀悼と、それからなにやら内心は喜んでいるような表情が浮かんでいて……俺にはわからない……なにが起きたんだ？　どうして俺は棺に入れられてるんだ？　突然葬列は進むのをやめ、誰かが「金槌をくれ」と言うのが聞こえる。そこで俺は、ああ、夢をみているんだと気づく……。誰かがもう一度「金槌をくれ」と繰り返す……。その声は夢なのか現なのかわからない……三度目の「金槌をくれ」という声が聞こえる。そして棺の蓋が閉じられ、金槌の音が響き、一本の釘が俺の指に刺さる。俺は蓋に頭突きしたり足で蹴ったりし始める。ばん、と蓋が外れて落ちる。みんなは俺を見て、俺は上体を起こす。俺は叫ぼうとする――痛いじゃないか、どうして俺に釘を打つんだ、息ができなくなるだろ、って。みんなは泣いているが、なにも言ってくれない。全員、口がきけなくなったみたいに黙って……。顔には喜びが、内心は喜んでいるような表情が浮かんでいる……目に見えない喜びが……でも俺には見える……感じとるんだ……。俺はどうしたらみんなに俺の声が届くように話せるのかわからずにいる。叫んでいるはずなのに、口は閉じたままで、どうしてもひらけない。俺は元通りに棺に寝そべる。そして寝ながら考える――みんなは俺が死ねばいいと思ってるんだ。いや、もしかしたら俺はほんとうに死んでいて、黙っていなきゃいけないのかもしれない。誰かがまた繰り返す――「金槌をくれ」と……」

彼は、この箇所を否定しませんでした。これこそが歴史という法廷において彼の名誉と尊厳を守るものです。そして私のことも。

傍聴席の会話より

「あんたは、共産主義者が悪いっていう……将軍たちが……陰で操っていた奴らが悪いんだっていうけど……あいつらはどうなんだ、あいつら自身は。騙されたり、自ら騙されたがっていたりした奴ら。誰かほかの人が悪いんであって、あいつらじゃないっていう。犠牲者の心理だ。犠牲者はそうやっていつも、罪を被せるべき相手を探してる。ここではまだ銃撃戦は始まっていないが、もうみんな血の匂いを嗅ぎつけたみたいに、鼻の穴を膨らませてるよ……」

「この人は数百万の富と、ベンツを二台も持っていて……外国にもあちこち行ってて……」

「作家は二年も三年もかけて本を書いて、でも最近はそれに対して支払われる印税はトロリーバスの運転手の初任給二ヶ月ぶんくらいのものだ。いったいそのベンツがどうとかいう話はどこから持ち出したんだ？」

「でも外国に行ってるじゃないか……」

「じゃあおまえ自身の罪はどうなんだ。おまえは撃つか撃たないか選択できたんじゃないのか。なんだ、返す言葉もないのか……」

「国民は虐げられて貧乏のどん底にいる。つい最近まで偉大な大国だったのに。もしかしたら実際にはそうじゃなかったのかもしれないけど、でもロケットや戦車や原子爆弾がたくさんあるから偉大な大国なんだと思ってた。それで世界一の、最も公正な国に住んでいると思ってた。それをあんたは、俺たちが住んでいたのは違う国だっていう――恐ろしい、血塗られた国だって。そんなこと言ったら誰だってあんたを赦さないに決まってる。あんたはいちばん痛いところを衝いたんだ……いちばん根深いところを……」

「私たちはみんなこの欺瞞に加担していたのです、すべての人がです」

「おまえらがやったことはファシストと同じだ！　なのに英雄と呼ばれたがる……しかもそれだけじゃ飽き足らず、冷蔵庫や家具まで行列に並ばずに手に入れようってんだろ……」

「彼らは――蟻のようなものです。蜜蜂や鳥の存在すら知らないのです。だから彼らは、すべての人を蟻にしようとするのです。意識の段階が違うのです……」

「じゃああんたらは、こんなことがあってこれからどうするつもりなんだ？」

「こんなことって？」

「血が流されて……。つまりはこの国の歴史の話をしてるんだが。血が流されたあとで人がすがるのはパンだけだ。ほかのことはどうでもよくなる。意識が破壊されてるから」

「祈ることですね。処刑人のためにも、弾圧者のためにも祈ることです」

「あの作家はドルを支払われているんです。それで私たちや子供たちに泥を塗りたくっているんですよ」

「過去を理解しなければ、未来に影響する。そしてまた新たに人々が騙され、血が流される。過去とは、すなわちこれからのことでもあるんです」

判決より

ベラルーシ共和国名義による判決

ミンスク中央裁判所は、判事I・N・ジダーノヴィチ、陪審員T・V・ボリセヴィチおよびT・S・ソロコ、書記I・B・ロブィニチの人員構成により、一九九三年十二月八日に公開裁判をおこない、原告タラス・ミハイロヴィチ・ケツムルおよびインナ・セルゲーヴナ・ガロヴニョワの両名が名誉と尊厳の保護を求めて、被告スヴェトラーナ・アレクサンドロヴナ・アレクシエーヴィチおよび〈コムソモーリスカヤ・プラウダ〉紙編集部を提訴した件について審理をおこなった。

……双方の主張を聴取し本件の資料を検証した結果、原告の訴えを一部認めるものとする。

ベラルーシ共和国民法第七条により、個人または組織は、その名誉と尊厳を毀損する報道が流布しそれが事実に合致することが証明されない場合、これに対し反論記事の掲載を求める権利を有する。

裁判により以下のことが立証された。一九九〇年二月十五日付〈コムソモーリスカヤ・プラウダ〉紙第三十九号に、アレクシエーヴィチのドキュメンタリー小説『亜鉛の少年たち』からの抜粋記事「アフガニスタンを経験した人々の独白」が掲載。この記事には、原告インナ・ガロヴニョワの姓が記された独白も含まれる。

本件の被告アレクシエーヴィチおよび〈コムソモーリスカヤ・プラウダ〉紙編集部は、当該記事の内容が事実に合致することを示す証拠を提示しなかったため、裁判所はこれを事実に合致しないものとみなす。

しかしながら裁判所は、記事の内容は名誉を毀損するものではないと判断した。なぜなら、世間一般の見解に照らし合わせるなら、法と社会道義を守る観点からいえば、ガロヴニョワとその息子の名誉と尊厳は貶められておらず、記事には原告の息子が社会において不適切な行為をおこなった記録は含まれていないためである……。

原告タラス・ケツムルの姓名が記された証言が事実と合致するものである証拠を被告側が提示しなかったため、裁判所は当該記事の内容を事実と合致しないものとみなす。

この状況をふまえ裁判所は以下の記述について、事実と合致せず、原告ケツムルの名誉と尊厳を毀損するものとする――「俺は現地で、稲の畑に鉄と人間の骨が転がされているのを見た……死体の顔の皮膚がオレンジ色に硬直してるのも見た。そう、なぜだかオレンジ色になるんだ」という箇所および、「俺の部屋には以前と同じ、本と写真とラジカセとギターが並んでいる。俺だけが違う。公園を突っ切って歩くことができない、あたりを見回してしまう。カフェでウェイターに背後から「ご注文は」と訊かれただけで、飛びあがって逃げ出したくなる。背後に立たれるのが耐えられないんだ。下劣な奴を見ると、殺してやるとしか考えられない」という箇所である。同記述を裁判所は名誉毀損とみなす。なぜならこれらの報道は読者に対し、話者の精神状態が不安定で、周囲に適応できていないのではないかという疑念を生じさせ、敵意に満ちた人間であるかのように見せ、話者の倫理感を疑わせ、あたかも話者が実際の事実に基づく情報を現実と合致しない嘘の情報として伝える人間であるかのような印象を持たせるものだからである。

それ以外のケツムルの訴えは退けるものとする。

被告アレクシエーヴィチは原告側の訴えを否認。陳述によると被告は一九八七年にアフガニスタンで戦死した将校の母親である原告ガロヴニョワと会い、その証言をカセットテープに録音。原告の息子の葬儀が終わった直後の時期であり、原告は〈コムソモーリスカヤ・プラウダ〉紙に掲載された原告の姓で書かれていた独白通りの内容をすべて話したという。被告は、原告がKGBの追及を受けないようにとの配慮から、一方的な判断により名前を「ニーナ」に変更、また独白は原告自身についてのことであるにもかかわらず、息子の階級を中尉から少尉に変更した。

被告が原告ケツムルと会ったのは六年前。二人きりの状態で原告の証言をカセットテープに録音した。

被告は、公開された独白はその録音の記録通りであり、そのため事実と合致しており内容は真実であると主張している。

以上に基づき、裁判所はベラルーシ共和国民事訴訟法第一九四条に従い次の決定を下す。

〈コムソモーリスカヤ・プラウダ〉紙編集部は二ヶ月以内に本件で問題となった報道に対する反論記事を掲載する義務があるものとする。

インナ・セルゲーヴナ・ガロヴニョワによる、スヴェトラーナ・アレクサンドロヴナ・アレクシエーヴィチおよび〈コムソモーリスカヤ・プラウダ〉紙編集部に対し名誉と尊厳の保護を求める訴えは棄却とする。

スヴェトラーナ・アレクサンドロヴナ・アレクシエーヴィチには、タラス・ミハイロヴィチ・ケツムルに裁判費用として一三二〇(一千三百二十)ルーブル、国庫に二六八〇(二千六百八十)ルーブルの支払いを命じる。

インナ・セルゲーヴナ・ガロヴニョワには、国庫に三一〇〇(三千百)ルーブルの支払いを命じる。

この判決は、公表後十日以内であれば、ミンスク中央裁判所を通じミンスク市裁判所に控訴が可能である。

＊＊＊

——カルロス・シェルマン
ベラルーシペンセンター副代表
一九九三年十二月二十八日

ベラルーシ共和国科学アカデミー
ヤンカ・クパーラ記念文学研究所
ヴィクトル・アントーノヴィチ・コヴァレンコ先生

先生もご存知のように、作家スヴェトラーナ・アレクシエーヴィチのドキュメンタリー小説『亜鉛の少年たち』の一部として一九九〇年二月十五日付〈コムソモーリスカヤ・プラウダ〉紙に掲載された記事をめぐる裁判の第一審が終了しました。結果として事実上アレクシエーヴィチは原告の一人(彼女の本に登場する人物)の言葉を正確に書かなかったために名誉と尊厳を毀損した罪があるものとみなされたのです。裁判所は、作品鑑定をしてほしいという要請を二度も退けています。

ベラルーシペンセンターは、以下の質問への回答となりうる独自の作品鑑定を先生にお願いしたいのです。

一、ドキュメンタリー小説とは、学術的にいかに定義できるのでしょうか。「ドキュメンタリー」とは「事実(証言)に基づくもの」であり、「小説」とは「文学作品」であることをふまえて検証をお願いいたします。

二、ドキュメンタリー小説と新聞雑誌記事とはどのように区別できるのでしょうか。なかでも通常はインタビューを受ける側の合意のもとに公開されるインタビュー記事との違いについてお願いします。

三、ドキュメンタリー小説の作者は、芸術性、作品の構成、資料の選択、口述証言の校正、独自の世界観、および芸術的真理の観点からみた事実の総括について、いかなる権利を持っているのでしょうか。

四、執筆過程で集められた証言や告白について、著作権は誰に属するのでしょうか——本の作者でしょうか、それともそこで描かれている出来事の登場人物でしょうか。

五、作者が記録を一語一句機械的に伝えなくてもよい、裁量が許される部分の基準は、どこにあるのでしょうか。

六、アレクシエーヴィチの著書『亜鉛の少年たち』は、第一の質問と照らし合わせてみたとき、ドキュメンタリー小説のジャンルに当てはまる作品でしょうか。

七、ドキュメンタリー小説の作者には、登場人物の姓や名を変更する権利はあるのでしょうか。

八、以上の質問をすべてふまえて、最も重要なことですが——文学作品の一部を理由に作家を裁判にかけてもいいものでしょうか。本のために口述証言を提供した人物本人が、その一部を気に入らなかった場合にしてもです。アレクシエーヴィチが公開したのは原告へのインタビュー記事ではなく、ドキュメンタリー小説の一部なのです。

ベラルーシペンセンターは作家スヴェトラーナ・アレクシエーヴィチを擁護するために、この独自の作品鑑定を必要としています。

——V・A・コヴァレンコ
ヤンカ・クパーラ記念文学研究所所長
ベラルーシ科学アカデミー準会員
M・A・ティチナ
同文学研究所主任学術研究員
文学准博士
一九九四年一月二十七日

ベラルーシペンセンター代表
ワシーリ・ブィコフ様

ご依頼に応えまして、スヴェトラーナ・アレクシエーヴィチ氏のドキュメンタリー小説『亜鉛の少年たち』について独自の作品鑑定をおこないました。ご質問の順に沿ってお答えします。

一、『文学百科事典』(モスクワ、ソヴィエト百科出版、一九八七年、九八、九九頁)の定義は、学者や専門家のあいだでもっとも正確とみなされています。同書の定義によりますと、ドキュメンタリー小説を含むドキュメンタリー文学というものは、その内容・手法・追求方法・叙述形式からして文学の散文作品に該当します。そのため作品には収集された資料の文学的選別と美的評価が色濃く反映するものです。百科事典の同項目には、「ドキュメンタリー文学とは、歴史的な出来事や社会生活における事象を追求する散文作品であり、記録した資料を分析し、その一部または全体を叙述において再現するものである」とあります。

二、百科事典の同項目によりますと、「歴史的視野において事実を選別し美的評価を加えるという性質上、ドキュメンタリー文学の情報性は拡大し、新聞雑誌のドキュメンタリー記事（随筆、雑報、特集記事、ルポルタージュ）とも、社会政治評論とも、歴史小説とも異なるジャンルに分類される」とあります。つまり〈コムソモーリスカヤ・プラウダ〉紙（一九九〇年二月十五日付）に掲載されたアレクシエーヴィチ氏の『亜鉛の少年たち』の一部は、インタビュー記事、ルポルタージュ、随筆をはじめとするその他すべての新聞雑誌の記事と同一視してはならないものであり、近刊書籍の宣伝の一種であるとみなすことができます。

三、ドキュメンタリー作品の作者が独自の手法で事実を総括し、歴史的な出来事を自らの構想にまとめ、資料を意識的に取捨選択し、出来事の証言者の口述を校正し、事実を比較対照し自らの結論を下すことにかんして有する権利については、前述の百科事典の項目からそのまま抜き書きします――「ドキュメンタリー文学は、芸術的虚構を最小限に抑え、日常社会のなかから重要とみられる事実を選びとり、独自の芸術的統合をおこなう」。もちろん、ドキュメンタリー文学は厳密さと信憑性を深く追求するものです。しかしながら、絶対的な正確さや完全なる事実というものはありうるのでしょうか。ノーベル文学賞受賞作家のアルベール・カミュは、完全なる事実というのは、人間が生まれてから死ぬまでの一生を映像カメラで撮り続けた場合にのみ可能なものだと言っています。でもそうだとすれば、そうして完成した際限ない映画を、自らの人生を犠牲にしてまで観ようという者はいるでしょうか。観た人がいたとして、映し出された外面的な出来事から、撮られた登場人物の内的動機を見抜くことができるでしょうか。もし『亜鉛の少年たち』の作者が、証言に対して作品としての観点をあきらめ、ただ受動的に収集するだけであったとしたらどうなったかは、容易に推測がつきます。アフガン帰還兵が何時間にもわたって話したり懺悔したりする内容を一語一句すべて書き留め、本としては(出版社が見つかるのならですが)とんでもなく分厚くつまらなく構成も甘く作品と呼ぶには値しないものとなり、それを読みたいと思う者などいなかったはずです。ましてや、もしアレクシエーヴィチ氏より以前にドキュメンタリージャンルの作品を書いてきた作家たちが同じことをしていたとしたら、世界文学にはS・スミルノフの『ブレスト要塞』、A・ポルトラックの『ニュルンベルク裁判』、T・カポーティの『冷血』、A・アダモーヴィチとY・ブルィリとV・コレスニクの『炎の村で』、A・アダモーヴィチとD・グラーニンの『封鎖の書』といった傑作は生まれていなかったでしょう。

四、著作権とは、文学作品を創作および出版する際の関係調整において必要となる法規の総和であり、本を執筆する時点で発生し、特定の法的権利(財産権と非財産権)からなります。そのうち主なものは、作者の権利、公表の権利、作品を複製し流布する権利、テクストの同一性を保持する権利(作者だけが自分の作品になんらかの改変を加えたり、他者にそれを許諾する権利を有する)です。ドキュメンタリー文学というジャンルに従って資料を収集する過程においては、問題意識やテーマ設定が作品の本質となるため、その際に作者の主体的な役割が求められます。著作権の侵害は法的に罰せられます。

五、第三の項目ですでに述べたように、ドキュメンタリー作品において、話者の言葉を一語一句違わずに再現するのは不可能です。しかしここで当然ながら作者の意図という問題が発生します。すなわち話者は思い出を共有し打ち解けて話をしている時点では、自らの言葉が話したとおり正確に伝えられることを望みつつも、その証言の権利を一部作者に預けているのであり、相手のプロとしての技術に期待し、重要な部分を拾って思慮の足りない瑣末な部分は切り捨て、事実を照合してひとつの完成形にしてくれるだろうと思っているわけです。最終的には作者の芸術的才能および倫理観、ドキュメンタリー性と芸術表象を統合する力量がすべてを決めることになります。信憑性があるかどうか、出来事の深層を見抜いているかどうかを感じ、判断するのは、読者と、作品分析の技能がある文芸批評家の仕事です。この信憑性の基準を作品に登場する人物がおこなう場合——彼らはもっともこだわりの強い、熱心な読者ですが、口述した言葉が文字になり、ましてや出版されるとなると、ときに自らの話に対し客観的判断を下せない状態に陥ってしまいます。初めて自分の声をラジカセに録音して聞いてみた人間が、それが自分の声だとは思えず、粗悪な音にすり替えられたように感じるのと同じです。さらに、自分の話が本のなかではほかの証言者の話と並んで連なっており、同じような証言と呼応していたりあるいはそのなかで異彩を放っていたり、ましてや意見を違えていたり、ほかの証言者と討論をしている状態になっていたりすることにより、また意外な印象が生じます。それにより、自分の言葉に対する印象がまるきり変わってくるのです。

六、アレクシエーヴィチ氏の著書『亜鉛の少年たち』は、上述したドキュメンタリー文学のジャンルに完全に当てはまる作品です。この本における信憑性および文学性の調和は、同書を新聞雑誌の記事ではなく文学作品とみなすのに充分なものです。ちなみに、この作家のこれまでの著作(『戦争は女の顔をしていない』『ボタン穴から見た戦争』)もまた、研究者らはドキュメンタリー文学とみなしています。

七、作家が同時代を扱うとき、社会においてまだ評価の定まっていない出来事にかんする率直な証言により、作家だけでなく証言した人物にも好ましくない影響が出る可能性がある場合には、倫理的な限界というものが生じます。そういった場合において作家には当然、登場人物の姓名を変更する権利があります。それどころか登場人物に対しなんら危害が加わる可能性もなく、政治的状況もその本にとってプラスに働くような場合ですら、作家は往々にしてその手法を用いるものです。作家のB・ポレヴォイは、『真実の人間の物語』の主人公の姓を一文字だけ変えてメレシエフとしたことにより、そこに芸術的効果が生まれました――それによって読者はそれがある特定の人物について述べられたものではなく、ソ連社会の典型的な現象を描いたものだとわかったのです。文学史においてそのように意図的に姓名が変更された例は枚挙にいとまがありません。

八、『亜鉛の少年たち』の著者アレクシエーヴィチ氏の件に類似した裁判は、残念ながらこれまでにも世界のあちこちでおこなわれてきました。戦後イギリスではかの有名なディストピア小説『一九八四年』の著者G・オーウェルが国家体制を侮辱したとして告発されています。こんにちでは、同作は二十世紀に生まれた全体主義のひとつのヴァリエーションを描いたものであることが広く知られています。近年ではイランで、S・ラシュディの著書がイスラム教を嘲笑したものであるかのように受けとられ、死刑の判決がなされました。国際社会の先進国はこれを、創作の自由を侵害する非文明的な行為であるとみなしています。またV・ブィコフも少し前に、ソ連軍を中傷したとしてバッシングを受けました――新聞雑誌に掲載された、愛国者を騙る退役軍人たちからの幾多の投書は、勇気を出して過去の真実を初めて口にした作家に対する残酷な社会的制裁の相を呈していました。そしてなんと、歴史はまた繰り返されてしまったのです。法治国家を建設すると宣言したはずの私たちの社会は、まだ基本的人権の初歩をようやく学びつつある状態であり、しばしば条文の字面だけを見て法の精神を顧みず、あらゆる裁判における倫理的側面を忘れがちです。原告側はアレクシエーヴィチ氏の本の一部が個人の名誉を守る権利を損なうと訴えていますが、その権利とは、ある時点で著者に言った言葉を、気分が変わったり政治的状況に変化があったりといった理由で、まったく逆のことにしてもいい権利ではありません。ここで疑問が生じます。あの本の「登場人物」が誠実だったのは、どの時点なのでしょう。アレクシエーヴィチ氏の求めに応じてアフガニスタン戦争にまつわる思い出を氏と共有したときなのか、それとも戦友に促されて彼らのグループに有利になるよう立ち回る決意をしたときなのか。そしてそういう場合、彼らには、かつてその告白が本になって刊行されると承知したうえで自ら信頼した作家を提訴する倫理的権利があるのでしょうか。原告が作者に伝え、新聞に掲載された諸々の事実は、個々にばらばらな偶然のものには見えず、同じ出来事についてほかの証言者が作者に語った類似の事実によって裏づけられています。このことは、登場人物が誠実であったのは証言が書き留められたその時点であり、その言葉を否定した時点ではないと考える根拠になるのではないでしょうか。それからもうひとつ重要な点がありますーーもし作者と話者の会話について証人となる第三者がおらず、原告側と被告側どちらの主張も正当性を示す証拠がないのであれば、作者が自著に記した同様の事実についてもすべて見直さなければならないことになりますが、それは「ニュルンベルク裁判」を彷彿とさせる事態に発展し、数えきれないほどのアフガン戦争の証言者がそこに加わろうとするでしょう。あるいは、裁判は際限ない審理の連続に陥り、登場人物のほぼすべての言葉について、言った言わないの検証をおこなわなければならなくなるでしょうが、それはもはや不条理です。したがって、〈コムソモーリスカヤ・プラウダ〉紙に掲載されたアレクシエーヴィチ氏のドキュメンタリー小説『亜鉛の少年たち』の抜粋記事について、ベラルーシペンセンターが科学アカデミー文学研究所に独自の作品鑑定を依頼したことは、このような状況をふまえれば当然のことであり、この騒動を解決できる唯一の方法なのかもしれないと考えております。

裁判後

――A・アレクサンドロヴィチ
〈フェミーダ〉一九九三年十二月二十七日

判決が言い渡された……。

私たちのことを書くのは気が重い――いま法廷にいる人々のことを。最新刊『死に魅入られた人びと』のなかで、スヴェトラーナ・アレクシエーヴィチ氏は問いかけている――「私たちはいったい何者なのか。私たちは戦争の人間だ。誰もが戦争に参加したか、あるいは戦う準備をしてきた。ほかの生きかたを知らない」と。

私たちは戦ってきた、か……。いまも、わざわざアレクシエーヴィチ氏の背後に陣取った女たちが、判事に聞きとれないよう声をひそめ、しかし氏にははっきりと聞こえるくらいの声で、彼女を罵倒し続けている。母親たちが！ あまりに酷い表現で、ここに記すことすら憚られる……。さきほどは休憩時間にインナ・ガロヴニョワが、アレクシエーヴィチ氏の擁護をしにきた神父のワシーリー・ラドムィスリスキーに話しかけていた――「神父さん、恥ずかしくないんですか――お金で買収されたんでしょう！」と。周囲からは「酷い！ 悪魔だ！」とヤジが飛び、怒りに任せて神父の胸の十字架を引きちぎろうとする手までが伸びる。神父は「あなたがたがそんなことをおっしゃるんですか。私は夜毎息子さんたちの葬儀をしたんですよ、あなたがたが、そうでなければ補助金の三百ルーブルをもらえないというから」と、目を丸くして返す。「なんで来たのよ？ 悪魔を護りにきたんでしょう？」――「ご自身と息子さんのためにお祈りください。懺悔なしでは慰めも得られません」。「私たちは悪くないわよ……なにも知らなかったんだから……」――「あなたがたは目が見えなくなっていたんです。そして目を開けたら、そこに息子さんの遺体があった。悔い改めなさい……」――「アフガンの母親のことを考える余裕なんかありません、我が子を失ったんですよ……」。

また、別の立場の人々も黙ってはいなかった。「あんたたちの子供はアフガニスタンで罪もない人を殺してきたんだ！　犯罪者だ！」と、ある男が叫ぶ。「あなたがたは自らの子供たちを再び売り渡そうとしているんですよ……」と、別の男が怒りを込める。

じゃあ、あなたはどうだろう。私たちは――命令を遂行しなかっただろうか。「黙っていろ」という命令を。集会で「賛成」の手を挙げなかっただろうか。お訊きしたい……。私たち皆が裁判にかけられなければいけない……。それは別の形の裁判だ、法廷でベラルーシ人権連盟代表のエヴゲーニー・ノヴィコフ氏が言っていたような――。それは、私たち皆が――戦死した兵士の母親も、アフガン帰還兵も、向こう側の、亡くなったアフガン人の母親も――皆が黙って一緒に座り、ただ見つめあうときだ……。

――エレーナ・モロチコ
〈ナロードナヤ・ガジェータ〉一九九三年十二月二十三日

ガロヴニョワとケツムルの両名が名誉と尊厳の保護を求めて作家のスヴェトラーナ・アレクシエーヴィチ氏を提訴した民事裁判が終了した。裁判最終日には多くの記者が詰めかけ、その日のうちにいくつか判決についての報道がなされた——ガロヴニョワの訴えは棄却、ケツムルの訴えは一部が認められた。判決の全文は引用はしないが、私の見解では、この判決自体はおおむね仲裁的であったように思う。しかし、実際に仲裁できたといえるのだろうか。

アフガニスタンで戦死した中尉の母インナ・ガロヴニョワは、いまも「戦いの途上」にいる。ガロヴニョワは控訴し、まだまだアレクシエーヴィチと戦い続けるつもりだ。なにが彼女をそうさせているのだろう。この母親を動かしているのはなんだろう。癒えない悲しみだ。その悲しみが癒えないのは、アフガン戦争が歴史の一頁となっていくほどに、世間はあれがどれほど無謀な政策であったか、少年たちが異郷の地で落とした命がどれほど無駄だったかをはっきり認識していくからだ……。彼女が『亜鉛の少年たち』を受け入れられない理由もそこにある。だからこそあの本を侮辱と感じるのだ——晒け出された真実は、母親にとっては耐えがたい重荷なのだろう。

この民事裁判のもう一人の原告は、アフガン帰還兵で元運転手のタラス・ケツムル。彼の訴えは裁判で一部が認められた。彼の姓が記された独白のうち二つのきわめて心理的かつ劇的な箇所は、私の見たところでは、ただひたすら、「戦争は、たとえ手足が無事であろうと何者も無事に生かしては返さないのだ」ということを証言したものであったが、ケツムルはそれが「名誉と尊厳を毀損する」ものと主張した。もっとも、彼の言い分もわからなくはない。「心の初めの高揚を恐れよ、それらは真剣だからだ」という格言がある。『亜鉛の少年たち』の独白はおそらく、アフガンから帰ってきてまさに初めて真剣に心が高揚したときだったのだろう。それから四年が経った。彼も変わったし、周囲も変わった。だから彼もきっと、過去の記憶のさまざまな箇所を塗り替えてしまいたいのだろう。心から消し去ってしまうことはできないにしても……。ところが『亜鉛の少年たち』は出版されてしまっていて、訂正がきかない……。

アレクシエーヴィチ氏は、結審に至る前に裁判所を去った。改めて作品鑑定を要請したのに、裁判所が再び却下したためだ。氏の主張はもっともである——文学ジャンルの基本的な定義も知らず、初歩的な事典や研究書も確認せず、専門家の意見にまったく耳を貸そうともしないで、どうやってドキュメンタリー小説を裁判にかけようというのか。しかし裁判所は態度を変えなかった。二度目の要請を却下されたあと、アレクシエーヴィチ氏は法廷をあとにした。こう言い残して——

「私は人として……謝ったのです、つらい思いをさせたことについて、ときには通りを歩いているだけで人を怒らせてしまうような、この不完全な世界について……。でも作家としては……私はできません、謝る権利を持っていないのです、自分の本について。真実について!」

アレクシエーヴィチ氏とその著書『亜鉛の少年たち』に対する民事裁判は、私たちにとってアフガン戦争の二度目の敗北であった……。

——インナ・ロガーチー

〈ロシア思想〉一九九四年一月二十・二十六日号

一九九三年十二月、スヴェトラーナ・アレクシエーヴィチ氏とその著書『亜鉛の少年たち』をめぐる一連の裁判がついに終了した。判決によると、アフガン帰還兵タラス・ケツムルの名誉と尊厳は「一部毀損」されたものとして、アレクシエーヴィチ氏に謝罪が命じられた。〈コムソモーリスカヤ・プラウダ〉紙に対しては裁判所はいささかも譲歩せず、反論記事および編集部とアレクシエーヴィチ氏からの謝罪文を掲載するよう命じた。

もう一人の原告、アフガニスタンで戦死した将校の母インナ・ガロヴニョワの場合、裁判所は「ガロヴニョワの名で書かれた証言の一部は事実に合致しないものとみなす」と判断したものの、訴え自体は退けられた。ガロヴニョワの訴えを裁判所が棄却せざるをえなかった理由は、聴取の過程で原告が数年前に集会でおこなった演説の録音テープが提出され、そのなかでガロヴニョワはアレクシエーヴィチ氏のこの本を全面的に支持していたためだった。

この裁判において、この訴訟手続において、この構造において、自らの人間として作家としての尊厳を守れる望みはアレクシエーヴィチ氏には残されていなかった……。

文学作品とその作者を相手取ってこのような政治的裁判がおこなわれたことに世界中から憤りの声が集まったが、それに対しベラルーシの悲喜劇を生み出している人々は猛々しく反論した——「そもそもこれは本に対する裁判でも、作家や創作物に対する裁判でもない。ただ単に一九九〇年の〈コムソモーリスカヤ・プラウダ〉紙の記事に対しておこなわれた、名誉と尊厳を守るための民事訴訟なのである」と。

裁判の終了後、ベラルーシ人権連盟代表のエヴゲーニー・ノヴィコフ氏とベラルーシ報道の自由連合会会長のアレーシ・ニコライチェンコ氏は、ジダーノヴィチ判事に「無罪推定の原則をご存知ないのですか」と尋ねた。

ジダーノヴィチ判事によれば、「無罪推定の原則が適用されるのは刑事訴訟のときだけです」という。だがケツムルのアレクシエーヴィチ氏に対する名誉毀損の訴えには、無罪推定の原則が適用されるはずである。なぜなら「名誉毀損」という用語自体が刑法のものだからであり、となれば原告側は裁判所に物的証拠を提示しなければならないはずなのだ……。

ベラルーシでは、名誉と尊厳の保護を求める民事訴訟に、無罪推定の原則は適用されない……。民事裁判がいつのまにか刑事裁判に発展する可能性もあるだろう――原告ガロヴニョワはまさにそれを望んでいるのだと語っていた……。

〈コムソモーリスカヤ・プラウダ〉紙は、アレクシエーヴィチ氏を攻撃しているベラルーシの親共産主義系新聞に迎合し、ヴィクトル・ポノマリョフの署名で一九九三年十二月三十日の編集後記にこう記した――

スヴェトラーナ・アレクシエーヴィチは「母親たちの背後に、将軍たちの肩章が見え隠れしていると錯覚したようだ」が、「母親たちの背後にあるのが、少なくとも息子たちの墓であることは確かである。アレクシエーヴィチでもなく、勲章を授与された者でもなく、彼女らこそが守られるべき存在なのだ。いま社会的制裁がおこなわれているのだとしても、それは断じて作家に対するものではない」と。〈コムソモーリスカヤ・プラウダ〉紙は、慌ただしくこれ見よがしにアレクシエーヴィチから離れようとしている。

これは公式謝罪の序章であり、新時代の声を、旧時代の声へと鍛え直すものだろう。見出しもそれを物語っている――「少年たちは亜鉛だが、作家たちは鉄のように頑なになっていく」。では〈コムソモーリスカヤ・プラウダ〉の記者や編集者は、どんどんゴムボールのように扱いやすくなっていくのだろうか。

真実を口にする者にはいつだって高い代償が伴なった。臆病な者はいつも真実を否定し不幸に陥る。

けれども現代史において、共産主義の支配下で人間性が進んで自己破壊され、ブルガーコフの表現を借りるなら、「ただ煙る穴だけ」〔未完の小説『秘密の友へ』〕が残されていく様子ほど、すべてを飲み尽くす絶望的な不幸があっただろうか。

ソ連の廃墟に、ただ煙る穴だけが残された……。

――ワシーリ・ブィコフ

〈文学新聞〉一九九四年一月二十六日

十年のあいだ続いた無謀なアフガン戦争には数多の人々が関わることになりました。しかし結局のところ、彼らがそこへ赴いた理由は単にソ連という祖国への愛情からではなく、それよりずっと本質的ななにかによるものでした。その一部は戦死し、私たちはキリスト教徒として彼らの早すぎる死を悼み、家族の心身のつらさを慮っています。しかしこんにちでは、彼らは全国民から尊敬されるべき英雄ではなく、哀れむべき犠牲者だったのだと理解せざるをえません。アフガン帰還兵たち自身はそれを認めるでしょうか。おそらく多くの人が、まだ認められずにいるのだと思います。彼らの運命はアメリカの「ベトナム戦争の英雄」のそれと似ていますが、ベトナム帰還兵が授与された勲章を大統領に投げつけたことにより真に勇敢な行為を見せてくれたのに対し、この国の帰還兵はどうやらまだ勲章を誇りに思っているようです。その勲章がいかなる行為の見返りとして授与されたものか考えてみた人はいるでしょうか。その勲章を、貧困に喘ぐこの社会において手当と特権を得る口実にするだけならまだいいのです。けれども勲章を持っている人々の要求はもっとありました。最近ミンスクで開かれたアフガン帰還兵の集会では、ベラルーシ政府に対する相当な利権要求が公表されました。もっとも、最近ではそのような表明が出てきてもおかしくはありません。世間一般で幅を利かせている「アフガン戦争は卑劣な戦争だったが、それに参加した人は国際友好戦士であり英雄だ」という倫理的倒錯に基づけば、どんな要求もできるでしょう。このような状況下では、いたるところで息を吹き返しつつある新旧の愛国的共産主義者にとって、戦没者の母親はたいへん都合のいい存在です。だから母親たちはその敬虔な怒りと神聖な悲しみを搾取され、利用されているのです。かつて息子たちが共産主義の理想や愛国心を搾取され死んでいったのと同じように。もちろん、その目論見には勝算があるでしょう——悲しみに暮れる母親に石を投げつけようという人はいませんから。けれどもその悲しむ母親の背後では、見慣れた肩幅の広い人物たちが悪人面を光らせています。〈コムソモーリスカヤ・プラウダ〉の編集後記の執筆者が母親の背後には誰もいないととぼけても、そらぞらしいだけです。「母親たちの背後にあるのは将軍ではない」などと……。

アフガニスタンで実現しきれなかった帝国主義的政治の悪しき息吹が、ベラルーシ国内でますます強まっています。アレクシエーヴィチ氏に対する裁判は、そういった類の有象無象の現象の氷山の一角にすぎません。偉大なる大国と暖かい海を失った喪失感を抱えているのは、ベラルーシでは支持者の少なくないジリノフスキーの政党だけではありません。全体主義以降の社会を「揺さぶり」、新たな流血で「団結」させること——それこそが、損なわれた過去の理想を追い求める連中の、変わらぬ目標のための手段なのです……。

――――ピョートル・トカチェンコ
〈祖国の栄誉に〉一九九四年三月十五・二十二日号

……違う、裁判まで起こして熾烈に争われてきたのは、戦争の真実などではない。これは、生きた人間の心を求め、この寒々しく生きづらい世界において心が存在する権利を求める争いだった。その心だけが、戦争を止められるのだ。戦争は、私たちの軽率な頭の中で繰り広げられる限り、現実にも続いていく。なぜなら戦争は、心に溜まった憎しみと悪がその捌け口を求めた末に、避けがたく起こる現象だからだ……。

そういう意味では、戦死した将校の言葉は象徴的で、予言的だった――「俺はもちろん、帰ってくるよ。いままでだっていつも帰ってきただろ……」(ユーリー・ガロヴニョフ中尉の日記より)。

訳者解説　母と子の接点を探して

奈倉有里

問題視された小説

ソ連崩壊の前夜に刊行された本書『亜鉛の少年たち』は、スヴェトラーナ・アレクシエーヴィチの著書のなかでもっとも「問題視された」小説である。無理もない。『戦争は女の顔をしていない』で扱った第二次世界大戦に比べても、一九七九年から八九年まで十年間も続いたアフガニスタン戦争はあまりに近いだけではなく、「国際友好」とは名ばかりでソ連側は侵略者であったという事実がじわじわと明らかになった。ついには世界中から厳しく批判されるなかで撤退し、九一年ソ連が崩壊したのである。

アレクシエーヴィチは戦争中から、帰還兵、母親、そして実際に現地に赴いて兵士や看護師に聞いた話を集めてこの本を書いた。ペレストロイカとともに言論の自由化が進み、『亜鉛の少年たち』も新聞〈コムソモーリスカヤ・プラウダ〉に一部が掲載され、単行本も十万部という大部数で出版される。既訳『アフガン帰還兵の証言——封印された真実』(三浦みどり訳、日本経済新聞社、一九九五年)はこのときの一九九一年版を底本としている。

ところが、その広まりののちに事件は起こる——独立して間もないベラルーシで一九九三年、『亜鉛の少年たち』に登場していた証言者たちが、アレクシエーヴィチを相手どり、次々に裁判を起こしたのだ。三年前の新聞記事を理由にまず二人(帰還兵と戦没者の母)が提訴したが、アレクシエーヴィチとの事前審問の結果、裁判は成立しなかった。だがその後、また別の二人(またしても帰還兵と戦没者の母)が同じような理由で提訴し、法廷での裁判に至った。

この事件の裏には原告ら個人の意思ではなく、あきらかに彼らをけしかけた「黒幕」の存在があった。ソ連時代、ブロツキー、パステルナーク、シニャフスキーとダニエルといった例でおなじみだった「政権に不都合なことをいう輩は裁判にかけるなり圧力をかけるなりして黙らせろ」という古典的な政治的言論弾圧。それがソ連崩壊後のベラルーシで早くもおこなわれたのである。新生ベラルーシでこれから展開する独裁政治の不穏な未来を予感させるかのような裁判であった。

そうしてアレクシエーヴィチは一九九四年、その裁判の記録や裁判所に宛てられた投書などを含めた新しい『亜鉛の少年たち』を発表する。言論弾圧の裁判が実行された現実も逆手にとって、本にしてしまおうというのである。その後さらなる増補・改訂を経て完成したのが、本書の底本とした『亜鉛の少年たち』(モスクワ、ヴレーミャ社、二〇一六年)である。

法廷に現れた「原告」たちは、そもそも自分はアレクシエーヴィチと会ってもいないとか、名前も間違っているし内容も違うとか、「だとしたら、いったいなにを根拠にその証言者を自分であると判断したのか」と言いたくなるような支離滅裂な答弁を繰り広げるが、話を続けるうちに見事なまでに本書の「登場人物」らしさを再現していってしまう。同じ口調、同じ論理展開、同じ傷、同じ痛み。この裁判記録ひとつをとっても、アレクシエーヴィチがいかに生き生きとその人の言葉を写しとっていたかが、あらためて伝わってくる。さらに人権団体による擁護や、現代ベラルーシの大作家ワシーリ・ブィコフの言葉のひとつひとつが、先に述べた「黒幕」の存在を語っており、この本がいかなる「問題視」にさらされたのか、だからこそ書かれなければいけなかったのかを理解するための、貴重な増補資料となっている。

最小限の「作者」

しかし思えばアレクシエーヴィチの周りには、いつも逆風が吹いている。作家には賞賛と批判がつきものだが、アレクシエーヴィチに対する「批判」はときに信じがたいほど攻撃的になる。本書の「裁判」もその一端だが、ノーベル賞受賞後はこの「逆風」がさらに強まった。ロシアの第一チャンネルは幾度も批判番組を放映しており、その内容は「アレクシエーヴィチは殺人を肯定している」云々という耳を疑いたくなるもので、明らかな政治的弾圧の一種なのだが、一部の一般層にも似たような憎悪の声はある。

その理由のひとつはむろん、テーマだ。彼女はいつも社会の不正や苦しみや痛みが渦巻くさなかの人々に話を聞き、それを細部まで拾っていく。第二次世界大戦以降あるいは黙殺され、あるいは都合よく扱われ続けてきた女たちの声(『戦争は女の顔をしていない』)、子供の声(『ボタン穴から見た戦争』)、原子力発電所の大事故(『チェルノブイリの祈り』)、ソ連崩壊後の混乱を生きる人々の痛み(『セカンドハンドの時代』)……。どこを見ても、当事者の身を切るような声が響く。ときに作者に「ほっといてくれ!」と叫ぶ証言者たちの思いは、同じ問題を抱える同時代の人々の思いでもある。アレクシエーヴィチの作品はいつも誰かにとって「都合の悪い」あるいは「つらすぎる」真実を切り取っているともいえるだろう。

しかしもうひとつ、アレクシエーヴィチの作風にも「逆風」の理由がある。通常、作家というのはどんな作品を書いていても「作者像」を抱え、その「作者像」をなんらかの方法で、意識的にせよ無意識的にせよ、守っている。作中に「作者」やその分身が登場する場合はもちろんだが、そうでなくとも「その本を書いている作者」が一定の人格を持った興味深い人物であると思うことで、読者は作者に共感したり、ファンになったり、一緒に考えようとしたりする。その流れを意識して作品を書くのは、古今東西作家としてごく普通のことだし、それを期待するのも読者としてまた普通のことだ。プーシキンを読めば優しくてどこかおちゃめな「作者」が寄り添ってくれるような気がして安堵するし、トルストイを読めば人類愛と人間の葛藤への深い思慮を持ち合わせた「作者」と一緒に考えたり議論したくなったりする、というような。

ところがアレクシエーヴィチの「作者」は、第一に、ほとんど登場しない。『亜鉛の少年たち』の場合は最初の部分に「日記」が置かれていて、ここでこの作品を書くに至った動機と経緯が断片的に語られる。そして「一日目」「二日目」「三日目」のそれぞれ冒頭に、この作品の「主人公」からの電話を受けた「作者」による語りが挟まれている。しかしそれだけだ。証言者と証言者のあいだをつなぐような解説や補足は一切なく、裁判記録に至ってさえ、アレクシエーヴィチの言葉として収録されているのは質疑応答と法廷での答弁を引用した文章だけだ。だから読者は、「動機」とごくわずかな「語り」の部分の作者像しか得ることができず、そのほかはすべて、あまりにも「生のまま」の証言者の語りを読むことになる。

それでも本文に、たとえば証言者が「作者」に信頼を置いている描写が多少なりとも出てくるのなら読者は安心するが、そこがまた問題だ。というのも第二に、その肝心な場所に「作者」は、むしろ対立を持ってくるのである。証言者との信頼関係がなにより大切なことはアレクシエーヴィチ自身が度々語っているし、そうでなければ証言を集めることなどできないということは本書を読むだけでも伝わってくる。しかし「作者」はそれをことさら強調しないどころか、本書のなかで「作者」が登場するのは、その信頼とはまったく逆の状況なのだ。

読者にとっての作者像を考えたときに明らかに重要な「一日目」の冒頭で、「ほっといてくれ！　これは俺たちのもんだ」と電話越しに叫ぶアフガン帰還兵に対して、「作者」は聖書の引用を持ち出して「マタイによる福音書よ」などと返す。思わず訳者もアフガン帰還兵と一緒になって「ふざけんな！　十年経ったいまになって、どいつもこいつも利口ぶりやがる」と叫びだしそうになった一場面である。

ところがこの「作者」、実はかなり信用ならない作者像である。というのも、のちのインタビューでソ連の過去を総括するような質問を受けたとき、アレクシエーヴィチは「そうじゃないんです。年月が経ってなにか利口なことを言うのは容易いけど、そんなふうに利口ぶった言葉じゃなく、生身の人間が、そのときなにを感じ、痛みを感じ、涙したか、それが大事なんです」と答えている。つまりここでアレクシエーヴィチが答えているのは、作中の「作者」の言葉ではなく、むしろそれに反論する「帰還兵」の立場を代弁する言葉なのである。

批評家のドミートリー・ブィコフもやはり『亜鉛の少年たち』に対する一部からの反発の強さを説明する際に、「この場面で電話をかけてきた「帰還兵」のような反感を持つ読者もいるのだろう」と推察しているが、注目すべきは、その「反発」にわざわざ作中で言及するという手法である。アレクシエーヴィチの本に登場する「作者」は、好ましい作者像を繕うよりも、迷わず証言者の言葉を掬いあげ、自らは後景に退くほうを選ぶ。読者を、帰還兵や母親の感じた絶望や悲しみや狂気のほうに、より近く寄り添わせるように。だからこそ読者は「作者」に、彼らと同じような「反発」を感じてしまうのだ。

証言をつなぐ「芯」

このような性質を持つ本を編むにあたって、アレクシエーヴィチがいつも気にかけているのは、証言と証言の並びだ——

私の本の主人公たちはいつも、ドストエフスキーのように、各自が自分にとっての真実を叫んでいるんです。それらの声は他者と似ていたり、真逆だったり、裏表だったりします。一人目の証言者を決めたら、その次にくる証言者を決める——するとまるでその二人目は、一人目の話の続きを話しているようだったり、あるいは反論をしているようだったり、問いかけに答えをくれているようだったりする。その連なりで、私の本はできているんです。

そうしてカセットテープに録音したひとつひとつの音を数珠つなぎにするように起こしながら、一冊の本ができていく。一九七九年から八九年にわたるアフガニスタン戦争について、この本は時系列的に説明するような性質のものではない。本文中で「一日目」「二日目」「三日目」としている「三日間」の構成にしてみても、実際の時の流れでもなければ証言者の語った順番でもない。現地で聞いた話もソ連で聞いた話も混在しており、証言者の立場もさまざまである。アレクシエーヴィチの本の構成の芯となるのは、別の要素だ。証言者たちをつなぐ糸のような、全体の芯となるような要素。それは「アフガニスタン戦争」なのかと問えば、「少し違う」とアレクシエーヴィチは答える——

この本にひとつ芯のようなものがあるとすれば、それはアフガンに赴いた少年たちの声と、母親たちの声の接点です。

アフガニスタン戦争では、第二次世界大戦の記憶、「祖国を守った」という記憶が、正反対のものに姿を変えました——他国の領土に赴き、ソ連ではもうすぐ崩壊する「社会主義」を建設しようとする。派遣された十八や十九の少年たちはまったくなにも理解できず、ただ子犬のようにひたすら「生き延びる」こと、「お母さんのもとへ帰る」ことを望むだけです。母親たちのほうもやはりなにが起きたのかわからない。息子たちはそのまま戦死してしまったり、帰ってきても別人のようになって母親にはなにも語れない。そんな両者の声を重ね合わせ、失われた接点を探るようにしてできたのが『亜鉛の少年たち』です。

戦場から帰ってきて日常の世界で殺人を犯した息子を持つ母親。なにも知らずに戦地に送り込まれた青年。幼い子供と夫を亡くし、つらい現実から逃げるように戦地に向かった女性。それぞれが素手で触れてきた「アフガニスタン」の体験が重なり合い、長く続いた悲劇の断片が少しずつ、一人一人の目線から語られていく。

隔絶されてきた体験

本文にかかわる事物について少しだけ補っておこう。一九七八年にアフガニスタン人民民主党による共産主義政権が成立すると、ソ連はそれを「革命」と呼んで歓迎した。しかし人民民主党内部で政争が起き、各地では反乱が相次ぐ。一九七九年、ソ連はアフガン政府軍を支援し反乱を抑えるという名目でその政争に介入し、軍を派遣する。だがソ連国内に向けた情報では、ソ連軍は「国際友好の義務」を遂行しており、兵士たちは植樹をし、現地の住民に物資や医療を提供しているとしていたこの派遣の、その「看板」とはかけ離れた現実が徐々に明らかになっていく。高校を出たばかりの何も知らない少年たちが次々に戦死し、母親たちのもとに亜鉛の棺となって届けられる。棺の素材として亜鉛(亜鉛メッキのなされた鋼板)が用いられていたのは、長時間を要する保存と輸送を見込んだためであった。その多くは本書にも登場したように完全に密封され、故郷に戻ってきても家族が開けることは許されなかった。決して開かない「亜鉛の棺」は、どうやら得体の知れない恐ろしいことが起こっているらしいアフガニスタンの戦争をさす代名詞となっていく。さらにアレクシエーヴィチは「亜鉛」に、「(少年たちの)心が殺され、精神が金属の鉛のようになってしまった」という意味をも込めている。

少年たちを現地に赴かせた動機は、ソ連が建前として吹き込んだ「国際友好」の「理想」だったり、第二次世界大戦の参戦者を英雄視する軍事教育だったり、ソ連には売っていない外国製品を得ることだったりといろいろだが、なかには(とりわけアフガニスタン戦争の実情がわかってきてからは)決して行きたくなかったのに騙されて強制的に連れていかれた例も少なくない。ソ連に戻った「アフガン帰還兵」は、次第に明らかになったその「政治的過失」の恐怖とともに、社会から断絶されていく。このあたりの歴史については、ロドリク・ブレースウェート『アフガン侵攻1979-89――ソ連の軍事介入と撤退』(河野純治訳、白水社、二〇一三年)に詳しい。

アレクシエーヴィチの目指したのは、隔絶されてきた彼らの体験を聞き留めることだった――「私がやっていることは、歴史家の仕事に近いのかもしれない」。けれどもそれは決して「恐怖体験」を集めることではないと、彼女は語る――「現代の世界は、あまりに恐ろしい情報に溢れています。誰でも、例えばコーヒーを淹れてテレビの前に座るだけで、気が狂ってしまいそうなほどの恐怖体験が待ち受けている。でも私の本はそういう恐怖を集めるために書かれたわけではありません。私の本に出てくるのは、誠実な人ばかりです。その形はいろいろですが、なにかを信じ、それに裏切られ、それを抱え続けて生きている。それぞれが人生を、迷いを、深い悲しみを語っています。私はそれを書き留めているのです」。

本書にはアレクシエーヴィチの意図とは別にもうひとつ、日本の読者を驚かせるものがある——本書のなかに登場する「日本」という言葉の多さだ。多くの証言者が、当時のソ連では手に入らなかった外国製品を入手したいと思っていたと語るが、必ずと言っていいほど出てくるのが日本製のラジカセやビデオデッキである。しかしそれだけではない。ソ連兵が白兵戦に使っていたと語る日本製のよく切れるナイフ。「(ムジャヒディンによって)あとになってから使われるようになったもの」として語られる日本製の無反動砲。それらが奇妙な存在感をもって登場するたび、どきりとさせられる。当時の私はどのくらい知っていただろうか——世界がそんなふうにつながっていることを。

終わらない戦争

二〇二一年のドキュメンタリー番組に、ベラルーシの質素なアパートに暮らすある夫婦が出演していた。アフガニスタンに行ったきり戻ってこなかった息子を、いまだに待ち続けている。一九八三年に戦死の知らせを受け取ったが、届いた亜鉛の棺は開けられなかった。だから二人は信じない。この本にも「でもあの子は生きているかもしれないでしょう」と看護師の娘を待ち続ける母がいたが、あれは本書の執筆当時の話だ。それからさらに三十年以上が経過した。一九八〇年代には若かったであろう二人はもう老人になっている。母親は幼いころの息子の写真を見ながら、「一瞬たりとも信じませんでした。あの子が死ぬわけがないんです。生きています。あの子が自分で言ったんです――「僕は死んでない、生きてるよ」って」と語る。痩せた父親はその言葉を補うように、真剣に、静かな喜びを湛えて言った――「私たちは最近ごくたまにですが、なんというかこう、頭の中で息子と連絡をとれるようになってきたんですよ。うまく説明できませんが、そういう方法があるんです、遠くで生きているあの子と連絡をとれるようになったんです」と……。

夫婦が四十年のあいだ帰らぬ息子を待ち続けているうちに、世界ではさまざまなことが起きた。ベラルーシは時代に逆行するかのように独裁体制を強めて人々は圧政に苦しみ、アフガニスタンの人々もまた幾度めかの非常に困難な状況に面している。だが難しい局面の向こうにあるのは、またしても声なき人々の苦しみであり、涙であり、祈りだ。時間的にも空間的にも、世界はいつもつながっている。証言集と裁判記録が一体となったこの類稀な本が、その理解の一助となることを願う。

＊＊＊

最後になりましたが、一九九一年版の翻訳をなさっていた故・三浦みどりさん。三浦さんが生きていらしたら、きっとこの版も翻訳してくれていたと思います。翻訳をしながら、三浦さんとお話ができたらどんなにいいだろうと何度も思いました。そのすばらしい訳業を引き継がせていただきましたことに、心より御礼申し上げます。

関連地図

ケメロヴォ
ノヴォシビルスク
モンゴル
中華人民共和国
キルギス
タジキスタン
ネパール
インド
ファイザバード
クンドゥズ
サラン峠
バグラム
ジャララバード
ヘラート
カブール
ガズニ
ホスト
シンダンド
ガルデーズ
カンダハール

バルト海
ヴィリニュス
ドイツ
リトアニア
エストニア
ラトビア
ペトロザヴォーツク
レニングラード
(サンクトペテルブルグ)
プスコフ
ロ シ ア 連 邦
ポーランド
ヴィテプスク
ミンスク
バラノヴィチ
モスクワ
コストロマ
スモレンスク
ベラルーシ
スヴェルドロフスク
(エカテリンブルグ)
トゥーラ
リャザン
カザン
フメリニツキー
チェルノブイリ
タンボフ
ナーベレジヌィエ・チェルヌィ
キエフ(キーウ)
ウクライナ
ヴォロネジ
チェルノフツィ
サラトフ
ルーマニア
モルドバ
ドネツク
シンフェローポリ
黒海
アブハジア
カザフスタン
キロヴァバード
(ギャンジャ)
グルジア
(ジョージア)
トビリシ
トルコ
アゼル
バイジャン
アルメニア
キプロス
バクー
タシケント
ウズベキスタン
レバノン
シリア
カスピ海
サマルカンド
トルクメニスタン
アシハバード
ドゥシャンベ
イラク
ヨルダン
アフガニスタン
イラン
イスラエル
クウェート
パキスタン
バーレーン
ペルシャ湾
サウジアラビア
紅海
アラブ首長国連邦
カタール
オマーン

関 連 年 表

1717年	ピョートル1世が中央アジアに遠征隊を派遣.
1747年	現在のアフガニスタンの基礎となるドゥッラーニー朝が成立.
1801年	パーヴェル1世とナポレオンがインドへの合同遠征を企て頓挫.
1837年	ヤン・ヴィトケーヴィチがロシア最初の使節としてカブールに到着.
1838年	第一次イギリス・アフガン戦争(1842年まで).
1878年	第二次イギリス・アフガン戦争(1880年まで).
1917年	ロシア革命勃発. ロシア内戦が始まる.
1919年	第三次イギリス・アフガン戦争.
1921年	アフガニスタンとロシア間で友好条約調印.
1922年	ソヴィエト社会主義共和国連邦(ソ連)成立.
1924年	レーニン死去.
1953年	スターリン死去.
1956年	フルシチョフによるスターリン批判. ハンガリー革命をソ連軍が制圧.
1964年	ブレジネフが中央委員会第一書記(書記長)に就任.
1968年	プラハの春をワルシャワ条約機構軍が制圧.
1973年	ムハンマド・ダーウードがクーデターにより王政を廃止. アフガニスタン共和国成立.
1978年	クーデター「四月(サウル)革命」が起こり, ダーウードが暗殺される. アフガニスタン民主共和国が成立し, ヌール・ムハンマド・タラキーが革命評議会議長(国家元首)兼首相に就任. タラキーがモスクワを訪問し, 友好善隣協力条約を結ぶ.
1979年	タラキーが暗殺され, ハフィーズッラー・アミーンが革命評議会議長に就任. ソ連軍のアフガニスタン侵攻が始まり(12月25日), アミーンがソ連軍特殊部隊によって暗殺される.
1982年	ブレジネフ死去.
1985年	ゴルバチョフが中央委員会書記長に就任. ペレストロイカが始まる.
1986年	ゴルバチョフがアフガニスタンからのソ連軍撤退を発表.
1988年	ジュネーヴでの和平交渉が合意に達し, ソ連軍が撤退開始.
1989年	ソ連軍撤退完了(2月15日). アフガニスタンで内戦が始まる.
1991年	ソ連崩壊.
1992年	ムジャヒディン連立政権成立.
1996年	タリバン政権成立.
2001年	アメリカ同時多発テロ事件. アメリカ軍によるアフガニスタン空爆が始まる. アフガニスタン暫定政権発足.
2004年	アフガニスタン・イスラム共和国成立.
2021年	アメリカ軍が撤退を開始し, タリバンが再び政権を掌握. アメリカ軍撤退完了(8月30日).

スヴェトラーナ・アレクシエーヴィチ(Светлана Алексиевич)
1948年ウクライナ生まれ．国立ベラルーシ大学卒業後，ジャーナリストの道を歩む．綿密な聞き書きを通じて一般市民の感情や記憶をすくい上げる，多声的な作品を発表．戦争の英雄神話をうち壊し，国家の圧制に抗いながら執筆活動を続けている．邦訳作品に『戦争は女の顔をしていない』『ボタン穴から見た戦争――白ロシアの子供たちの証言』(岩波現代文庫)，『完全版 チェルノブイリの祈り――未来の物語』『セカンドハンドの時代――「赤い国」を生きた人びと』(岩波書店)など．2015年ノーベル文学賞受賞．

奈倉有里
1982年東京生まれ．ロシア国立ゴーリキー文学大学卒業．東京大学大学院博士課程満期退学．博士(文学)．著書に『夕暮れに夜明けの歌を――文学を探しにロシアに行く』(イースト・プレス)，『アレクサンドル・ブローク 詩学と生涯』(未知谷)，訳書にミハイル・シーシキン『手紙』，リュドミラ・ウリツカヤ『陽気なお葬式』(以上新潮クレスト・ブックス)，ウラジーミル・ナボコフ『マーシェンカ』(新潮社「ナボコフ・コレクション」)，サーシャ・フィリペンコ『理不尽ゲーム』『赤い十字』(集英社)など．

亜鉛の少年たち――アフガン帰還兵の証言 増補版
スヴェトラーナ・アレクシエーヴィチ

2022年6月28日 第1刷発行
2022年8月25日 第2刷発行

訳 者 奈倉有里《なぐらゆり》

発行者 坂本政謙

発行所 株式会社 岩波書店
〒101-8002 東京都千代田区一ツ橋2-5-5
電話案内 03-5210-4000
https://www.iwanami.co.jp/

印刷・精興社 製本・牧製本

ISBN 978-4-00-061303-3 Printed in Japan